KB059931

오늘처럼 고요히

오늘처럼 고요히

김이설 소설

: 차 례 :

미끼

1

아버지가 칼을 갈았다. 스윽 슥, 스윽 슥. 양은 세숫대야에 대고 앞뒤로 날을 문질렀다. 슥슥, 슥슥. 나는 양동이에 담긴 망을 들었다. 질긴 것들이 꼬리를 쳐댔다. 한 놈 꺼내봐라. 아버지가 칼을 들고 날을 살폈다. 한 마리를 꺼냈다. 도마의 양끝은 새카맣게 곰팡이가 피고, 가운데가 움푹 패었다. 가장자리에 블루길을 내려놨다. 내 손바닥만한 블루길이 저 혼자 퍼덕거렸다. 아버지가 칼등으로 블루길의 대가리를 찍었다.

냄비에 무를 깔고 손질한 블루길을 넣었다. 고추장과 고춧가루, 간장, 파, 다진 마늘을 넣는 아버지의 손길은 능숙했다. 국물을 휘휘 저은 숟가락을 냄비에 딱딱 털고 뚜껑을 닫았다. 블루길을 잡아온 날은 언제나 불 앞에 앉았다. 그건 일주일 내내 블루길조림을 먹는다는 뜻이었다. 망에는 아직도 블루길이 득시글거렸다. 지렁이를 꿰어 낚싯대를 던지면 팔이 아프도록 잡히는 게 블루길이었다. 심지어 빈 바늘에도 낚이는 것들이었다. 아버지는 보양식이라도 되는 듯 열심히 조려 먹었다. 상에 밥 두 공기와 블루길조림을 냄비째 올렸다. 뚜껑을 열자 한김이 솟았다. 젓가락만 대도 살이 흐드러지게 부서졌다. 다른 때보다 양이 많았다. 나는 창고를 쳐다봤다. 창고 문은 밖에서 잠겨 있었다.

아버지는 지느러미를 떼고, 가시를 발라낸 후, 숟가락으로 살을 훑었다. 대가리가 없는 블루길은 금세 형체가 사라졌다. 아버지는 손에 묻은 양념까지 쪽쪽 빨았다.

"뭘 봐. 밥이나 처먹어."

나는 창고에서 시선을 거두고 밥을 떴다. 아버지의 밥공기 옆으로 금세 가시가 쌓였다. 수저를 놓은 아버지는 그 자리에서 담배를 물었다. 담배로 잇새의 찌꺼기를 빼내며 트럭에 올랐다. 나는 다 먹은 빈 밥공기에 블루길을 담았다.

안개가 짙었다. 가을이 되면 연일 안개였다. 집 앞의 강 때문이었다. 안개가 걷히면 강 건너의 손톱만한 지붕들이 띄엄띄엄 보일 것이었다. 도시에서 빠진 외곽 도로는 강을 따라 길게 이어졌다. 그 옆으로 카페와 모텔, 레스토랑과 영양탕집이 드문드문 박혀 있었다. 집 앞에 서면 맞은편의 왕백숙집 간판이 흐릿하게 보였다. 아버지의 트럭 소리가 멀리 사라졌다. 나는 창고로 발을 옮겼다.

집은 산 아래에 있어서 비만 오면 흙이 쏟아져내렸다. 아버지가 직접 벽돌과 시멘트로 담장을 쌓았다. 열댓 살쯤이던 나도 학교에 가지 않고 벽돌을 날랐다. 광이 있던 자리에 창고를 올린 것도 그즈음이었다.

창고는 아버지의 낚싯도구로 가득했다. 검붉은 반죽을 보관하는 냉장고는 금고처럼 잠겼고, 그 옆으로 녹이 슨 커다란 분쇄기, 수도꼭지 옆으로 뭐가 담겼는지 모를 부대들이 수북했다. 벽을 따라 벽돌과 시멘트 자루가, 바닥에는 말린 잡고기들과 절구가 여기저기 굴러다녔다. 거기에 여자가 있었다.

빗장을 풀고 문을 열었다. 어둡던 창고가 밝아지면서 날벌레들이 쏟아졌다. 시멘트 자루 뒤편으로 비죽 나온 여자의 슬리퍼가 보였다.

여자의 입에는 청테이프가 붙어 있고, 손발은 전깃줄로 묶였다. 티셔츠가 찢어져 한쪽 가슴이 훤히 보였다. 커다란 가슴에 젖꼭지가 빨갰다. 나를 본 여자의 눈이 커졌다. 부들부들 떨기 시작한 여자가 오줌을 지렸다. 여자의 엉덩이부터 검은색으로 번져나갔다. 지린내가 심했다.

"내 말 알아들어?"

여자가 겁에 질린 눈으로 나를 쳐다봤다.

"근처에 집이라곤 여기뿐이거든. 소리질러봤자 아무 소용 없다."

나는 테이프를 뗐다. 입이 열리자마자 여자가 괴성을 질렀다. 나는 여자의 뺨을 후려쳤다. 여자의 고개가 풀썩 꺾였다. 나는 바닥에 나뒹굴던 물병을 주워 여자의 눈앞에 들이밀었다.

"한 번만 더 소리지르면 주둥이 찢어버린다."

나는 여자의 입에 물병을 대줬다. 흘리는 게 더 많아 티셔츠가 다 젖었다. 테이프에 살점이 뜯긴 여자의 입술에서 피가 났다.

"살려주세요, 살려주세요."

어눌한 발음이었다. 나는 여자의 입안에 블루길을 쑤셔넣었다. 으드드, 으드득. 가시를 씹는 소리가 창고 안에 울렸다. 입가에 덜렁이던 테이프를 도로 붙였다.

"또 올게."

나는 전깃줄을 한번 더 조여 묶고 창고를 나왔다. 그사이 안개가 열어져 강 건너가 훤히 보였다.

가게 앞에 흰색 차가 서 있었다. 나는 주머니 속의 니퍼를 만지작거렸다. 가게문을 열자, 차에서 여자가 내렸다. 키가 크고 늘씬했다. 길 건너편 성인용품점 김씨가 고개를 빼들고 이쪽을 바라봤다. 낚싯가게들 사이에는 매운탕집과 슈퍼, 성인용품점도 두 군데나 있었다. 여자가 명함을 건넸다. 나는 주머니에서 손을 뺐다. 송유영. 낚시 전문 채널 VJ.

"무슨 일인데요?"

여자는 간결하게 설명했다. 창사 십 주년 특집 프로그램을 찍을 예정이다, 아버지가 낚시꾼들에게 많이 알려져 있다, 아버지의 낚시 인생을 담고 싶다.

"원래 담당이 따로 있는데, 이번 프로는 제가 애착이 좀 많아서 직접 섭외를 왔어요."

"테레비에 나갈 만한 사람 아닌데……"

"텔레비전에 내보낼 만하니까 왔죠."

할말은 다 했다는 듯 여자는 불쑥 가게로 들어섰다. 아버님이 방송에 나오면 이 가게도 유명세를 탈 거예요. 여자가 볼 것도 없는 진열품을 두리번거리며 살폈다. 이건 뭐지? 혼잣말을 하며 몸을 숙였다. 엉덩이와 두 다리 사이의 움푹한 어둠이 나를 향했다. 여자가 하는 말이 더이상 들리지 않았다. 아버지는 언제 오세요? 여자가 어느새 몸을 세우고 나를 바라봤다.

"나도 모르는데……"

"그럼 오시는 대로 꼭 연락 주세요."

여자가 차에 올라 다리를 건너갔다. 김씨가 괜히 실실대며 다리 건너 쪽을 바라봤다. 가랑이의 우묵한 어둠이 머릿속을 떠나질 않았다. 가을 햇볕에 정수리가 타들어가는 것 같았다.

도심에서 멀지 않은 강은 낚시꾼들에게 유명했다. 유속이 느리고 수심도 적당한데다 수초 지대도 적절했다. 갈대나 부들, 수몰나무, 물속 떡바위 등 곳곳이 포인트였다. 붕어나 잉어, 메기도 잘 나왔다. 가물치나 배스도 꽤 잡히는 편이라 루어꾼들에게도 좋은 포인트가 많았다. 강을 건넌 다리 끝부터 낚싯가게가 죽 이어졌다. 그 끄트머리에 아버지의 가게가 있었다. 다리를 절게 된 이후로 줄곧 내가 지키는 곳이었다.

강이 입소문을 타자 몇 해 전부터 대형 낚시용품 체인점이 들어섰다. 보트 대여까지 가능해진 뒤로 강을 찾는 사람들이 더욱 늘었다. 그런데도 작은 낚싯가게들은 문을 닫아야 했다. 체인점의 물량 공세를 당해낼 수 없었다. 아버지 가게도 단골 외에는 손님이 없었다.

아버지는 손님이 오든 말든 뒷문으로 나가 낚싯대를 던졌다. 강을 끼고 있어서 어느 낚싯가게든 뒷문으로 나가면 곧바로 강이었다. 아버지는 종종 블루길을 잡아들였다. 그중에서 몸통이 큰 것들만 조려 먹고, 나머지는 풀숲에 던졌다. 젊은 낚시꾼들은 블루길이 먹어도 되는 물고기인 줄도 몰랐다. 무슨 맛으로 먹느냐고 묻기도 했다. 배고프던 시절에 실컷 잡아먹으라고 제멋대로 풀어놨으니 먹는 게 당연한 거다. 그것이 아버지의 대답이었다. 블루길이나 배스가 토종 물고기를 박살낸 외래 어종이라는 사실은 중요하지 않았다. 그러곤 꼭 덧붙였다. 버텨 살아남은 놈이 주인이 되는 거야. 알겠어? 그럼 젊은 낚시꾼들은 슬금슬금 자리를 피했다.

질긴 놈이 살게 돼 있다는 말은 아버지가 늘 하는 소리였다. 돈 안 되는 낚싯가게는 접자고 대들었다가, 창고의 여자를 풀어주려다 들킨 날에도, 뭐든 아버지의 비위를 건드렸다 치면 개처럼 맞았다. 맞아 널브러져 있으면, 아버지가 여지없이 내뱉었다. 약해빠져서 이 세상 어떻게 살래. 약한 건 쓸모없다. 쓸모없는 건 죽어야지. 죽지 않고 버틴 놈만 사는 거야.

그렇다면 원래 살던 물고기와 그 알까지 다 잡아먹어 씨를 말리는 배스나 블루길, 그것들 때문에 몸통을 키운 붕어도 강한 놈들이었다. 강한 것의 포획자인 아버지는 더 강한 놈이었다. 아버지는 한번 잡은 것들은 다시 돌려보내지 않았다. 블루길이나 배스뿐만이 아니라 손바닥보다 더 작은 붕어 새끼도 다 조려 먹었다. 쓸모없는 잡어들만 풀숲으로 던졌다. 버린 것들은 죽게 돼 있었고, 죽은 것들은 쓰레기와 함께 태웠다.

아버지 가게를 찾는 단골들은 주로 대낚꾼들이었다. 그들은 따로 설명하지 않았다. 좀 줘. 그럼 아버지는 창고 냉장고에 보관한 검붉은 반죽을 꺼내왔다. 아버지는 어분과 보리에 꼭 그 검붉은 반죽을 섞어 떡밥을 만들었다. 단골들은 그걸 받아들고 강으로 내려갔다. 아버지의 떡밥을 쓴다 해서 매번 잘 잡히는 건 아니었다. 그래도 대어를 낚을 확률은 확실히 높았다. 조과가 좋았던 이들은 아버지에게 그중 하나를 건네거나 술을 사기도 했다.

손님들은 검붉은 반죽의 성분을 궁금해했다. 때로는 낚싯가게를 연다며 아버지의 반죽을 거래하자고 찾아오는 사람들도 있었다. 아버지는 언제나 입을 다물었다. 냉장고의 검붉은 반죽은 늘 일정 분량씩 비축되었다. 언제, 어떻게 만드는지는 나도 몰랐다.

아버지는 일 년에 두어 번 정도, 동네의 허드렛일을 찾았다. 축사나 비닐하우스를 지어주고 푼돈을 벌었다. 돈을 쥐면 며칠씩 집을 비웠다. 돌아올 때는 여자를 잡아왔다. 잡혀온 여자들은 때로 부엌일을 하기도 했지만, 대부분은 창고에 갇혔다. 어떤 여자든 오래 머물지 않았다. 여자들은 언제나 감쪽같이 사라졌다.

2

해가 지고서야 아버지가 돌아왔다. 밥 차려! 트럭에서 내리자마자 아버지가 외쳤다. 허겁지겁 밥을 먹는 아버지에게 방송국 여자 이야기를 꺼냈다. 미친년. 다 먹은 아버지가 담배를 물고 일어섰다. 텔레비전 나가면 장사 잘된대요. 수돗가에서 오줌을 누며 아버지가 소리쳤다. 돈도 준대냐! 바지춤을 올린 아버지가 창고로 들어갔다. 하루가 다르게 밤공기가 차가워졌다. 나는 점퍼를 껴입고 집을 나섰다.

다리 근처에는 밤낚시 하는 사람들이 많았다. 나는 강가를 어슬렁거렸다. 낮에 가게에 들렀던 사내가 보였다. 잘 안 잡히는지 담배를 피우며 연신 씨부렁댔다.

"입질이 없나봐요?"

"있긴 한데, 잔챙이에 잡고기만 자꾸 올라오네."

"자정쯤 되면 씨알 큰 놈이 올라올 거예요."

"그나저나, 출출한데 뭐 먹을 거 없나?"

"라면이나 커피는 있는데."

"그런 거 말고."

"요 아래 식당에서 김치찌개라도 시켜드려요?"

"아니, 그건 됐고."

사내가 물로 담배를 던졌다.

"아는 사람한테 들었는데, 아가씨 된다며?"

"진작 말씀하시지. 전화해드릴게요."

십 분쯤 뒤에 경차 하나가 도착했다. 팬티 자국이 다 드러나도록 달라붙는 짧은 치마를 입은 미주가 손을 흔들었다. 어두운데도 익숙하게 둔덕을 내려온 미주가 사내에게 인사를 했다. 나는 멀찍이 물러났다. 가격을 맞춘 사내가 미주에게 돈을 건네고 자리에서 일어났다.

"금방 다녀올게."

미주가 지폐를 덜어 내 주머니에 찔러줬다. 사내가 미주의 차에 올랐다. 차는 다리를 건너갔다. 내 여자도 아닌데 이럴 때마다 기분이 별로였다. 사내가 앉았던 자리에 앉았다. 수면에 박힌 야광찌는 미동도 없었다. 나는 대를 거두고 떡밥을 새로 달아 던졌다.

낚시를 가르쳐준 건 아버지였다. 잔심부름이 가능한 예닐곱 살쯤이었다. 젊은 아버지가 저벅저벅 앞서 걸었다. 보폭을 따라가지 못하는 나는 뛰어야 했다. 늦게 따라온다고 혼날까봐 겁을 먹었다. 그래도 고기를 잡는다니 기대에 부풀었을 것이다. 바늘에 지렁이를 꿴 아버지가 내게 낚싯대를 건넸다. 잡아봐라. 내가 감당하기엔 너무 무겁고 너무 길었다. 하지만 떨어뜨리지 않았다. 따라 해라. 아버지가 채비를 멀리 던졌다. 나도 던졌다. 아버지처럼 능숙하지는 못했지만 간신히 찌를 세웠다. 평소에는 아무때나 두들겨 패던 아버지였다. 그런데 낚시할 때만큼은 내게 곧잘 한다는 말을 해줬다. 아버지는 힘들이지 않고 낚싯대를 휘두르고, 손쉽게 커다란 물고기를 잡아올렸다. 나도 아버지처럼 되고 싶었다.

채비는 언제나 아버지가 해줬다. 다른 방법은 없느냐고, 내가 해보겠다고 하면 쓸데없는 소리 말라고 일축했다.

"따라 하기나 해."

나는 입을 다물었다. 아버지 비위를 거슬렀다가는 또 맞을 게 뻔했다. 아버지 말처럼 아버지만 따라 하면 물고기는 잡혔다. 아버지는 한 번 잡은 건 다시 물로 보내지 말라 했다. 먹게요? 안 먹어도. 물고기는 많다. 아버지는 내가 잡아올린 피라미를 풀숲으로 휙 던졌다. 내 손으로 만져보지도 못한 첫번째 포획물이었다. 다음날 가보니, 말라 비틀어진 피라미 위에는 파리떼가 새카맣게 꼬여 있었다.

그때의 나는 집에 있는 여자를 엄마라 불렀다. 아버지가 그러라 했을 것이다. 엄마들은 자꾸 사라졌다. 어디 갔느냐 물으면, 또 올 거라 했다. 돌아온 엄마는 전의 엄마가 아니었다. 엄마가 될 수 없는 여자라는 걸 깨달은 건 첫 몽정을 한 밤이었다.

기분이 점점 좋아졌다. 끝으로 치닫고 싶지 않은데, 참을 수가 없었다. 잠이 깼다. 정액이 울걱울걱 쏟아졌다. 팬티가 금세 푹 젖었다. 기분이 나빴다. 창피했다. 젖은 팬티를 빨아야 했다. 마당 수돗가로 나갔는데 창고에서 인기척이 들렸다. 나는 팬티를 든 채 창고로 다가갔다. 창고 문은 소리없이 열렸다.

아버지가 여자의 머리채를 붙잡고 흔들었다. 여자는 이리저리 내동댕이쳐졌다. 갓 잡아올린 물고기를 기절시키는 것 같았다. 아버지에게 휘둘린 여자가 신음도 못 뱉고 정신을 잃었다. 아버지가 여자에게 물을 부었다. 홀딱 젖은 여자가 놀라 퍼덕거렸다. 여자가 극성스럽게 반응할수록 손찌검은 심해졌다. 한밤중인데도 매미가 드세게 울었다. 여자가 더이상 움직이지 못하자, 아버지가 젖은 옷을 찢었다. 그리고 여자의 다리를 벌렸다. 검은 구멍이 선명하게 보였다. 아버지가 바지를 내렸다. 내 것도 어느새 딱딱해졌다.

나는 그날 이후로 밤이 되어도 잠을 잘 수 없었다. 해가 지면 여자의 검은 구멍이 떠올랐다. 여자를 길들이기 위해 아버지는 며칠에 걸쳐 손찌검에 발길질까지 해댔다. 저러다 죽일 것 같았다. 내가 엄마라고 불러야 할 여자였다. 당장이라도 달려들어가 여자를 구하고 싶었다. 그러나 가만히 있어야 여자의 구멍을 더 오래 볼 것이었다. 며칠이 지나자 여자는 어떤 반응도 하지 않았다.

밤낚시꾼들 때문에 아버지가 늦은 날이었다. 그들과 어울린 아버지가 술에 취해 돌아왔다. 신발도 못 벗고 마루에 쓰러지더니만 이내 코를 골았다. 숨을 뱉을 때마다 술냄새가 고약했다. 나는 아버지를 한참 내려다보았다. 슬쩍 어깨를 밀었다. 다리도 흔들어봤다. 아버지는 깨지 않았다. 그날 밤, 나는 엄마를 만나러 갔다.

여자가 나를 멀뚱히 바라봤다. 엄마, 괜찮아? 여자의 표정에 변화가 없었다. 엄마, 무서웠구나. 나는 가만히 여자의 어깨에 손을 올렸다. 엄마, 엄마. 나는 어깨를 흔들었다. 여자의 가슴이 덜렁댔다. 젖꼭지 주변에 자잘한 돌기가 솟아 있었다. 나는 팔을 뻗어 손가락으로 젖꼭지를 눌렀다. 여자는 움직이지 않았다. 이제 괜찮아, 엄마. 나는 피와 오물로 뒤덮인 여자의 다리를 손바닥으로 훑었다. 내 손도 끈적거렸다. 정말 괜찮아. 괜찮아질 거야, 엄마. 나는 여자의 다리를 벌리고 구멍에 고개를 박았다. 죽은 피라미 냄새가 났다. 나는 구멍에 손가락을 넣었다. 손가락으로는 채울 수 없는 구멍이었다. 나는 서둘러 바지춤을 내렸다. 아버지가 하던 대로 엄마 위에 올라탔다.

내가 엄마라고 불렀던 여자들은 말을 제대로 못했다. 정신이 아예 없는 여자들이 대부분이었다. 처음부터 그랬던 것은 아니었다. 내 기억이 맞는다면 엄마라 부르게 했던 여자들은 아버지와 같이 살겠다고 온 여자들이었다. 밥을 하고, 빨래를 하고, 내 책가방을 챙겨주었다. 그러나 예삿일에도 손찌검을 해대는 아버지를 오래 버텨낸 여자는 없었다. 도망치다 들키면 창고에 갇혔다. 언제부턴가는 다른 나라 여자들이 엄마가 되었다. 말이 통하지 않는 여자들은 더 쉽게 창고에 갇혔다. 종국에는 처음부터 창고에 가뒀다. 도망쳐도 말할 수 없는 여자들이었다.

처음에는 아버지가 취할 날만 기다렸지만, 나중에는 학교에 가다 말고 돌아와 창고로 숨어들었다. 두 눈 사이가 멀거나, 이가 몽땅 빠졌거나, 아랫배가 산처럼 거대한 뚱뚱한 여자들이었다. 불거진 젖가슴과 검은 구멍만이 여자임을 알려주는 몸뚱이였다. 나는 더이상 여자의 몸이 신기하지 않았다. 종종 찌로 가랑이 속을 후비거나, 낚싯대로 똥구멍을 쑤셨다. 낚싯줄로 젖꼭지를 친친 감아 피가 안 통하게 하고, 벌려놓은 가랑이에 오줌을 누기도 했다. 모두 아버지에게 배운 것들이었다. 창고에 들어간 아버지는 내가 자기 등뒤에 서 있다는 걸 알아채지 못했다.

아버지에게 들킨 건 오래 지나지 않아서였다. 사정에 막 다다르기 직전이었다. 아버지가 내 목덜미를 잡아챘다. 아랫도리가 벗겨진 채 마당으로 끌려나왔다. 죽도록 맞았다. 아버지가 짓밟은 다리에서 낚싯대 부러지는 소리가 났다. 구부러진 다리는 펴지지 않았다. 그래도 죽지는 않았다. 절름발이가 된 이후로 학교에 가지 않았다. 대신 낚싯대를 들고 강으로 갔다. 매일 낚시를 했다. 창고에 여자가 있으면 아버지를 따라 했다. 들키면 죽을 만큼 맞았다. 그러면 여자가 사라졌다. 상관없었다. 나는 이미 똑바로 걸을 수 없었고, 두어 계절만 지나면 새 여자가 창고에 있을 것이었다.

야광찌가 쑥 올라왔다. 낚싯대를 챘다. 여덟 치 정도의 붕어였다. 몸통을 잡아 윗입에 박힌 바늘을 젖혀 뺐다. 미늘에 살 뜯기는 느낌이 고스란히 전해졌다. 물로 던졌다. 철벅 소리가 났다. 사내의 살림망 안에는 손바닥 크기도 안 돼 보이는 붕어 서너 마리가 푸덕거렸다. 나는 니퍼로 살림망 아래를 몇 군데 끊었다. 붕어들은 곧 물로 되돌아갈 것이었다. 사내의 낚시 가방을 뒤졌다. 쓸 만한 것이 하나도 없었다. 크윽, 퉤. 가래를 그러모아 떡밥 통에 뱉은 뒤에 둔덕을 올라갔다. 낚시꾼들 중에는 차문을 잠그지 않는 경우가 종종 있었다. 사내도 그랬다. 샅샅이 뒤졌다. 건진 건 선글라스뿐이었다. 바닥에 굴러다니는 껌통에서 껌 하나를 꺼내 씹었다. 차문에 기대섰다. 지금쯤이면 사내는 미주 위에서 한창 헐떡일 것이었다. 나는 주머니에서 다시 니퍼를 꺼냈다. 조수석 문을 북, 그었다. 얼마 뒤에 이쪽으로 넘어오는 미주의 차가 보였다.

누진한 땀내가 나는 사내를 지나쳐 미주의 차에 올랐다. 나는 주머니에 손을 찔러넣었다. 한쪽에 선글라스가, 한쪽에는 니퍼가 쥐어졌다. 다른 가게들은 모두 불이 꺼졌고, 김씨네 성인용품점 간판 불만 번쩍였다. 들렀다 가.

"바빠."

"돈 줄게."

미주의 표정이 잠깐 흔들렸다. 그럼 빨리 끝내. 미주가 서둘러 가게로 들어왔다. 나는 불을 켜지 않고 미주를 소파로 끌고 갔다. 치마를 올리자 벌거벗은 아래가 훌렁 드러났다. 미주의 허벅지가 미끈거렸다. 사타구니까지 흥건했다. 씨발, 닦지도 않고 온 모양이었다. 나는 미주의 안으로 파고들어갔다. 아무리 밀어넣어도 끝에 닿지 않았다. 갈증이 났다. 미주가 허리를 흔들며 내 머리채를 잡아당겼다. 어, 어, 엄마! 사정을 하는데 미주가 나를 밀었다. 정액이 미주의 가슴과 얼굴에 뿌려졌다.

"엄마를 부르면서 싸는 새끼는 세상에 너밖에 없을 거다."

"내가 그 얘기 하지 말라고 했지!"

"돈이나 줘."

"다음에 줄게."

"치사한 새끼."

미주가 올라간 치마를 내리고 좌우를 맞췄다.

"무릎 꿇고 한 번만 빨아달라고 했을 때 알아봤어, 내가. 우리 가게 언니들한테 모두 그랬다며? 불쌍해서 빨아줬던 내가 돌았지."

미주의 전화벨이 울렸다. 이것 봐, 너 때문에 늦었잖아. 미주가 눈을 흘기고 가게를 나갔다. 미주는 창고의 여자들과는 달랐다. 날씬하고 예뻤다. 무엇보다도 말을 섞을 수 있었다. 게다가 정말 빨아준 건 미주밖에 없었다. 역한 비린내가 고인 어두운 가게 안이 어슴푸레하게 눈에 들어왔다. 우물거리던 껌을 아무데나 뱉었다.

3

전화벨 소리에 눈을 떴다. 송유영입니다.

"아버지 안 한대요."

"지금 가게 앞이에요. 기다리겠습니다."

전화는 일방적으로 끊겼다. 안개가 마당까지 들어찼다. 창고에서 아버지의 신음소리가 새나왔다. 나는 일부러 대야를 발로 찼다. 수돗물을 세게 틀어놓고 대문 밖으로 나갔다. 온통 안개뿐이었다. 다리 건

너도, 낚싯가게도 안 보였다. 물소리가 그쳤다. 아버지가 나오더니 내 머리통을 후려쳤다.

"이 새끼가 뭘 잘못 처먹었나."

"말로 해요."

아버지가 뺨을 올려쳤다. 나는 주머니 속의 니퍼를 꾹 쥐었다. 낚시를 배우던 무렵부터 아버지한테 맞았다. 잡은 물고기를 털려도 맞았고, 담배 심부름이 늦어도 맞았다. 밥풀을 흘려서 맞고, 멍하게 앉아 있어서 맞았다. 어릴 때는 맞는 게 무서워서 빌었고, 잡아온 여자를 가지고 논 이후에는 잘못한 게 있어서 맞았다. 잘못한 게 없어도 맞았다. 맞고 나면 다른 것도 같고, 틀린 것도 옳았다. 때리는 놈은 계속 때리고 맞는 놈은 계속 맞는다. 그것이 세상을 편히 살 수 있는 방법이었다.

아버지에게 맞으면, 나는 여자들을 때렸다. 얼굴이 붓고 온몸에 검은 멍이 올라온 여자들을 내려다보면, 화가 더 났다. 맞는 데 길들여져 대들지도 못하는 여자들이 마치 나 같았다.

화가 풀릴 때까지 나를 때린 아버지는 그길로 집을 나섰다.

욱신거리는 몸으로 쌀을 안치고 블루길조림을 데웠다. 혼자 밥을 먹다, 벌떡 일어났다. 냄비를 들고 창고로 들어갔다.

악취가 진동했다. 여자는 벌거벗은 채 엎어져 있었다. 전깃줄에 감긴 자리마다 핏줄이 터지고, 엉덩이에 뭉개진 똥은 검게 굳어 있었다. 나는 여자의 머리통을 찼다. 여자가 꿈틀댔다. 나는 여자 옆에 쭈그려 앉았다. 여자가 두 눈을 껌뻑이더니, 입을 벌렸다. 이거? 나는 물병을 들어 보였다. 여자가 끄덕였다. 여자의 볼이 닿은 바닥에 물을 쏟았다. 여자가 혀를 내밀었지만 한 방울도 입에 넣을 수 없었다. 살려주세요, 살려…… 나는 여자의 눈앞에 천천히 물을 흘려버렸다. 여자가 눈을 꾹 감았다. 눈떠! 나는 여자의 눈에 블루길을 짓이기며 소리쳤다. 그 눈 못 떠! 여자의 얼굴과 내 손이 블루길 양념으로 범벅이 되었다. 내가 너 때문에 맞았잖아! 눈뜨라고! 블루길을 모두 여자의 얼굴에 으깼다. 들고 간 걸 다 버린 다음에야 나는 창고를 나왔다.

송유영이 가게로 들어섰다. 점심때가 훌쩍 지났을 때였다. 기다리다 지친 모양이었다. 나는 낚싯대를 들고 뒷문으로 나섰다. 송유영도 나를 따라 나왔다.

"아버지는 오늘도 안 계신가봐요."

매듭 후 남은 줄을 니퍼로 바투 잘라냈다.

"루어낚시네요?"

나는 쳐다보지도 않고 채비를 투척했다. 줄이 풀어지면서 멀리 날아갔다. 퐁, 경쾌한 소리가 났다. 잠시 기다렸다가 천천히 줄을 감으며 바닥을 살살 긁었다. 톡, 톡, 미약한 입질이 오다가 만다.

"여기 잘 나오는 포인트 많다던데."

송유영이 자꾸 말을 걸었다. 나는 대꾸하지 않았다. 세번째 캐스팅에 투둑 입질이 왔다. 줄이 옆으로 죽 흐른다. 여유 줄을 살짝 감고 강하게 챔질을 했다. 낚싯대가 휘면서 줄이 팽팽해졌다. 입 걸림이 제대로 됐다. 꽤 힘 쓰는 놈이었다. 팔꿈치와 어깨, 다리에 차례로 힘이 들어갔다. 놈이 안간힘을 쓰며 바늘 털이를 해댄다. 손맛이 좋았다. 어림잡아 사십 센티미터가 넘는 배스였다. 포획물이 내 손에서 아가리를 벌렸다.

"낚시 오래했어요?"

"이십 년쯤."

"지금 몇 살인데요?"

"스물여섯."

"몇 살 때부터 했다는 거야? 그럼, 나보다 세 살이나 아래네?"

어느새 송유영이 내 옆에 섰다. 송유영의 가슴이 봉긋했다. 몸에 달라붙은 은색 티셔츠가 햇빛에 반짝였다. 청바지를 입은 다리가 길쭉했다. 자꾸 가랑이 사이로 눈이 갔다.

"아버지 말고 아들도 괜찮겠네."

송유영이 나를 위아래로 훑었다. 화장품 냄새가 진했다. 빵! 경적 소리가 들렸다. 둔덕 위에 미주가 서 있었다. 미주의 짧은 치마 속이 훤히 보였다. 미주가 내 옆으로 내려왔다.

"처음 본 얼굴인데? 다른 데랑 거래 텄어?"

"뭔 소리야?"

"네 주제에 연애하는 건 아닐 거 아냐."

송유영이 픽, 웃었다. 기분 나쁘게 왜 웃지? 미주가 눈을 흘기더니, 담배를 꺼내 물었다.

"볼일 없으면 얼른 가."

"아버지가 우리 가게에 왔던데? 뭔가 해서 와봤더니 이러네, 응?"

송유영이 눈을 크게 떴다.

"나 좀 거기로 데려다줘요."

"왜 친한 척이야?"

송유영이 무작정 미주를 끌고 둔덕을 올라갔다. 두 여자의 엉덩이가 모두 동그랬다. 집중이 안 됐다. 챔질이 늦어 놓친 게 두어 마리 되었다. 채비도 세 번이나 털렸다. 낚싯대를 거두고 가게로 들어갔다. 미주가 놓고 간 커피가 차갑게 식어 있었다.

송유영이 어떻게 구슬렸는지 아버지는 카메라 앞에 서겠다고 했다. 다음날부터 송유영이 뻔질나게 가게를 들락거리더니, 며칠 뒤 스태프들이 나타났다. 피디와 카메라 기사들, 보조까지 네 명이었다. 송유영은 가게와 강을 저 혼자 휘젓고 다녔다.

이번 거 잘되면 정말 정규로 편성된대? 그럴걸? 그래서 송유영이 저렇게 까불고 다니는구나. 그런데 펑크낸 게 어디 한두 개라야지. 몸 바쳐서라도 살아남아야 할 판국이네. 카메라 기사들이 키득댔다. 송유영이 말끝마다 이번 촬영이 중요하다고 했던 게 떠올랐다.

방송에는 아버지의 낚시 장면뿐만 아니라 일상생활까지 내보낸다고 했다. 카메라 기사와 보조가 아버지를 따라다녔다. 나에게도 카메라 한 대가 배정됐다. 가게 앞에는 낚시 채널 로고가 새겨진 승합차가 하루종일 세워져 있었다. 그 덕인지, 좀처럼 없던 손님들이 드문드문 찾아들었다. 나는 어색하게 그들을 상대했다. 카메라가 거추장스러웠다.

씩씩대며 가게로 들어선 아버지가 쓰레기통을 걷어찼다. 촬영을 나간 지 세 시간쯤 지난 뒤였다. 승합차 앞에는 오만상을 쓴 피디가 담배를 피워대고 있었다. 아버지를 따라 들어온 건 송유영뿐이었다. 송유영이 아버지의 팔을 잡았다. 아버지의 검은 팔뚝 위로 송유영의 빨간 손톱이 도드라졌다.

"그만 화 푸세요. 피디가 잘해보자고 한 말이니 크게 신경쓰지 마세요. 아직 어려서 뭘 몰라요. 대신 제가 조사님 심정 다 알잖아요. 저를 봐서라도 노여움 푸세요."

"내가 한 마리라도 잡나봐라. 개씨팔, 싸가지 없는 새끼. 어린노무 새끼가 뭘 안다고 가르쳐 가르치길. 나 이거 안 해! 집어치워! 야, 가게 닫아!"

"그러지 마세요. 제가 조사님만 믿고 따를게요."

나는 절룩거리며 다가가 쓰레기를 주웠다. 송유영이 나에게 도와달라는 눈빛을 보냈다. 나는 눈치를 살피며 입을 뗐다.

"웬만하면 좋게, 좋게 하는 게……"

아버지와 눈이 마주쳤다. 나는 얼른 눈을 피했다.

"이 자식이 아침부터 지랄하더니, 언다 대고 하라 마라야. 닥치고 문이나 닫아, 이 새끼야!"

아버지가 내 뺨을 쳤다. 얼굴이 화끈거렸다. 나는 주머니 속의 니퍼를 그러잡았다. 송유영은 아무것도 못 봤다는 듯이 가게를 나가 무리에 섞였다. 아버지가 담배를 물고 송유영의 뒷모습을 바라보더니, 슬며시 웃었다. 아버지의 속을 알 수 없었다. 평생 자기 마음대로 살아온 사람이었다. 그런데도 뭐든 불만이었다. 멋대로 말하고, 마음대로 때려 부수고, 아무거나 두들겨 패는데도 그랬다.

이래서 씨도둑은 못해. 어쩌면 네 아비 어렸을 때랑 똑같으냐. 동네의 노파들은 나를 볼 때마다 같은 소리였다. 아버지한테 두들겨맞고 있으면 노파들이 말려주었다. 통통 부은 얼굴을 쓰다듬으며, 찐 감자

껍질을 벗겨 내 손에 쥐여주곤 했다. 때 낀 손톱을 깎아주거나 머릿니를 잡아주면서 노파들은 혀를 찼다. 내 손으로 네 아비 밥 끓여 먹였는데, 그놈 자식까지 내가 먹여. 나는 노파들이 하는 말이 듣기 싫었다. 죽지 않도록 살려주는 게 싫었다. 내 가족사를 꿰뚫고 있는 늙은 여자들의 기억이 고맙지 않았다.

송유영이 다른 제안을 했다. 아버지의 낚시 인생이 기본 테마이지만, 부자간의 낚시 대결 구도를 넣어 재미를 키우겠다는 것이다.

"뭔 개 같은 소리야. 이놈이 뭘 안다고 나랑 대결을 해? 그 싸가지 없는 새끼 대가리에서 나온 생각이야?"

"아뇨, 제 의견이에요. 그쪽은 어때요? 아버지와 낚시 대결. 괜찮죠?"

송유영이 나를 쳐다봤다. 이번에는 응하라는 눈빛이었다. 나는 고개를 끄덕였다. 아버지가 벌떡 일어났다.

"이제 별 지랄을 다 떠는구나. 나랑 눈도 못 마주치는 병신 새끼가 아주 꼴값을 떨어."

아유, 또 그러신다. 역정내시지 말고. 송유영이 웃었다. 가지런한 잇속이 하얬다. 송유영이 아버지의 팔을 잡아 가슴께로 잡아당겼다. 아버지의 팔꿈치가 송유영의 가슴에 푹 들어갔다. 아버지가 배실 웃었다. 아버지의 손이 송유영의 엉덩이를 향했다. 움켜쥘 듯하다 슬쩍 스쳤다.

아버지가 먼저 집으로 돌아갔다. 그제야 송유영이 얼굴의 웃음기를 지우고 소파에 기대앉았다.

"아버지가 처음엔 협조적이었어. 그런데 조과가 신통치 않은 거지. 그러니까 피디가 왜 그 떡밥을 안 쓰느냐고 다그치고, 아버지는 그거 아니어도 잡을 수 있다고 버티고."

얼마 뒤에 입질이 오기 시작했다. 찌가 춤을 추는데도 아버지는 챔질할 생각도 안 하고 담배만 피웠다. 일부러 안 잡겠다는 뜻이었다.

"인터뷰만 해도 그래. 현지 꾼이잖아. 어디서 잘 나오는지, 뭐가 잘 먹히는지, 뻔히 알잖아? 카메라는 돌아가는데 뭘 물어도 모른다는 말뿐이고. 그러니 속 안 터져?"

참다못한 피디가 어디서 이런 사이비를 섭외했느냐고 소리를 질렀다. 그걸 들은 아버지가 피디에게 달려드는 걸 카메라 기사가 말려야 했다. 송유영도 소용없었다. 나는 아침의 아버지를 떠올렸다. 몇 벌 되지도 않는 옷 중에 그나마 제일 말끔한 걸 골라 입고 가장 아끼는 낚싯대를 들고 나갔다. 그랬다고, 송유영이 피곤한 얼굴로 읊조렸다. 무슨 말이라도 해주고 싶었다. 그러고 보니 언제부턴가 나한테 반말이었다. 그게 싫지 않았다. 송유영이 표정을 바꿨다.

"아무튼 찍겠다고 해줘서 고마워."

송유영이 나를 향해 웃었다. 아버지에게 보였던 웃음이었다.

"부자간의 진검승부. 이러면 근사하겠지?"

승부라면 이기거나 지는 것이었다. 아버지와의 승부라면, 한번 해보고 싶었다. 뭐든, 무엇이든지 간에. 온몸에 힘이 들어갔다.

4

집밖에서부터 분쇄기 돌아가는 소리가 들렸다. 창고였다. 나는 쌀을 안쳤다. 냄비는 텅 비었다. 촬영이 아니었으면 오늘쯤 아버지가 블루길을 잡아왔을 것이다. 나는 낚싯대를 들고 강으로 갔다. 낚싯대를 던졌다. 채비가 가라앉기도 전에 찌가 요동쳤다. 분쇄기 소리가 강 주변을 맴돌았다. 일 년에 두어 번, 검붉은 반죽을 만들기 위해서 아버지는 분쇄기를 돌렸다. 비린내와 흙내가 진동을 했다. 아버지의 촬영분에는 떡밥 제조과정도 있었다. 아버지가 카메라 앞에서 그걸 보여줄 리 없었다. 송유영이 말한 승부라는 단어가 자꾸 떠올랐다. 이기거나 지거나, 때리거나 맞거나, 살거나 죽거나. 세상이 아주 단순하게 여겨졌다. 강은 금세 어두워졌다. 망에서는 대여섯 마리의 블루길이 펄떡댔다. 나는 망을 들고 집으로 들어갔다. 아버지가 수돗가에서 칼을 갈고 있었다. 나는 망을 내려놨다. 아버지가 블루길의 대가리를 쳤다. 아버지의 팔에 피가 튀었다.

밥상 앞에서 아버지는 한마디도 하지 않았다. 아버지가 먼저 수저를 내려놓았다.

"네가 감히 나랑 붙겠다고?"

"가짜로요."

"저걸 그때 확 패 죽였어야 했는데."

"아버지가 애초에 안 하겠다고 했으면……"

아버지가 냅다 밥상을 찼다. 냄비가 뒤집어졌다. 김이 나는 블루길 조림이 벽과 바닥에 뿌려졌다.

"돈 준다잖아요. 그냥 하세요."

"아가리 닥쳐, 이 새끼야!"

아버지가 이번엔 나를 찼다. 나는 수저를 든 채 바닥으로 넘어졌다.

아버지가 발길질로 나를 구석으로 몰았다. 온몸에 양념이 묻었다. 입안에 피가 고였다. 아버지의 성난 숨소리가 방안에 울렸다. 나는 팔로 머리를 감쌌다. 내가 할 수 있는 일은 아버지의 숨이 잦아들 때까지 기다리는 것뿐이었다. 그렇게 맞다보면 맞는 나보다 때리는 아버지가 더 힘들어 보이기도 했다.

대문 여닫는 소리에 몸을 일으켰다. 온몸이 쑤셨다. 물컹한 핏덩이가 입안에서 뭉쳐졌다. 입안의 피가 멈추질 않았다. 그제야 화가 치솟았다. 나는 창고로 달려갔다. 역시 여자는 없었다. 나는 미주에게 전화를 걸었다.

내 힘에 밀린 미주가 소파에서 떨어졌다. 미주가 앙칼진 표정으로 쏘아봤다.

"왜 이래! 누구 죽일 일 있어? 내 몸값이 얼만 줄 알아?"

"그게 몸값이냐? 빚이지!"

"빚이 내 재산이다, 왜!"

나는 미주를 잡아당겼다. 그만해, 나 안 할 거야. 미주가 진열대 뒤로 도망쳤다. 이리 안 나와! 나는 가쁜 숨을 몰아쉬었다.

"이제부터 하고 싶으면 돈 내고 해. 내가 네 마누라냐, 만날 공씹이게."

"아, 안 떼먹는다고."

미주가 옷을 털며 물었다.

"그 여자 때문이지?"

나는 선뜻 대꾸하지 못했다.

“따먹고 싶은데 줄 것 같진 않고, 그래서 나 부른 거지? 내가 꿩 대신 닭이냐?”

“주둥이 다물어.”

“왜 그 여자한테도 무릎 꿇고 빌어보지? 제발 한 번만 주세요, 하고. 하긴 그런 년이 뭐가 아쉬워서 절름발이랑 떡을 치겠어.”

이게, 그냥! 손이 올라갔다. 때리고 싶었다. 죽도록 때리고 싶었다. 눈을 치켜뜨고 나를 쳐다보는 미주의 얼굴을 갈기고 싶었다.

“치게? 잘됐다. 쳐봐, 쳐!”

나는 주머니 속의 니퍼를 꾹 쥐었다.

“때리지도 못하는 게.”

미주의 차가 다리 너머로 사라졌다. 나는 뒤뚝대며 강으로 내려갔다. 검은 강 앞에 서 있으면, 수면의 경계가 구분되지 않았다. 밤낚시하는 사람들이 던져놓은 야광찌가 무리지어 반짝였다. 야광찌가 둥둥 떠 있는 물속으로 무작정 들어갔던 적도 있었다. 절름발이여서 죽고 싶었는데, 저는 다리가 너무 무거워 물속으로 끌고 갈 수 없었다. 더 멀리, 더 깊이 들어갈 수 없어서 되돌아 나왔다. 뒤돌아보았다. 길고, 짧고, 길고, 짧은 발자국이 번갈아 이어졌다. 내 발자국은 아버지의 흔적이었다. 이길 수 없는 것들은 조용히 숨죽일 수밖에 없었다. 그래서 나는 낚시를 했다. 물고기가 안 잡혀도 낚싯대만 쥐면 숨을 쉴 수 있었다. 검은 수면에 반사된 야광찌는 두 개가 서로 마주보는 것 같았다. 한 쌍의 야광찌는 같은 모양, 같은 색깔, 같은 움직임이었다. 전화벨이 울렸다. 풀벌레들이 울음을 뚝 그쳤다.

송유영의 차가 어두운 다리 이쪽으로 건너왔다. 할 이야기가 있다고 했다. 나는 가게에서 송유영을 기다렸다. 그 시간이 무척 길게 느껴졌다.

"강 건너편 백숙집에서 저녁 먹었거든. 거기서는 여기가 훤히 다 보이더라고. 낚시할 거야?"

"할 얘기는……"

"스토리를 만들려고. 화면도 화면이지만, 부자의 낚시 인생을 다루려니, 둘 사이의 갈등이나 애증? 뭐 그런 것들이 필요하겠더라고. 너무 뻔하면 재미는 없겠지만, 그래도 그런 이야기가 있어야 그림이 좀 되거든. 뭐 특별한 거 없어? 없으면 보조 시켜서 신선한 에피소드 하나쯤 만들고."

"낚시하는 거나 찍지 뭘……"

송유영이 픽 웃었다.

"방송이 그렇게 간단한 게 아니야. 피디가 접자는 걸, 내가 꼭 해야겠다고 고집 부린 건 알지? 이번 거 성공해야 내가 더 버틸 수 있다는 얘기도 들었지? 아무튼 변수를 준비해야 된다고. 아버지가 좀 별나야 말이지. 부탁하자. 나 좀 도와줘. 너밖에 사정할 사람이 없어. 나 좀 살려줘."

창고의 여자도 아니고, 미주도 아닌, 송유영이 내 도움이 필요하다는 것이다. 텔레비전에 나오는 똑똑한 여자랑 하는 건 어떤 기분일까. 괜히 가슴이 뛰었다. 나는 말을 돌렸다.

"아버지 말고도 찍을 사람 많을 텐데……"

"많지. 내가 모르겠어? 사실 아버지도 아버지지만, 우린 떡밥 쪽에 더 관심이 많아. 그거에 대해선 절대 말하지 않는다면서?"

나는 입을 꾹 다물었다.

"인육을 넣는다는 소문까지 있을 정도야. 대단하지? 그래서 그 떡밥 만드는 걸 꼭 찍어야 한다고. 그쪽은, 당연히 모르겠지? 원래 장인들이 자식들에게도 비법을 전수하지 않잖아."

나는 숨을 들이켰다. 창고의 여자들이 떠올랐다. 아버지는 무슨 미끼로 여자를 잡았을까. 어디선가 비린내가 나는 것 같았다. 나는 미간을 찌푸렸다. 송유영이 먼저 일어났다. 송유영이 입은 청바지는 엉덩이가 터질 것처럼 꽉 달라붙었다. 저 엉덩이를 제대로 한번 낚고 싶었다. 나도 같이 해도 되지? 송유영이 차에서 장비를 꺼내왔다. 루어대였다. 나도 모르게 쥐고 있던 것도 루어대였다.

"나도 루어낚시 좋아해. 어른들은 격이 없다고 뭐라 하지만."

나는 좋아하지 않았다. 다만 루어꾼들이 많아져서 장사를 하려면 어느 정도는 알고 있어야 했다. 그래서 할 뿐이었다.

송유영은 수준급이었다. 탄력 있게 줄이 풀리는 소리만으로도 알 수 있었다. 한동안 찰박거리는 물소리와 발걸음 소리, 캐스팅 소리만 들렸다. 송유영이 먼저 잡았다. 팔뚝만한 배스였다. 거침없이 맨손으로 배스의 아래턱을 잡아 바늘을 빼내더니, 멀리 물로 던졌다. 강 건너의 간판 불이 하나둘씩 꺼졌다. 강은 점점 더 어두워졌다. 송유영은 한 마리를 더 잡았다. 아직 나는 제대로 된 입질 한 번 없었다. 약이 올랐다. 송유영이 서 있는 자리를 맴돌며 몇 번이나 채비를 바꿨는데도 마찬가지였다.

"아버지는 안 잡고, 아들은 못 잡고. 이래서 어디 텔레비전에 내보내겠어? 실망인데."

농담처럼 들리지 않았다. 그때 입질이 왔다. 큰 놈이었다. 실랑이를 하듯이 낚싯대를 잡아끌었지만, 털리고 말았다.

"오늘은 날이 아닌가봐."

바늘 매듭을 짓는데 송유영이 중얼거렸다.

"그 아버지에 그 아들이네."

나는 송유영을 빤히 쳐다봤다. 어둠 속이지만 송유영의 몸매가 고스란히 드러났다. 야광찌들은 멀리서 반짝였다. 도로변에는 주차된 차도 없었다. 나는 송유영에게 다가갔다. 낚싯대를 뺏어 던졌다. 송유영의 허리를 잡아 내 몸에 붙였다. 뒷목을 잡아당겨 송유영의 입안에 내 혀를 집어넣었다. 이내 송유영의 가랑이를 움켜쥐었다. 송유영이 거세게 나를 뿌리쳤다. 중심을 잃었다. 몸을 바로 세우지 못해 강으로 빠졌다. 풍덩, 발이 바닥에 닿지 않았다. 수초를 붙잡고 겨우 정신을 차렸다. 송유영이 나를 내려다봤다.

"이게 촬영 때문에 잘해줬더니, 똥오줌도 구분 못하네. 내가 만만해 보여? 우습게 보여? 촬영만 아니었으면 너 같은 놈은 상대도 안 했어. 주제도 모르는 게 어딜. 쓰레기 같은 새끼!"

송유영이 물위로 내민 내 얼굴을 발로 밟았다. 나는 눈을 질끈 감았다.

촬영은 다음날로 이어졌다. 송유영은 지난밤 일은 없었다는 듯이 카메라 앞에서 밝은 표정을 지었다.

"자, 드디어 아버지와 아들의 진검승부를 시작하겠습니다. 바람도 시원하고 햇빛도 좋은 가을 날씨네요. 하루가 다르게 수온이 떨어지고 있지만, 물고기들이 겨울을 대비해 영양분을 많이 보충하는 시기라, 찌 올림이 좋을 시기이기도 하죠. 먼저 우리 조사님들이 어떤 채비를 하셨는지 알아볼까요? 낚싯대는 한 대씩만 쓰기로 했습니다."

송유영이 아버지에게 다가갔다. 송유영의 머리카락이 바람에 날렸다. 어떤 채비를 하셨죠? 나는 떡밥을 동그랗게 뭉쳐 바늘에 달았다. 송유영이 내 쪽으로 왔다. 아버지에게 했던 질문을 똑같이 할 터였다.

어신이 왔다. 찌가 살짝 오르락내리락했다. 나는 숨을 크게 쉬었다. 찌가 쑥 올라왔다. 붕어였다. 월척은 아니지만 씨알이 괜찮았다. 드디어 첫 조과가 나왔습니다! 송유영이 환호성을 질렀다. 나는 그뒤로도 심심치 않게 붕어를 잡아올렸다. 지렁이를 꿴 바늘에 고만고만한 배스가 걸려들기도 했다.

아버지는 한 마리도 잡지 않았다. 입질조차 없었다. 마치 빈 바늘을 던져놓은 것처럼 단 한 번의 미동도 없었다. 아버지가 떡밥에 무슨 수를 쓴 모양이었다. 낚시에 정답은 없었다. 상황과 경험에 따라 채비의 최적 조건을 만드는 것이었다. 결국 큰 것을 잡는 것, 많이 잡는 것으로 승패를 가름할 것이었다. 나는 아버지보다 많이 잡고 싶었다. 아버지보다 큰 걸 잡고 싶었다.

해가 저물고 있었다. 바람이 거세졌고, 한기가 파고들었다. 피디가 신호를 보냈다. 아버지를 쳐다보던 송유영이 내 쪽으로 왔다. 카메라를 끄자 송유영의 얼굴빛이 달라졌다. 지난밤, 송유영의 가랑이는 매끈했다.

"적당히 좀 하지. 일방적으로 이쪽만 많이 잡는다고 되는 게 아니잖아. 머리 안 돌아가? 아버지가 주인공이라고."

"누구든 많이 잡으면 장땡이지."

피디가 끼어들었다.

"그건 아니지. 아버지가 메인, 아들은 곁다리. 아버지를 살리기 위한 장치라고. 게다가 아버지한테 낚시 배웠다며. 그럼 아버지가 이겨야 훈훈해지지 않겠어? 아무튼 밤까지 해봐야겠네. 이야기는 고사하고, 그림도 안 나온다고."

"밤에도 저 모양이면 어떡해."

"내일부터 비 온대. 오늘밤에 어떻게든 끝내자고."

"못 끝내면요?"

"송유영이 끝나는 거지 뭐."

송유영이 아랫입술을 잘근잘근 씹으며 아버지를 쳐다봤다. 피디가 나에게 물었다.

"아들 생각은 어때? 왜 저러시는 거야? 아버지 좀 잡게 해봐."

"무슨 수로요. 한번 수틀리면 아무도 못 말려요."

"우리 아버지랑 똑같네. 세상 아버지들은 다 왜 그런지 몰라."

피디가 스태프들을 향해 외쳤다. 일단 철수! 밥 먹고 다시! 선뜩한 바람이 불었다. 바람에 물결이 점점 더 거세졌다. 스태프들이 모두 둔덕으로 올라갔다. 그제야 피디가 송유영에게 정색을 하고 몰아붙였다.

"송유영! 저 노인네 밤에도 안 잡으면 어떡할 거야. 네가 문제없이 다 알아서 한다고 했지? 이번만큼은 믿어달라고 했지? 그래서 믿어줬잖아. 믿어서 나도 이번 촬영 무리해서 가잖아. 이제 어떻게 할 거야? 이거 펑크나면 네가 다 책임져."

송유영이 한참 아버지를 노려봤다. 그리고 아버지를 향해 걸어갔다. 둘이 오래 이야기를 나누더니, 아버지가 비죽 웃으며 낚싯대를 거뒀다. 가서 내 떡밥 가져와라! 아버지가 소리쳤다.

5

아버지가 검붉은 반죽 뭉치를 꺼냈다. 이내 거둬들인 낚싯대의 미끼를 검붉은 떡밥으로 바꿔 달았다. 송유영이 모든 과정을 유심히 바라봤다. 아무리 비장의 떡밥을 쓴다고 해도 무조건 잡힌다는 보장은 없었다. 그런데도 아버지는 표정조차 변하지 않았다.

삼사십 분쯤 지났을까. 수초에 바짝 붙여 던져둔 낚싯대에 어신이 오는가 싶더니, 이내 쑤욱 찌를 밀어올린다. 아버지의 첫번째 입질이었다. 아버지가 낚아챘다. 힘새가 예사롭지 않았다.

"왔어, 왔어!"

힘싸움 끝에 월척짜리 붕어가 아버지의 뜰채에 담겼다.

"봤지!"

송유영이 박수를 치며 소리를 질렀다. 아버지가 웃었다. 아버지가 잡은 붕어는 내가 잡은 것들과 비교할 수 없는 크기였다. 커다란 붕어가 입을 뻐끔거렸다. 아버지가 송유영의 옆구리를 쿡 찔렀다. 난 약속 지켰다. 송유영이 붕어처럼 입을 크게 벌려 웃었다. 촬영 내내 한마디도 없던 아버지가 말이 많아졌다.

아버지는 밤새 월척급 한 마리와 준척급 세 마리를 더 낚았다. 잔챙이들까지 포함하면 내가 잡은 것들보다 훨씬 많은 양이었다. 송유영은 내내 아버지 옆에서만 맴돌았다. 아버지가 기세등등하게 카메라를 응시했다. 송유영은 이제 거침없이 아버지에게 달라붙었다. 팔짱을 끼고, 헝클어진 머리를 매만졌다. 아버지도 마다하지 않았다. 소풍 나온 사람들처럼 왁자했다. 종종 마른번개가 쳤다. 가을밤의 추위를 느끼는 사람은 나밖에 없는 것 같았다.

아침이 될 때까지 나는 더이상 큰 놈을 잡지 못했다. 채비를 달리하고 떡밥을 바꿔봐도 잔챙이 몇 마리가 다였다. 이번만큼은 아버지를 이기고 싶었다. 강한 놈이 되고 싶었다. 구름이 빠르게 움직였다. 금방이라도 비가 쏟아질 것 같았다. 화장을 고친 송유영이 카메라 앞에 섰다. 대꾸하는 사람 없어도 혼자 떠들었다. 마치 나와 아버지가 번갈아 잡아올렸던 것처럼 상황을 바꿨다. 송유영의 말대로라면 부자간의 진기한 밤낚시 대결이었던 것이다.

떡밥 촬영은 다음으로 미루고 모두 철수했다. 스태프들이 먼저 떠났다. 장비를 거둬 둔덕을 올라가는데, 송유영의 차가 되돌아오는 것이 보였다. 빗방울이 떨어지기 시작했다.

가게 뒷문이 잠겨 있었다. 좀처럼 없는 일이었다. 앞문도 마찬가지였다. 나는 창문에 이마를 댔다. 번쩍, 번개가 쳤다. 어두웠던 가게 안이 금세 환하게 드러났다. 진열장 아래로 허연 살덩이가 엉켜 있었다. 가지고 싶은 건 다 가지는 아버지가, 씨발 좆같았다. 나는 돌멩이를 주워 창문으로 냅다 집어던졌다. 돌멩이는 창문이 아니라 벽에 부딪혔다. 천둥소리가 가까이 들렸다. 금세 온몸이 젖었다. 나는 가게 앞에 쭈그려앉았다.

송유영이 악을 썼다.

"아까랑 말이 다르잖아! 알려준다면서!"

"고기 그만큼 잡았으면 됐지, 뭘 더 바라?"

가게문이 벌컥 열리고 아버지가 나왔다. 송유영이 아버지의 팔을 잡았지만, 아버지는 사납게 뿌리쳤다. 아버지가 빗속을 걸어갔다. 송유영은 비 때문인지 주춤 뒤로 물러섰다. 화장이 지워진 송유영의 눈가가 검게 얼룩져 있었다. 두툼한 콧방울, 앙다문 얇은 입술이 밉상이었다. 송유영이 나를 발견하곤 흠칫 놀랐다. 아버지는 이미 사라지고 없었다. 송유영도 빗속으로 뛰어들었다. 나는 차문을 여는 송유영을 거칠게 잡아끌었다.

가게로 들어선 송유영이 나를 노려봤다. 나는 들고 있던 낚싯대를 힘줘 분질렀다. 두 동강이 난 낚싯대를 집어던졌다. 송유영이 팔짱을 끼고 눈에 날을 세웠다. 송유영에게 다가갔다. 송유영은 물러서지 않았다. 송유영의 허리춤을 움켜잡아 내 쪽으로 바짝 당겼다.

"이거 놔!"

"걸레 같은 년."

"말이면 단 줄 알아?"

"우리 같은 놈들은 상대도 안 한다더니, 가랑이는 막 벌리나보네."

"내가 뭘 하든."

"그래? 씨발, 그럼 나도 한번 하자."

송유영이 코웃음을 쳤다.

"내가 오늘 순순히 촬영했다고 뭔가 크게 착각한 모양인데, 내가 얘기했지, 주제를 알라고. 넘보긴 어딜 넘봐, 재수없게."

나는 소리를 질렀다.

"아버진 되고, 나는 안 되냐!"

송유영이 눈 하나 깜짝하지 않고 받아쳤다.

"네가 아버지랑 같냐? 아버지만도 못한 게. 네 아버지 반만 돼도 너랑 했다."

아버지, 아버지, 말끝마다 아버지! 나는 송유영의 뺨을 올려쳤다.

"무식한 것들은 힘밖에 없지. 사는 꼴 보면 각 다 나와. 너나 네 아비나 다 똑같은 놈들이야! 이 거지같은 것들!"

나는 송유영을 소파로 팽개쳤다. 송유영이 일어서기도 전에 그 위에 올라탔다.

"네가 우리 아버지가 어떤 인간인지나 알아? 바로 이게 우리 아버지야!"

아버지는 여자들을 올라타 주먹을 휘둘렀다. 여자들은 입술이 터지고, 두 눈이 금세 부풀어올랐다. 나도 아버지처럼 송유영의 얼굴을 갈겼다. 송유영이 악을 쓰며 허우적거렸다. 그럴수록 더 세게 송유영의 얼굴을 내리쳤다. 정신을 잃은 송유영의 팔다리가 죽 늘어졌다. 나는 있는 힘껏 송유영의 얼굴을 한번 더 후려갈겼다.

자기 차 트렁크에 담긴 송유영이 눈도 못 뜨고 몸을 비틀었다. 나는 트렁크를 닫았다. 비가 쏟아지는 강가는 한적했다. 다리를 건너 강을 따라 질주했다. 건너편으로 보였던 백숙집과 카페, 모텔을 지나쳤다.

평생 강가에서 자랐다. 물고기가 잡히는 포인트만 잘 아는 게 아니었다. 어디가 후미지고 인적이 없는지, 어떻게 강을 넘나들고 산을 타는지, 집까지의 샛길이 어떻게 이어졌는지 나는 잘 알았다. 자동차야

물에 빠뜨리면 그만이었다. 아버지의 주먹질에서 벗어나기 위해 숨던 곳은 곳곳에 많았다.

창고에 묶어둔 송유영은 꼼짝도 하지 않았다. 발로 툭 찼다. 송유영이 가까스로 눈을 떴다. 나를 알아보자마자 호흡이 가빠졌다. 그래, 그래야지. 나를 두려워하는 송유영의 눈빛을 보니, 그제야 왜 낚시가 재밌는지 알 것 같았다. 아버지가 왜 여자들을 잡아뒀는지, 왜 이유 없이 나를 두들겨 팼는지도 알 것 같았다. 나는 송유영을 발로 차댔다. 송유영의 눈동자가 점점 초점을 잃어갔다. 이제 곧 죽을 물고기 눈처럼 껌벅이지 않았다. 진작부터 그랬어야지!

"너 이 새끼, 이게 무슨 짓거리야!"

창고 문을 연 아버지가 놀라 소리쳤다.

"저 여자가 뭘 잘못했다고 잡아와?"

"누군 잘못해서 잡혀왔어요?"

아버지가 주먹을 들었다. 나는 아버지의 팔을 잡았다. 생전 처음으로 아버지에게 대적한 것이다. 나는 아버지의 팔을 세차게 뿌리쳤다. 아버지가 또다시 달려들었다. 나는 아버지를 내동댕이쳤다. 창고 문에 머리를 박고 쓰러진 아버지가 온몸을 부르르 떨었다. 아버지가 몇 번 더 덤볐지만, 결국 지쳐 쓰러진 건 아버지였다. 약해빠진 것은 쓸모없었다.

그날 밤의 아버지처럼, 나는 송유영의 머리채를 붙잡고 흔들었다. 송유영을 이리저리 내던졌다. 정신을 잃으면 물을 부었다. 흠뻑 젖은 송유영이 놀라 퍼덕거렸다. 나는 송유영의 젖은 옷을 찢었다. 발로 송유영의 다리를 벌렸다. 검은 구멍이 선명하게 드러났다. 한번 잡은 건 다시 보내지 말아야 한다. 아버지가 창고 문 앞에서 내 뒷모습을 지켜봤다. 아버지 것도 딱딱하게 굳었을 것이었다.

내내 비가 내렸다. 맑고 고요하던 강은 흙탕물이 되어 거칠게 흘렀다. 비가 그치자 기온이 뚝 떨어졌다. 스태프들의 옷차림도 두툼해졌다. 모두 모였다. 송유영만 없었다. 피디 앞에서 보조가 쩔쩔맸다.

"송유영이 아직도 연락 안 돼?"

"전화도 꺼졌고, 집에서도 모른다고……"

아버지가 나를 빤히 쳐다봤다. 나는 아버지의 시선을 피하지 않았다. 주머니 속의 니퍼도 쥐지 않았다.

"그럼 또 잠수야? 떡밥 소개, 손님 인터뷰, 손님들이랑 낚시하는 것도 송유영이 멘트 쳐야 하잖아."

"진행 없이 가는 수밖에……"

"말이 돼? 송유영 혼자 설치고 다닐 때부터 알아봤어야 했는데. 툭하면 핸드폰 꺼두고 사라지는 인간이 뭘 하겠다고."

에이, 씨. 피디가 전화기를 들고 나갔다. 아버지가 내 눈치를 살피더니, 낚싯대를 들고 일어섰다. 어딜 가요. 아버지가 멈칫하더니, 조용히 다시 소파에 앉았다.

송유영 없이 진행한다고 했다. 아버지의 떡밥 만드는 과정을 촬영했다. 어분과 보리를 섞은, 누구나 만들 수 있는 평범한 떡밥이었다. 어디서 수소문했는지 얼뜨기 낚시꾼들 대여섯이 시간에 맞춰 도착했다. 그들은 아버지의 단골처럼 연기했다. 떡밥을 구입하고, 좋은 가게라고 칭찬하고, 아버지가 훌륭한 낚시꾼이라고 치켜세웠다. 나는 뒷전에서 팔짱을 끼고 조용히 지켜봤다. 마지막 촬영분은 내 인터뷰였다. 낚시 선배, 아버지, 한 남자로서의 아버지에 대해 이야기해달라는 것이었다. 나는 미소를 지었다. 나는 아버지에게 세상 살아가는 모든 법을 배웠습니다. 피디가 흡족한 표정을 지었다.

아버지가 창고에서 막 나오던 참이었다. 손에는 물병과 밥공기가 들려 있었다.

"밥은 왜 줘요?"

"그럼 굶겨 죽이냐?"

"아버지처럼 갈아서 물고기밥으로 뿌릴 겁니다. 왜요!"

아버지가 눈을 크게 떴다.

"누가 그런 미친 소릴 해. 난 내가 잡아온 것들은 다 놔줬다."

"잘도 살려줬겠네요."

"내가 모자란 년들 데리고 살려고 교육은 좀 시켰다만, 죽인 적은 없다. 다 풀어줬다."

"그걸 누가 믿어요. 잡은 건 놔주는 게 아니라고 가르친 게 아버진데."

아버지는 여지없이 주먹을 들었다. 아직도 이 인간이! 나는 아버지를 밀쳤다. 아버지가 맥없이 주저앉았다. 어제까지만 해도 나를 패던 인간이었지만, 이제는 내게 무릎을 꿇어야 했다.

"저 여자는 내가 끌고 온 여자들과 달라. 다르다고. 멀쩡하잖아."

"이미 늦었어요."

나는 창고로 들어갔다. 아버지가 송유영에게 내 옷을 입히고, 손목과 발목을 전깃줄로 묶어놓았다. 입에는 테이프가 붙어 있었다. 아버지의 여자들과 똑같았다. 어느새 송유영은 의식이 돌아와 있었다. 나는 송유영의 얼굴에 침을 뱉었다. 그리고 발길질을 했다. 물을 붓고, 머리칼을 잡아 뽑고, 옷을 찢었다. 초점을 잃어 나를 똑바로 못 쳐다볼 때까지 주먹질을 했다.

나는 분쇄기의 버튼을 눌렀다. 우웅, 소리가 창고를 뒤흔들었다.

"이 병신 새끼가 정말 죽이겠단 거냐!"

"가서 블루길이나 잡아와요. 집에 먹을 게 하나도 없잖아!"

아버지가 달려들었지만, 이제 내 힘을 당할 수는 없었다. 아버지가 바닥에 널브러져서 나를 올려다봤다.

"사람들이 나더러 다 아버지 닮았대요."

아버지가 뒷걸음질쳤다. 나는 천천히 아버지를 따라갔다. 그리고 아버지를 때리기 시작했다. 내 다리를 못 쓰게 만든 아버지의 팔을 분지르고 싶었다. 지치도록 아버지를 짓이기고 나서야, 나는 허리를 폈다.

아버지가 간신히 숨을 내쉬었다. 송유영은 두 눈을 부릅떴지만 눈동자는 움직이지 않았다. 나는 송유영과 아버지를 남겨둔 채 창고를 나왔다. 창고 밖에서 빗장을 걸었다. 분쇄기 소리가 계속 강가에 울렸다. 나는 절룩이며 강으로 내려갔다. 낚싯대를 던졌다. 붕어가 살이 오를 계절이었다. 자꾸 웃음이 비어져나왔다.

부고

역한 비린내가 났다. 정액 냄새라고 생각했는데, 비 때문이었다. 창턱이 빗물로 흥건했다. 전화벨이 울렸다. 시계를 보니 새벽 세시였다.

—네 엄마가 죽었다.

엄마는 담담했다. 아버지가 같이 오라신다. 나는 팬티를 입는 상준을 쳐다봤다. 와이? 상준이 소리를 내지 않고 물었다. 내 표정이 이상했는지, 상준이 다가와 내 어깨에 손을 올렸다. 무슨 일이니?

"엄마가 죽었대."

상준이 나를 껴안았다. 맨살에 닿는 상준의 몸은 여전히 뜨거웠다.

"슬프겠다, 은희."

엄마는 지난 이태 동안 식구들의 짐이었다. 당뇨 후유증으로 온몸이 썩어들어갔다. 시력을 잃고 다리를 절단하고도 생을 연명했다. 나는 슬프지 않았다.

"그런데 어떤 엄마가 죽은 거니?"

죽은 엄마는 나의 생모였다. 부고를 알린 건 나를 키워준 엄마였다. 나는 바닥에 벗어놓은 티셔츠를 입었다.

"커피 줄까?"

나는 고개를 끄덕이고 컴퓨터 앞에 앉았다. 다음날까지 보내야 하는 논문을 아직 끝내지 못한 상태였다. 이미 한 번 미룬 원고였다. 한글 창을 열 엄두가 나지 않았다. 아무 생각도 들지 않았다. 나는 원용 선배에게 전화를 걸었다.

—이제 와서 무슨 소리야.

엄마가 죽었다는 말을 못했다. 내게는 살아 있는 엄마도 있다. 설명하자면 길었다.

—너 아니고도 사람 많아.

—일주일만 미룰게요.

—이 바닥 좁다 너.

제 할말만 한 원용 선배가 먼저 전화를 끊었다. 상준이 커피를 내밀었다. 어떻게든 일을 마쳐야 했다. 원용 선배의 눈 밖에 나면 안 되었다. 원용 선배만큼 대필 논문을 대줄 사람이 없었다. 상준이 방문 앞에서 말했다.

"혼자 있고 싶지? 난 내 방으로 갈게."

"아버지가 같이 오래."

"나?"

나는 고개를 끄덕였다. 상준의 얼굴이 굳어졌다.

"한국 장례식은 어렵지?"

"예전에는. 지금은 병원에서 하니까 그냥 있으면 될 거야. 사실, 나도 잘 몰라."

모니터로 고개를 돌렸다.

"엄마가 죽었는데 일을 하겠다고? 슬퍼서 그러는 거니?"

"원고 못 보내면 돈 못 벌어. 단순한 이치야."

"이치?"

"단순한 원리, 단순한 상황이라는 뜻이야."

상준은 침대에 걸터앉아 나를 쳐다봤다. 나를 불쌍하게 여기는 표정 같기도 했고, 이해한다는 표정 같기도 했지만, 그건 너의 일이니 알아서 하라는 방관처럼 보이기도 했다. 그럴 때면 어쩔 수 없이 상준은 외국인처럼 보였다.

생모를 찾아 한국으로 온 게 십 년 전이라고 했다. 삼 년 뒤에 생모를 찾았지만 그쪽에서 재회를 원하지 않았다. 미혼모로 상준을 낳은 생모는 새 가정을 이뤄 잘살고 있었다. 스물세 살의 상준은 생모를 이해할 수 없었다. 그런 이별을 방치한 한국사회는 더 이해되지 않았다. 그래서 한국에 눌러앉았다. 스스로 납득할 만한 시간을 갖고 싶었다고 했다. 상준을 만난 건 학원에서였다. 이미 외국어 강사 경력이 쌓인 상준은 한국어에 능숙했다. 나는 한 번도 상준과 영어로 대화한 적이 없었다.

좋은 아침입니다. 상준이 커피잔을 살짝 들어 보였다. 나도 모르게 자리에서 일어나 상준을 향해 깍듯하게 인사를 했다. 다른 강사들은 내게 먼저 인사를 건네지 않았다. 나는 안내 데스크에서 수강 신청을 받고 상담 전화를 받았다. 상준은 유일하게 먼저 인사를 건넨 학원 사람이었다.

상준과 나의 유일한 공통점은 엄마가 둘이라는 사실이었다. 그런데도 상준은 나를 이해한다고 했다. 엄마가 둘이라는 이유로 같이 사는 사람들이 세상에 몇이나 될까. 상준은 그런 건 아무 의미가 없다고 했다. 중요한 건 너와 나가 사랑한다는 사실이야. 상준은 '내가'라는 말 대신 '나가'라고 했다. 나는 그때마다 고개를 끄덕였다. 사랑한다는 말만큼은 진짜 같았다.

나는 모니터를 응시하며 뜨거운 커피를 마셨다. 매일 마시던 커피 맛이 달랐다. 엄마가 죽었다. 사람은 누구나 죽는다. 엄마는 투병중이었다. 슬플 이유가 없었다. 여하튼 남편을 떠나고 어린 나와 오빠를 버린 사람이었다. 속이 메스껍고 자꾸 생목이 올라왔다. 기분이 나빴다. 나는 논문 파일을 열었다. 근대문학사에 관한 연구였다. 마지막으로 퇴고를 한번 더 봐야 할 일이었다. 어떻게든 저녁때까지 마쳐야 했다.

병원 입구에서 상준은 내 팔을 붙잡았다.

"이 정도면 되니?"

귀걸이를 빼고 감색 양복을 입은 상준은 말끔했다. 서른 살의 상준은 이십대 중반으로밖에 보이지 않았다. 상준에 비하면 서른다섯의 나는 너무 늙은 여자 같았다.

장례식장에는 사람이 없었다. 그럴 거라고 생각했지만, 모양새가 좋지 않았다. 귀퉁이에 앉아 있던 엄마가 자리에서 일어났다. 멀리 영정 사진이 보였다. 젊은 여자였다. 저렇게 생긴 여자였구나. 예순이 다 된 사람의 영정으로 쓰기엔 마땅한 사진은 아니었다. 모르는 사람이 보면 요절했다고 여길 만한 사진이었다. 어디서 저런 사진을 구했는지, 끔찍했다. 엄마셔. 상준이 허리를 굽혀 인사했다.

"이런 자리에서 만나서 미안해요."

"아닙니다. 상심이 크시겠습니다."

상심이 크다니. 무슨 뜻인지도 모르고 인터넷으로 알아온 말이었을 것이다. 아버지가 자리에서 일어섰다. 아버지 앞에서도 상준은 똑같은 인사를 건넸다.

"절해라."

아버지는 상준을 쳐다보지 않았다. 나는 절을 했다. 자네도 하게. 상준이 어색하게 몸을 숙였다.

엄마가 밥과 국, 술을 갖다주었다.

"불쌍한 사람이라고, 아버지가 장례를 치러주자 했다."

엄마는 상준 앞으로 수저를 놓아주며 말을 이었다.

"죽은 사람이 알던 사람들까지 찾아서 부르고 싶진 않더라."

"잘하셨어요."

"네가 서운할지 모르겠다만, 나는 할 만큼 했다, 은희야."

엄마가 내 이름을 부를 때는 진심을 담아 말하고 있다는 걸 나는 알고 있었다. 엄마의 눈가가 기미로 거뭇했다. 수저를 들었다. 국은 짜고 매웠다. 메스꺼웠던 속이 좀처럼 가라앉지 않았다.

*

죽은 엄마가 집을 나간 건 내가 초등학교에 들어가기 전이었다. 예닐곱 살쯤이니 기억이 있을 법한데도, 떠난 엄마의 기억은 전무했다.

대신 어둑한 방 가운데 우두커니 앉아 있던 아버지만 선명하게 기억이 난다. 자다 깨 보면, 어김없이 아버지가 엄마의 빈 베개를 노려보고 있었다. 그런 아버지를 봤다는 것만으로 큰 잘못을 저지른 것 같았다. 아버지의 검은 실루엣을 목도할 때마다 가위에 눌린 것처럼 숨이 턱 막히곤 했다.

내가 중학생이던 무렵까지 아버지 혼자 남매를 건사했다. 아침은 아버지가, 저녁은 오빠가 차렸다. 세 살 위인 오빠가 중학생이 된 이후에는 내가 상을 차렸다. 곧 쌀을 씻어 밥을 안치는 일도 할 수 있었다. 식용유에 소시지나 감자를 볶고, 단무지에 고춧가루와 참기름을 부어 무쳤다. 김치찌개나 된장찌개도 끓였다. 상차림뿐 아니라 청소와 빨래도 내 몫이었다. 다른 아이들이 고무줄을 뛰어넘고, 친구 집으로 몰려가 숙제를 하는 것처럼 집안일은 나에게 당연한 일이었다. 오빠 대신 언니가 있었으면 했다. 그러면 언니가 나 대신 일했을 테고, 언니가 나처럼 살았을 것이다. 그럼 나는 지금과 다르게 살고 있을 것이었다.

아버지는 초등학교 교사였다. 집에 오면 아버지는 제일 먼저 숙제 검사부터 했다. 오빠와 나는 공책을 들고 아버지 앞에 섰다. 아버지 마음에 들 때까지 공책을 채우고 글씨를 바로 써야 그 자리를 벗어날 수 있었다. 자기 전, 아버지는 다시 남매를 앉혔다. 그러고는 자신이 꺼내온 책을 소리내어 읽었다. 나에게는 세계명작이나 전래동화를, 오빠에게는 한국 단편들을 읽어주었다. 오빠는 벽에 기대어 창밖을 바라보거나, 공책을 꺼내 그림을 그리면서 아버지의 낭독을 들었다. 혼자 있는 게 싫었던 나는 베개를 들고 와 오빠 옆에 누워 잠이 들곤 했다. 김동인, 이효석, 염상섭의 단편들을 소리내서 읽는 아버지는 무척 외로운 인간처럼 보였다.

지금 생각해보면 아버지의 낭독은 다분히 위악적이었다. 내가 골라 온 책은 뒷전에 두고, 꼭 자기가 읽고 싶은 걸 읽었다. 가끔 주인공 대신 내 이름을 넣어달라고 조르기도 했지만 한 번도 응해준 적이 없었다. 그 입 좀 다물어. 지금 내가 읽고 있잖니. 책을 읽는 중에는 어떤 질문도 할 수 없었다. 더 읽어달라고 졸라도 언제나 한 권으로 끝이었다.

책을 다 읽은 아버지는 꼭 한마디 덧붙였다. 세상에 책 읽어주는 아버지는 흔치 않다. 넌 행복한 아인 줄 알아라. 하지만 아버지는 나의 외로움에 대해 어떤 위로도 건네지 않았다. 엄마가 없다는 걸 표내면 따돌림받는다. 함부로 가족 이야기를 하지 마라. 말수가 적어야 귀여움을 받는 여자애가 된다. 어디서든 나서지 마라. 평범하게 자라라. 나는 아버지가 바라는 대로 자라야 했다. 조용하고, 집안일에 성실했으며, 불만을 토로하지 않았다. 엄마가 그립다는 내색도 차마 하지 못했다. 그것이 열댓 살도 되지 않은 내가 아버지에게 배운 삶의 자세였다. 엄마 없이 자라는 여자아이의 마음 따위는 아버지의 관심사가 아니었던 것이다.

아버지가 낭독을 그만둔 건 내가 초경을 시작한 열다섯 살 여름이었다. 문과생이었던 오빠가 아버지와의 오랜 갈등 끝에 뒤늦게 예체능 계열로 진로를 바꾼 무렵이었다. 아버지는 미술학원에 가겠다고 나서는 오빠를 불러앉혔다.

"기어이 네 고집대로 하겠다니, 잘났다. 예술은 개나 소나 한다더냐? 빌어먹는 환쟁이나 되라고 내가 널 키웠구나. 어디 두고보자."

오빠는 대꾸하지 않았다. 말수가 적은 오빠는 좀처럼 그 속을 보이지 않았다. 아버지는 오빠가 법대에 들어가기를 바랐다. 힘을 가지려면 법을 알아야 한다고 했다. 사회적 계급을 위해서라도 남자라면 마땅한 진로라고 설득했다. 그런 아버지에게 미대에 가겠다는 오빠의 선언은 자신의 존재가 부정당하는 일과 같았다. 자기 뜻이 꺾인 아버지의 노여움은 가시지 않았다. 자식에게 졌다는 걸 참지 못했다. 나는 아버지와 대척점에 있는 오빠가 부러웠다.

아버지가 바라는 대로 자라면 되는 줄 알았다. 그것이 아버지에게 사랑을 받는 일이라고 여겼다. 그런데 아니었던 것이다. 차라리 못된 짓을 해서 실컷 두들겨맞기라도 했다면 아버지에게 조금 더 살가운 부정을 느꼈을지도 모르겠다. 그러나 나는 어떻게 나를 표현해야 하는지 몰랐다. 아버지가 침묵을 강요했기 때문이었다.

"자식이 전부라고 생각한 내가 천치였지. 나도 이제 내 생각 하면서 살겠다. 그리 알아라."

얼마 후 아버지가 여자를 데리고 왔다. 오빠는 여자에게 깍듯이 인사했다. 하지만 엄마라고 부르지 않겠다고 말했다. 여자가 말릴 틈도 없이 아버지가 오빠의 머리를 후려쳤다. 오빠는 화구통을 들고 훌쩍 집을 나갔다. 엄마라는 단어는 나 역시 이물스러웠다. 나는 여자를 오래 쳐다보았다. 연분홍색 투피스를 입은 여자 옆에는 검은 가방과 커다란 이불 보따리가 놓여 있었다. 여자의 마주잡은 두 손이 미세하게 떨렸다. 손톱이 짧아 속살이 벌겋게 솟아 있었다.

여자는 나와 오빠에게 꼬박꼬박 존대를 썼다. 밥 먹어요. 이제 그만 자야죠. 아버지가 그러지 말라고 했어요. 나는 너희들의 엄마가 아니라는 선언 같기도 하고, 한편으로는 굳이 엄마라 부르지 않아도 된다는 허락 같기도 했다. 여자는 음식 솜씨가 좋았고, 부지런해 집안은 언제나 말끔했다. 발소리를 내지 않았고, 아버지와 다툼 한 번 없었다.

다만 여자는 일 년에 한 번, 일주일씩 집을 비웠다 돌아왔다. 마치 휴가를 얻어 떠나는 사람 같았다. 집을 비우기 전에는 일주일 치 반찬과 국, 찌개를 냉장고에 재어놓았다. 아버지 말로는 여자의 부모를 만나러 간다고 했다. 여자의 부모라면 오빠와 나에게는 외가가 될 터였다. 그러나 그쪽과 교류는 없었다. 아버지는 여자를 일가에 알리지 않았다. 집안의 대소사에는 언제나 아버지 혼자 다녀왔다. 새로운 관계는 여자 하나로 족했다.

오빠는 재수 끝에 미대에 진학했다. 여자는 새벽마다 도시락을 싸주었고, 저녁에는 화실 앞으로 먹을거리를 날랐다. 대학에 들어간 뒤, 학교 앞에서 자취를 시작한 오빠에게 종종 반찬을 갖다주기도 했다. 아버지는 여자가 들어온 이후로 입성이 좋아지고 살이 붙었다. 낭독을 하던 시간에는 여자의 무릎을 베고 텔레비전을 봤다. 좀처럼 들을 수 없었던 아버지의 웃음도 흔해졌다. 여자는 자기가 할 일을 잘 찾았고, 항상 잘해냈다.

여자 때문에 힘든 건 나밖에 없는 것 같았다. 여자가 들어온 이후 모든 것이 변했다. 계절마다 이불의 두께가 달라졌고, 커튼 색깔이 바뀌었다. 냉면이나 주꾸미 같은 제철에 먹을 수 있는 별미가 상에 올랐다. 겨울을 앞두고 김장을 했고, 손수 만두를 빚었다. 베란다에는 철마다 꽃을 피우는 화분들이 빼곡히 들어찼다. 매일 삶는 수건과 속옷에서는 언제나 기분좋은 냄새가 났다. 내가 하지 못하는 일들이 있다는 걸 나는 몰랐다. 그것이 여자여서 가능하다는 걸 절감할 때마다 열패감을 느끼곤 했다. 나는 여자 때문에 집안일을 하지 않았고, 갑자기 생겨난 많은 시간을 어쩌지 못했다. 친구를 어떻게 사귀는지 몰라서 늘 외톨이였다. 책을 읽거나 공부만 했다. 그것밖에 할 줄 아는 게 없었다.

여자는 한결같았다. 정해진 시간에 간식을 챙겨주고, 매일 깔끔하게 교복을 다려놓았다. 미처 꺼내놓지 못한 실내화도 깨끗하게 빨아 월요일 아침이면 현관 앞에 놓아두었다. 자라는 몸에 맞춰 새 속옷을 건넸고, 용돈도 늘 넉넉히 챙겨주었다. 늦은 밤에 생리대를 사다주거나, 블라우스나 한복 저고리를 만드는 가사 숙제를 대신 해주기도 했다. 그래서 내가 여자에게 가장 많이 한 말은 고맙습니다, 였다. 그런데도 여자는 나에게 학교생활에 대해 먼저 묻지 않았다. 나는 가정통신문이나 성적표를 아버지에게 내밀었다. 여자는 늘 멀찍이 서 있었다. 내가 여자를 엄마라고 부르게 된 건 열일곱 살 여름이었다.

야간 자율학습을 마치고 집으로 가던 길이었다. 집 부근에 남자애들 네댓이 모여 있었다. 그중 하나가 내 이름을 불렀다. 또래로 보였지만 아는 얼굴은 아니었다. 너 이 집 살아? 그런데? 나는 주춤 뒤로 물러섰다. 무리가 나를 에워쌌다. 아버지 딸이라 이거지? 뭐? 생김새가 어쩐지 낯이 익었다. 비밀 하나 알려줄까? 너 누구야, 너희들 뭐야? 남자애가 담배를 피워물더니 고개를 끄덕였다. 무리 중의 둘이 내 두 팔을 잡았다. 왜 이래! 무리에서 낄낄거리는 소리가 들렸다. 남자애가 비죽 웃더니 뺨을 올려쳤다. 소리지를 엄두가 나지 않았다. 맞은 뺨을 감싼 채 뒤돌아섰다. 나를 둘러싼 남자애들 때문에 도망칠 수도 없었다. 남자애가 순식간에 내 머리채를 잡아챘다. 악! 조용히 못 해! 엄마! 엄마! 나도 모르게 터진 말이었다. 한 번도 불러본 적 없는 '엄마'였다. 그러나 골목은 조용했다. 작정을 하고 덤비는 남자애들을 이겨낼 수 없었다. 엄마! 엄마! 엄마 좋아하시네! 남자애가 내 입을 막고 골목으로 끌고 들어갔다. 다른 남자애들은 질질 끌려가는 나를 발로 차댔다.

정신을 차린 건 내 방에서였다. 아버지가 소리를 질렀다. 생전 처음 들어보는 큰 목소리였다. 네가 낳은 자식이 아니라고 그러는 거야! 여자가 조용히 대꾸했다. 당신 자식을 내 자식이 아니라고 생각해본 적은, 단 한순간도 없었어요.

"그런 사람이 그런 말을 해? 신고를 하자고? 동네방네 소문낼 일 있어?"

"숨기는 게 은희에게 더 큰 상처가 될 거예요."

"당신이 뭘 알아? 여자 인생이 어떤 건지 당신도 잘 알잖아!"

"은희 잘못이 아니잖아요. 그걸 은희 혼자 감당하게 하려는 당신이 더 이기적인 거라고요."

"가만두면 조용해질 일이야. 그런데 신고를 하자고? 나는 그런 생각을 하는 당신이 더 의심스러워. 왜 긁어 부스럼을 만들어?"

"제 인생을 생각해보세요. 은희가 저처럼 되지 않는다는 보장을 누가 해요."

한동안 침묵이 이어졌다. 나는 방문에 기대어 앉았다. 교복은 흙과 피로 범벅이었다. 아랫도리는 송두리째 없어진 것처럼 어떤 감각도 없었다. 골목이 떠올랐다. 재개발 바람이 분 동네는 온통 부서진 집들이었다. 내가 끌려간 곳도 기둥만 남은 집터였다. 시궁창 냄새가 진동했다. 내 뺨을 후려친 남자애가 바닥으로 나를 밀쳤다. 교복 치마가 훌렁 뒤집어졌다. 손을 뻗기도 전에 남자애의 운동화가 가랑이 사이로 들어왔다. 검은 쥐 한 마리가 내 어깨를 지나갔다. 남자애가 나를 덮쳤다. 내 입을 막고 혼자 지껄였다. 너 혼자 아버지를 갖겠다고! 넌 공주처럼 키우고 난 쓰레기처럼 내팽개치겠다 이거지? 다른 남자애들은 나를 내려다보고 있었다. 나는 발버둥을 쳤다. 무리 중 몇이 내 팔과 다리를 잡았다. 남자애는 알아듣지 못할 말을 계속 지껄이면서 내 몸을 짓이기듯 파고들었다. 온몸이 점점 굳어졌다. 어느새 남자애가 일어나 바지춤을 올리며 침을 뱉었다. 야, 너! 발을 잡고 있던 남자애가 내 위로 올라왔다. 남자애들의 키득거리는 소리가 들렸다. 야, 다음은 너! 팔을 잡고 있던 남자애가 나를 올라탔다. 야, 이제는 너! 씨발, 나부터 하자. 싸겠다, 싸! 왁자한 웃음소리에 정신이 들었다. 이대로 죽을 수는 없었다. 내 입을 막은 남자애의 손을 있는 힘껏 깨물었다. 아악! 남자애의 손가락 살점이 뜯겼다. 내 얼굴로 피가 뚝뚝 떨어졌다. 남자애가 돌멩이로 내 머리를 쳤다. 욕지기가 일면서 오줌을 지렸다. 순간, 정신을 잃었다.

"내 새끼가 내 새끼를 해쳤다고 고발하라고? 나는 못해. 차마 그렇겐 못하겠다."

아버지가 낮게 읊조렸다. 여자는 아버지를 이기지 못했다. 나는 집안의 비밀이 되었고, 곧 이사를 했다. 아버지는 새로 이사한 집, 새로운 내 방에서 다시 시작하면 된다고 했다. 방문을 열어준 아버지가 내 어깨를 감쌌다.

"누구나 살면서 불운을 겪는 법이다. 그러니……"

여자가 아버지의 말을 막고 나를 데리고 방으로 들어갔다. 여자가 나를 힘껏 안았다. 여자의 품에서 시큼한 땀내가 났다.

"괜찮아, 은희야."

여자가 내 이름을 발음했다. 은희 혼자 감당하게 하려는 당신이 더 이기적인 거라고요. 제 인생을 생각해보세요. 여자가 했던 말이 떠올랐다. 여자에게도 나와 같은 불운의 경험이 있다. 집에 여자가 있다는 사실에 처음으로 안도를 느꼈다.

시간이 지난다고 기억이 사라지는 건 아니다. 기억은 언제나 생생하게 되풀이되며 재생되었다. 입 밖으로 내놓을 수 없는 비밀은 더욱 견고하게 기억에 매몰되었다. 그뒤로 나는 아버지와 눈을 마주치지 않았다. 스무 살이 되기만을 기다렸다. 아버지와 한집에 사는 이상 그날 밤의 기억에서 벗어날 수 없었다.

엄마가 상준을 물끄러미 지켜봤다.

"은희에게 이야기 들었어요."

입안에 든 밥을 상준이 마저 다 씹어 삼켰다.

"국적이 한국이 아니라고요."

네. 상준이 수저를 내려놓고 자세를 고쳐 앉았다. 한국사회가 바라는 버릇을 이미 몸에 익힌 상준이었다.

"들어온 지 십 년이면, 한국 사람 다 됐겠어요."

"아, 아닙니다. 아직 부족합니다."

"계속 한국에 있을 건가요?"

"결정하지 않았습니다."

"아버지는 은희가 한국에 있기를 바라고 있어요. 나도 그렇고. 오빠가 한국에 없다보니……"

오빠가 결혼 직후 뉴질랜드로 이민을 간 게 오 년 전이었다. 빈 상가를 둘러보았다. 오빠가 한국에 있다면, 여기에 왔을까. 아버지에게 시선을 보냈던 엄마가 이내 고개를 돌렸다. 아버지는 엄마의 영정 사진을 물끄러미 바라보고 있었다. 전 부인의 장례식장에 서 있는 남편을, 자기가 키운 의붓자식을, 그 자식이 데리고 온 이국의 사내를 바라보는 엄마의 마음은 대체 어떤 것일까.

집을 나간 엄마가 다시 돌아온 건 이태 전, 근 삼십 년 만이었다. 평생 혼자 살았으면서도 죽음을 앞두고는 두려웠다고 했다. 그것이 인간이 가진 특권일지도 모른다는 생각을 했지만, 납득할 수는 없었다. 아버지는 돌아온 사람을 내치지 않았고, 엄마 역시 아버지를 만류하지 않았다. 나는 받아들인 아버지보다 묵과한 엄마가 더 놀라웠다. 병든 전 부인을 받아들여 입원시키고 간병인을 붙이는 엄마의 행동은 더욱 이해할 수 없었다.

엄마와 살면서도 아버지는 떠난 엄마를 만나왔다. 졸업식을 앞두고 있을 때마다, 아버지는 엄마가 나를 만나고 싶어한다는 걸 전했다. 하지만 나는 한 번도 응하지 않았다. 아버지의 외도 때문에 떠난 엄마였지만, 나를 버린 사람이라는 것을 용서할 수 없었다. 어릴 적 내가 불쌍해서라도 용서하고 싶지 않았다. 편부에게 사랑받기 위해 엄마라는 단어조차 입 밖에 내지 못하며 자란 나였다. 엄마가 그립지 않았다는 건 거짓말이다. 아버지의 방만한 양육이 엄마를 향한 그리움조차 밝힐 수 없게 했던 것이다. 떠난 엄마에게도 책임이 있었다. 무엇보다도 키워준 엄마를 배신하고 싶지 않았다. 나를 키운 여자는 적어도 나에게 괜찮다는 말을 해준 유일한 사람이었다.

"키워준 부모님은 모두 생존, 그러니까 살아 계시나요?"

"네."

엄마가 계속 상준에게만 물었다. 마치 사윗감을 보는 자리 같았다. 나는 점점 불편해졌다.

"그래도 키워주신 분들인데. 생모를 찾아 여기에 나와 있는 걸 서운하게 생각하지 않으실까요?"

"그런 분들은 아닙니다. 한국인의 정서와는 많이 달라요. 자기 인생은 자기가 찾는 것이라는 원칙이 강한 분들이에요."

"훌륭한 분들이네요."

엄마의 말이 가슴에 박혔다.

"여기까지 왔으니 알겠지만, 우리의 사정을 다른 나라에서 자란 사람이 어떻게 이해하는지 나는 잘 모르겠어요. 나이도 있고, 부모 입장에서는 둘이 같이 사는 걸 알면서도 그냥 두는 게 옳은지…… 은희 아버지는 둘이 결혼하길 바라거든요."

상준이 잘라 말했다.

"은희와 거기까지 말해본 적 없습니다."

사생활 존중. 일할 때는 방해하지 않기. 식사 준비와 청소, 빨래는 번갈아가며. 생활비는 반반씩 지출. 간략하고 단출한 규칙이었다. 다른 상가에서 곡소리가 들려올 때마다 상준은 흠칫 놀라며 어깨를 움츠렸다.

"한국은 조금 다르다는 거 알죠? 부모 입장에서는 과년한, 그러니까 나이가 많은 딸을 그저 동거하는 딸로 두고 싶지 않아요."

엄마의 말에 상준이 못 알아듣겠다는 표정을 지었다. 나에게 도움을 청하듯 쳐다봤다. 여기에 데리고 오는 게 아니었다. 아버지가 이쪽으로 다가왔다. 나는 자리에서 일어났다. 상준도 따라 일어섰다. 앉아라. 엄마가 아버지의 밥과 국을 들고 왔다. 넷이 머리를 맞대고 소리 없이 식사를 했다. 다른 상가에서 오열하는 여자의 목소리가 들려왔다. 나는 젊은 엄마의 영정 사진이 신경쓰였다. 더이상 수저를 들 수 없었다.

"본인 스스로 고른 사진이다. 뭐라 하지 마라."

아버지가 눈을 치켜떴다. 평생 교육자로 살았다는 자부심이 강한 사람이었지만 그건 자기 논리일 뿐이었다. 친척이나 친구들에게 이혼과 재혼을 철저히 숨긴 걸 투철한 자기 관리인 양 내세웠다. 자신의 외도로 집을 나간 사람의 죽음 앞에서, 저렇게 서슬 퍼런 영정 사진 앞에서 밥술을 뜨는 사람이었다. 불운을 겪은 딸을 위해 이사하고, 국적을 바꾸겠다는 아들을 막지 못한 것도 자신이 아량을 베풀었기 때문이라고 믿는 장본인이었다.

다른 상가로 들어서는 사람들이 모두 젖은 우산을 들고 있었다. 물기 가득한 공기가 상가에 맴돌았다. 상준이 자꾸 시계를 쳐다봤다. 더 있을 필요가 없었다. 자리에서 일어나려는데, 입관을 알리는 연락이 왔다.

입관실과 참관실은 유리 부스로 나뉘어 있었다. 창 너머에 엄마가 누워 있었다. 생소한 얼굴이었다. 입원했던 동안에도 나는 엄마를 보러 가지 않았다. 엄마의 기억이 없으니, 생전 처음 보는 셈이었다. 엄마라는 호칭조차 무색했다. 저기 죽은 여자가 누워 있을 뿐이었다.

입관 담당자가 수의를 다 입히자 가족들을 불렀다. 망자에게 마지막 말을 하라고 일렀다. 아버지가 내 등을 떠밀었다. 나는 두 다리에 힘을 줬다. 어미의 도리를 저버린 사람에게 자식으로서 죽음의 예의를 갖추라 종용하는 절차가 원망스러웠다. 엄마가 내 등을 천천히 쓰다듬었다. 엄마의 손이 뜨거웠다. 그제야 나는 발을 뗐다. 시키는 대로 죽은 사람의 이마와 가슴에 손을 댔다. 오른손에 닿은 이마가, 소스라치게 차가웠다. 살면서 다신 느끼고 싶지 않은 섬뜩함이었다. 그러나 그 순간, 얼음장보다 더 차가운 이 여자가 나를 낳은 사람이라는 걸, 명확히 깨달았다.

*

월말의 학원은 수강 신청을 하려는 사람들로 북적였다. 매달 벌어지는 일이었다. 레벨 테스트를 위해 상담 강사를 안내하고 수강 신청을 접수하느라 하루가 어떻게 흘렀는지 몰랐다. 모친상이라 말하지 않았기 때문에 출근을 해야 했다. 탈상 때는 어쩔 수 없이 휴가를 냈다. 하필 월말에, 라며 말끝을 흐린 실장이 인상을 썼다. 마침 상준이 사무실로 들어섰다. 눈이 마주쳤지만 상준은 이내 시선을 거뒀다. 자기 책상 앞에 앉자마자 옆자리의 강사와 떠들었다. 학원에서 나와 상준의 사이를 아는 사람은 없었다. 이제 상준은 학원에서 나에게 알은체를 하지 않았다. 학생들과 담소를 나누고 강사들과 회식을 가면서도 내게 눈짓 한 번 주지 않았다.

장례식장에서 돌아오는 길에 나는 상준에게 엄마의 말은 신경쓰지 말라고 했다. 결혼 같은 걸로 우리의 관계를 규정짓지 말자고 했다.

"오케이."

상준의 대답은 명료했다. 상준이 끔찍이 싫어하는 된장찌개만 끓이지 않는다면 결혼이 어려운 일은 아닐 것이다. 엄마가 둘이라는 것도 우리 사이에 문제가 될 건 없었다. 상준이 늘 입에 달고 사는 말처럼 사랑한다면, 국적이나 과거의 일 따위는 중요하지 않았다. 나는 단번에 결혼 이야기를 접은 상준이 내심 서운했다. 정말 나와의 결혼을 한 번도 생각해본 적 없니? 넌 가정이라는 걸 꾸리고 싶지 않니? 묻고 싶었지만 입을 다물었다.

약속이 있다는 말이 없었는데 상준의 귀가가 늦었다. 나는 불을 끄고 누웠다. 시계 초침 소리가 점점 크게 들렸다. 자고 싶은데 좀처럼 잠이 오지 않았다. 새벽에 발인이었다. 하루종일 복잡하고 고단할 것이었다. 전화벨이 울렸다. 원용 선배였다. 보낸 원고에 대해 몇 가지 피드백을 해주었다. 메일로 지적 사항을 보내놓고도 꼭 이렇게 다시 전화를 걸었다. 통화 말미에는 다른 일을 주었다. 지난번 논문과 비슷한 주제였지만, 그렇기 때문에 더 신경써야 할 일이었다.

논문을 쓰다보면 그것이 내 논문 같고, 내가 석사 박사가 된 것 같았다. 학원으로 출근하다보면 내가 학생들을 가르치는 강사 같았다. 상준과 누워 있으면 상준의 아내 같고, 여자를 엄마라고 부른 뒤로는 여자의 친자식 같았다. 그렇게 살다보니 나는 아무 일도 없었던 사람 같았다.

아버지의 차에 셋이 올랐다. 아버지와 엄마가 앞에, 내가 뒷자리에 앉았다. 유골함은 내 옆에 두었다. 보자기에 싸인 상자도 한자리를 차지한 것 같았다. 자꾸 멀미가 났다. 뼛가루는 죽은 엄마가 살던 곳에 뿌리기로 했다. 그것도 죽은 사람의 부탁이었다. 남은 사람들에게 끝까지 자기 일생의 응어리를 짓누르고 가는 망자가 새삼 가여웠다. 나는 머리를 뒤에 붙이고 먼 곳으로 시선을 두었다. 고속도로로 두 시간 거리였다. 휴게소에 세 번이나 들른 후에야 도착했다.

처음 가보는 곳이었다. 백숙집과 영양탕집이 즐비한 물가였다. 여기서 죽은 엄마가 뭘 하며 살았는지 나는 알 수 없었다. 3월이 목전이었는데 간간이 눈발이 흩날렸다. 산간 지방에는 폭설주의보가 내렸다고 했다. 아직 추위가 가시지 않았는데도 군데군데 낚시꾼들이 보였다. 아버지가 성큼 물가로 다가갔다. 내가 아버지 뒤를, 엄마가 내 뒤를 따랐다. 물 앞에 선 아버지가 뒤로 물러섰다. 네가 뿌려라. 오빠가 한국에 없다는 사실이 새삼스러웠다. 앞으로 아버지와 엄마에 관한 일들은 모두 내 몫이 될 것이었다.

흰 가루가 물위에 둥둥 떠다녔다. 두어 번 손으로 꺼내 뿌리다가, 유골함을 통째로 뒤집어엎었다. 허연 가루가 제멋대로 날렸다.

아버지가 담배를 피워물었다. 이십 년간 끊었던 담배였다. 엄마가 보이지 않았다. 나는 물가에서 멀찍이 떨어져 걸었다. 허름한 낚싯가게와 백반집, 작은 점포가 띄엄띄엄 자리했다. 저만치에 엄마가 웅크려앉아 있었다. 나는 엄마에게 다가갔다. 엄마의 손에는 냉이가 한 움큼 쥐어져 있었다.

"여기 잔뜩 있다."

어디서 주웠는지 막대기로 땅을 파내 냉이를 캐고 있었다. 냉이의 뿌리가 길고 곧았다.

"다 뿌렸니."

"네."

"고생했다."

말은 그렇게 했지만 엄마는 냉이를 찾느라 계속 앉은걸음이었다. 아버지가 불렀다. 엄마는 아랑곳하지 않았다.

"가요, 엄마."

"은희야."

엄마가 방금 캔 냉이 뿌리의 흙을 탁, 탁 털었다.

"너는 늘 혼자 방에서 책만 읽는 애였다. 밥 먹으라고 불러도 도통 단번에 나오질 않았지. 그래서 네가 책을 만들거나 글을 쓰는 사람이 될 줄 알았어. 그런데 거짓말을 하면서 살 줄은 몰랐다. 나는 그게 속상해. 그렇게 살지 마. 비밀을 만드는 사람은 결국 외롭게 되어 있어."

나는 아무 말도 하지 못했다. 엄마가 다시 냉이를 찾아 자리를 옮겼다. 엄마의 등은 동그랗고 작았다.

"너는 강한 아이야. 속은 문드러졌겠지만, 적어도 허투루 사는 인간은 아니지. 그게 늘 고마웠어. 내가 해줄 수 있는 일이 없어서 미안했고. 그걸 꼭 말하고 싶었다."

돌아오는 차 안에서 엄마는 연신 냉이 이야기를 했다. 차 안에는 흙냄새가 가시질 않았다. 흙냄새 때문이었는지, 멀미를 하지 않았다.

집에 돌아오니 상준의 방이 깨끗했다. 책상 위에 메모가 있었다.

I also had hard times, but I got over it with another aspect of life. You cannot stop mourning your mother, but the emotion would be dimmed. It seems that I cannot help you to find your new life. But I never forget the moments we've shared. Thank you for all of our times. Farewell.

한글이 아니라 영어로 쓴 메모였다. 왜 그랬는지 어렴풋이 알 것 같았다. 나와 함께 지낸 이 년 동안 상준은 한국사회를 조금 더 잘 이해하게 되었을까. 내가 찾아야 할 new life가 무엇인지 알려주면 더 좋았을 텐데. 어쨌든 Farewell. 뱃속 아이에 대해 상준에게 말하지 않은 건 잘한 일이었다.

학원에 전화를 걸었다. 상준이 출근한 걸 확인한 뒤, 일을 그만두겠다고 말했다. 그리고 산부인과를 찾아갔다. 수술은 짧았다.

열일곱 살짜리 나를 데리고 산부인과에 들어섰던 여자는 눈물을 흘렸다. 회복실에서 눈을 떴을 때 여자는 내 손을 잡고 고개를 숙이고 있었다. 미안하다. 다 나 때문이다. 다 내 잘못이다. 미안하다, 은희야. 여자가 울고 있었다. 나는 여자의 혼잣말을 들으며 다시 눈을 감았다. 그게 왜 여자의 잘못인지 몰랐다. 단지 나는 여자가 나를 위해 울고 있다는 사실만 중요했다. 그날 이후로 나는 여자를 엄마라고 불렀다.

*

엄마에게 전화가 걸려온 건 여름이 막 시작될 무렵이었다. 보습학원의 상담교사로 출근한 지 얼마 안 되었을 때였다. 아버지를 한번 찾아가보라는 말이었다. 엄마의 부탁이어서 거절할 수 없었다.

아버지는 내 앞으로 통장을 내밀었다. 죽은 엄마가 남긴 돈이라고 했다.

"병원비 쓰고 남은 돈이다. 반은 네 오빠한테 보낼 생각이다. 나머지는 네가 가져라."

"이걸 왜 내가 가져요."

"그 사람이 그러길 바랐다."

통장의 잔액은 미미했다. 석 달 치 생활비에도 못 미치는 금액이었다. 액수의 문제가 아니었다. 평생 남보다 못한 사람이었다. 살아 있을 때도 안 보고 살던 사람이었다. 죽은 마당에 어떻게든 연관되는 게 싫었다. 망자의 소원을 들어줘야 할 의무가 없었다. 나는 끝까지 엄마를 엄마라고 부르고 싶지 않았다.

"대체 왜 그래요. 정말 자식들이 이 돈을 받기를 바라는 거예요? 난 싫어요."

"액수가 적다고 그러는 거냐."

"그럼 오빠한테 다 주든가요. 아니면 죽은 전 부인 못 잊는 아버지가 다 갖든지, 마음대로 하세요! 난 받기 싫어요!"

"그래도 널 낳은 어미가 바란 거라니까."

"어미라는 말 마세요! 그 여자가 무슨 자격으로 자식 운운해요. 그렇게 만든 아버지는 또 무슨 권리로요? 아버지는 엄마한테 미안하지도 않아요?"

나는 부엌 쪽을 힐끔거렸다. 엄마는 보이지 않았다.

"엄마와 나 사이의 문제가 아니다. 죽은 사람과 우리의 문제다."

"왜 엄마가 상관할 바가 아니에요?"

"원래 그러기로 하고 산 사람이니까."

"알아들을 수 있게 말하세요."

"엄마에게도 다른 가족이 있다. 우리는 각자 자기 가족도 챙기며 살기로, 그러기로 하고 살았다. 그러니 하라는 대로 해라."

처음 듣는 이야기였다. 알고 싶지 않던 사실까지 알게 되는 건 참혹한 일이었다. 이십여 년 전, 우리집으로 들어오기 전부터 엄마는 이미 자식이 있는 여자였다. 아버지는 양육비를 대주는 조건으로 그 아이를 데리고 오지 못하게 했다. 아버지는 나와 오빠 때문이라는 이유를 댔다.

엄마는 자신의 아이를 키우기 위해 남의 자식을 키운 셈이었다. 그래서 나와 오빠의 이름을 부르는 걸 꺼렸고, 우리에게 존대를 쓰면서, 아버지 앞에서는 더없이 활짝 웃었다. 새 가정을 꾸렸던 건, 결국 자기 자식을 위해서였다. 나를 위해 운 것이 아니라, 자기 자식 때문에 흘린 눈물이었던 것이다. 이 집에서 살아남기 위해 매일, 매 순간을 거짓으로 일관했다는 뜻이었다. 부모의 본성이란 그런 것인가. 나는 치가 떨렸다.

"엄마랑 헤어지기로 했다."

"왜요, 그 여자가 죽은 걸로 모든 게 끝이에요? 그럼 살아 있는 엄마는요? 엄마 자식은요?"

"원래는 너까지 보내고서 헤어지려고 했는데, 지난해 자기 자식 여의더니, 이제 더이상 못하겠다고 하더라. 그래서 그러자 했다."

창밖에는 매미가 그치지 않고 울어댔다.

"이참에, 나도 홀가분해지고 싶다."

피가 거꾸로 솟았다. 평생 자기 마음대로 살았던 사람이었다. 내 인생의 복판에서 한 치도 움직이지 않던 사람이었다. 나의 불운을 만든 건 바로 아버지였다. 다른 사람도 아니고 아버지가, 어떻게 자기가 벗어나고 싶다고 할 수 있는가.

"그럼 빌어먹을 그 새끼는요? 나한테 그 짓을 한, 아버지가 싸질러 놓은 그 새끼는요!"

그 이야기를 꺼낸 건 처음이었다. 아버지가 담배연기를 깊게 들이마셨다. 아버지의 손이 덜덜 떨렸다.

"작년에…… 사고로…… 죽었다."

"하, 잘됐네요. 그럼, 이제 아무 문제 없네요!"

"평생 자식만 생각하고 살았다. 그런데도 자식 셋 모두 내 뜻대로 되지 않았다. 남은 건 이제 너 하나다. 그 사람 사후 처리까지 내가 다 끝냈으니, 남길 빚은 없다."

"나는요!"

"잊어라."

나는 자리에서 벌떡 일어났다. 아무리 오래전이어도 바로 오늘 같은 일이 있다. 몹쓸 기억에서 벗어나기 위해서 내가 얼마나 많은 거짓말을 했는지 아버지는 죽어도 모를 것이다. 그 무엇도 내 것은 없었다. 논문도, 상준도, 의붓어미의 사랑도 내 것이 아니었다. 모두 빌어먹을 아버지 때문이었다.

"아버지가 살아 있는 동안은 잊을 수 없어요."

시끄럽던 매미 울음소리가 뚝 그쳤다. 담배연기 사이로 아버지의 반백이 보였다 사라졌다. 아버지 혼자 두고 집을 나섰다. 나는 대문을 안에서 잠그고 뒤돌아섰다.

아버지를 만나고 돌아와서 나는 여름감기를 앓았다. 혼자서 병원을 다니고, 혼자 죽을 끓이고, 혼자 처방약을 먹었다. 상준이 생각났지만 전화하지 않았다. 내가 아니어도 한국사회를 이해할 방법은 많을 것이었다. 학생들의 기말고사가 끝나고, 피서철이 돼서야 짧은 휴가가 주어졌다.

전화가 걸려온 건 막 논문 초고를 끝냈을 때였다. 열대야로 온몸이 땀이었다. 원용 선배는 제날짜를 좀 지키라고, 사람이 나밖에 없는 줄 아느냐고 윽박지르면서도 꼬박꼬박 일을 대줬다. 차라리 네가 대학원에 가지 그러느냐는 선배의 말이 농담처럼 들리지 않게 된 건, 아버지에게 다녀온 이후였다. 결국 외롭게 될 거라는 엄마의 말도 자꾸 떠올랐다. 써먹을 데가 없더라도, 거짓말을 그만두는 일은 그것밖에 없을 터였다. 원용 선배인 줄 알고 무심히 받았는데 엄마였다. 새벽 네시였다. 툭, 툭, 투둑. 빗방울이 떨어졌다.

—네 아버지가 죽었다.

아버지가 스스로 생을 놓았다. 어쩐지 놀랄 일도 아닌 것 같았다. 마치 오래 준비해왔던 소식처럼 들리기까지 했다.

—자주 찾아간다고 했는데도…… 닷새가 지났대. 미안하다, 은희야.

이 더위에 닷새면 아버지의 몸에는 구더기가 끓고 시취가 심했을 것이다. 소나기라도 내리면 열대야가 조금이라도 수그러들까. 나는 창문을 활짝 열었다. 젖은 흙냄새가 훅 끼쳤다. 날벌레들이 불빛을 찾아 방안으로 들어왔다. 파닥거리는 날갯짓 소리에 울음소리가 섞였다. 나에게 미안하다는 말을 한 유일한 사람도 여자였다.

"괜찮아요, 엄마."

그제야 여자가 소리를 내어 울기 시작했다. 나는 날이 새도록 여자의 울음을 오래오래 들어주었다.

폭염

천안 톨게이트를 나오자마자 담배를 물었다. 통행료라도 아끼려면 국도로 달려야 했다. 점심때가 훨씬 지났는데도 허기가 느껴지지 않았다. 담배맛이 썼다. 어젯밤에 딸아이가 꺼낸 결혼 이야기 때문이었다. 뒤에서 경적 소리가 들렸다. 백미러를 보니 은색 스포츠카였다. 미친놈, 너만 바쁘냐? 나도 바쁘다. 나는 액셀을 밟았다. 꾸우웅, 거친 소리를 내며 차체가 흔들렸다. 부아앙— 은색 차가 튀어나와 나란히 달리는 것이다. 왜 지랄이야. 나는 차선을 물고 은색 차 쪽으로 바짝 붙었다. 여차하면 부딪칠 셈이었다. 가까스로 피한 은색 차가 요란하게 경적을 눌러대면서 앞으로 죽 나갔다. 나는 차창 밖으로 담배꽁초를 던졌다.

사귀는 남자가 있다는 건 눈치채고 있었다. 그런데 인사를 오겠다는 것이다. 설마, 했지만 내색하지 않고 대꾸했다. 젊은 애들이 촌스럽게 사귀는 것까지 허락받니? 너희들끼리 재밌게 연애나 잘해. 나는 먹던 밥을 마저 먹었다. 아이가 수저를 내려놓고 또박또박 발음했다. 엄마, 나, 결혼하고 싶어. 나는 젓가락을 입에 문 채 멀뚱하게 아이를 쳐다봤다. 얼굴이 볼그레하게 상기돼 있었다. 정말인 모양이었다.

친정엄마는 등짝을 후려쳤다. 대가리에 피도 안 마른 게 까져가지고! 여직 핏덩어리 같은 게 무슨 결혼이야! 매운 손보다 엄마의 말이 더 따가웠다. 스물한 살이 뭐 어린가. 고등학교 졸업하기 전부터 돈 벌었잖아. 청소며 빨래, 밥하는 건 중학교 때부터 시켰으면서. 근데 왜 이제 와서 어린애 취급해? 나 이제 부모 허락 없이도 결혼할 수 있는 나이라고! 미친년. 엄마는 들은 척도 하지 않았다. 나, 애 가졌어. 결혼하지 말고 그냥 낳을까? 그제야 엄마가 나를 쳐다봤다. 이게 정말 미쳤구나. 응? 미쳤어. 쪼그만 게 뭐? 애를 배? 엄마가 털썩 주저앉았다.

오히려 눈물을 비친 건 아버지였다. 그래도 제 새끼 책임지겠다고 하는 걸 보니, 된 놈인 모양이라고, 데려와보라는 아버지는 나를 똑바로 쳐다보지 못했다. 옛날에는 네 나이에 애 두셋은 있었다. 엄마가 아버지에게 앙칼지게 덤볐다. 얘까지 나처럼 새파랗게 젊은 나이에 고생 시작해야겠어? 아버지는 헛기침을 하더니, 다시 물었다. 그래, 남자는 괜찮은 사람이냐? 아버지의 눈가가 빨갰다. 차 파는 세일즈맨이라고, 삼형제 중에 막내고, 착한 사람이라고 대답했다. 착한 놈이 자기보다 여덟 살이나 어린 것한테 애부터 배게 하냐? 엄마가 또 끼어들었다. 거참! 왜 애를 못 잡아먹어 안달이야? 일이 벌어졌으면 풀 생각을 해야지! 급기야 아버지까지 소리쳤다. 이십여 년 전의 나도 이른 결혼이었다. 엄마는 한동안 남사스럽다는 말을 달고 살았다. 나는 아이에게 진지하게 물었다.

"왜 결혼이 하고 싶은 건데?"

"가장 예쁠 때, 가장 행복하고 싶어."

결혼과 행복을 같은 것으로 생각하다니, 기가 찼다. 너는 엄마를 보고도 그런 말이 나와? 라는 말이 목구멍까지 치밀어올랐다. 나는 아버지를 떠올렸다. 애를 밴 스물한 살짜리 딸에게 단 한 번도 왜 그랬느냐고 다그치지 않았다. 나는 한번 더 물었다. 또?

"이만한 남자를 다시 만날 자신이 없고. 빨리 엄마 짐도 덜어주고 싶고."

"누가 너보고 짐이래? 어디서 그딴 말을 하니? 너 때문에 좋은 시절을 다 길에서 보냈는데, 내가 이제 너한테 그런 소리를 들어야 하는 거야? 다 키워놨더니 훌랑 떠난다고?"

"엄마, 그런 뜻이 아니라……"

아이가 하는 말이 어떤 의미인지 모르는 바가 아니었다. 엄마보다 제짝 찾아 사는 게 당연히 행복한 일이라는 걸 누가 모르나. 아는데, 아는데도 섭섭했다. 나는 벌떡 일어나 욕실로 들어갔다. 문을 연 채 변기 위에 앉았다. 쫄쫄쫄 흐르는 오줌 소리에, 괜히 서러워졌다. 담배를 피우며 숨을 가눴다. 뭐하는 남자냐? 담배는 좀 나가서 피우라니까! 시끄러, 이년아. 그래서 집은 살 만하대?

사 년제 대학을 나온 서른두 살 회사원. 아이와 열 살 터울이었지만, 남자 나이만 생각하면 많은 건 아니었다. 아버지는 건설업을, 엄마는 부동산 사무실을 하고, 누나 내외는 학원 강사라고 했다. 살고 있는 집 말고도 건물이 두어 채 더 있다는 걸 보니 건설업이 한창 붐일 때 돈을 좀 만진 모양이었다. 아이 팔자가 필 모양인가. 그런데 그런 남자가 왜 너랑 결혼하겠다는 거야? 엄마! 아이가 소리쳤다.

"사랑하니까 그렇지!"

제가 대답하고도 쑥스러운지 아이는 혼자 비실 웃었다. 사랑, 하니까. 아이의 대답이 참 비현실적으로 들렸다. 사랑한다면, 게다가 조건도 괜찮다면, 스물두 살짜리를 시집보내도 되는 걸까. 나는 확신이 서지 않았다.

휴게소에 차를 댔다. 시동을 끄고 기지개를 켰다. 허리가 뻑지근하고 어깨도 쑤셨다. 마흔 줄에 들어서면서 하루가 다르게 체력이 달렸다. 처음 이 일을 시작했을 때만 해도, 하루에 서너 시간만 자도 끄떡없었는데. 지난밤 잠을 설친 게 이렇게 표가 났다. 나는 엄마에게 전화를 걸었다.

—뭐하셔요?

—네 아버지 밥 차린다.

—지금이 몇신데, 왜 인제?

—오전에 병원 다녀오더니, 기력 없다고 내처 주무시다가, 좀 전에 일어나셨다.

—병원 가는 날이었어? 어떻대?

—똑같지 뭐.

몇 해 전에 당뇨가 오더니, 기력을 잃고 잔병치레가 잦아졌다. 일흔이니 그럴 때도 됐다지만, 아버지나 엄마가 아프면, 모두 나 때문인 것 같았다.

—별일 없지?

나는 아이 얘기를 꺼내려다가 말았다. 일단 내가 먼저 남자를 만나는 것이 순서였다. 아버지처럼 너그럽지는 못하더라도, 엄마처럼 무턱대고 반대하기도 싫었다.

—애는 회사 잘 다니고?

—응.

—고년은 똑똑해서 어디 가서도 잘할 거다.

열한 살 때부터 대학 들어갈 때까지 아이를 키운 건 엄마였다. 아비 없는 애라고 지극정성으로 살폈다. 나에게 못했던 마음의 빚을 아이에게 대신 갚으려는 듯했다. 그래서일까, 나는 아이가 나보다 제 외할머니를 더 잘 따르는 것이 못마땅했고, 그럴수록 내 품의 아이로 옭아매고 싶었다. 그러니 더더욱 아이의 결혼 얘기를 선불리 꺼낼 수 없었다. 얘, 국 넘친다. 끊어! 엄마가 전화를 끊자마자 아이에게 전화가 왔다.

—왜.

—엄마, 주말에 집에 올 수 있지? 인사……

—야! 너 왜 다 네 맘대로야. 나한테도 생각할 시간을 좀 줘야지. 바로 데려온다 하면 어떡해? 결혼이 장난이냐? 그럼 너 혼자 알아서 하지, 나한텐 왜 물어봐?

혼자 떠드는 동안 아이는 아무 말도 하지 않았다. 그게 더 화났다. 제가 잘못한 게 없는데 왜 떳떳하지 못해. 왜 내 눈치를 봐. 엄마 손길 못 받고 자랐으면, 자기한테 해준 게 뭐 있느냐고, 이럴 때라도 뻔뻔하게 덤벼야지. 어찌된 애가 내 앞에서는 자꾸 입을 다물었다. 친정엄마는 속이 깊은 애여서 그렇다고 했지만 나는 그게 전혀 기특하지 않았다. 아이가 나를 불쌍히 여기는 꼴이 자존심 상했다. 엄마 인생을 동정하느라 응석 한 번 부리지 않은 애였지만, 내가 힘들게 키웠다는 생색도 낼 수 없게 저 혼자 잘 자란 아이인 것이, 때론 징그러웠다.

저 혼자 공부하고, 저 혼자 대학 졸업하고, 저 혼자 회사 들어가서 저 혼자 알아서 남자 만나 결혼하겠다는 아이를, 따지면 내가 무슨 자격으로 말리나. 사실은 고맙다고 절을 해도 모자랄 판이었다. 내가 걱정할 일이면 아예 시작조차 하지 않을 아이가 이렇게 몸이 단 걸 보니, 정말 결혼이 하고 싶은 모양이었다.

신물이 올라와 입안이 썼다. 위장병이야 평생 달고 살았는데, 요즈음 부쩍 헛구역질까지 하는 게 심상치 않았다. 병원에 가봐야겠다고 생각은 했지만, 그게 또 생각처럼 쉽지 않았다. 입맛이 없어도 먹어야 했다. 지금이 아니면 자정이나 돼야 밥술을 뜰 것이었다. 도시락 통을 열었다. 식은밥 한술을 입에 넣었다. 반찬이어봤자 열무김치와 멸치볶음뿐이었다. 밥 한술에 김치 국물을 번갈아가며 삼켰다. 빠앙— 오톤 트럭이 옆으로 들어섰다. 차창을 내린 정만씨가 씨익 웃었다.

"뭐여, 나보다 일찍 떴으면서 아직도 여기여?"

"그만 좀 쫓아다녀요."

"언제 내 맘 받아줄거나?"

정만씨의 싱거운 농담에 피식 웃음이 났다.

"졸려죽겠구만."

"커피 줄까요?"

"좋지."

나는 보온병을 들고 차에서 내렸다. 자기 컵에 커피를 받아든 정만씨가 후후, 불어가면서 홀짝였다. 맛있네, 맛있어. 깡마른 정만씨의 시커먼 얼굴에 주름이 잔뜩이었다. 컵을 든 손등에는 군데군데 검버섯이 피어 있었다.

남편이 화물 운송을 시작한 건 정만씨 덕분이었다. 같은 지점의 영업 팀장이었던 정만씨가 먼저 회사에서 잘린 뒤, 운송 업체에 자리를 잡았다. 온 나라가 실업자를 만들던 때였다. 육 개월 뒤 남편도 쫓겨났다. 남편은 정만씨를 찾아갔다. 그사이 정만씨는 오 톤 트럭을 모는 자영업자가 돼 있었다.

여기저기 내쫓긴 사람들이 운송업으로 몰려들던 무렵이었다. 학벌이나 기술, 돈 없는 사람들이 하기에 이만한 일도 없었다. 그러나 경기가 언제 한 번 나아진 적 있던가. 내수 사정이 좋지 않은데 운송 인력만 늘어나니, 절로 피가 마를 지경이었다. 그래도 정만씨나 남편은, 내쫓기지 않는 것만으로도 족하다고 여겼다. 큰 사고 없이 정신 줄을 놓지만 않으면 은퇴도 없는 일이었다. 트럭 몰아 애들 대학까지 보냈다는 사람들의 이야기를 주고받으며, 우리에게도 그런 날이 오지 않겠느냐고 위안했다. 남들보다 더 부지런하면 될 거라 믿었다. 그러나 남자 혼자 벌어서는 먹고살기 힘들었다. 정만씨 부인은 보험을, 나는 화장품 방판을 시작했다. 정만씨 부인은 나에게 화장품을 샀고, 나는 정만씨 부인에게 남편의 보험을 들었다. 자기 고객들을 서로에게 소개하기도 했다. 그때의 인연으로 여태까지 서로의 경조사를 챙기고,

명절 때마다 안부 전화를 주고받았다.

"딸내미는 잘 지내고요? 아직 애기 소식은 없나?"

"식 치른 지 얼마 됐다고."

"딸 없으니 마나님이랑 단둘이 알콩달콩 좋겠어요."

"알콩달콩은 쥐뿔. 맨날 들락거려서 마누라 손 한번 잡기 어렵네."

정만씨가 느물거리며 웃었다.

"효녀네. 부모님 서운해하실까봐 자주 찾아오고."

"속 모르는 소리 말어. 기둥뿌리 뽑아서 시집보냈더니, 그것도 부족한지 하루가 멀다고 친정으로 기어와 쌀이고 김치고 다 퍼가. 저녁 먹여놓으면 남은 반찬까지 싸들고 간대요. 시집을 보낸 게 아니라, 사위 입 하나 늘린 꼴이라니까."

"애가 알뜰해서 그렇지."

"저 살려고 버둥거리는 거 어디 모르나. 그게 기특하기도 하고, 안쓰럽기도 하지. 그러다가 불쑥불쑥 화가 치솟아. 그럴 거면 뭐하러 시집가. 그냥 엄마가 해주는 밥이나 먹고 살지."

"때 되면 가야지. 안 가면 안 가는 대로 또 문제라잖아. 근데, 혼수는 얼마나 들었어요? 많이 드나?"

"하기 나름이지 뭐. 왜 시집보내게? 아직 어리잖어."

"그냥 궁금해서."

"얘기했잖어. 기둥뿌리 뽑았다니까. 마누라랑 나랑 요즘 손가락 빨고 살어."

어쩐지 농담처럼 들리지 않았다. 투두둑, 빗방울이 떨어졌다. 일기예보대로였다. 순식간에 하늘이 컴컴해졌다.

"가야겄네!"

"조심히 가요! 사모님에게 안부 전해주시고."

"안 그래도 목소리 잊었다고 하더라. 전화 좀 걸랴."

정만씨가 뛰어서 트럭에 올랐다. 비가 제대로 내리기 시작했다. 빗발은 굵지 않았지만 오래 내릴 모양이었다. 이 비가 그치면 연두색들은 온통 초록색으로 바뀔 터였다. 쁘억, 쁘억, 쁘억, 쁘억. 와이퍼가 닳아서 소리가 났다. 타이어도, 엔진도, 손봐야 할 곳이 한두 군데가 아니었다. 돈 드는 일은 꼭 한꺼번에 찾아왔다. 노면이 미끄러웠지만, 나는 속도를 줄일 수 없었다. 허리에 힘이 들어가고, 미간을 찌푸려 시야를 확보했다.

비가 오면 여지없이 남편 생각이 났다. 화물 일 하는 사람들에게 빗길 사고는 흔한 일이었다. 사망 사고도 드문 일은 아니었다. 마누라와 아이를 둔 가장이 먼저 죽는 일이야, 운송업이 아니어도 흔하게 벌어지는 일이었다.

그날 새벽, 남편은 좀처럼 일어나지 못했다. 새벽에 나가야 하는 사람이 마냥 늑장이었다. 이불 속에서 뭉그적거리던 남편이 자는 아이를 오래 바라보았다. 가기 싫다. 남편에게서 처음 들어본 말이었다. 어디 아파요? 남편은 고개를 저었다. 나는 아침상을 차리면서 남편을 재촉했다. 그럼 어서 일어나시라고, 나도 바쁜 사람이라고. 남편과 아이를 내보내고 학원으로 가야 했다. 면허시험을 보는 날이었다. 길 위의 삶이 얼마나 힘겨운지 아느냐고 남편이 말렸지만 나는 아랑곳하지 않았다. 살길 막히면 택배기사나 대리운전, 화물차라도 몰 거라고.

그러려면 더 늦기 전에 운전을 배워야 한다고 고집부렸다. 남편이 끙, 소리를 내며 일어났다. 서른아홉 남편의 머리는 이미 반백이었다. 남편의 어깨가 저렇게 작았던가, 의아해 보였던 새벽이었다.

전화가 걸려온 건, 막 합격 인지를 붙인 참이었다. 경찰서라며, 남편의 이름을 확인했다. 다른 사람에게 듣는 남편의 이름이 몹시 낯설었다.

그날, 하루쯤 쉬라고 말했다면 남편은 죽지 않았을까. 내가 참을 수 없는 건 남편이 죽었다는 사실이 아니라, 내가 남편을 사지로 내몰았다는 사실이었다. 남편의 죽음이 슬프고, 어린아이와 남겨진 삶이 막막한 것보다 그 자책감을 감당할 수가 없었다. 사람은 명이 정해져 있다는 말도 위로가 안 됐다. 정해진 명이었다면, 내가 과부가 될 것도 이미 정해져 있었다는, 결국 팔자소관이라는 뜻이었다.

남편이 하던 일을 하겠다고 했을 때, 하나같이 모두 말렸다. 운전 경력도 없는데다가, 하필이면 왜 그 일이냐고. 남자들도 하기 힘든 일을, 큰 돈벌이가 되는 일도 아닌데, 왜 자처해서, 왜 생고집이냐고. 남편을 죽게 한 일을 왜 굳이 하겠다고 덤비느냐고, 너마저도 죽고 싶어서 그러느냐고. 그러나 나는 어떤 말도 들리지 않았다. 나는 아이와 나만 덜렁 남겨진 집이 싫었다. 나는 아직 젊었다. 도망가고 싶었다. 그래서 트럭에 올랐다. 트럭에 오르면 집에서 멀리멀리 멀어질 수 있었다.

쌀, 과일, 채소, 생선뿐 아니라 의료 장비, 이삿짐, 폐기물 등 옮겨야 될 것들이라면 뭐든지 실어날랐다. 도시에서 도시로, 도시에서 지방으로, 지방에서 지방으로, 지방에서 도시로. 길이 일터이자 집이었다. 그러나 형편은 점점 더 나빠졌다. 기름값 벌어 기름값 대는 꼴이었다. 생계가 힘들다면서 스스로 목숨을 끊는 이들도 나타났다. 반복적으로 파업이 벌어졌다. 그러나 물류 이동이 전면 중지될 수는 없었다. 무리에 끼지 않는 나 같은 기사들 때문이었다. 어쩔 수 없이 대목을 누리기도 했다. 신나서 한 일은 아니었다. 내가 그들과 달라서가 아니라, 내일을 기다릴 수 없는 사람이기 때문이었다. 당장 다음달 생활비가 없고 아이의 학비가 없었다. 나는 더 나은 미래보다, 당장의 오늘이 더 절실했다.

남편이 서른아홉에 죽었으니, 이제 내 나이가 세 살 더 많았다. 나이가 들수록 남편의 목소리나 남편의 품은 잊혀졌다. 사진을 보지 않으면 얼굴도 안 떠올랐다. 나는 살아 있고, 살아 있는 한 아이를 키워야 했고, 아이를 키우려면 돈을 벌어야 했다. 남편만 생각하며 살 수 없었다.

가끔 남자들을 만나기도 했다. 하룻밤일 때도 있었고, 몇 년간 만나던 사람도 있었다. 재혼 얘기가 오갔던 남자도 있었지만, 말처럼 쉽게 될 일이 아니었다. 사는 것이 내 마음대로 되지 않는다는 것쯤은, 혼자가 된 서른하나에 이미 깨달았다. 그러므로 이제껏 혼자인 이유는 내가 남편을 못 잊어서가 아니었다. 딸의 장래 때문도 아니었다. 그저, 어쩌다보니, 그렇게 된 것뿐이었다. 그런데 비만 오면 남편이 떠올랐다. 형체가 뭉개진 얼굴, 너덜거리는 사지를 겨우 제자리에 맞춰 놓은 남편의 몸뚱이가 기억에서 지워지지 않았다.

막히는 구간이 아닌데 차가 길게 늘어섰다. 멀리 사이렌 소리가 들리더니, 건너편 차선으로 응급차가 지나갔다. 전화벨이 울렸다.

—언제 와?

—길이 좀 막혀요.

—늦나?

—짐 내려놓고 들르면, 한밤중이겠어. 나 기다리지 말고 먼저 식사해요.

전화기 너머로 왁자하게 떠드는 소리가 들렸다. 비가 와서 그런가, 초저녁인데도 손님들이 제법 있는 모양이었다. 숯불에 초벌구이한 곱창을 손님 앞에 내는 것이 그이의 일이었다.

일인분도 가능하다길래 넙죽 앉아 소주부터 시켰던 게, 오 년 전이었다. 나에게 물수건과 소주잔을 갖다준 건 그이의 부인이었다. 생각해보면 그때도 이미 병색이 짙은 얼굴이었다. 짐을 내려놓은 곳에서 한뎃잠을 자고 그 지역의 화물을 받아가는 것이 내 일이었다. 그러므로 어느 도시든 터미널 부근에 차를 대곤 했다. 찬 도시락밥이나, 단무지맛만 나는 김밥으로 때우는 끼니에 물렸을 무렵이었다. 잘 먹지도 않던 곱창집에 들어간 걸 보면, 몹시 허기졌거나, 사는 데 신물이 났을 수도 있다. 그도 아니면, 그이의 말처럼 우리가 만나려고 나한테 뭔가가 씌었을 수도 있었다.

나는 늘 곱창 일인분에 소주 한 병을 시켰다. 배도 차고, 술기운도 얼근하게 올라, 그대로 트럭에 오르면 세상모르게 곯아떨어졌다. 몇 번 들락거리면서 안면을 텄던 사장이 같이 한잔해도 되겠느냐고 물었다. 늘 카운터를 지키던 부인이 보이지 않던 날이었다. 그러시라 했다. 두서없는 얘기가 길어졌다. 어느새 곱창집에는 그이와 나만 남았다.

그제야 그이가 눈물을 비쳤다. 부인이 암이라고 했다. 얼마 남지 않았다고 했다. 눈물을 흘리는 남자의 잔에 나는 조용히 소주를 따랐다.

그뒤로 몇 번인가 더 소주를 나눠 마셨고, 몸을 섞었다. 병든 부인에게는 미안했지만 서로의 생활에 문제를 일으킬 만큼은 아니었다. 나는 트럭에서 혼자 뒤척이기 싫은 밤에 그이를 찾았다. 가게와 병원 생활에 지친 그이는, 나도 좀 살자, 라는 혼잣말을 하며 내 품으로 파고들었다. 아내에게 웃어주기 위해서라도 아내를 잊을 시간이 필요하다고 했다. 서로에게 바라는 것은 그뿐이었다.

몇 번의 수술과 항암치료를 했지만, 부인은 생을 마쳤다. 이태 전이었다. 죽어라 돈만 벌다 죽었다고, 제가 번 돈 다 제 몸뚱이에 쏟아붓고 죽었으니 여한은 없을 거라던 그이의 코끝이 빨갰다. 울고 싶으면 더 울어도 된다고 말하고 싶었지만, 입을 다물었다. 결국 스스로 이겨내야 한다. 다른 사람이 슬픔을 대신 덜어줄 순 없다. 대신 앓을 수 없고, 대신 살아줄 수도 없듯이, 온전히 자기 혼자 버텨내야 했다. 나는 그이의 잔에 소주를 따르고, 그이가 따라준 소주를 홀짝인 뒤, 여관에서 서로의 맨살을 만지다 잠이 들었다. 새벽이 되면 나 혼자 소리없이 일어나 트럭에 올랐다. 그랬던 그이가 지난해 가을, 나에게 같이 살자고 했다.

"어머나, 그래도 내가 열여덟 살이나 어린데 무턱대고 같이 살자네. 이런 도둑놈을 봤나."

그이는 웃지 않았다.

"마나님 안 계시니 빤스 빨아줄 여자 필요하셔요? 마나님 돌아가신 지 얼마나 되었다고. 그러다 벌받아요."

"당신도 이제 한자리에 머물면서 제대로 살고 싶지 않아?"

그거야 그랬다. 하지만 나는 진지하게 받아들이지 않았다. 남자들은 으레 그런 말이 혼자된 여자에게 위로가 되는 줄 알았다. 나는, 아직 젊어서 세상 구경 더 해야 된다는 말로 눙치고 말았다.

연초에 아들 혼사를 치른 그이가 다시 이야기를 꺼냈을 때는, 나도 모르게 흔들렸다. 딸아이가 막 취직을 한 참이었다. 이제 제 앞가림을 할 만했고, 무엇보다 스물두 살이면 어미의 새 인생에 대해서도 아량을 베풀 수 있는 나이라 여겨졌다. 물론 쉽게 결정할 일은 아니었다. 세월의 경험이 있다 해서, 남녀가 같이 사는 일을 술자리와 잠자리에서 겪은 걸로 판단할 수는 없었다. 나는 아이 핑계를 댔다. 그이가 고개를 끄덕였다. 하긴 나도 아들놈이랑 같이 있을 때는 엄두가 나지 않았지.

"그럼, 딸아이 보내고서는 나와 삽시다. 내, 기다릴게."

내 눈을 똑바로 쳐다보며 말하는 그이의 이마에 땀이 맺혔다. 나는 바싹 타들어간 곱창을 뒤적이면서 고개를 끄덕였다. 그이가 내 손을 잡았다. 진짜, 진짜로 말이야. 나는 그이의 눈을 쳐다봤다. 남편이 내 손을 처음 잡던 날처럼, 가슴이 뛰었다.

합짐이었던 탓에, 두 군데에 물건을 내려놓고 나니 자정이 다 되었다. 부슬부슬 내리는 비는 여전했다. 비를 맞으며 짐을 옮겼더니 온몸에서 쉰내가 났다. 주차비도 아까워 터미널 담벼락에 차를 댔다. 터미널 화장실에서 간단히 얼굴과 목, 겨드랑이를 닦았다. 거울에 비친 얼굴을 보니 눈가와 입가에 주름이 자글거렸다. 나이만큼 정직한 게 어디 있을까. 나는 콧잔등이에 파운데이션을 오래 두들겼다.

곱창집에 들어서자 테이블의 사내들이 일제히 나를 쳐다봤다. 마지막 테이블일 듯싶었다. 주방에 있던 그이가 구석의 한 테이블을 가리키며 먼저 앉으라 했다. 이내 그이가 뚝배기에 끓인 된장찌개를 들고 나왔다. 음식 냄새를 맡으니 허기가 몰려왔다. 그이와 마주앉아 밥술을 막 뜨려는데, 테이블의 사내들이 우르르 일어났다.

"아이고, 사모님이랑 식사하는데 죄송합니다."

그이가 밥을 우물거리며 카운터로 달려갔다. 혼자 먹기 뭣한 나는 그들이 앉았던 테이블을 치우기 시작했다. 사내들이 나가자 그이가 내 손을 잡아끌었다.

"마누라는 시켰어도 당신한테는 안 시킬 거야."

그이의 손에 끌려 테이블 앞에 앉았다. 후딱 치우면 될 일이었지만, 못 이기는 척했다. 그이의 다감함이 싫지 않았다. 삶이 신산해서 큰 차를 몰지만, 나도 여자였다. 밥은 찰기가 없고, 된장찌개는 어느새 식어 짜기만 했다. 이 남자와 산다면 난 뭘 하지? 전처처럼 카운터 뒤에 앉아 있나? 아니면, 새색시처럼 집안에 곱게 앉아 살림하나? 둘 다 나와 어울리지 않을 것 같았지만, 못할 일도 아니라는 생각이 들었다. 밥을 먹는 그이를 물끄러미 쳐다보면서 나는 골몰했다.

"무슨 일 있어? 오늘 좀 이상하네."

아니에요. 말은 그렇게 했지만, 분명 다른 날과 달랐다. 처음으로 딸에게 그이를 소개하고 싶다는 생각이 들었다. 그런데 뭐라고 운을 떼야 할까. 술 마시고 살 섞다가 정분이 난 남자? 돈 잘 벌고 착한 남자? 사랑하느냐 묻는다면 그렇다고 대답해야 될 테지. 그나저나 그렇게 전화를 끊은 뒤로 아이에게 전화가 없었다. 나는 그이가 씻는 동안 전화를 걸었다.

—이번주 일요일에 오라고 해라.

—응!

전화를 끊기 전, 아이가 나를 불렀다. 엄마!

—왜.

—고마워.

세상에 내놓은 일 말고는 해준 게 없었다. 용돈 한번 넉넉하게 쥐여주지 못했다. 입히고, 먹이고, 학교는 보냈지만, 겨우 구색만 맞추는 일이었다. 앞으로 나아질 것도 없었다. 그저 고만고만하게, 지금처럼만 살면 다행이었다. 그럴 바에야, 저 좋아하는 남자와 사는 게 아이 말마따나 행복한 일일 터였다. 행복이 뭐 별거냐, 싶었다. 그이가 씻고 나와 나를 안았다. 내년이면 환갑인 그이가 오래오래 나를 쓰다듬었다. 그러다 발기가 되면 내 안으로 들어올 것이고, 서지 않으면 그대로 서로의 살냄새를 맡다가 잠들 것이었다. 아무려나 상관없었다. 타인과 살을 맞대고 잠드는 것만큼 큰 위로가 없었다.

집에 들어간 건 며칠 뒤였다. 주로 다니는 지역을 왕복하는 일이 대부분이었지만, 이번처럼 시간과 동선이 맞아떨어지면 전국을 돌 때도 있었다. 사무집기를 평택에 내려놓고, 골프 장비를 강원도로, 감자와 양파를 청주로, 시멘트를 포항으로, 이삿짐을 대전으로 옮겼다. 공치는 날도 수두룩한 요즘에 이게 웬 횡재인가 싶었다. 새사람 맞이하는 운인가 싶어 열없는 웃음이 새나왔다. 생전 처음으로 일을 마다하고 빈 차로 올라왔다. 여하튼 사윗감을 맞이하는 일이었다. 청소라도 하려면 어쩔 수 없었다.

방 두 개, 작은 거실, 욕실과 부엌, 거실에서 보이는 베란다까지 들쑤셨다. 변변한 그릇도 없어 아이에게 새 커피잔과 접시를 사오라 시켰다. 거실 커튼도 빨고, 옷장 구석에서 방석도 꺼내 먼지를 떨었다. 혹시 몰라 닭도 한 마리 사다 푹 고았다. 먼지 한 점 보이지 않게 걸레질까지 마치고 나니 삭신이 다 쑤셨다.

거실에 오도카니 앉아 집안을 둘러보았다. 모두 오래된 세간들뿐이었다. 남편과 신접살림을 차린 임대아파트였다. 남편의 보험금으로 시세의 보증금 차액을 지불하고 분양받았다. 내 생애 첫 집이자 마지막 집이 될 것이었다. 이 집에서 아이를 낳고, 여기서 남편을 보냈다. 새삼, 이십여 년의 시간이 꿈결처럼 느껴졌다. 열어놓았던 현관문으로 아이와 남자가 들어섰다.

"어서 와요."

남자의 손에는 화분이 들려 있었다. 꽃치자였다. 남자가 화분을 내게 건넸다.

"좋아하시는 꽃이라 들어서요."

나는 얼른 두 손으로 받았다. 5월 초순인데도 봉오리가 군데군데 맺혀 있었다. 남자가 성큼 실내로 들어왔다. 앉아요. 나는 방석을 앞으로 내밀었다.

"우리 사는 게 이렇게 누추해요. 흉보지 말아요."

"정말 오래됐나봐요. 들어오면서 보니까 요즘 아파트 같지 않게 큰 나무들이 많네요."

"그렇죠."

아이가 커피를 준비하는 동안, 남자는 집 구경을 하겠다면서 이 방 저 방을 열어보고 기웃거렸다. 원래 거침없는 성격이라 쳐도, 청소 검사를 받는 것처럼 찜찜했다. 있는 집 아들이라서 신수가 훤할 줄 알았는데 키가 조막만했다. 인물도 변변치 않은 게 돈 좀 있다고 어린 내 딸을 꾄 건 아닌가 하는 생각마저 들었다. 나는 괜히 옆에 둔 치자 이파리만 매만졌다. 아이가 커피잔을 남자 앞에 먼저 내려놨다. 아이는 구겨진 내 치맛자락을 슬쩍 펴주고서 내 앞에 커피를 놓았다.

"들어요."

커피잔을 든 남자의 손마디가 곧았다. 거친 일을 해보지 않은 손이었다. 나는 그제야 남자를 제대로 바라봤다. 날카로운 눈매 때문에 무난한 성격은 아닌 듯싶었다.

"어머님이 참 젊으시네요."

나는 아이와 눈이 마주쳤다. 아이가 고개를 저었다. 뭘요. 부끄러운 듯 웃고 말았다. 따지면 나보다 열 살밖에 어리지 않은 남자였다. 기분이 묘했다.

나는 이미 알고 있는 것들을 물어봤다. 부모님은 어떤 분인지, 형제는 어떻게 되는지, 지금 무슨 일을 하는지. 남자는 내가 알고 있는 것만큼만 대답했다. 나는 마치 처음 듣는 사람처럼 아, 그래요, 라는 말을 반복했다. 남자는 무엇 하나 부족한 것 없이 자란 사람 같았다. 그 옆에 앉은 아이는 젊고 고왔다. 내 아이가 이 남자의 아내가 된다. 좋기도 하고, 싫기도 하고, 괜히 설레는 마음이 들었다가, 이내 가슴 저편에 휑한 바람이 부는 것 같았다. 치마 밑으로 툭 튀어나온 아이의 무릎이 앙상해 보였다. 남자에 비해 아이가, 남자의 집안에 비해 우리 쪽이 기운다는 느낌을 버릴 수 없었다. 내 자식이어서 더 숨길 수 없는 확신이었다. 잠시 대화가 끊기자, 남자가 시계를 쳐다봤다. 흠흠, 헛기침을 하더니 남자가 말을 이었다.

"양가에서 허락하시면 결혼 준비 하겠습니다."

"글쎄, 나는 마음이 좀 그래요. 얘가 너무 어려서 아는 것도 없고. 부족한 것도 많아서 그쪽 어른들 마음에 드실지도 걱정이에요. 사는 꼴이 이렇다보니, 뭐 넉넉하게 해줄 형편도 못 되고."

"저희 부모님은 그런 걸로 사람 판단하지 않는 분들이세요."

나름대로 겸손하게 대답한 모양이었는데, 나는 석연치 않았다. 나는 아이가 착하니까, 알뜰하니까, 아니면 싹싹하거나 똑똑하니까 그런 걱정 말라는 대답을 기다렸던 것이다.

"우리 애와 만나고 있는 건 알고 계시죠?"

"네, 그건 말씀드렸습니다."

아이는 주저 없이 사랑하니까, 라고 대답했는데 이 남자도 그런 걸까? 이 남자가 정말 내 아이를 예뻐해줄까? 나는 그게 왜 느껴지지 않는지 모를 일이었다. 이번엔 아이가 자꾸 시계를 쳐다봤다. 그러곤 남자에게 작은 목소리로 괜찮으냐고 물었다. 마치 제 남편감에게 장모 선보이듯 느껴졌다.

"죄송합니다. 제가 일이 좀 있어서 일어나겠습니다."

나는 고개를 끄덕이며, 먼저 일어났다. 식사 준비까지 했던 내가 아둔하게 느껴졌다. 결혼 승낙을 받겠다더니, 저희들의 결정을 통보하는 자리였다. 배웅하겠다며 남자를 따라나선 아이의 뒷모습을 보면서 나는 이십여 년 전을 떠올렸다. 그때의 나도 저랬겠지. 좋아하는 사람과 같이 살 생각에 주변을 둘러보지 못했을 것이다. 나보다 여덟 살이나 많은 남자와 애를 가져 치르는 식이 뭐가 좋다고 맨날 히죽히죽 웃으면서 다녔는지. 살 집을 구할 형편도 못 되는 남자라는 것을 뒤늦게 알았는데도 그것이 무슨 의미인지도 모른 채, 함께라면 뭐든지 다 이겨낼 줄 알았던 철부지였던 것이다. 온몸에 힘이 빠졌다. 누구든지 겪기 전에는 세월의 더께가 알려주는 교훈을 얻을 수 없었다. 그러니 내가 할 수 있는 일은 그저 결혼 준비에 차질이 없도록 하는 것뿐이었다.

적금은 고사하고 주택 담보로 받은 대출과 학자금 대출이 아직 남아 있었다. 통장 잔액도 미미했다. 매달 근근이 살아온 것이 용했다. 돈벌이가 안 돼도 일을 그만둘 수 없었다. 일이라는 것이 그랬다. 어느새 나이는 들고, 일자리는 더 없고, 당장 쓸 일은 산더미니, 다른 일을 해보겠다는 엄두를 못 냈다. 그나마 방 한 칸이라도 내 집이어서, 학비처럼 목돈 들 일이 이제는 없어서, 올부터 한시름 놓았다고 생각하던 참이었다. 그런데 덜컥 시집을 가겠다니.

방법이 있기는 했다. 집과 트럭을 처분하면 된다. 하지만 그럼 나는 어디서 살고, 뭐로 돈 버나. 대책이 안 섰다. 아이의 결혼이 선뜻 내키지 않는 건, 아이가 어려서가 아니었다. 사실은 아이의 결혼 준비를 제대로 못해줄 것이라는, 형편 때문이었다. 그걸 아이가 모르지는 않을 테니 혼수를 대단히 하겠다고는 않겠지. 그래도 저희들이 살 수는 있게 해야 하지 않나. 밥솥, 그릇, 수저, 이불, 가구, 가전제품과 예물이나 예단이며…… 머리가 지끈거렸다.

나는 집안을 서성였다. 이십 년이 넘도록 도배, 장판 한 번 바꾼 적 없었다. 재개발 이야기가 나오는 모양인데, 얼마나 받을 수 있을까. 마음이 급해졌다. 구닥다리 살림들과 여태 못 버렸던 남편의 물건들도 이제는 버릴 수 있겠구나. 사겠다는 사람만 나타나면 헐값에라도 차를 넘겨야지. 남편이 죽으면서 남긴 집과 트럭으로 딸을 키웠고, 그걸 팔아 시집까지 보내니, 남편도 서운하지는 않을 것이다. 혼수를 하고 돈이 남으면 통장에 넣어야지. 그러려면 나는 그이와 합치면 되었다. 다시 또 혼자가 된다면 그때는 통장의 돈을 야금야금 쓰면서 살아야지. 그럼 죽을 때까지 자식에게 기대지 않아도 된다. 만약 돈이 안 남으면…… 그때는 또다른 살길이 있겠지. 지금은 그것까지 생각할 여유가 없었다. 나는 그이에게 전화를 걸었다.

—그때 하신 말, 진심이에요?

—무슨 말?

—같이 살자는 말이요.

—그럼. 어서 오세요! 네, 네. 저쪽으로 앉으세요. 네! 내가 다시 전화할게.

뚝 끊긴 전화기를 내려놓고 벌떡 일어났다. 거울 앞에 섰다. 마흔둘의 내 얼굴을 오래 쳐다봤다. 새카만 얼굴, 주름진 거친 피부, 눈가의 기미와 푸석한 머리카락, 검고 굵은 팔뚝. 변화를 꿈꿨던 적이 없었다. 그런데 이제부터는 달라져야 했다. 더 늙기 전에. 거울 속의 내가, 더 늙기 전에, 라고 중얼거렸다.

전날 콜을 못 받은 기사들이 각각의 운송사 사무실이나 자기 차에서 쪽잠을 자고 일어날 시간이었다. 그들이 사우나와 세탁소를 들락거리고, 수돗가에서 줄 서서 씻느라 터미널 안팎은 조용히 분주했다. 개장을 하지 않았는데도 대기실에는 기사들이 제법 많았다. 곧 있으면 아침밥을 머리에 이고 나르는 여인들로 부산해지고, 출근을 마친 직원들이 대기실을 향해 개장을 알리는 단체 인사를 할 것이었다. 안면 있는 기사들과 눈인사를 하며 빈속에 커피를 마셨다. 곧이어 전화벨이 울리기 시작했다. 콜을 받기 위해서 무전기에 신경을 곤두세워야 했다.

지난밤, 아이는 거울 앞에서 열 번도 넘게 옷을 갈아입었다. 현관 앞에는 남자 집으로 가져갈 과일바구니와 화과자가 놓여 있었다.

"아까, 맨 처음에 입었던 게 제일 낫다."

아이가 다시 살구색 원피스를 입고 거울 앞에서 제 몸을 훑었다.

"예쁘다. 예뻐."

"예뻐? 정말?"

"그래. 어깨 쭉 펴고. 그렇지, 그렇게. 가서, 인사 잘하고. 다녀와서 전화하고."

아이가 고개를 끄덕였다.

"엄마, 나, 떨려."

"이렇게 예쁜데 왜 떨어. 당당하게 갔다 와."

말은 안 했지만, 아이보다 내가 더 긴장됐다. 새벽에 집을 나서면서도 전화하라는 말을 몇 번이나 당부했는지 몰랐다. 콜이 떴다. 나는 벌떡 일어났다.

없는 집 아이라고 무시당하지는 않을까. 말실수라도 해서 괜히 미운털 박힌 건 아닌지. 아들 하나니 시부모 모시고 살라면 어쩌나. 하루종일 무슨 정신으로 운전대를 잡았는지 몰랐다. 짐을 다 부리고서야 전화기를 꺼냈다. 부재중전화 한 통 없었다. 아직 그 집에 있나. 이야기가 길어지나. 먼저 전화도 할 수 없어 답답했다. 결혼도 하기 전인데, 아이의 시댁이라는 생각만으로도 온몸이 움츠러들었다. 가난이 죄라더니, 딸 가진 게 더 죄였다.

나는 터미널 근처의 사우나로 들어섰다. 오랜만에 때를 불려 씻고 난 뒤에, 깨끗한 옷으로 갈아입고, 그이에게 갈 참이었다. 딸아이가 결혼한다고 말해야지. 그리고 같이 살자고 해야지. 나도 이제 외롭게 살기 싫다고, 자식 보내고 홀가분하게 당신 곁에서 지내고 싶다고. 가게 일도 돕고, 살림도 하고, 원하시면 운전기사도 해드리겠다고 농도 쳐야지. 그이와 합치는 일이 성사돼야 아이 결혼 준비를 시작할 수 있었다. 너무 빨리 날을 받지 말아야 할 텐데.

아이에게 전화가 걸려온 건 곱창집 앞에서였다.

—잘 다녀왔어?

—응.

—어떻던? 잘 대해주시던?

—응.

—무슨 얘기 했어?

—뭐, 그런저런 얘기들. ……엄마 와서 이야기해. 나 좀 피곤해.

—그래, 애썼다. 어서 자. 문 잘 잠그고.

아이의 목소리가 심상치 않았다. 혼수를 많이 해오라 했나. 아니면, 아비 없는 자식이라고……

"어떤 여잔 줄 알고요!"

문을 열려던 나는 그 자리에 우뚝 멈췄다. 젊은 남자가 그이에게 소리쳤다.

"재혼을 하려거든 제대로 된 얌전한 여자랑 하세요. 아버지 재혼, 저, 반대하지 않아요. 하지만 그 여자는 아니에요."

"그 여자가 어때서. 보지도 않고 네가 뭘 알아?"

"여자가 화물차 몰았다면 뻔할 거 아니에요. 큰 차 모는 인간들처럼 거칠고 더럽고 몰상식하고! 게다가 아무데서나 처자빠져 자는 여자를 어떻게 집에 들여요!"

"넌 네 아비가 그 정도밖에 안 되는 거 같으냐?"

"아버지가 아니라 그 여자가요. 그 여자가 싫다고요. 그따위 여자를 집에 들여서 어쩌시겠다고요. 나보고 어머니라고 부르라고요? 어디서 굴러먹었는지 모르는 여자를요?"

"한 번이라도 만나봐. 그럼 네 생각이 바뀔 거야."

"제가 그런 여자를 왜 만나요. 아버지도 정도껏 하세요. 곧 손주 볼 분이 체통 없이 그래야 되겠어요? 아무튼 오늘 얘기는 못 들은 걸로 할게요. 아버지도 며느리한테 책잡히지 않으려면, 어서 정리하세요."

제 할말만 한 아들이 획 돌아섰다. 문밖에 서 있던 나를 한 번 힐끔 쳐다보더니, 어두운 주차장으로 사라졌다. 나를 본 그이가 들어오라는 말도, 가라는 말도 못한 채, 멍하게 서 있었다. 나도 우두커니 서 있었다. 그이가 손님이 있었던 테이블을 하나씩 치우기 시작했다. 나는 뒤돌아섰다.

네가 그러거나 말거나 내 마음대로 할 거다, 라고 말할 수는 없었겠지. 못하지, 그럼 못하지. 자식인데. 죽은 부인을 닮은 아들은 눈이 크고 턱이 뾰족했다. 쉽게 잠이 오지 않았다. 똑, 똑. 똑똑. 차창 커튼 귀퉁이를 걷으니, 트럭 앞에 그이가 서 있었다. 나는 뒤돌아 누웠다. 아들과 의 상해가면서 살 만큼 내가 그이에게 절실한 사람은 아닐 터였다. 설사, 그렇다 해도 그이의 아들에게 도리가 아니었다. 남의 자식이라고 나 몰라라 할 순 없었다. 자식 가진 부모의 마음이란 다 똑같은 거 아닌가. 나는 눈을 꾹 감았다. 내 마음대로 안 되는 게 인생이라는 것이 새삼스럽지도 않았다. 트럭 주변을 서성이던 그이가 한참 뒤에야 돌아갔다. 나는 부스스 일어나 담배를 물었다. 쓴맛에 진저리가 쳐졌다.

며칠 사이 부쩍 살이 내린 아이의 눈가가 붉게 부어 있었다. 이부자리에서 일어나지도 못하고 눈만 끔벅거렸다. 나는 이불을 걷어치우고, 아이를 앉혔다.

"바른대로 말해. 무슨 일이야, 응?"

"감기야. 별일은."

나는 아이를 잡아 일으켜 욕실 거울 앞으로 끌고 갔다.

"네 몰골 좀 봐라. 이게 별일 없는 애 얼굴이냐?"

제 얼굴을 물끄러미 바라보던 아이가 눈물을 뚝, 흘렸다. 몇 번을 다그친 뒤에야 아이가 간신히 입을 열었다. 아버지가 없다는 건 알았는데, 어미가 화물 운송을 한다는 말에 다들 표정이 바뀌더란다. 엄마가 집에 없었으니 배운 거 없이 자랐겠다, 고 입을 뗀 건 시누잇감이었다.

"외할머니가 너를 어떻게 키웠는데? 그 얘기 안 했어?"

"했지. 하면 뭐해. 이미……"

시아버짓감은 똥 씹은 표정에, 시어머닛감은 그뒤로 눈도 안 마주쳤다는 것이다. 아버지가 현장 바닥을 잘 안다면서, 엄마가 보통 여자가 아니었겠다고 했단다. 어머니가 벌떡 일어나더니, 어미 행실이 뻔한데 그 딸은 오죽하겠느냐고…… 아이는 차마 말을 잇지 못했다. 기가 막혔다. 내가 도둑질을 해서 키웠나, 몸을 팔았나. 그랬다 쳐도 저희들이 뭐라고! 내 이것들의 아가리를! 나는 담배연기를 거칠게 내뱉었다.

"그래서 남자는 뭐래? 지 부모가 그렇게 말하는 걸 가만히 듣고만 있었어?"

그제야 아이가 어깨를 들썩이며 울기 시작했다.

"울지 말고, 말해. 뭐래? 그만두자던? 응?"

"부모님 뜻 어기면서 할 수 없다면서, 시간을 좀 가지자고……"

"됐다, 됐어."

나는 고개를 젖혀 천장을 올려다봤다. 이해심이 좋아? 그런 거 안 따지는 우아한 부모라며! 아들이 데리고 오는 여자에 대해서 그런 것도 먼저 안 물어봤단 말이야? 마음에 안 차면 처음부터 못 오게 하든지. 왜 애 면전에!

"그래, 잘살디?"

아이가 고개를 끄덕였다. 꼴 보아하니 공사비 남겨 처먹고 졸부라도 된 모양인데, 유세를 떨어? 그런 인간들이 뭐 행실? 상종할 인간들이 아니었다. 차라리 잘된 일이었다. 무엇보다도 남자가 마누라보다 제

부모를 감싸면, 보나마나였다. 결론은 간단했다. 접어야 할 혼사였다.

"그 새끼 딱 보자마자 싹수가 보이더라. 어디 어른한테 인사 오면서 바쁘니 어쩌니 하고 일어나. 애초에 나도 너 주기 아까웠어. 됐어, 엎어! 별 재수없는 게."

나는 아이의 등짝을 후려쳤다. 아이의 마른 등뼈에 부딪힌 손바닥이 얼얼하고 아팠다.

"괜찮아. 너 이제 겨우 스물둘이야. 창창해. 그깟 놈 아니어도 사람 많아. 세상에 남자 쌔고 쌨어! 앞으로 멀쩡한 놈 만나면 돼! 아, 왜 자꾸 울어! 그만 울라니까!"

왜 안 울고 싶겠나. 제 잘못이 아닌데 돌은 제가 맞았으니, 그 속이 오죽할까. 부모 잘못 만난 탓이니 미안하다고 말해야 하는데, 차마 입이 떨어지지 않았다. 그저 다행이라는 말만 중얼거렸다. 여기서 끝낼 수 있다. 복잡하거나 지저분한 일 없이, 깔끔하게 정리하면 된다. 아이만 마음을 다잡으면 될 일이었다. 아이의 울음이 점점 가라앉더니, 저쪽으로 시선을 두었다. 돌아보니, 하얀 꽃이 활짝 펴 있었다. 치자꽃이었다. 원래 한여름에 피는 꽃인데. 나는 문득 아이의 아랫배로 시선을 옮겼다.

"혹시, 애 들어섰니? 그래서 서둘렀던 거야?"

아이는 대답을 하지 못했다.

"그 새끼도 알아?"

아이가 고개를 저었다.

"하지 마. 말할 필요 없어. 없고. 그래, 알려서 뭐해. 우리끼리 해결하고 여기서 끝내자. 응?"

가슴 한복판이 콱 막히는 것 같았다. 아이를 안아주지도 못하고, 그저 우는 아이를 오래 지켜보기만 했다. 밤이 깊어갈수록 치자꽃 냄새가 짙어졌다. 새벽녘이 돼서야 아이의 울음이 잦아들었다. 나는 조용히 아이에게 말했다.

"일어나. 씻고 병원 가자."

나는 아이를 가졌기 때문에 결혼했지만, 아이까지 그렇게 살게 할 수는 없었다. 아이가 말간 얼굴로 입을 열었다.

"엄마, 그 집에 십자가가 걸려 있었어."

그럼 아이를 못 지우게 하는 사람들 아니냐고, 그럼 결혼할 수 있는 거 아니냐고 중얼거렸다. 나는 입을 다물지 못했다. 아이가 넋이 나간 얼굴로 같은 말을 계속 반복했다. 나는 아이를 잡아 흔들었다. 정신 차려, 이년아. 그럴 사람들이었으면 너한테 그런 말도 안 했어! 나는 애꿎은 애 등만 후려쳤다. 휘청대는 아이는 눈물도 흘리지 못하고, 그저 억억거리며 거친 숨만 내쉬었다.

유난히 이른 더위로 가뭄이 심했고, 봄 없는 긴 여름이 계속되었다. 철 이르게 피기 시작한 치자꽃이 한두 송이씩 폈다 지기를 반복했다. 매번 꽃잎 끝이 노랗게 타들어가 열매를 맺지 못하고 시들어 죽었다. 그래도 꽃냄새만큼은 변함이 없어서, 며칠 만에 집에 들어서면 온 집 안에 달큼한 치자향이 고여 있곤 했다.

지난한 더위처럼 아이는 막무가내로 고집을 피웠다. 죽어도 안 가겠다는 것을, 어르고 달래고, 윽박지르고, 결국 두들겨 팬 뒤에야 병원에 데리고 갔다. 그게 아이가 살길이었다. 남자의 집에 다녀온 지한 달 뒤였고, 아이가 회사를 그만둔 6월의 초순이었다.

집에 돌아오면 제일 먼저 아이의 방문부터 열었다. 폭염이 지속되는 나날인데 아이는 머리끝까지 이불을 뒤집어쓰고 자고 있었다. 이불을 걷어 보면 온몸이 땀으로 절어 있었다. 한동안 그렇게 죽은듯이 내내 잠만 잤다. 나는 모르는 척 그냥 뒀다. 하루아침에 멀쩡해질 수 없었다. 잠만 자던 아이가 어느 날부터는 냉장고를 뒤져 미친듯이 먹어댔다. 때로는 텔레비전을 보면서 밤새 깔깔거리기도 하고, 때로는 빈 술병이 쌓여 있기도 했다.

집안에 들어섰는데 치자향이 나지 않았다. 화분이 보이지 않았다. 그 자리에 아이가 쪼그려앉아 있었다. 나는 아이 뒤로 다가갔다. 얼마나 안 씻었는지 아이에게서 썩은 내가 났다.

"언제까지 이럴래."

아이가 고개를 돌리지 않고 대답했다.

"지금은 너무 덥잖아. 한 계절만 기다려줘, 엄마. 곧 괜찮아질 거야."

그래, 시간이 필요한 법이었다. 살다보면 이런 일은 아무것도 아니었다는 걸 알려주는 건 시간밖에 없었다. 살다가도 갈라서는 판인데, 결혼을 한 것도 아니고, 하려다가 만 일이 뭐가 문젠가. 애 하나 지운게 무슨 큰 죄도 아니고. 만났다 헤어지는 일이야 요즘 애들에게는 일도 아니지 않은가. 지금이야 복판에 있으니 깜깜할 테지만, 지나면 별일 아니었다는 걸 누구보다도 아이가 먼저 깨닫게 될 것이었다. 젊으니까 더 아프겠지만, 젊어서 회복도 빠를 것이다. 그럼 더 단단해진다. 똑똑한 애니까 알아서 잘 일어설 거라 믿었다. 폭염이 끝나면, 아이는 다시 제자리로 돌아갈 것이었다.

그날 이후로 나는 그이에게 연락을 하지 않았다. 아들이 한 말을 또렷이 기억하는 이상, 그이에게 찾아갈 수 없었다. 합쳤으면 했던 건 아이의 결혼 비용 때문이었으니, 아쉬울 것도 없었다. 생각은 그랬는데, 자꾸 가슴 복판이 체한 것처럼 답답했다.

문득문득 컴컴한 방에서 서로의 살을 더듬던 지난날들이 떠올랐다. 그럼 금세 얼굴이 달아올랐다. 정작 안 만나니까, 만나지 않기로 마음먹으니까, 그래서 연락조차 하지 않으니, 트럭에서 혼자 자는 밤이 쓸쓸했다. 그때마다 아이가 떠올랐다. 사십 줄의 나도 이러한데, 스물둘은 어떨까. 저가 싫어서도 아니고, 제가 처한 상황 때문인데. 엄마를 원망하지도 않고, 제 신세 한탄도 않고, 그저 입을 꾹 다물고 울음을 삼키는 아이의 마음이 헤아려졌다. 그래도 잘한 일이었다는 생각에는 변함이 없었다. 처음으로 제대로 어미 역할을 한 것 같았다. 그래서 더더욱 그이에 대한 마음을 거둬야 했다. 그러나 마음과 몸은 하나가 아니었다. 나는 좀처럼 잠을 이루지 못했고, 먹는 족족 체해 가슴을 두들겨대는 날이 늘었다.

고개가 뚝 떨어졌다. 빠앙! 경적 소리가 요란했다. 눈을 치켜뜨는 동시에 핸들을 오른쪽으로 꺾었다. 중앙선을 넘어간 차체가 휘청거리며 제 차선을 되찾았다. 남편이 이렇게 세상을 떴구나! 오싹한 한기가 파고들었다.

다른 건 몰라도 졸린 기운에 예민한 나였다. 졸음운전을 하겠다고 하는 사람이 어디 있나. 자기도 모르게 졸다, 아차 하는 순간에 일은 벌어지는 것이다. 그래서 졸린 느낌이 든다 싶으면 무조건 차를 세웠다. 그것만큼은 철칙으로 여겼고, 칼같이 지키며 살아왔다. 십여 년간 트럭을 몰면서 별일을 다 겪었지만, 이런 일은 처음이었다. 온몸이 식은땀으로 축축해졌다. 차를 세우고, 시동을 껐다. 겁이 났다. 그대로 죽을 수 있었던 것이다. 좀처럼 다시 시동을 켜기가 쉽지 않았다.

그날 저녁, 터미널에 차를 대자마자 정만씨 부인에게 전화를 걸었다. 종신보험을 들기로 마음먹었다. 내가 죽게 되면, 혼자 남겨질 아이 때문이었다. 남편이 죽은 뒤에는 남편의 몫까지 내가 해낼 수 있다고 생각했다. 그러나 내가 죽으면? 세상일은 모르는 것이었다. 남편을 그렇게 보내놓고도, 이제껏 깨닫지 못했다니.

정만씨 부인은 당장에 달려왔다. 딸자식 보낼 때 봤으니, 반년 만이었다. 정만씨 부인이 나를 보자마자 놀란 얼굴로 물었다.

"어디, 아파? 얼굴이 왜 그래?"

"요즘 자꾸 소화가 안 돼."

"신경쓸 일 많았어? 우리 나이가 이제 어디 하나 고장나면 비상이야, 비상. 병원에는 가봤어?"

"아니."

"만성 되면 고치기도 힘들다. 이상하다 싶을 때 얼른 가. 내 몸 내가 챙겨야지, 누가 챙겨. 죽어서 자식에게 보험금 남겨줄 생각 말고, 살아 있을 때 고생 안 시키는 것도 부모가 할 일이야."

나는 연신 고개를 끄덕였다. 룸미러로 얼굴을 보니, 내가 봐도 이상했다. 두 눈이 퀭한 게 앓는 여자처럼 보였다. 담배맛도 예전 같지 않고. 그러고 보니 생리도 끊겼다. 폐경이 오기에는 아직 이르지 않은가. 아무래도 정말 병원에 가야 했다.

트럭을 몰고 집으로 가면서 곰곰이 생각하니, 매달 넣을 보험금이 새삼 부담스러웠다. 그래도 잘한 일이었다. 큰돈이 들어갈 데가 없으니, 조금 덜 쓰고, 더 아끼자. 어쩐지 큰일을 해낸 것 같은 기분이 들었다. 새옹지마라더니. 아이의 결혼이 무산되면서 인생의 한 마디를 정리하는 기회를 얻은 셈이었다. 내친김에 병원을 찾았다. 개운하고 싶었다.

보이시죠? 의사가 화면을 가리키며 무심하게 말했다.

"계획하셨던 임신이신가요? 나이가 있어서, 출산하실 계획이면 검사할 것들이 좀 있겠는데요."

초음파 기계가 움직이는 대로 내 자궁 안이 보였다. 화면에 검은 점 하나가 꿈틀댔다. 헛웃음이 났다. 의사가 의아하게 나를 쳐다봤다. 나는 다음날로 수술 예약을 하고, 병원을 나섰다. 아이라니. 웃음이 그치지 않았다. 액땜치곤 지랄 맞았다.

공영주차장에 트럭을 대고 집으로 가는 길에 아이에게 전화를 넣었다. 신호가 길게 이어졌다. 외출을 한 모양이었다. 그래, 젊은 건 그래서 좋은 거야. 언제든 다시 시작할 수 있잖니. 시장통을 지나는데 어디선가 돼지 누린내가 났다. 식욕이 솟구쳤다. 제일 먼저 보이는 분식집으로 들어갔다. 순대 한 접시를 시켜 깨끗이 먹어치웠다. 사라지기 전에 제가 살아 있다는 것을 알리는 모양이었다.

순대와 김밥, 튀김을 담은 검은 봉지를 흔들며 걸었다. 남편이 살아 있을 때도 이렇게 주전부리를 사들고 함께 걸었던 길이었다. 예전 생각이 났다. 처음 만났던 날 남편에게서 났던 땀냄새, 임신 사실을 알고 결혼하자는 말을 하던 남편의 결연한 표정, 살 집을 구하면서 나중에 마당 있는 집에 치자나무를 심자던 남편의 목소리, 갓 낳은 아이를 안고 펑펑 울던 모습. 영안실에 누워 있던 짓이겨진 남편의 몸뚱이와 남편의 영정 사진 아래서 아이와 함께 국밥을 먹던 새벽녘의 한기 같은 것들이 선명하게 떠올랐다. 언제였더라. 아이가 막 걷기 시작했을 무렵이었나. 형편 때문에 둘째를 가지지 않기로 결정했을 때, 남편은 미안하다고 했던가. 형편이 피고 나서 늦둥이를 갖자고 했던가.

집안의 불이 켜져 있었다. 욕실에서 물소리가 났다.

"언제 왔어? 아까 전화 안 받더니만."

나는 싱크대 위에 검은 봉지를 툭 던졌다. 혹시, 우나 싶어서 욕실 문에 귀를 대봤다. 물소리만 들렸다. 내가 소리쳤다.

"오래 걸려? 엄마 오줌 싸겠다."

대답이 없었다. 얘가 뭐하길래. 엄마, 들어간다! 나는 욕실 문을 열었다.

뜨거운 수증기가 쏟아졌다. 아이가 바닥에 쓰러져 있다. 바닥이 온통 피범벅이었다. 욕실에 발을 디디자마자 미끄러졌다. 끈적끈적한 아이의 피가 온몸에 점액처럼 엉겨붙었다. 시뻘건 핏물이 고인 세숫대야에 아이의 손목이 담겨 있었다. 나는 무릎으로 기어가 아이를 안았다. 아무리 흔들어도 아이는 눈을 뜨지 않았다. 얘! 눈떠! 얘! 얘! 뺨을 때려도, 고함을 쳐도 아이는 움직이지 않았다. 아이의 손목을 수건으로 감싸고, 있는 힘껏 쥐었다. 그 순간, 아이가 부르르 몸을 떨었다. 두 팔에 안긴 아이의 무게가 갑자기 무거워졌다.

"죽지 마. 나 혼자 두고 죽지 마. 너, 이대로 죽으면……"

나는 아이를 더 세게 안았다.

"나도 따라 죽을 거야."

그렇게 되뇌니, 세상처럼 마음도 고요해졌다. 멀리 사이렌 소리가 들렸다.

흉몽

*

뒤돌아볼 자신이 없었다. 분명히 나를 따라오고 있었다. 버려진 어구들과 폐그물이 군데군데 쌓인 공터는 어둑했다. 걸음을 빨리할수록 쫓아오는 발소리도 가빠졌다. 나는 숨을 들이쉬고 달렸다. 타다다닥, 젖은 흙내가 솟구쳤다.

보름 전이었다. 잡화점 앞에서 주인집 남자와 맞닥뜨렸다. 안에서 막 나오던 참이었다.

"안에 내 아들놈 있소?"

나는 헝클어진 머리를 매만졌다. 지금 내 새끼랑 같이 있다 나오는 거냐고! 나는 대답하지 않았다. 나와봐라! 남자가 소리쳤지만 아들은 얼굴을 내밀지 않았다. 이제 귀까지 멀었냐! 그래도 조용했다. 얼빠진 놈. 혼잣말을 한 남자가 나를 위아래로 훑었다.

"혼자 사는 아줌씨여도 그렇지, 창창한 젊은것을, 아무리 정신 나간 놈이라도 이러면 안 되는 거 아냐?"

남자의 말이 다 끝나기도 전에 나는 뒤돌아섰다. 주인집 남자가 따라온 건 그날부터였다.

막차가 끊겼지만 포구는 오히려 생기가 돌았다. 즐비한 횟집과 카페는 자정이 넘은 시간인데도 북적였다. 멀리 등대의 빨간 불이 번쩍였고, 검은 바다 저편에도 집어등이 훤했다. 포구는 여행객들과 연인들로 낮게 소란스러웠다.

말이 포구지, 고기잡이배들은 대부분 인근의 다른 포구에 집선했다. 오랫동안 방치된 어판장의 벽면은 붉은 녹으로 얼룩덜룩했다. 변변한 횟집이나 제대로 된 낚싯가게 하나 없던 포구에 사람들이 드나들기 시작한 건 이태 전이었다. 구불구불한 포구 진입도로를 따라 소나무를 심어 억지로 숲을 조성했기 때문이었다. 언덕에 불과했지만, 모텔과 펜션이 지어졌다. 그 덕에 횟집과 카페도 들어선 셈이었다.

주인집 아들이 돌아온 건 진입도로 공사가 한창이던 무렵이었다. 버스에서 내리자, 잡화점 앞 평상에서 막걸리를 마시던 주인집 남자가 손짓했다. 남자 앞에는 키가 크고 비쩍 마른 청년이 고개를 숙인 채 앉아 있었다. 인사드려라. 바깥채에 사시는 분이다. 청년이 꾸벅 인사를 했다. 도시에서 공부를 한다던 아들이었다. 남자가 더 큰 소리로 말을 이었다. 한집에 사니 한 가족 같은 분이다. 알았어? 아들이 다시 고개를 끄덕였다. 다 큰 놈이 대답할 줄도 몰라! 마침 담배를 찾는 손님이 들어섰다. 남자의 말은 거기에서 끊겼다.

사람들은 포구의 유일한 잡화점에서 음료수, 주전부리 등을 사갔다. 간혹 낚싯대를 찾는 사람들도 있었다. 나도 귀갓길에 소주와 컵라면, 담배 등을 사곤 했다. 아들에게 밤 장사를 맡기게 되었다던 주인집 남자는 이미 불콰하게 취해 있었다. 나는 서둘러 마을로 향했다. 자정이 넘도록 일한 날이었다. 피곤에 절어 아무데라도 눕고 싶은 시간이었다. 이십여 분만 걸으면 작은 마을이 드러났다. 예전에는 뱃사람들이 많이 살았다는데 지금은 폐가가 더 많았다. 사람이 사는 집은 민박을 치는 곳이었다. 주인집도 마찬가지였다. 그나마 주인집 남자가 철에 꽃게를 잡고, 잡화점도 하는 덕에 마을에서는 제법 사는 축에 속했다. 나는 민박집으로 쓰이는 바깥채의 가장 끝 방에서 삼 년째 살고 있었다.

자기 아들과 몸을 섞은 걸 알아챈 날이어서, 할말이 남은 줄 알았다. 그래서 발걸음을 늦췄다. 주인집 남자의 발걸음도 느려졌다. 멋쩍어 도망치듯 걸음을 재촉하니, 뒤따르던 발소리도 빨라졌다. 하루 이틀은 그러려니 했다. 사흘이 지나고, 일주일이 넘도록 쫓아왔다. 우연이 아니었다. 그렇다고 왜 따라오느냐 묻기도 뭣했다. 자정을 넘긴, 동네 사람들 하나 보이지 않는 밤이었다. 급기야 지난밤에는 남자가 덥석 내 팔을 잡았다.

"매일 따라가도 뒤 한 번 안 돌아보데."

팔을 뿌리치며 몸을 돌리자, 남자가 헤벌쭉 웃었다. 술냄새가 얼굴을 덮쳤다.

"밤길은 둘이 걸어야 안 무섭고, 술은 같이 마셔야 맛이지."

그러더니 먼저 걸음을 옮기는 것이었다. 나는 뒤로 물러났다. 우뚝 멈춘 남자가 어서 오라고 재촉했다. 온몸에 소름이 돋았다. 아들에 대한 이야기를 꺼내지 않아서 무서웠다. 선뜩한 바람이 불자 풀벌레 소리가 뚝 그쳤다. 주인집 남자가 집으로 들어간 뒤에야 나는 걸음을 뗄 수 있었다.

방문을 잠갔다. 안채에서 주인집 남자의 고함소리가 들렸다.

"꼴에 사내새끼라고 말야! 내 당장 저 새끼 목을 따든지!"

"무슨 말을 그렇게까지……"

우당탕, 넘어지는 소리가 들렸다. 아들이 돌아온 이후로 주인집 내외는 밤마다 시끄러웠다. 나는 컵라면에 뜨거운 물을 부었다.

"그래서 저놈은 여기서 썩어 죽겠대?"

남자가 여자를 잡아먹듯이 다그쳤다.

"입을 꽉 다문 걸, 그 속을 내가 무슨 수로 알겠냐구요."

여자의 울음소리가 낮게 들렸다.

"그렇게 닦달을 했는데도 소용이 없으면, 이제 포기해도 되잖아요. 기대를 맙시다. 그냥 살아 있는 것만 다행이라고 생각하자구요."

"내가 저를 어떻게 키웠는데, 지금 그런 말이 나와!"

끝났나 싶으면 부서지는 소리가 들리고, 잠잠하다 싶으면 남자의 목소리가 커졌다.

주인집 여자의 말마따나 아들은 말을 하지 않았다. 작정을 하고 입을 다문 모양이었다. 남자는 매일 아침마다 집으로 들어서는 아들한테 벙어리 새끼는 필요 없다고 고함을 쳤다. 쓸모없는 새끼 나가 죽으라며 칼을 휘두르기도 했다. 그래도 아들은 대꾸가 없었다. 제 화를 못 이긴 남자가 아들을 개 패듯이 패도 신음소리 한 번 뱉지 않았다. 결국 여자가 아들을 그러안고 나뒹굴어야 소란이 끝났다. 남자가 욕을 해대며 집을 나선 뒤에야 여자는 마루끝에 앉아 눈물을 찍어댔다.

"안 그래도 속상한데 저 인간까지 왜 지랄인지 몰라. 동네 헛소문만 돌고…… 창피해서 나다니질 못하겠네, 진짜. 나더러 죽어라, 죽어라 하는 거지……"

소문이라면 나도 들었다. 버스 안의 동네 노파들은 제각각 떠들었다. 배우던 교수에게 공부한 걸 도둑맞았다더라, 공부를 한 게 아니라 큰 회사에 다니다가 잘렸다, 회사가 아니라 공장에 다녔다던데, 그 공장에서 병에 걸렸다며, 사귀던 여자를 제 아비가 말려서 아들이 돈 거야, 그게 아니라 결혼할 여자에게 사기를 당했단다. 꽃뱀한테 걸려 전 재산을 날렸다는 둥, 얼굴이 번듯해서 여자들한테 술 따라주는 데서 일했다는 둥, 감옥에 다녀왔다는 둥, 거기서 남자에게 당했다는 둥. 시간이 지나도 소문이 가라앉지 않았다. 아마 밤마다 싸워대는 주인집 내외 때문일지도 몰랐다. 여하튼 도시의 큰 대학에서 공부하고 있다고, 곧 박사가 될 거라고 자랑하던 주인집 여자는 더이상 아들에 대해 말하지 않았다.

주인집 아들은 내 품에 안겨서도 입을 열지 않았다. 언제였던가. 막차에서 내리자마자 평상에 주저앉은 날이 있었다. 아이가 울면서 전화를 걸어온 날이었다. 이모부가 찾아와서 엄마 있는 곳을 대라며 윽박질렀다는 것이다. 오후에는 마침내 나를 찾아낸 형부가 월급을 차압하니 마니, 한바탕 난리굿을 벌였다. 늘 녹초로 귀가했지만, 그날은 유난히 더 힘들었다. 역한 비린내가 짙어지더니, 온몸이 축축해졌다.

눈을 뜨니 주인집 아들이 우산을 들고 서 있었다. 나도 모르게 졸았던 모양이었다. 주인집 아들이 검은 봉지를 내밀었다. 안에는 소주와 컵라면, 담배가 들어 있었다. 봉지를 받아들며 처음으로, 주인집 아들을 자세히 쳐다봤다. 겁먹은 눈동자, 불규칙한 호흡과 이마에 흐르는 식은땀이, 어쩐지 나를 보는 것 같았다. 같이 마실래요? 주인집 아들이 잠깐 주저하더니, 고개를 끄덕였다.

나 역시 아들 앞에서는 입을 다물었다. 말을 하지 않아도 된다는 암묵적인 합의, 서로의 몸을 더듬는 것만으로도 충분하다는 감정의 일치는 평온한 밤을 보내게 했다. 아들은 내 팔을 베는 걸 좋아했다. 아들의 머리를 천천히 쓸다가 잠이 들곤 했다. 그런 날은 깊고 단 잠을 잘 수 있었다.

면이 불기 전에 소주병을 땄다. 플라스틱 컵에 따라 한 모금 마셨다. 온몸에 가시가 박힌 것처럼 쑤셨다. 몸은 고된데도 수월히 잠들지 못했다. 못 자면 다음날 일을 할 수가 없다. 그러니 주인집 아들을 만나거나, 술기운으로 쓰러져야 했다. 방안에 부연 담배연기가 가득했다. 텔레비전을 틀어놓고, 퉁퉁 불은 면발을 안주 삼아 소주를 마셨다. 차라리 깨어나지 않기를 바랐지만, 새벽이면 어김없이 눈이 떠졌다. 공복에 담배를 피우고, 식은 컵라면 국물로 입가심을 하면 잠이 깼다. 주인집 아들이 돌아오기 전에 집을 나서야 했다. 함께 밤을 보낸 이후로, 아침마다 벌어지는 주인집의 소란이 견디기 힘들었다.

네댓 정거장 거리였지만 걸어가기에는 멀었다. 잡화점 앞에서 주인집 아들이 담배를 피우고 있었다. 서로 알아봤지만, 인사는 하지 않았다. 버스에 올라 자리에 앉으면 검은 물빛을 숨긴 바다가 햇빛에 반짝였다. 바다를 등지고 버스가 출발했다. 버스에는 읍내 병원에 가는 노파들이 대부분이었다. 지난밤 안부를 주고받는 노파들 사이에 있다보면, 나의 생도 얼마 남지 않은 것 같아서 마음이 고요해졌다. 그러나 그때뿐이었다. 버스에서 내려 잰걸음으로 러브스토리 모텔로 들어섰다. 아침 열시부터 자정까지 일하는 곳이었다.

프런트 뒤에서 사모가 화장을 하고 있었다.

"커피 한잔하고 시작해."

눈썹 문신만 도드라졌던 허연 얼굴에 눈화장을 하고, 입술에 색을 칠하자 그제야 사람처럼 보였다.

"자긴 젊고 고운데 왜 화장을 안 해? 그러면 게으르단 소리 들어. 여자는 죽을 때까지 꾸며야지."

사모의 커피잔에 빨간 입술 자국이 남았다. 지난밤 숙박 객실은 아홉 개, 그중에 이미 손님이 나간 빈 객실은 여섯 개였다. 혼자 치우려면 빨리 움직여야 했다. 나는 청소도구를 들고 맨 위층인 사층으로 올라갔다.

전기세 운운하며 엘리베이터를 타지 말라는 사모 때문에 언제나 계단으로 다녔다. 남들은 즐기려고 빨리 올라가고, 나는 일하기 위해 느리게 올랐다. 청소도구를 끌며 걷는 복도는 관처럼 좁고 어두웠다.

객실 청소는 환기부터였다. 침대 시트와 이불을 바꾸고, 청소기를 돌린 후에, 욕실을 청소하고, 떨어진 비품을 채워넣는 것이 순서였다. 비어 있던 숙박 객실을 찾아다니며 똑같은 일을 여섯 번 반복한 후, 청소를 하는 중에 손님이 나간 방들도 차례로 치웠다. 점심나절이 지

나서야 허리를 폈다. 온몸이 땀에 젖고, 허기가 졌다.

사모는 점심을 먹고 돌아오는 길에 김밥 두 줄을 사다줬다. 그것이 내 점심이었다. 비품 상자들로 가득찬 창고방은 겨우 다리를 펴고 누울 만큼만 비어 있었다. 청소도구 옆에는 사장 내외만 쓰는 정수기까지 있었다. 객실의 정수기와 달리 꼬박꼬박 정기 점검을 받는 정수기였다. 정수기 위에는 늘 사과 몇 알과 과도가 놓여 있었다. 사모의 간식이었다. 막 김밥 하나를 입에 넣은 참이었다. 전화벨이 울렸다. 벽에 기대앉았던 나는 허리를 곧추세웠다. 남편이었다.

*

다니던 공장이 인원 감축을 강행하면서 남편은 일자리를 잃었다. 평생 공장에서 일한 사람이 쫓겨난 뒤에 갈 곳은 많지 않았다. 결국 막노동판이었다. 그마저도 매일 있는 일도 아니었다. 허탕으로 돌아온 날이면 방구석에서 온종일 소주를 마셨다. 취하면 벽을 향해 중얼거렸다. 모두 자기 탓이라며 자조했다. 차라리 화를 내면 같이 싸울 수 있었다. 고함이라도 지르면 당신을 그렇게 만든 공장에 불이라도 내라고 을러댔을 것이다. 그러나 남편은 그저 혼자 취해 조용히 고꾸라져 잠이 들었고, 다음날 새벽이면 다시 인력시장으로 나섰다.

마냥 그렇게 살 수는 없었다. 어떻게든 돈을 끌어모았다. 남편의 형제들과 내 친정 자매들에게서도 돈을 꿨다. 시댁의 밭 몇 뙈기, 친정 엄마의 가락지까지 팔아치워 토스트가게를 시작했다. 가맹금만 내면 본사에서 알아서 다 해준다는 프랜차이즈 분점이었다. 학교와 시장통

사이에 있는 점포여서 목도 좋았다. 하지만 반년도 되지 않아 문을 닫았다. 하루종일 식빵을 구워봤자 백 장도 팔지 못했다. 가겟세 한 번 제대로 내보지 못했다. 남편과 나는 신용불량자가 되었다. 순식간에 애 하나 뉠 방조차 구할 수 없게 된 것이었다. 남편이 당분간 떨어져 지내자 했다.

"애 학교는 보내야지."

일곱 살 아이를 친정에 맡기기로 했다. 어선을 수리하는 아버지와 어시장에서 회를 뜨는 엄마는 모두 칠십이 목전이었다. 하지만 아이의 취학 통지서라도 받게 하려면 어쩔 수 없었다. 남편은 지방 공사장을 전전하고, 나는 모텔 일을 시작했다. 빚쟁이들도 빚쟁이지만, 언니와 동생에게도 면목이 없어 내 거처를 숨겼다. 몰래, 멀리서라도 아이를 보기 위해선 친정에서 멀지 않은 포구여야 했다.

남편에게서는 뜨문뜨문 연락이 왔다. 잘 지내느냐는 말에는 아직은 살아 있다며 헛웃음을 흘렸다. 곧 갈게. 통화를 마칠 때면 여지없이 그 말이었다. 그랬던 남편이, 근처에 와 있다는 것이었다.

306호의 문을 열자 담배 냄새가 심했다. 화장실 문을 열고 내실로 들어갔다. 제일 먼저 창문을 열었다. 저편 하늘이 주황색이었다. 언덕을 가로지르는 샛길은 포구로 향하는 지름길이었다. 그 길을 걸어가는 남녀가 보였다. 이 방에서 나간 사람들일지도 몰랐다. 내선 벨이 울렸다. 209호. 사모가 다음 청소할 방을 알려줬다. 성수기가 아니어도 주말은 회전이 빨랐다. 서둘러야 했다. 반쯤 벗겨진 시트를 한 번에 빼내, 바닥에 뭉쳐진 이불과 수건을 한데 말아 문밖으로 던졌다.

빈 음료수 병을 치우고, 바닥에 굴러다니는 휴지뭉치들을 주웠다. 갈색의 긴 머리카락이 여기저기에 엉켜 있고, 쓰레기통에 붙은 콘돔은 잘 떨어지지 않았다.

테이블 위에 지갑이 있다. 두툼한 빨간색 장지갑이었다. 나는 지갑을 열었다. 삼단으로 펼쳐지는 지갑의 가운데에 사진이 있었다. 돌쯤 돼 보이는 아이와 젊은 부부였다. 여자는 갈색 긴 머리였다. 턱턱턱, 복도에서 발소리가 났다. 나는 원래 자리에 지갑을 얼른 내려놓고 청소기 스위치를 올렸다. 남자가 구두를 신은 채 들어섰다. 테이블 위의 지갑을 잡아채자마자 나를 흘끔 쳐다봤다. 지갑을 펼쳐 안을 꼼꼼히 살피고서야 방을 나갔다. 사진 속의 남자는 아니었다.

청소기를 돌린 후에 시트를 갈았다. 시트를 깔 때마다 나도 모르게 신음소리가 났다. 팽팽하게 잡아당긴 후에 무릎을 꿇고 매트리스 밑으로 시트를 끼워넣는 일은 아무리 해도 수월해지지 않았다. 사모는 한 번도 안 쓴 것처럼 해놓으라는 말을 입에 달고 살았다. 손바닥으로 시트 위를 한번 더 가다듬은 후에 바닥을 닦았다. 내실 거울의 얼룩을 지우고 욕실 청소를 시작했다. 능숙하게 물기 하나 남기지 않고 마무리한 뒤, 빈 비품을 채웠다. 삼 년 동안 하루도 거르지 않고 매일 하는 일이었다.

숲에 들어선 숙박시설 중에서 러브스토리 모텔이 포구에서 가장 가까웠다. 창문을 열면 멀찍이 바다가 보였다. 그 덕에 대실 손님이 많은 편이었다. 방을 나서기 전에 마지막으로 창문을 닫았다. 공사장 소음이 사라졌다. 피서철이 끝나자 새로 올라가는 펜션이 수두룩했다. 장난감처럼 생긴 집, 아기자기하게 꾸며놓은 정원, 마치 그림책에서

나 봤을 법한 풍경이 매일 조금씩 완성돼갔다. 그 사이에 우뚝 서 있는 러브스토리 모텔은 음침하고 볼품없었다. 사모는 펜션 때문에 장사 망하게 생겼다고 우는소리를 했지만, 사장은 아랑곳하지 않았다. 세상이 망하지 않는 이상, 모텔이 망할 이유는 없다고 했다.

"말이야, 그 짓을 하려고 몇십만원씩 돈 쓰는 놈들이 이상한 것들이지. 몇만원이면 되는데 왜 그런 낭비를 해. 안 그래, 아줌마?"

나는 고개를 끄덕였다.

"생각을 해보라고. 아줌마라면 펜션에 가겠어, 모텔에 가겠어?"

누우면 발가락 끝에 텔레비전 모서리가 닿는 방, 주인집 아들은 두 다리를 다 펼 수도 없는 그 방이 나에게는 가장 안락한 곳이었다. 내가 일하는 곳이 누군가에게 애욕의 공간이듯, 아버지와 세상을 피해 숨은 아들의 은신처는 내가 유일하게 편히 잠들 수 있는 방이었다. 209호 청소를 끝내니 프런트 뒤에 사장이 앉아 있었다. 낮에는 사모가, 밤에는 사장이 프런트를 지켰다. 갈 사람은 어서 가. 사장이 시계를 쳐다봤다. 어느새 열두시였다.

남편은 모텔 건물 옆에 구부정하게 서 있었다. 처음 보는 가방을 품에 안은 채였다. 삼 년 만에 만난 남편은 생판 남 같았다. 원래도 살집이 없었는데, 더 말라 뼈가 튀어나올 것 같았다. 남편에게서 썩은 내가 났다. 가방에서 나는 냄새 같기도 했다.

"밥은 먹었어?"

남편이 고개를 저었다. 포구의 포장마차에 앉아 홍합탕과 소주를 시켰다. 남편은 연거푸 소주를 마신 뒤에, 홍합 국물을 들이켰다. 남편에게서 나는 냄새 때문에 다른 손님들이 자꾸 흘깃거렸다.

"애는 보고 왔어?"

"멀리서만…… 나를…… 못, 알아……보더라."

"그렇다고 그냥 와?"

남편은 입을 다물었다. 하긴 꼴이 말이 아니었다. 때 얼룩이 덕지덕지 내려앉은 옷과 악취 때문에 마치 노숙자 같았다. 그 꼴로 살았던 거야? 차마, 그렇게 물어볼 수는 없어, 자꾸 한숨이 나왔다. 가자. 빈 그릇만 내려다보던 남편이 엉거주춤 일어났다.

남편과 나는 좀처럼 입을 열지 못했다. 오랜만에 만나서 그런지, 서로의 몰골이 형편없어서 그런지, 모를 일이었다. 잡화점 앞에 서 있던 주인집 아들이 남편을 멀뚱히 쳐다봤다. 남편은 아들의 시선을 알아채지 못했다.

방에 들어선 남편이 이리저리 서성였다. 남편이 디딘 자리마다 까만 얼룩이 묻어났다. 뭣보다도 우선 씻겨야 했다. 갈아입을 옷은 있어? 남편이 우뚝 서서 두리번거렸다. 가방 쪽으로 손을 내밀었다.

"가방, 이리 내려놔."

남편이 소스라치게 놀라며 가방을 재빨리 움켜쥐었다. 두 눈이 번뜩였다. 가방을 잡은 손이 부들부들 떨렸다.

"빨랫거리면 이리 내. 지금 빨게."

나는 가방을 잡아당겼다. 남편이 나를 밀쳤다. 그 바람에 엉덩방아를 찧으며 넘어졌다.

"왜 그래, 당신?"

남편의 눈에 살기가 솟았다. 나는 두 팔을 번쩍 들었다.

"알았어, 안 만질게. 일단 씻어. 씻고 나와."
내가 뒤로 물러나도 남편의 눈빛은 좀처럼 사그라지지 않았다.

주인집 여자는 오늘따라 죽을 듯이 비명을 질렀다. 때려 부수는 소리가 가라앉기를 기다리다, 잠깐 조용해진 틈에 문을 두들겼다. 매일같이 싸움이 벌어졌지만 유난히 요란한 날이 있었다. 맞는 소리가 좀처럼 그치지 않는 날이면, 일부러라도 여자를 불러내곤 했다. 그러지 않으면 사람 하나 죽어나갈 것 같았다. 벌컥 문이 열리더니 주인집 여자가 맨발로 뛰쳐나왔다. 헐렁한 티셔츠의 목덜미가 찢겨 있었다.

"괜찮으세요?"

"이러다 내 명에 못 죽지."

여자가 숨을 헐떡였다.

"저 인간 잠들 때까지만 같이 있어줘, 응? 매번 미안하네. 내가 참 창피해서……"

여자가 나보다 먼저 바깥채로 걸어갔다. 저기요, 나는 조심스럽게 입을 뗐다.

"아저씨나 아드님 옷을 좀 빌릴 수 있을까요?"

여자가 멍하게 나를 쳐다봤다. 나는 남편이 들렀다고 했다. 사정이 있어서…… 말을 흐리자 여자는 더이상 묻지 않았다.

주인집 아들의 옷은 남편에게 너무 컸다. 남편은 가방을 품고 웅크려 앉아 나를 올려다봤다. 남편 앞에 마주앉았다.

"무슨 일 있었어? 말 좀 해봐."

입을 다문 남편은, 가방을 손에서 놓지도 않고 내 안으로 파고들었다. 남편은 오로지 내 몸을 탐하기 위해 찾아온 사람 같았다. 나는 남편을 밀어내지도, 그렇다고 한껏 열지도 못했다. 이내 진저리를 치듯 남편이 부르르 떨었다. 남편의 앙상한 엉덩이를 그러쥐었다. 이 사람은 아주 돌아온 걸까. 남편과 같이 지내면 월세를 더 내야 하나. 우리가 같이 살 수는 있을까. 언제쯤이면 세 식구 모두 같이 지낼 수 있을까. 그럼 지금보다는 나아질까. 나아진다는 건, 뭘까…… 어느새 남편은 내 위에 널브러진 채 잠들어버렸다.

입을 벌리고 잠든 남편의 얼굴은 핏기가 없었다. 죽은듯이 자면서도, 가방은 여전히 꽉 쥐고 있었다. 남편의 코에 손을 대봤다. 옅은 숨이 들락거렸다. 나는 가방을 조심스럽게 열었다. 가슴이 덜컥 내려앉았다.

수돗가에 쪼그려앉아 세숫대야에 물을 받았다. 섬뜩한 한기가 느껴졌다. 정신을 차려보니 세숫대야에 물이 넘쳐 두 발이 얼음장처럼 차가웠다. 남편의 옷을 대야에 담갔다. 색이 빠지듯이 검고 붉은 물이 천천히 퍼졌다. 얼룩은 핏자국이었다. 빤다고 될 일 같지 않았다. 나는 쓰레기를 태우는 드럼통에 옷을 집어넣었다. 담배 하나를 피운 뒤에, 불씨 남은 꽁초를 드럼통에 던졌다.

작은 불길에도 온몸이 금세 뜨거워졌다. 연기가 잦아들자 동네 개들이 짖어댔다. 가방 안에 든 건 돈이었다. 무슨 보상금이라도 받았나. 비죽 웃음이 났다. 그러다 덜컥 겁이 났다. 제대로 번 돈이라면 그렇게 들고 다닐 이유가 없을 터였다. 그래도 돈은 돈 아닌가. 좋았다 말았다, 종잡을 수 없어 심란했다.

남편은 새벽같이 일어났다. 일어나자마자 가방을 끌어안았다. 나는 다시 물었다. 남편은 떼꾼한 눈으로 나를 쳐다보기만 했다. 말하지 않겠다고 결심이라도 한 것 같았다. 알았어. 그럼 이것만 말해봐. 나는 가방을 가리켰다.

"가방의 돈은 뭐야. 당신 돈이야?"

남편의 동공이 커졌다. 하지만 대답을 들어야 했다. 어떻게든 알아내야 했다. 내처 물었다.

"그 돈, 당신이 번 거야? 써도 되는 돈이냐고."

남편이 슬금슬금 뒤로 물러났다. 말 좀 해봐! 남편이 고개를 절레절레 흔들었다. 그럼,

"훔친 돈이야?"

남편은 나를 노려봤다. 가방을 뺏으려고 덤벼들자 남편이 한 팔을 뻗어 막아섰다. 나는 다시 달려들었다. 남편이 발로 찼다. 둔중한 통증이 온몸에 퍼졌다. 나는 몇 번이고 남편에게 기어오르고, 그때마다 남편은 점점 더 세게 나를 걷어찼다.

"이럴 거였으면 왜 왔어! 차라리 죽지!"

남편과 나는 들짐승처럼 숨을 헐떡였다. 남편이 무릎으로 기어오더니, 들썩이던 내 가슴에 얼굴을 파묻었다. 남편의 아래는 이미 딱딱했다. 바지춤을 내리는 남편을 힘껏 밀었다. 저쪽으로 나뒹군 남편이 나를 멀뚱히 쳐다봤다. 바깥에서 인기척이 들렸다. 나가야 할 시간이었다.

"말해놨으니까, 때 되면 주인집 아줌마가 밥 줄 거야. 먹고 있어. 어디 가지 말고."

나서다 말고 뒤돌아섰다. 아무 일도 없었다는 듯이 무릎을 세워 앉은 남편은 고개를 숙였다. 공장에서 떠밀려나왔을 때도, 벽에 대고 술주정을 할 때도, 토스트가게가 망했을 때도, 지방 공사장으로 떠나던 날도 저렇지 않았다. 가방에 돈이 많은데도, 왜 저러고 앉아 있는지 도대체 알 수가 없었다. 무언가 잘못되었다는 것만 분명했다.

대문 밖에 서 있던 주인집 남자가 나를 가로막았다.

"남편을 끌어들였다고?"

"무슨 말씀을 그렇게……"

"남편이 맞기는 한 거야?"

대답할 새도 없이 남자가 말을 이었다.

"사내까지 들락거리게 하는 여자를 집에 둘 수야 없지. 혼자 산다고 해서 싸게 방 내준 거니까, 여기서 계속 살 거면 얼른 내보내."

남자가 헛기침을 하고 안으로 들어갔다. 마음 같아서는 당장이라도 방을 빼고 싶었다. 저기 주인집 아들이 걸어오는 것이 보였다.

*

모텔에 들어서니, 지갑을 찾으러 왔던 남자가 프런트 앞에 서 있었다.

"저 여자네요."

사모가 다짜고짜 창고방으로 나를 끌고 갔다.

"자기가 훔쳤니?"

"무슨 소리세요?"

"어제, 두고 간 지갑 찾아갔다는데. 맞아?"

"네."

"현금이 없어졌대."

"저 아니에요. 지갑에 손도 안 댔다고요."

"신고하겠다고 저러잖아."

"안 훔쳤으니까 마음대로 하라고 하세요."

"여기 일은 누가 하고? 경찰이 들락거리면 어떤 손님이 좋다고 들어오니?"

"그럼 안 훔쳤는데도 훔쳤다고 해요?"

"지금 치워야 할 객실이 잔뜩이다. 잘 생각해. 전화 한 통이면 일하겠다고 달려올 조선족들 많아."

기가 막혔다.

"훔치지도 않은 돈을 나보고 물라는 말이에요?"

"그러든지 말든지, 하여간 당장 해결하란 말이야. 시끄럽지 않게!"

사모가 먼저 방을 나섰다. 수중에 현금이라고는 천원짜리 몇 장이 전부였다. 가방 안의 돈이 떠올랐다. 처음에는 남편이 어떻게 번 돈인지 걱정이었지만, 이제는 쓸 수 있는 돈이기만 바랐다.

급한 대로 월급에서 제하기로 하고 사모가 남자에게 돈을 쥐여줬다. 별일을 다 겪으며 살아왔지만, 이렇게 두 눈 멀쩡히 뜬 채 돈을 날려먹는 건 처음이었다. 하기야, 몇 년째 매달 갚고 있는 이자도 도둑맞은 돈 같았다. 그러니 나에게 돈을 떼인 사람들의 속은 오죽할까. 가슴에 돌덩이가 박힌 것처럼 답답했다. 숨을 깊게 쉬고, 객실로 올라갔다. 여자 지갑이었다는 것이 그제야 떠올랐다. 주차장으로 달려나

가봤지만 소용없었다. 남자의 차는 사라지고 없었다.

살면서 억울한 일이야 흔하게 겪었다. 느닷없이 백수가 된 남편이나, 빚내서 차린 가게에서 돈 한푼 못 번 것도 억울한 일이었다. 열심히 살았다. 아득바득 아끼며 살았는데도 은행에 저금 한 번 해본 적이 없었다. 수중에 푼돈이라도 생기면 나에게 돈을 떼인 식구들에게 이자부터 보냈다. 게으르지도 않고, 노력을 안 한 것도 아닌데, 늘 그 자리였다. 내 배를 곯아도, 내 아이 제대로 못 살피며 사는데도 늘 여기였다. 남들이 피땀 흘려 번 돈을 내가 날려먹어 식구들이 뿔뿔이 흩어져 사는 것이었다. 내가 잘못했으니 마땅히 받아야 할 벌이라 생각했다. 하지만 잘못하지 않은 일까지 내 탓이 되는 세상이었다. 그걸 내 힘으로 막을 도리가 없다는 것이 답답했다. 답답해서 억울했고, 억울해서 허망했다. 나만 잘못 사는 것 같아서 분했다.

일을 마치고 모텔을 나설 때는 몸뚱이가 땅속으로 가라앉을 것 같았다. 발바닥이 화끈거리고, 손목과 허리가 욱신거렸다. 바닥에 등만 대도 좋을 것 같았다. 그러나 막차마저 끊겨 모텔에서 포구, 마을까지 걸어가야 했다. 어쩔 수 없다는 건 언제나 한계를 마주하는 일이었고, 원하지 않는 일을 해야 한다는 뜻이었다. 어쩔 수 없다는 건 도망칠 데가 없다는 의미였고, 도망쳐서도 안 된다는 뜻이었다.

잡화점 앞 평상에 털썩 주저앉았다. 입안이 바짝 말라 뱉은 숨에서 단내가 났다. 어느 횟집인지 취한 사내들의 노랫소리가 들렸다. 통유리 카페 안에는 팔짱을 낀 남녀가 멀리의 등대를 바라보고 있었다. 주인집 아들이 옆에 앉더니, 내 무릎 위에 손을 올렸다. 나는 고개를 저었다. 남편이 찾아왔어. 게다가 그날 이후로 당신 아버지가 매일 밤 나를 따라온다고. 내가 하려던 말을 알아챈 걸까. 내 눈을 지그시 쳐다보던 아들이 손을 거두었다. 그러고는 잡화점 안으로 들어갔다. 다른 때 같았으면 나도 따라 들어갔겠지. 하지만 지금은 아니었다. 나는 마을을 향해 걸었다.

가방에는 만원짜리 지폐가 가득이었다. 모두 얼마일까. 그 정도면 우선 식구들에게 얼마간이라도 갚을 수 있겠다. 다른 사람도 아니고, 피붙이들에게 꾼 돈부터 갚는 게 예의겠지. 그게 도리일 거야. 도리라는 건 잘 알겠는데, 이상하게 내키지 않았다. 그 돈으로 빚을 다 갚을 수는 없었다. 친정에 맡긴 아이를 데리고 올 수도, 세 식구가 함께 살 집을 얻을 수도 없었다. 그러니 빚 갚는 것 말고, 다른 데 쓰면 안 될까. 화장품도 사고, 미용실도 가고, 발이 편한 신발도…… 그 돈이면, 내 몸 하나 포구에서 도망칠 수도 있었다. 그 돈을 나 혼자 쓰려면 남편을 내쳐야 하는데…… 상상은 제멋대로 가지를 쳤다. 그러다 이내 고개를 저었다. 무슨 돈인지도 모르면서 어떻게 쓸까 골몰하다니. 아니지, 그래도 없는 것보다는 낫지 않은가. 여하튼 남편이 들고 온 돈이었다. 내가 써도 되지 않나. 이제껏 어떻게 살았는데. 그럼, 일단, 빚을 갚자. 쓰면 안 되는 돈이었다면 몰랐다고 하지. 목이 타들어가는데 흘려주는 물을 마다하는 사람이 어디 있냐고 말이다. 가방 속의 돈 생각만 해도 숨통이 트이는 것 같았다. 어떻게든 그 돈이 갖고 싶어졌다.

한참 걷다 뒤돌아보니, 주인집 아들이 멀리서 나를 지켜보고 있었다. 저치는 왜 입을 다문 걸까. 알 도리가 없었다. 얼마나 힘든 일을 겪었는지 짐작조차 불가능했다. 하지만 어렴풋이 이해는 됐다. 오죽 시달렸으면 말이다. 그런데 남편은, 돈까지 가져온 남편은 이해가 안 됐다. 사실은 이해하고 싶지 않은 것 같았다. 풀벌레 소리가 들리지 않았다. 마을 초입의 가로등도 꺼져 있었다.

불쑥, 폐가에서 시커먼 게 튀어나왔다. 소스라치게 놀라 그대로 주저앉았다. 고개를 들어보니 주인집 남자였다. 사람 놀라게…… 순간 남자가 내 입을 막았다. 발버둥을 치는데도 끌고 가는 남자의 완력을 막을 재간이 없었다. 남자의 씩씩거리는 숨소리가 폐가에 울렸다.

내동댕이쳐진 나는 뒤로 물러섰다. 아무리 바닥을 더듬어도 손에 잡히는 게 없었다. 깨진 시멘트 사이사이로 웃자란 풀들만 무성했다. 어느새 벽에 다다랐다. 남자가 발길질을 해댔다. 정신이 아득해졌다.

"감히 내 새끼랑 지랄염병을 떨어? 그리고 남편을 끌어들여? 양심도 없는 년!"

나는 비명을 질렀다. 남자가 연신 내 빰을 올려쳤다. 나는 꺽꺽거리며 숨을 삼켰다.

"어디, 계속 소리쳐봐. 남편도 와 있는데 동네 소문 내볼까?"

남자가 내 위로 올라오는 걸 힘에 부쳐 막을 수 없었다. 잘못했어요. 다시는 안 그럴게요. 제발…… 덜덜 떨면서 살려달라고 빌었지만 남자는 내 아랫도리를 벌렸다. 그때였다. 억, 소리가 나더니 남자가 기우뚱 중심을 잃었다.

남자 뒤에 기다란 검은 그림자가 매달려 있었다. 주인집 남자가 제 목을 감싸며 버둥거렸다. 검은 그림자가 끙끙거리며 계속 힘을 주자, 컥컥대던 주인집 남자의 두 팔이 맥없이 뚝 떨어졌다. 그림자가 낮게 신음소리를 뱉었다. 남자가 쿵 소리를 내며 바닥으로 떨어졌다. 더이상 움직이지 않았다. 타다다닥, 그림자가 어느새 폐가를 벗어나고 있었다. 나는 옷도 못 추스르고 밖으로 나갔다. 길고 마른 체구의 그림자가 포구 쪽으로 사라졌다.

온몸이 진흙 범벅이 된 내 몰골을 보고도 남편은 무표정이었다. 오히려 품에 안은 가방을 더 세게 그러안았다. 그저 가방을 뺏길까봐 두려워할 뿐이었다. 그까짓 게 뭐라고! 나는 남편에게 사납게 다가들었다. 이리 줘! 달란 말이야! 가방을 낚아챘다. 남편이 나를 처음 본 사람처럼 눈을 동그랗게 떴다. 그러더니 무릎을 꿇고 양손을 비볐다.

"제발 돌려주세요. 그 돈 없으면 전 죽어요."

그러거나 말거나, 나는 계속 소리쳤다.

"싫어! 어차피 이 돈 나랑 네 새끼 주려고 갖고 온 거 아냐? 우리 식구 사람답게 살자고, 사람이길 포기하면서 벌어온 돈 아니야? 그럼 써야 될 거 아냐!"

남편과 서로 가방을 잡아당겼다. 가방끈이 팽팽해졌다. 손잡이의 실밥이 두두둑 뜯어졌다.

"아아악!"

남편이 괴성을 질렀다. 멈추지 않을 기색이었다. 나는 손을 놓았다. 뒤로 벌렁 넘어지고서도 남편은 계속 비명을 질러댔다. 남편이 입을 다물 때까지 나는 손에 잡히는 대로 집어던졌다. 소주병과 재떨이, 주전자와 컵, 국물이 남은 컵라면 용기까지…… 남편은 온몸으로 다 맞아냈다. 남편의 턱밑으로 라면 국물이 뚝뚝 떨어졌다. 남편이 비실비실 웃기 시작했다. 남편이 미친 건지, 내가 미친 건지 알 수 없었다.

사위가 고요해질수록 남편의 웃음소리는 점점 더 커졌다. 나는 비틀거리며 방을 나섰다.

*

폐가에 널브러진 주인집 남자의 목에는 둘둘 말린 폐그물이 감겨 있었다. 나는 그 폐그물을 집어들었다. 그리고 내 목에 천천히 감쌌다. 거칠고 질긴 폐그물을 서서히 잡아당겼다. 앗! 나도 모르게 비명을 질렀다. 날카로운 것에 찔린 모양이었다. 손을 대보니 피가 묻어났다. 한 손으로 목을 감쌌다. 상처가 깊은지 좀처럼 피가 멎질 않았다. 손바닥에 묻은 피가 점점 끈끈해졌다. 나는 폐그물을 옷 속에 숨겨 폐가를 나섰다.

주인집 아들이 골방에 앉아 바들바들 떨고 있었다.

"왜 그랬어."

아들은 여전히 입을 다물고 나를 올려다봤다.

"말해봐. 말을 해야 알지. 그래야 내가 뭐라도 하지. 말 좀 해. 시체…… 같이 숨길까? 아니면 지금 당장 나랑 도망갈래? 말해, 말 좀 하라고, 말! 지금 네가 이러고 있을 때가 아니잖아. 어쩌자고, 왜 그랬어, 왜! 내가 뭐라고……"

차마 말을 잇지 못했다. 나도 모르게 눈물이 비어져나왔다. 아들이 우는 나를 물끄러미 쳐다보더니, 입을 벌려 눈물을 핥기 시작했다. 뜨겁고 축축한 아들의 혀가 내 얼굴과 어깨를, 가슴과 배꼽과 아랫도리를 천천히 쓰다듬었다. 그래도 눈물은 그치지 않았다. 투두두둑, 비오는 소리가 들렸다.

그날 밤부터 내린 비가 며칠 동안 이어졌다. 기온이 갑자기 낮아졌고, 공터의 잡초들은 금세 제 색을 잃었다. 주인집 여자는 남편이 사라졌다고 경찰에 신고했다. 그날 오후 경찰은 폐가에서 남자를 찾아냈다. 아랫도리가 벗겨진 채 죽은 남자는 고인 빗물에 퉁퉁 불어 있었다고 했다.

경찰이 모텔로 찾아온 건, 주인집 남자를 발견한 다음날이었다. 주변 인물 탐색 차원이라고 했다. 내가 몇시에 귀가했는지, 그전에 어디에서 누구와 있었는지 물었다. 나는 다짜고짜 주저앉았다. 나를 겁탈한 게 주인집 남자인 줄 몰랐다고 거짓말을 했다. 검은 그림자가 나타나자마자 도망쳐서 그뒤의 일은 모른다고 말했다. 부끄러워서 아무에게도 말할 수 없었다고, 그래서 그동안 입을 다물었다고 변명했다.

주인집 남자의 목을 조인 폐그물은 남편의 가방에서 발견되었다. 경찰에게 잡혀가면서도 남편은 비실비실 웃었다. 부디, 남편이 제정신으로 돌아오지 않기만을 바랐다. 나는 경찰과 주인집 여자 앞에서 눈물을 보였다. 하지만 아들 앞에서는 더이상 울지 않았다.

모텔의 창고방으로 거처를 옮겼다. 전보다 더 늦은 시간에 잠이 들고, 더 일찍 일어났다. 더 많은 침대 시트를 갈고, 더 꼼꼼히 욕실의 물기를 닦았다. 불을 끈 창고방에 누우면 좀처럼 잠이 오지 않았다. 그럼 소주를 마시는 대신 돈을 꺼내들었다. 하나하나 세다보면 새벽은 금방이었다. 종종 문고리가 덜컥거렸지만 무섭지 않았다. 나는 매일 밤 과도를 꼭 쥐고 잤다.

친정부모 몰래 아이를 찾아가, 곧 데리러 오겠다고 약속했다. 밤낮으로 잡화점에서 나오지 않는 아들의 얼굴은 점점 더 허옇게 변해갔다. 나는 족발이나 순대를 사들고 가거나, 같이 컵라면을 먹곤 했다. 때로는 평상에 앉아 함께 줄담배를 피우기도 했다.

그사이 목의 상처는 거뭇한 흉터를 남겼다. 흉터를 보기 위해서는 거울 앞에 서야 했다. 고개를 최대한 옆으로 돌렸다. 흰자가 다 드러나도록 눈을 흘겼다. 찢어진 눈매가 나를 노려봤다. 흉측했다. 저기 돈이 든 가방이 보였다. 자꾸 웃음이 비어져나오는 걸 참을 수 없었다.

한파 특보

네 할머니가 얼마나 모진 인간이었냐면 말이다. 한번은 고봉밥을 보여주는 거다. 이렇게 밥 많으니, 꼴 베고 와서 먹으라고 말이지. 그럼 어린것들은 좋다고 나갔다. 점심은 배부르게 먹겠구나 싶었지. 다들 먹고살기 어려울 때였다. 쌀밥이 뭐냐, 죽 한 그릇도 못 먹던 시절이다. 그런데 밥이 수북하게 담겨 있으니 얼마나 신이 났겠냐. 꼴 잔뜩 베어 와서 밥상 앞에 앉아 숟가락을 푹 집어넣는데, 딱 소리가 나더라. 밥그릇 안에 종지를 엎어놓고 그 위에 밥을 깔아놨던 거지.

또 그 얘기였다. 나는 이제 어떤 대꾸도 하지 않았다. 집안에서 떠드는 사람은 아버지와 텔레비전 속의 사람들뿐이었다. 아버지가 리모컨 버튼을 차례대로 누르기 시작했다. 아버지는 눈뜨는 순간부터 잠이 들 때까지 손에서 리모컨을 놓지 않았다. 홈쇼핑, 드라마, 홈쇼핑, 예능 재방송, 다큐, 중화방송, 홈쇼핑을 지나 애니메이션 화면을 건너 다큐멘터리 채널에서 멈췄다. 황제펭귄이 나오는 다큐멘터리였다.

"봐라. 저 추운 데서 아비가 알을 품는다. 알 낳은 어미는 자식 먹일 먹이를 구하러 사백 리가 넘는 길을 떠났다."

화면에 눈보라 치는 황량한 남극 풍광이 펼쳐졌다. 등허리까지 허연 눈이 쌓인 수만 마리의 수컷 황제펭귄들이 허들링을 하며 알을 품었다. 영하 오십 도 밑으로 내려가는 혹한 속에서 오로지 자기 체온만으로 알을 품는다는 내레이션이 들렸다.

"눈 있으면 봐라. 부모가 저런 거다. 나도 늬들 저렇게 키웠다고. 알아?"

알고 있다. 요령 없는 사람이 평생 한 회사에 다니면서 자식들 등록금 한 번 밀려본 적 없었다. 외삼촌 보증 섰다가 전세를 월세로 옮기고, 차를 팔아 두세 번씩 버스를 갈아타며 출퇴근을 하던 때에도, 오빠와 나의 학원비를 줄이거나 그만 다니게 하지 않았다. 돌이켜 생각해보면 아버지 자신은 안 입고 안 썼지만, 자식 공부에 관한 한은 아끼지 않았다. 그러고도 결혼하는 오빠에게 이십 평대의 아파트를 사준 아버지였으니, 성실하고 근면한 사람인 건 분명했다. 밖에서 보기에는 그랬다.

세 번쯤, 아니 네 번쯤, 아니 그보다 훨씬 더 많이 봤을 화면이었다. 그런데도 늘 처음 보는 사람처럼 굴었다. 매번 같은 장면에서, 매번 똑같이 무릎을 쳤다.

"저, 봐라. 알 깨고 새끼 나온다."

다음 장면엔 수컷의 실수로 얼어죽는 새끼가 나올 것이다. 저런 병신 같은 것들. 죽어라 품어놓고 죽인다.

"병신들! 죽어라 품고 죽이는 것 좀 봐라."

땅에 떨어진 알은 몇 분도 안 되어 꽝꽝 얼어붙는다. 무리 주변에 얼어버린 알들이 굴러다녔다. 알을 잃은 수컷들은 알 대신 얼음덩어리를 제 몸에 품었다. 저게 부모다.

"저게 부모다."

유전자에 각인된 행동이었다. 아비의 도리여서가 아니라, 알처럼 생긴 얼음덩어리라도 품어야만 하는 본능뿐인 본능일 터였다. 밥을 다 먹은 아버지가 수저를 탁, 소리나게 내려놨다. 다 먹었다는 뜻이었다. 상을 물리기도 전에 아버지가 담배를 물었다. 커피 줘라. 나는 믹스커피를 미리 담아둔 컵에 뜨거운 물을 부었다. 이제 아버지는 화장실에서 틀니를 헹구고 나올 것이다. 커피를 마시고, 담배를 하나 더 피운 다음, 식전에 읽다 만 신문을 들고 다시 화장실로 간다. 그리고 나올 생각을 안 하겠지. 나는 아버지가 신문을 들고 일어서기 전에 서둘러 화장실로 들어갔다. 설거지는 그다음의 일이었다.

"세상에 할 일 없는 놈들 참 많다."

씻고 나오는데 아버지가 중얼거렸다. 화면을 쳐다봤다. 처음에는 닮은 사람인 줄 알았다. 얼핏 본 남자의 실루엣은 내가 기억하던 모습과 달랐다. 별, 미친 새끼 다 보겠네. 저런다고 뭐가 달라져? 화면에는 피켓을 든 남자가 대형 마트 앞에 서 있었다. 피켓에는 붉은색으로, 함께 사는 사회 동참하라, 고 써 있었다. 대형 마트 의무 휴업을 이행하라는 일인 시위자였다. 사람들은 남자를 지나쳐 대형 마트로 들어갔다. 장을 보고 나오는 사람들도 남자를 무심히 지나쳤다. 남자는 규원이었다.

나는 화면을 힐끔거리며 설거지를 시작했다. 젖은 머리에서 물이 뚝뚝 떨어졌다. 마이크가 규원의 앞으로 다가갔다. 규원이 입을 뗐다. 순간, 그릇이 미끄러졌고, 손쓸 새도 없이 바닥에 떨어졌다. 와장창. 아버지가 고개를 홱 돌렸다.

"너도 나한테 시위하는 거냐? 잘난 네가 아버지 밥 차린다고 생색내는 거야, 지금? 그래봤자 네까짓 걸 누가 거둬주기나 할 줄 알아? 시집 못 간 쉬어터진 노처녀 주제에 아비 밥이라도 차리며 살 수 있는 걸 고마워해라."

아버지의 목소리에 묻혀 규원이 하는 말이 하나도 들리지 않았다. 아니라는데도 아버지는 기다렸다는 듯이 계속 떠들어댔다.

"너도 나가! 네 어미처럼 꺼져버려!"

아침나절 내내 똑같은 소리를 듣게 될 것이었다. 아버지의 심사를 건드리는 일은 도처에 널려 있었다. 밥이 너무 뜨거워도, 국이 너무 미지근해도, 재떨이를 제때 비워놓지 않아도, 현관문을 조금만 늦게 열어도, 화장실에 화장지가 떨어지거나, 집전화가 오래 통화중이어도 아버지는 자기를 무시하는 몹쓸 행동이라 여겼다. 온 식구들이 아버지의 눈치를 보고, 비위를 맞추기 위해 동동거려도, 어디서 터질지 몰랐다. 아버지가 작정을 하고 덤비면 답이 없었다. 누구 때문에 이만큼 살게 됐는데! 종내 듣게 되는 이야기는 언제나 같았다.

무조건 고개를 숙여야 했다. 이유는 필요치 않았다. 대안도 없었다. 아버지의 말에 논리적으로 접근하거나, 반대 의사만 비쳐도 천하의 버르장머리 없는 연놈이 되었다. 몇 날 며칠을 후레자식이 되어, 고개를 조아리며 잘못했다고 빌고 빌어야 간신히 조용해졌다. 그것이 아버지를 가라앉힐 수 있는 유일한 방식이었다. 나는 깨진 그릇을 치우며 몇 번이나 아니라고, 실수로 떨어뜨렸다고, 다음부터 조심하겠다는 말을 되풀이했다. 그래도 아버지는 씩씩대며 담배를 물었다. 거실 벽지는 누렇게 변한 지 오래였고, 아버지 주변엔 온종일 담뱃재가 날렸다.

평생을 바쳤던 건설회사에서 현장소장 한 번 못하고 명퇴를 한 아버지는 컴퓨터는 고사하고 핸드폰 문자 전송 방법도 배우려 하지 않았다. 무엇을 새로 익히거나 적응하는 것에 서툴렀다. 자신에게 불필요하다고 생각하면 그뿐이었다. 거둬 키운 동생들의 형편이 좋아지면 모두 자기 덕이라며 그들의 부지런한 삶을 함부로 깎아내렸다. 어느 해였던가, 막내 작은아버지가 제수를 줄이는 건 어떻겠느냐고 조심스럽게 운을 뗐다가 술상이 엎어졌다. 인간의 도리를 모르는 짐승만도 못한 놈은 필요 없다고 나가라고 소리쳤다. 그런 아버지였으니 곁에 사람이 없었다. 친구는 물론이고, 형제나 자식들도 도움을 청할 때가 아니면 먼저 아버지에게 말을 걸지 않았다. 무슨 말이든 아버지 자신이 옳았기 때문이었다. 오로지 자신의 경험, 그리고 품안의 사람만 중요했다. 퇴직 이후를 취미생활로 보낸다는 자기 연배들을 보면 돈지랄하는 인간들이라고 혀를 찼다. 타인을 무시하는 것으로 자기의 권위를 세우고, 목소리를 키우는 것으로 자신의 건재를 과시했다. 나이가 들수록 폭언의 강도가 정도를 넘는 걸 보면, 아버지는 누구보다도 자기의 성정을 잘 아는 사람이었다. 아무도 자신을 진심으로 좋아하지 않는다는 걸, 모두가 자신을 끔찍해한다는 걸 인정하기 싫어 아등바등하는 꼴이기 때문이었다. 그렇다고 해서 아버지가 애처롭거나 측은하지 않았다. 자업자득, 모두 자기가 만든 결과였다. 그걸 알려준다고 해서 바뀔 사람이 못 되었다. 그러니 아버지 앞에서는 무조건 당신이 옳다고 인정했다. 마치 어린애가 생떼를 쓰면 그 순간을 모면하기 위해 그렇다고, 네가 다 옳다고 거짓말을 하는 것과 같은 이치였다.

나는 거품 묻은 손으로 깨진 그릇을 마저 치웠다. 혼자 시부렁대던 아버지가 어느새 입을 다물었다. 다시 채널을 바꾸는 모양이었다. 화면의 누군가가 말을 끝내자, 아버지는 그렇지, 그렇지! 추임새를 넣었다. 반대 의견이 나오면 가차없이 욕설을 퍼부었다. 미친놈, 그걸 말이라고 하냐! 저따위 빨갱이 새끼들을 왜 저런 자리에 앉혀놓는 거야? 아버지 혼자 개탄을 하고, 분개를 하고, 다시 고개를 끄덕이며 수긍을 했다. 아버지도 저 자리에 같이 앉아 있는 사람처럼 굴었다. 그러고는 꼭 끝에, 안 그러냐? 라고 되물었다. 집안에는 나와 아버지뿐이었다.

동의하지 못하는 의견이나, 반박할 수 없는 논리로 이야기가 흐르면 여지없이 채널이 돌아갔다. 나 참, 비위에 안 맞아서. 아버지의 이유는 간단하고 명확했다. 나는 물을 졸졸 흐르게 하고 그릇을 헹궜다. 물소리라도 컸다가는 볼륨을 높일 게 뻔했다. 그럼 아버지의 목소리도 커질 것이었다. 넌더리가 났다. 어떻게든 소리가 커지지 않게 조심하면서 설거지를 마쳤다.

저 새끼는 왜 자꾸 나와. 보니, 일인 시위를 하던 규원이었다. 한 바퀴 돌아 다시 그 채널로 돌아온 모양이었다. 규원은, 그동안 달라진 것 같기도 하고, 하나도 안 변한 것 같기도 했다.

"돈이라면 치가 떨린다, 아주."

술에 취한 규원은 처음부터 잘못이었다고 중얼거렸다. 빚을 진 것부터가 잘못이지. 아니, 못사는 집에서 너무 많이 배운 게 잘못이지. 아니, 한평생 리어카나 끌 엄마 팔자에 무슨 영광을 보겠다고 자식을 가르쳐. 무슨 억척을 그렇게 부렸냐고, 우리 엄마는! 규원은 말릴 새도 없이 연거푸 소주를 들이켰다. 나는 규원 앞으로 뚝배기를 밀었다. 식은 계란찜은 더이상 줄지 않았고, 규원은 그 자리에 푹 고꾸라졌다. 규원이 엎드린 테이블 구석에 즉석 복권 몇 장과 로또 용지가 구겨져 있었다.

아버지는 규원을 허락하지 않았다. 홀어미 밑에서 자라서, 그 어미가 배울 것 없는 시장에서 장사를 해서, 심지어 교회에 다니는 것도 반대의 이유였다. 무엇보다도 직업이 없다는 것을 용납하지 않았다.

"그 나이 되도록 학교나 겨 다니는 게 무슨 훈장이라도 돼? 요즘 세상에 대학 안 나온 놈이 어딨어? 그래서 앞으로 어떻게 식솔들을 먹여 살릴 거냐고!"

대학이 아니라 대학원이라고 말하자, 아버지가 더 날뛰었다.

"박사 되면, 뭐? 돈 없고 빽 없는 놈한테 강사 자리라도 내준대? 세상이 어디 그렇게 호락호락한 줄 알아? 하여간 젊은것들 생각한다는 게 겉멋만 들어서 그따위지. 기껏해야 학원에서 애들이나 가르치다 말 놈이구만!"

엄마가 내 옆구리를 찔렀다. 나를 향해 간절한 눈빛으로 고개를 흔들었다. 그만하라는 뜻이었다. 더 이야기를 했다가는 엄마를 족칠 것이 뻔했다. 엄마가 나를 방으로 데려갔다. 나는 방에서 나가려는 엄마의 팔을 잡았다.

"논문 끝나면 도와주시던 교수님 연구소로 들어간대. 연구원이 되면……"

문밖에서 아버지가 소리쳤다.

"걔 전공이 뭔데! 통일 연구라며? 그게 빨갱이 짓이지! 뉴스에 맨날 나오는 것들 아니야, 내가 모를 줄 알아! 연구 좋아하네. 따까리한테 누가 돈을 줘? 그따위 푼돈으로 처자식 굶겨 죽이기 딱 좋지! 식구 배곯게 할 놈이 무슨 가장이 되겠다고!"

엄마가 다시 한번 고개를 저었다. 나는 엄마를 문밖으로 밀어내고 방문을 닫았다. 엄마에게 얘기해봤자 소용없다는 걸 알면서도, 엄마를 붙잡은 내가 구차했다. 엄마는 밤새 아버지에게 시달릴 것이 뻔했다.

아버지의 폭언은 언제나 엄마 앞에서 극에 다다랐다. 자식새끼 하나 잡지를 못해서 내가 이 꼴을 보게 만들어? 남편을 위할 줄 모르니까 새끼들이 제 아비를 다 허수아비로 알잖아, 이 버러지 같은 년아! 어미란 년이 그저 새끼만 감싸드니까 애들 인생도 저 모양인 거야. 어쩔 거야, 응? 네가 책임져야 할 거 아냐, 이년아. 평생 바람 한 번 안 피우고 데리고 살아준 은혜도 모르고, 친정으로 야금야금 빼돌려! 그런 거지같은 것들 배 채우느라 내 새끼들은 모자란 어버리 만들고! 그래도 밥이 목구멍으로 넘어가냐? 이런 오사할 년아!

아버지의 어떤 말도 엄마는 참아냈다. 외할머니의 요양 병원비를 대고 있어서, 몇 해 전까지는 이혼하고 돌아온 이모를 반년간 데리고 있어서, 그전에는 외삼촌의 보증을 섰다가 빚을 진 적이 있어서. 처음에는 가진 것 없는 엄마를 데리고 살아줬다는 게 이유가 됐겠지. 엄마는 아버지가 하는 말이 모두 옳다고 했다. 네 아버지 말 틀린 게 없다.

아버지 덕분에 네 외가도 먹고살 만해진 것도, 맞아. 다 내 잘못이지. 내가 잘한 게 하나도 없다. 엄마 말도 틀리지 않았다. 모두 아버지와 결혼을 한 엄마의 잘못이었다.

"평생 뒷바라지한 아들 새끼한테도 이 꼴을 당하고 살잖아! 아들뿐이야? 형제들이 뒤돌린 것도 다 네가 중간에서 병신같이 굴어서잖아! 친정 거둬 먹이느라 내 식구들은 안중에도 없었지! 내가 이 나이에 왜 이렇게 살아야 하냐고? 다 너 때문이잖아!"

방문 밖의 아버지 목소리가 쩌렁쩌렁 울렸다. 결국 오빠 이야기였다. 오빠는 아버지가 원하는 대학에 들어가고, 아버지가 원하던 전공을 했다. 아버지가 만족할 만한 회사에 입사하고, 아버지가 반대하지 않는 여자와 결혼을 했다. 식을 치른 오빠가 신혼여행 인사를 다녀간 이후로 발길을 끊었다. 단칼에 무 자르듯이. 마치 그 순간을 위해 묵묵히 참아왔다는 선언 같았다. 모든 연락처를 바꾸고, 회사를 옮기고, 이사를 해 어디서 뭐하고 사는지조차 몰랐다. 나에게만 전화번호를 알려준 게 다였다.

아버지는 오빠를 자기와 다른 사람으로 키우고 싶어했다. 학벌이 좋고, 뒷받침해주는 부모가 있고, 타인에게 휘말리지 않는 사람이길 바랐다. 그렇게 키운 결과였다. 그렇다 해도 남은 식구들이 아버지에게 어떻게 시달릴지 뻔히 알면서도 제 실속을 다 차린 오빠의 복수는 치졸했다. 오빠가 결혼하고 몇 해가 지나도록, 아버지는 지치지도 않고 엄마를 들볶았다. 자식 교육 운운으로 시작해, 며느리 하나도 못 구슬려서 집에 발길을 끊게 한 것이 엄마라고, 집안 말아먹은 여편네라고 고함을 쳤다. 정작 오빠는 아버지를 견디지 못해 연을 끊었는데,

그 사실을 아버지만 인정하지 않을 뿐이었다.

차례상 앞에서도, 음복을 하면서도 아버지는 오빠의 부재를 엄마 탓으로 돌렸다. 그 무렵부터 아버지 형제들조차 발길이 뜸해졌다. 명절이나 제사 때마다 장손이 얼굴도 안 들이미는데 우리가 뭐하러. 전을 부치고, 탕국을 끓이며 작은엄마들끼리 쑥덕이던 소리가 부엌 문턱을 넘어섰다. 아버지가 가만히 있을 리 없었다. 형제들 앞에 차려진 술상이 엎어지고, 서로 언성을 높이다, 결국 작은아버지들이 자리를 박차고 떠나버렸다. 제 아내에게 욕지거리를 해대는 형을, 형이라고 편들 사람은 없었다. 그들이 가버리고 혼자 남은 아버지는 집안을 뱅뱅 돌며 분을 삭이지 못했다.

"내가 저희들을 어떻게 건사했는데! 지집년들 치마폭에 싸여서 위아래도 모르는 짐승 같은 것들. 개새끼들!"

그러나 그런 말은 엄마가 해야 할 소리였다. 아버지는 형의 도리라고 유세를 떨었지만, 그저 자기가 할 일을 엄마에게 전가했을 뿐이었다. 그러니 따지면 아버지의 한이 아니라 엄마의 한일 것인데, 길길이 날뛰는 건 아버지였다.

아버지는 땅뙈기 하나 없이 자자손손 남의 땅에 소작을 부치던, 원체 없는 집안의 장손이었다. 그 고리를 끊겠다고 무작정 도시로 올라온 것이 아버지였다. 검정고시를 치르고, 야간대학을 나와 토목기사 자격증을 딴 것이 집안의 첫 관직이었다. 함바집 딸이었던 엄마와 결혼을 한 뒤, 시골에서 빈둥거리던 동생들을 불러들였다. 일자리를 구해주고, 결혼을 시켰다. 물론, 아버지가 벌고 있어 가능한 일이었지만, 아버지가 한 일은 그뿐이었다.

형이 무시하고 홀대하는 형수를 시동생들이라고 떠받들 리 없었다. 우는 조카 한 번 업어준 적 없고, 부른 배로 밥상을 차려도 상 한 번 들어준 적 없는 인간들이었다고 엄마는 회상했다. 저들이 자고 난 이불 한 번 자기들 손으로 갠 적 없고, 따박따박 해주는 밥 받아먹으면서도 생활비 한푼 내놓지 않은 그들이었다. 빠듯한 벌이에 장정 대여섯과 두 아이를 건사해야 했던 엄마는 숨이 턱턱 막혔을 것이다. 그 와중에 남편은 마누라라면 발톱의 때만큼도 안 되는 것으로 여겼다. 기술자에게 시집갔다고 좋아했던 친정이었으므로, 식모나 다를 바 없는 자기 사정을 엄마는 밝힐 수 없었다. 그래서 엄마는 친정 식구들이 더 애틋해졌고, 도움을 바라는 눈빛을 거절하지 못했을 것이다. 그러고는 아버지가 말한 대로 친정을 살 만큼 해주었으니, 엄마는 참아내는 것이 마땅하다고 여겼다.

아버지와 헤어지라고 말을 했던 건 결혼을 앞둔 오빠였다.

"내가 엄마는 모실 수 있어요. 갈라서세요. 이제라도 사람답게 사시라고요."

엄마는 나직이 대답했다.

"네 아버지 밥은 누가 차리냐."

"그놈의 밥! 평생 밥이나 차리다 돌아가셔요, 그럼!"

오빠가 벌떡 일어났다. 그놈의 밥을 차리는 일은 이제 내 일이 되었다.

설거지를 마치고 출근을 하기 전, 나는 잠깐 컴퓨터 앞에 앉았다. 어렵지 않게 규원의 정보를 찾을 수 있었다. 뜻밖에, 규원은 소비자운동에 관련된 시민연대의 간사라는 직책으로 소개되었다. 학위를 받은 분야가 아니었다. 재래시장 상권을 보호하라, 대형 할인 매장의 영업권을 제한하라, 등의 문구가 적힌 피켓을 든 규원은 배경만 달리해 같은 자세, 같은 표정으로 서 있었다. 최근 사진에는 우리도 같이 살자, 라는 문구가 적혀 있었다. 사랑을 구걸하는 구애자처럼 보였다. 그 말은 내게도 했던 말이었다. 그러나 지금은 나를 향한 문장이 아니었다. 규원은 아직도 같이 살아야 나아진다고 믿는 건가. 나는 진심으로 묻고 싶었다.

아버지는 화장실에 앉아 있었다. 나는 점심상을 차려두고, 서둘러 집을 나섰다. 아버지는 얼마 전부터 주유소에서 야간 주유원으로 일했다. 저녁상은 안 차려도 되었다. 수업은 오후 두시부터였지만 어떻게든 빨리 집을 벗어나고 싶었다. 아파트 상가 슈퍼에서 두유를 샀다. 엄마를 오빠네로 보내고, 아버지와 단둘이 살게 된 이후로, 나는 집에서 밥을 먹지 않았다. 아파트 단지 안에도 트로트를 개사한 노래가 크게 울렸다. 선거철이었고, 이른 추위가 시작된 겨울이었다.

공부방 현관문을 막 열려는 참이었다. 엄마에게 전화가 걸려왔다.

—애, 나 집에 갈란다.

—미쳤어. 여길 왜 와.

—아, 가야지. 마냥 여기서 어떻게……

—이참에 갈라서라니까.

—말이 되는 소리를 해. 이제 들어가야지. 아버지도 걱정이고.

—이 상황에 아버지 생각이 나?

—그러지 마. 너희야 시집 장가 가서 떠나면 그만이지만, 난 안 그래. 내가 조심하고, 내가 더 잘하면 돼.

—됐어.

—너도, 아버지 수발들기 힘들잖아.

더이상 대꾸하지 않고 전화를 끊었다. 엄마에게서 하루가 멀다 하고 전화가 걸려왔다. 돌아오겠다는 것이었다. 그럴 때마다 억장이 무너지는 것 같았다. 그러나 사실은, 그럴 수만 있다면, 엄마와 내 자리를, 당장이라도 바꾸고 싶었다. 나는 현관문을 열지 못하고 한참 서 있었다.

"안 들어가고 뭐해요?"

수학이 엘리베이터에서 내리며 나에게 물었다. 수학을 따라 공부방으로 들어섰다. 춥지? 네, 정말 춥네요. 다들 추위에 대한 이야기로 인사를 나눴다.

12월 들어서 유난히 폭설이 잦았다. 때 이른 한파도 예사롭게 닥쳤다. 아파트 두어 동을 걸었을 뿐인데도 코끝이 시리고 발가락이 얼얼했다. 공부방은 영어 선생의 집이었다. 방 두 개, 거실에서 각 과목을 수업했다. 영, 수를 제외한 나머지 전과목을 맡은 나는 영어 선생의 아들 방에서 수업을 했다. 벽에는 여자 아이돌의 사진이 군데군데 붙어 있었다.

공부방에 다니는 아이들도, 선생 셋도 모두 같은 아파트 단지에서 살았다. 공부방 수입이나 지출 또한 빤한 사정이어서 누가 더 벌고 말고 할 것도 없었다. 같이 저녁을 먹고, 같이 학부모 상담 전화를 돌리고, 같이 퇴근하는 사람들이었다. 밉상 학부모에 대한 뒷담화나 동네 미용실, 상가에 들어선 옷가게 주인의 요상한 옷차림이나, 길 건너 분식집 떡볶이맛이 변했다는 등의 이야기를 무람없이 나누곤 했다. 그런데 올겨울은 조금 달랐다. 아이들의 기말고사보다는 선거 이야기를 더 많이 했다. 날이 추워지면서 텔레비전 앞에서 열을 올리는 아버지처럼 선생들도 모이기만 하면 같은 이야기였다. 그들의 대화에 적극적으로 동참하지 않는 나에게, 혹시 프락치? 우리 말조심해야 하는 거 아냐? 라는 농담에 나도 맥없이 따라 웃곤 했다.

극성스럽게 틀어대는 선거 로고송 때문에 수업이 자꾸 끊겼다. 멋모르는 아이들은 나에게 몇 번을 찍을 거냐고 자꾸 물었다. 나는 비밀선거라고 대답했다. 아이들이 유난히 소란스러운 하루였다. 수업에 집중하지 못한 건 나였다. 그치지 않는 선거 로고송 때문인지, 규원 때문인지 알 수 없었다. 우리도 같이 살자. 규원이 들고 있던 피켓 문구가 무시로 떠올랐다.

수업을 끝내고 나가는 아이들로 부산했다. 아이들의 인사를 건성으로 받으며 시험지를 채점했다. 저녁시간으로 삼십 분가량 비워두었지만, 뭘 먹기보다는 그저 아무 말도 하지 않는 것으로 족한 시간이었다. 아이들이 다 빠져나가자, 영어 선생이 다가와 내 옆에 앉았다.

“생각해봤어?”

화장실에서 나오던 수학이 얼굴을 빼꼼 들이밀었다.

“아, 네.”

영어 선생이 자기 시동생과 한번 만나보겠느냐는 운을 뗀 건 보름 전쯤이었다. 나와 동갑이라고 했다. 이름을 들으면 알 만한 회사의 정규직이라고 했다. 다만, 영어 선생이 조심스럽게 말을 이었다. 돌싱이야. 다행이라는 투로 아이는 없다고 했다.

"기분 나빠? 나쁘게만 생각하지 마. 괜한 말 했나 걱정도 했는데, 못할 말도 아니잖아? 자기 나이도 있고, 영영 혼자 살 생각 아니면…… 우리 시동생, 괜찮아. 정말 괜찮은 사람이야. 여자 쪽에 문제가 있었던 거지, 우리 시동생은……"

"아뇨. 그런 건 아니고요. 제 상황이라는 게……"

"그렇게 살뜰히 어른 모시는 자기 정도면, 믿고 소개할 수 있겠더라고. 자기 같은 사람이 동서로 들어오면 내가 걱정이 없을 거 같아 그래. 우리 시동생, 원래도 우리 애들한테 자상했는데, 애아빠 저세상 보낸 뒤로는 더 잘해. 사람이 서글서글하니 괜찮아. 우리 시부모 정도면 무난하고. 그러니까 생각 좀 해봐."

수학이 끼어들었다.

"대답을 안 하면 안 만나겠다는 뜻이잖아요. 뭘 자꾸 물어요."

"아, 언제까지 아버지 모시고 살 거야? 요즘 세상에 그런 자식이 어딨니. 자기가 그러고 있을수록 아버지 욕 먹이는 거야. 자기도 아버지 떠나야지. 그럼 결혼밖에 더 있어? 툭 까놓고 말해서, 여자 나이 마흔이면 결혼 안 쉽다. 서로 허물 보듬어주면서 사는 거야."

"나이 먹은 게 왜 허물이에요?"

옆에 있던 수학이 발끈했지만 나는 그냥 슬쩍 웃었다. 나이 많은 게 왜 허물이 아닌가. 그보다 더 큰 허물이 어디 있다고. 사실, 내가 만나겠다는 말을 선뜻 못한 건, 상대가 이혼남이어서가 아니었다. 결국 아버지 때문이었다. 퇴직금을 다 날리고, 빚까지 진 이후로 내 벌이로 살고 있었다. 공과금과 식비만으로도 빠듯했다. 아버지를 모시지 않는 이상, 내가 집을 나간다는 건 아버지에게 죽으라는 말이나 마찬가지였다.

엄마가 쓰러졌던 건 한 달쯤 전이었다. 집에 들어서니 아버지가 엄마와 함께 드라마를 보고 있었다. 일을 또 그만둔 모양이었다. 그런 날에는 밥 대신 술상을 봐오라 했다. 텔레비전 화면에 화려한 결혼식 장면이 나오고 있었다. 다녀왔어요. 인사를 마치고 곧바로 방으로 들어가려는데, 등뒤로 엄마가 중얼거렸다.

"우리도 그때 그냥 보낼 걸 그랬어요. 재 나이 생각하면……"

"뭐!"

엄마가 무심코 한 말일 텐데, 아버지가 고함을 질렀다.

"지금 저년 시집 못 간 게 내 탓이라는 거야!"

"아니, 그게 아니라……"

"아직도 정신 못 차리고 또 그 얘길 꺼내!"

술까지 마신 아버지였다. 불안해진 나는 아버지 앞에 얼른 무릎을 꿇었다.

"다 지난 얘기잖아요. 그만 진정하세요."

"내가 뭘 어쨌다고 너까지 난리야? 지금 네 엄마 지껄이는 소리 들어봐라. 너 시집 못 간 게 내 탓이라잖아."

"왜 또 애한테 그래요. 얘, 들어가. 어서 들어가."

"네가 뭔데 들어가라 마라야. 내가 잡아먹어? 왜 맨날 들어가라 해! 자식만 감싸드는 그 버릇 도대체 언제 고칠래!"

"내가 잘못했어요. 다 내 잘못이에요."

"네가 언제 잘한 적 있어? 너, 그때 그랬지? 저 살고 싶은 사람이랑 살게 하자고? 생각 없는 년. 그게 부모가 할 소리야! 제 앞길 못 찾는 자식한테 그딴 소리를 한 게 넌데 왜 내 탓이야!"

"아버지, 제가 아버지 뜻 따랐잖아요."

아버지가 나를 향해 두 눈을 부릅뜨며 돌아봤다. 술기운인지 화 때문인지 얼굴이 벌겋게 달아올라 있었다.

"잘됐다. 얘기 나온 김에 너 한번 말해봐라. 그 새끼 그때 뭐한다고 했어, 통일 연구? 그거 하면 쌀이 나와 옷이 나와. 그런 놈을 허락하는 부모가 더 정신 나간 거 아냐? 멀쩡한 새끼 만나라고! 어디서 그딴 빨갱이 새끼나 만나서 말야! 통일을 뭐하러 해! 거지같은 새끼들을 왜 우리가 먹여 살리냐고! 어떻게 이뤄놓은 건데 공짜로 달라고? 웃기지 말라고 해. 내 밥통 넘겨보는 것들, 도둑 새끼들을 왜 내 집에 들여! 그 새끼도 똑같은 놈이잖아. 어디 직업도 없으면서 처가 덕을 보려고! 통일하자고 하는 그 새끼도 똑같은 놈일 거 아냐! 거지같은 네 외가 인간들이나 내 아랫것들한테 당한 걸 생각하면 치가 떨려, 아주! 내가 호구냐고!"

"그만해요. 이제껏 일하고 들어온 애잖아요."

엄마가 한숨을 쉬며 나를 일으켜세웠다.

"아직 말 안 끝났어! 어디서 네 마음대로 말을 끊어! 이런 빌어먹을!"

아버지가 술상을 집어던졌다. 아이구, 소리를 내며 엄마가 주저앉았다. 그 와중에 엄마는 나에게 들어가라는 손짓을 했다.

"평생 내 발목을 잡아, 버러지 같은 년!"

아버지가 엄마의 머리채를 잡아챘다. 그리고 마구 흔들어대기 시작했다. 신음조차 못 내는 엄마는 이리저리 흔들렸다. 아버지, 그만요! 내가 소리를 지르자 아버지가 엄마를 내동댕이쳤다. 튕기듯 던져진 엄마의 머리가 텔레비전 모서리에 찍혔다. 엄마가 푹 고꾸라졌다. 아버지는 그런 엄마를 향해 쇼하지 말라고 소리쳤다. 엄마가 정신을 차리지 못했다.

나는 엄마를 들쳐업고 집을 나섰다. 오빠에게 연락을 했다.

—올 것이 왔구나.

오빠는 덤덤했다. 엄마를 모셔가겠다고 했다. 차마, 나는 어떡하느냐 묻지 못했다. 오빠의 차에 오른 엄마가 내 손을 잡으며 눈물을 흘렸다.

"너만 들여보내서 어떡하니……"

엄마가 같이 들어간다 했어도 내가 말렸을 것이었다. 엄마를 다시 집안에 들였다가는 아버지에게 죽을 것 같았다. 결혼하겠다고 했던 오래전 일 때문에, 이미 끝난 일 때문에, 결국 나 때문에 엄마가 이렇게 된 것이었다. 엄마 몸부터 추슬러. 나는 겨우 들릴 만한 목소리로 말하고 차문을 닫았다. 오빠는 무슨 일이 생기면 전화하라고 했지만, 같이 가자는 말은 끝까지 하지 않았다. 그뒤로 나는 엄마 대신 아버지의 밥상을 차렸다.

한국에서 월드컵이 열렸던 그해, 대선이 끝난 겨울의 규원은 마치 다른 사람처럼 상기된 얼굴이었다. 퇴직 전이었던 아버지는 뉴스를 볼 때마다 개탄을 했다. 혹여 그 불똥이 튈까봐 엄마는 아버지로부터 멀찍이 떨어져 있곤 했다. 아버지는 앞으로 오 년간 그 꼴을 또 어떻게 보느냐 했다. 규원은 앞으로 오 년간 많은 것이 달라질 것이라고 했다. 변한 건 규원이 먼저였다. 친분이 있던 선후배들과 뜻을 모았다고 했다.

"교수님 밑으로 들어간다며."

"트렌드를 따라야지. 새로운 패러다임이 필요한 때라고!"

하지만 규원은 그 일을 시작하지도 못했다. 병원에 입원하고 경찰서에 들락거렸다. 도시의 하천 복원 공사를 앞두던 때였다. 많은 사람들이 반대 시위를 벌였고, 규원도 그들 중 한 명이었다. 텔레비전에 그들이 비치기만 해도 아버지가 떠들어댔다.

"저, 저, 배부른 인간들 좀 봐라. 보상금 더 타먹으려고 저 지랄들이잖아. 가만히 있다가 떼돈 벌게 되었으면 고맙다고 조용히 받아 처먹으면 되지, 왜 지랄 발광이야. 저런 무식한 것들 부추기는 빨갱이 새끼들이 더 문제야, 문제."

자기의 생각과 다르면 모조리 틀린 것이었다. 그게 무엇이든지 받아들이지 않았다. 아버지가 하는 말은 규원이 했던 말과 달랐다. 무엇이 사실인지, 무엇이 진짜인지 관심 없었다. 다만 나는 왜 서로 자기 이야기만 하는지 의아했다.

규원 어머니는 하천 복원 공사 정책에 따라 노점상을 축구장 터로 옮겨야 했다. 그러나 이미 상권이 죽은 곳이었다. 하천의 상인들에게는 대규모 상가 시설을 건설해 반값 수준으로 특별 분양을 해주겠다고 발표했다. 그러나 시간이 흐를수록 특수 조건이 추가되었다. 그나마 억대의 분양가라도 내고 입점한 상인들은 결국 반의반도 되지 않았다. 나와 전혀 상관없던 사람들의 이야기를 기억할 수 있는 건 모두 규원 때문이었다. 시민기자라면서 시위대를 따라다녔고, 그곳에서 벌어지는 일들을 인터넷에 올렸다. 돈 안 되는 일을 하는 사내는 사내도 아니라는 아버지의 말이 옳은지도 몰랐다. 규원은 늘 바빴으나 항상 가난했다. 규원과 함께 꾸려가야 할 미래는 늘 불확실하고 불안정했다.

규원이 시민기자라는 말을 꺼낼 때마다 나는 규원의 어머니를 떠올렸다. 규원이 입원해 있던 육인실에서였다.

"불쌍한 사람들을 세상에 알리는 일이 얼마나 중요한지 아가씨도 잘 알지요? 나는 우리 아들이 하는 일이니까 뭐든지 믿을 수 있어요. 나는 우리 아들이 세상을 바꿀 거라고 믿고 키웠어요. 대통령감이라고 믿고 키웠지. 그러니 우리 규원이가 큰일 할 수 있게 옆에서 많이 도와줘요."

병실 사람들이 모두 규원의 어머니를 쳐다봤다. 검은 얼굴에 키가 작았는데 목소리가 우렁찼다. 어머니가 말한, 그 큰일이 무엇인지도 모르면서 나는 고개를 끄덕였다. 규원의 어머니가 내 손을 덥석 잡았다. 두껍고 거친 손이었다.

"우리 규원이 믿죠? 내가 잘 부탁해요."

나에게 존대를 했던 것도, 커다란 목소리도, 그 투박한 손도 믿음직스럽게 여겨졌다. 아들을 믿는다는 그 말이 오래 맴돌았다. 내 부모에게 단 한 번도 못 들어본 말이었다. 처음으로 나는 규원이 부러웠다. 그리고 규원과 같이 살고 싶어졌다. 규원의 어머니 같은 사람 옆에서라면 각박한 일상도 힘들지 않을 것 같았다.

떠밀리듯 축구장 터로 옮겨갔지만 규원의 어머니는 결국 버티지 못했다. 어디서든 발붙일 곳이 필요하다며, 빚을 또 내고, 도시 북쪽 주택가에 작은 점포를 얻었다. 어머니의 만류에도 규원이 결정한 일이었다. 마을버스 정류장이 인접해 있고, 근처에 중고등학교도 있었다. 규원은 목이 좋아서 금세 권리금을 뺄 수 있을 거라고 자신했다. 벽면에 붙은 기다란 테이블 하나와 등받이가 없는 의자 세 개가 나란히 놓인 점포였다. 규원의 어머니가 초등학생 두엇에게 컵에 담은 닭강정을 내밀었다. 받아든 천원짜리 두 장을 주머니에 넣는 규원의 어머니가 나에게 힘없이 웃어 보였다. 몇 해 전 병원에서 봤을 때보다 살이 많이 내려, 노파가 다 되어 있었다. 규원은 어머니 옆에서 노트북을 켜고 모니터만 바라봤다.

술집에 들어선 규원이 한숨을 내뱉었다. 근처에 대형 마트가 들어선다는 발표가 났다는 것이었다. 점포를 차린 지 일 년도 안 되었을 때였다.

"아직 들어선 것도 아니잖아."

"내내 마이너스였다고. 빚지고 들어앉아 빚만 지고 있었다고. 답이 없다, 답이!"

소주잔을 드는 규원의 손이 부들부들 떨렸다. 새카맣게 때 탄 규원의 잠바 소매끝이 나달나달했다. 이발할 때도 놓쳐 구레나룻과 뒷머리도 수북했다. 술에 취한 규원이 주머니에서 부스럭거리면서 복권을 꺼냈다. 오백원 당첨이라는 글씨가 보이자, 규원이 술잔 너머로 냅다 집어던졌다.

그것이 규원과의 마지막이었다. 더이상, 새로운 패러다임이 무엇인지, 정의로운 목소리가 왜 필요한지 힘주어 말할 때의 규원이 아니었다. 강단 있던 어머니도 병색이 완연했다. 대선이 끝났던 그해 겨울,

모임을 시작하겠다던 규원이 떠올랐다. 걱정스런 눈빛의 나를 바라보더니 내 어깨를 감싸안았다. 규원은 힘주어 말했다.

"걱정 마, 넌 안 굶겨."

"굶기면 내가 벌면 돼."

내가 벌어도 안 되는 것이 현실이었다. 무참했다. 아버지가 퇴직금을 몽땅 의료기기 다단계에 투자했고 반년도 안 되어 빈털터리가 됐다. 아버지를 제외한 모두가 예상했던 수순이었다. 남은 것이라고는 삼십 년 된 복도식 아파트 한 채, 경차 한 대, 그리고 시집 못 간 딸자식 하나였다. 퇴직금은 남은 생애 겨우 밥술이나 뜰 정도였다. 그만해도 훌륭한 노후였다. 그런 돈을, 꽁꽁 묶어 은행에 넣어두어도 모자랄 판에, 무슨 부를 누리겠다고. 자기 돈만 날렸어도 억울할 판에, 어쩌자고 남의 돈까지 끌어다 부었는지 이해가 되지 않았다. 원체 이해할 수 없는 사람이었지만 그 정도일 줄은 몰랐다. 하지만 누구도 아버지를 대놓고 원망하지 못했다. 아버지는 언제나 기세등등했다. 이제껏 자기가 먹여 살렸다고, 자기 정도 되니까 이만큼 사는 줄 알라고 했던 아버지였다. 이제 내가 먹여 살리게 되자, 갈 곳 없는 늙은 딸년 아비 밥이라도 차리며 살 수 있는 걸 다행이라 여기라 했다.

"아무튼 한번 더 생각해봐."

영어 선생이 내 무릎을 툭툭 치고 일어섰다.

"차라리 내가 낫겠다. 나는 어때요? 나도 밥 잘하는데."

수학이 영어 선생을 따라가며 종알거렸다. 말만 저럴 뿐, 당분간은 남자 만날 생각이 없다는 수학이었다. 결혼하고 석 달 만에 갈라서 친정에서 산다는 수학은 혼인신고는 하지 않아 호적은 깨끗하다는 농담을 아무렇지 않게 했다. 영어 선생은 십여 년 전 교통사고로 남편을 잃고 보험금으로 프랜차이즈 공부방을 차린 사람이었다. 그들에게 나는 홀아버지를 모시고 사는 외동딸로 소개되어 있었다.

영어 선생의 제안에 선뜻 대답하지 못한 건, 결국 아버지 때문이었다. 어느 누가 아버지 같은 장인을 모시고 살 수 있을까. 생활비를 대주는 것도 싫었다. 그랬다가 아버지처럼 사는 내내 처가에 도움을 줬다고 생색이라도 낸다면. 물론 아버지가 죽을 때까지 아버지 밥이나 차리면서 살고 싶지도 않았다. 않았지만…… 그렇다고 안 할 수도 없는 노릇이었다. 나 스스로 아버지 옆에 남은 것 아닌가. 아버지 말마따나 나 따위가 살 데라고는 집밖에는 없었다.

수업시간에 맞춰 아이들이 하나둘씩 들어와 앉기 시작했다. 아버지에게 전화가 걸려왔다.

—와서 저녁 차려라.

수업중이라고 해도 막무가내였다. 아버지를 가장 화나게 하는 건 허기였다. 뱃속이 비면 이성을 잃는 사람이었다. 시도 때도 없이 밥을 찾았다. 제때 못 먹어도 화를 내고, 화가 나도 밥을 찾는 사람이었다. 아버지 사정을 익히 아는 영어 선생이 시간표를 바꾸면 된다며 다녀오라고 했다. 그럼 내 사정도 봐주는 거다! 시동생 얘기였다. 나는 그냥 웃으며 공부방을 나섰다. 찬 공기가 아침나절보다 더 매서웠다. 슈퍼에서 순두부 한 봉지와 찌개 양념을 샀다. 비닐봉지를 든 손이 칼에 찔리는 것처럼 쓰라렸다. 호된 추위였다.

어쩐 일이냐고 물어볼 필요도 없었다. 또 때려치운 모양이었다. 현관 앞에 아무렇게나 벗어던져진 아버지의 잠바는 그때까지도 한기를 머금고 있었다.

찌개 양념에 물을 붓고 끓이다가 순두부를 뚝뚝 떼어넣었다. 금세 조미료 냄새가 풍겼고, 냉동밥을 꺼내 해동했다. 배고프다 하면 바로 상을 차려야 했으므로 냉동실에는 언제나 몇 끼 분량의 냉동밥이 준비되어 있었다. 상을 차리다 말고, 혹시나 싶어 냉동밥 한 그릇을 더 데웠다.

김치와 순두부찌개, 마른 김과 간장, 젓갈 두어 종류를 차렸다. 아버지가 수저를 들더니, 크게 밥 한 숟가락을 떴다. 뜨거울 텐데 아랑곳하지 않고 연신 씹어댔다. 밥이 금방 줄어들었다. 한 공기를 다 비운 아버지가 나를 쳐다봤다. 나는 한 그릇 더 아버지 앞으로 내밀었다. 조미료 내가 역한 찌개인데도 아버지는 썩썩 잘 떠먹었다. 배고픈 것은 못 참는 사람이었지만 맛을 탓하지는 않았다. 간이 안 맞아도 상관없었다. 다만 꼭 잡곡을 섞지 않은 흰쌀밥이어야 했다. 그릇 위로 수북하게 담은 밥이어야 군소리 없이 수저를 들었다. 미맹처럼 양만 충분하면 되는 사람이었다. 텔레비전에서는 대선 후보들의 얼굴이 차례대로 비쳤다. 아버지는 텔레비전을 보는 것 같지 않았다. 아버지가 수저를 놓았다.

"예전에 말이다."

밥그릇에 붙은 밥풀을 손으로 떼 먹으며 말을 이었다.

"나무해 오라고 애들을 내보낼 때면 고봉밥을 보여줬다. 이렇게 밥 많으니까 꼴 베고 와서 먹으라고 말이지. 네 할머니 참 야박했다."

밥상 앞에 앉아 숟가락을 푹 집어넣는데 딱 소리가 나고…… 다들 먹고살기 어려웠다…… 하루도 안 쉬고…… 안 굶기려고 살았단 말이다.

"그게 잘못이냐?"

늘 하던 말이었으므로 나는 무심히 상을 물리려 다가섰다. 아버지가 내 팔을 잡았다. 놀란 내가 아버지의 손을 뿌리쳤다.

"그런데 내가 왜 이러고 살아야 하냐!"

뒤로 물러난 나를 물끄러미 바라보던 아버지가 담배를 물었다.

"내일부터는 저녁상까지 차려놔라."

예비 중1 수업을 마치자 밤 열시였다. 두시부터 내내 떠든 하루였다. 입안이 바짝 마르고, 서 있을 힘조차 없었다. 아이들을 다 보내고 선생 셋은 모두 거실 바닥에 주저앉았다.

"무슨 억만금을 번다고. 이게 사는 거니?"

영어 선생의 입버릇이었다. 영어 선생의 입가에 침이 허옇게 굳어 있었다. 손에 빨간 사인펜 얼룩이 가득한 수학이 영어 선생의 입가를 가리키며 화장지를 내밀었다.

"라면 물 올릴까요?"

"라면도 지겹다."

"그럼, 뭐, 시켜 먹을까요?"

"내일은 선거니까 수업도 없고…… 치맥 어때? 내가 치킨 쏠 테니, 둘이 맥주 쏴라."

"치맥은 내일 개표 방송 보면서 먹어야죠."

"그럼 내일도 나와."

"왜 이러세요. 주문합니다."

수학은 전화기를 들고 나는 상가 슈퍼에 다녀왔다. 수업이 끝나면 라면이나 샌드위치로 허기를 채우곤 했다. 그도 아니면 치킨에 맥주를 먹기도 했다. 나름 회식인 셈이었다. 탁자 위에는 벌써 김치와 무말랭이, 빈 컵 세 개가 놓여 있었다. 치킨이 오기 전에 맥주를 땄다. 치이익, 뚜껑 열리는 소리에 수학이 키득거렸다.

"난, 저 소리가 너무 좋더라."

영어 선생이 나와 수학에게 차례로 맥주를 따랐다. 마지막으로 자기 잔에 맥주를 따르자, 수학이 영어 선생 잔에 손가락을 담갔다 뺐다. 그리고 자기 손가락에 묻은 거품을 쪽 빨았다.

"아까는 수업중이어서 못 물었네. 아버지 저녁은 잘 차려드렸어? 늦었다고 또 화내셨겠어."

"컵라면 같은 거라도 두세요. 급할 때 드시라고."

"차려주는 밥 아니면 안 드신대."

"요즘 세상에!"

"근데 일 시작했다고 하지 않았어?"

"그만두셨어요."

"잘도 구하시고, 잘도 그만두시네. 이번에도 경비?"

"아뇨. 주유소였어요."

주유소 일은 처음이었다. 돈을 날린 뒤로 아버지는 아파트 경비를 하러 다녔다. 일을 구하는 것도 하늘의 별 따기였는데, 간신히 들어가도 오래 버티지 못했다. 아버지 말대로라면 젊은 여편네들이 싸가지가 없어서 못해먹겠다는 것이었다. 분리수거 하나 제대로 못하고, 밤이고 낮이고 아무때나 택배를 찾으러 와 쪽잠도 못 잔다고 했다. 근래처럼 눈이라도 잦은 날이면 주민들이 출근하기 전에 넉가래를 들고 눈을 치워야 했다. 쓰레기장을 정리하고, 지하주차장의 외부인이나 불량 아이들 단속도 하고, 새벽에는 외부 차량 확인도 해야 했다. 그 일이 원래 그렇다 하더라도, 24시간 교대 근무는 일흔이 다 돼가는 아버지에게 힘이 부칠 터였다. 그럼에도 아버지가 그만두었던 이유는 일 때문만은 아닌 듯했다.

"내가 내 할 일 제대로 못한 게 뭐 있어? 근데도 그것들이 말야, 시비를 걸잖아. 경비실 조명이 어두웠다고? 애새끼들한테 불친절했다고? 그게 시말서까지 쓸 일이야? 더러워서. 그깟 거 안 해. 안 한다고!"

일할 사람은 많았다. 고개 수그릴 줄 모르는 아버지 같은 사람을 반길 데가 있을 리 없었다. 말은 그래도, 아버지는 어떻게든 다시 일을 구했다.

"셀프 기계를 들였더라. 카드 결제도 제대로 못하고, 주유 구멍도 못 찾아 자동차 기스 내는 노인네들 꼴 보기 싫어서 돈 더 들여서라도 기계로 바꾼다고 하더라. 새파랗게 젊은 사장 새끼가 밥 한술 뜨겠다고 둘러앉은 노인들 앞에서 그게 할 소리냐!"

하여간 젊은것들은 지들 생각밖에 할 줄 모르지. 현관을 나서는데, 아버지의 혼잣말이 들렸다.

"아휴, 우리 아버지도 좀 그랬으면 좋겠네. 우리 아버진요, 퇴직한 뒤로는 내내 집에만 있어요. 하루종일 텔레비전 앞에 웅크리고 있는 걸 볼 때마다 숨이 턱턱 막히는 거 있죠. 바람이라도 쐬고 오라 하면,

나가면 다 돈이라고…… 그런 말 듣는 것도 정말 지겹고."

영어 선생이 말을 받았다.

"그래도 둘은, 아프지는 않잖니. 우리 아버지 봐. 병원 들락거리기 시작하면 그대로 끝이야. 얼마 안 남은 명이라 해도, 치료 방법이 있는데 손놓을 자식이 어딨니. 아버지 스스로 그만두자고 하지 않는 이상 어쩔 수 없이 병원으로 모셔야 한다고. 우리 형제들은 아버지 수술비에 입원비 대는 것만으로도 등골이 휜다. 자식들 멀쩡하니까 요양병원에 모시겠다는 말도 못하겠고. 벌받을 소리지만, 빨리 돌아가셨으면 좋겠어."

마침 치킨이 도착했고, 치킨 두어 조각을 뜯는 동안은 아무도 아무 말도 하지 않았다.

"요즘은 아주 선거 때문에 골치예요."

수학이 치킨을 우물거리면서 말을 이었다.

"밥 먹을 때마다 식구들한테 무조건 자기가 찍으라는 데 찍으라잖아요. 그것도 한두 번이지. 아휴, 지긋지긋해."

"융통성 참 없다. 그런데도 어떻게 수학을 가르치니. 그냥 그러겠다고 대답해. 나중에 확인할 수도 없는데, 그게 뭐 어려워?"

"제가 원래 거짓말을 못하잖아요. 아, 아버지가 찍는 사람 되면 안 되는데."

"아버지랑 정치 이야기도 하고, 좋겠다."

"좋은 게 아니라니까요, 아이참."

"그래도 둘은 아버지한테 맞지는 않았지? 우리 아버지는 내가 시집가기 전까지도 두들겨 팼다. 자식새끼가 미우면 얼마나 밉다고, 아니

때릴 일이 뭐 있어. 성적 좀 떨어졌다고, 통금시간 좀 넘겼다고, 그렇게 패는 게 맞는 거야? 여기 맞으며 자란 사람 있어? 없지?"

"왜요, 우리도 다 그렇게 자랐죠. 아무튼 아버지들은 참 희한해요. 받은 거 없이 퍼주기만 했던 사람들이라고 그렇게 꼭 생색내야 돼요?"

"생색내려고 때렸겠어? 방법을 몰라서겠지. 아무튼 불쌍한 세대라는 건 알겠는데, 이해는 안 되더라. 무시로 손찌검하던 양반한테서 겨우 벗어났다 싶으니까, 살기 힘든 자식들한테 병원비 꼬박꼬박 들고 오라 하잖아. 요즘 말로 내가 갑이지?"

"네, 갑이십니다."

셋이 힘없이 웃었다. 셋이 술을 마시다보면 공부방 이야기는 뒷전이었다. 그렇게 떠드는 건 피로하지 않았다. 사생활을 굳이 캐묻지 않아도 서슴없이 속내를 꺼내 보일 수 있는 사람들이었다. 어쩌면 다른 곳에서는 할 수 없는 이야기여서 그런지도 몰랐다. 수학이 세 개째 맥주를 따며 말을 이었다.

"우리 아버지는 꼭 화장실 문을 열고 볼일을 봐요."

"그건 우리 아버지도 그랬다."

나 역시 고개를 끄덕였다.

"우리 아버지는 큰언니만 귀하게 키웠어요. 난 언니들한테 물려받은 것만 입었구. 새 옷이라는 걸 입어본 적이 없어요."

"못살던 시절이었잖아. 그땐 다 그랬어."

"아끼려는 게 아니라, 아버지한테는 큰언니밖에 없었거든요. 내가 필요한 게 생기면 큰언니 새로 사주고 나한텐 언니가 쓰던 걸 줬다니까요. 그건 좀 아니지 않아요?"

"그래, 그건 좀 아니다."

"선생님은 외동딸이니 그런 건 잘 모르죠?"

아버지는 나를 쓰레기 취급한다고, 아버지의 말처럼 정말 나는 쓰레기 같다……고, 차마 말할 수는 없었다. 나는 언뜻 떠오른 것을 떠들었다.

"그런 건 잘 모르겠는데, 난 아버지와 화장실을 같이 쓰는 일 자체가 싫어요. 밥 먹고 나면 꼭 틀니를 헹구는데, 그럼 세면대에 고춧가루며 김치 조각이 묻어 있어요. 난 그게 정말 싫어요. 나오기 전에 물 한 번 쓱 뿌리면 되잖아요. 그런 게 안 보이나봐요."

"보고 싶은 것만 보는 건, 남자들이어서 그렇고요. 쌤이 남자랑 안 살아봐서 모르는구나. 삼 개월 산 나는 아는데."

수학이 혀를 날름 내밀었다.

"그래, 남자랑 한 번은 살아봐야지. 우리 시동생 만나라니까. 잘돼도 나한테 옷 한 벌 내놓으라 안 할게!"

얼굴이 발그레 취한 수학이 한술 더 떴다.

"영어 쌤이 이렇게 부탁하는데 그만 튕겨요. 뭐 어때요, 누가 시집 가랬나? 일단 한번 만나, 만, 보라는 거잖아요."

"그렇지! 수학 잘한다!"

두 여자가 눈을 동그랗게 뜨고 나만 쳐다봤다. 만나는 게 뭐 대수겠는가. 정말 아버지로부터 벗어날 수 있는 기회일지도 모른다. 술기운 때문인지, 나도 모르게 배시시 웃음이 흘렀다.

"알았어요. 그럴게요."

"좋다, 좋다. 쌤 뭐해요. 빨리 시동생한테 전화해요. 내일 선거니까 일 안 할 거 아니에요. 내일 만나요, 내일."

"그전에 건배부터 하고."

맞다, 맞다! 취한 수학이 목소리를 키우며 잔을 들었다. 영어 선생이 내 잔에 술을 따랐다.

"고마워."

그때 전화벨이 울렸다. 뜻밖에, 오빠였다.

—엄마, 연락 없었니?

—아침에 통화했어. 왜? 무슨 일인데?

—안 계셔.

—언제부터?

—저녁에 처가 가족 모임이 있어서 다녀왔는데, 없어.

술기운이 싹 가셨다. 나는 벌떡 일어났다. 엄마에게 걸려왔던 전화가 떠올랐다.

"왜 가요! 나 오늘밤 외로운데!"

선생들에게 설명할 겨를이 없었다. 나는 한달음에 집으로 달려갔다.

엄마는 거실에 널브러져 꺽꺽 숨을 올리고 있었다. 거실 바닥 군데군데에 핏자국이 말라 있었다. 한 손에는 리모컨, 한 손에는 담배를 든 아버지가 아무렇지 않게 텔레비전을 보고 있었다. 눈보라를 헤치며 돌아온 어미 펭귄들은 온몸이 상처투성이였다. 엄마에게 다가간 나를 향해 아버지가 한마디 툭 던졌다.

"제멋대로 나갔으면 끝이지. 누가 내 집에 다시 기어들어오래?"

"그래서 사람을 이 지경으로 만들어요?"

엄마의 어깨를 흔들었지만 좀처럼 눈을 뜨지 못했다.

"대체 언제까지 아버지 마음대로만 할 거예요. 도대체 우리가 뭘 잘못했다고 이 난리냐구요. 평생 아버지가 하자는 대로 살았잖아요!"

"이게 어디서 눈을 까뒤집어! 너 술 마셨어? 미친년. 그렇게 할 일 없으면 밥이나 차려와!"

"그놈의 밥! 돼지 새끼처럼 시도 때도 없는, 그 밥 타령 좀 그만하라구요!"

아버지가 핏발 선 눈으로 나를 한참 노려보았다.

"왜 그러냐고? 그게 이제 궁금하냐? 평생 묻지도 않고 살다가 이제야 궁금해? 넌 네 어미만 불쌍해? 나는? 평생 여기저기 치여 살았던 나는? 아비는 눈에 안 보이지! 식구가 네 엄마뿐이지! 왜 그랬냐고? 왜 이러는지 알려고 노력이라도 해봤어? 너희들, 밥이나 달라고 해야 듣는 시늉 하는 것들이잖아. 그러니 너 잘하는 밥이나 차려오라고!"

"아버지 때문에 식구들이 모두 만신창이가 된 게 안 보여요?"

"평생 먹여 살려놨더니 그게 나한테 할 소리냐!"

아버지가 벌떡 일어났다. 돌아온 어미들은 수만 마리 중에서 용케도 자기 새끼를 찾아냈다. 찾아낸 배고픈 새끼에게 펭귄밀크를 먹였다. 새끼를 잃은 부모들은 새끼를 훔쳐오기 위해 거친 몸싸움을 벌였다. 아버지가 성큼 다가왔다.

"왜요? 저도 때리게요? 그래요, 때리세요. 때려요, 때려!"

나는 아버지를 향해 머리를 내밀며 소리쳤다. 아버지가 쥐고 있던 리모컨으로 내 머리를 후려쳤다. 바닥으로 벌렁 넘어졌지만, 나는 벌떡 일어났다.

"하, 좋으시죠? 자식새끼 때리니까 좋죠?"

"돌았구나! 네가 제정신이면, 응! 이년이, 응! 감히, 응!"

아버지가 몇 번 더 팔을 휘둘렀고, 그때마다 나는 넘어졌다 일어나기를 반복했다. 머리가 빙그르 돌고, 입안에 피가 고였다. 아버지의 거친 숨소리가 멈추지 않았다. 나도 숨을 헐떡이며 아버지 눈을 똑바로 쳐다봤다.

"오빠나 작은아버지들이 왜 아버지를 버렸는지 몰라요? 다 아버지 때문이에요. 이러는 아버지 꼴 보기 싫어서! 그 사람들이 왜 아버지를 경멸하는지, 왜 모르냐구!"

"이것들이 다 한통속으로 짜고 날 엿 먹이려고 작정을 했구나. 내 몸이 부서져라 뒷바라지했더니! 뚫린 입이라고 잘도 뱉지?"

아버지가 내 어깨를 으스러지도록 부여잡았다.

"죽여요, 차라리 죽여!"

새끼들이 자라자 부모들이 떠나기 시작했다. 뒤도 돌아보지 않고 제 갈 길을 가는 펭귄 무리의 행렬이 장관이었다. 새끼들은 제 부모가 그랬듯이 이제 스스로 살길을 찾을 것이었다. 아버지가 벽으로 나를 있는 힘껏 밀어 던졌다. 온몸이 쿵, 울렸다.

"아비한테 죽이라고? 그래, 응! 오늘 한번, 응, 죽어봐라. 천하의 배은망덕한 년! 다 필요 없어! 다 죽어버려!"

덜컹거리며 창문이 흔들렸다. 삼십 년 만의 혹한이라고 했다. 부서진 리모컨이 내 눈앞에 떨어졌다. 아버지는 텔레비전을 향해 돌아앉았다. 덜컹덜컹, 바람이 더 세게 부는 모양이었다. 겨울이 언제 안 추웠던 적이 있었나. 온몸이 으슬으슬 떨렸다. 펭귄들이 눈보라를 헤치며 앞으로, 오로지 앞으로만 나아가고 있었다. 나는 힘겹게 숨을 올렸다.

비밀들

1

아버지는 아무것도 묻지 않았다. 연락 없이 들이닥친 나를 따라다니며, 왜 왔느냐, 무슨 일 났느냐며, 어쩌다 얼굴이 그 모양이 됐느냐고 다그친 건 엄마였다.

"애 밥부터 먹여."

내 정신 좀 봐, 부엌으로 들어간 엄마가 금세 상을 차려 나왔다.

"미리 전화라도 했어야 뭐라도 해놓지. 뭐 집어먹을 게 없다."

말은 그랬지만 묵은 김치와 깍두기, 꽈리고추볶음에 계란장조림이 그릇마다 수북했다. 혼자 있을 때는 허기를 느끼지 못했다. 엄마 밥상을 보니, 그보다도 마른 김과 달래장을 보니, 식욕이 솟구쳤다. 밥을 김에 둘둘 말아 달래장에 찍어 먹었다. 돋아난 혓바늘 때문에 매웠는데도 자꾸 손이 갔다.

"부족하지? 밥 안쳤어. 금방 돼."

"뭘 새로 안쳐."

"찬밥 그거 얼마 된다고, 더 먹어야지."

쉭, 압력 밥솥 김 빠지는 소리가 들렸다. 나만 쳐다보던 아버지가 입을 열었다. 일 년 사이 살이 좀 내린 듯했다.

"시댁 식구들은 다 평안하시고?"

"네."

버스에서 내리자 멀리 오종종 모여 앉은 불빛들이 보였다. 마을까지 걸어갈 길이 어느 때보다 아득하게 느껴졌다. 정류장에서 마을까지의 길은 산그늘 때문에 더욱 어둑했고, 가로등 아래만 동그랗게 환했다. 동그란 불빛 언저리로 비닐하우스에서 나오는 아버지가 보였다. 나는 아버지를 부르려다, 멈췄다. 좀 전, 아버지가 나선 하우스에서 여자가 나왔기 때문이었다. 여자는 주변을 두리번거리더니 마을을 향해 절룩이며 걸어갔다. 나는 아버지에게 어디 다녀오던 길이었느냐 물으려다 말았다.

"장서방은?"

급할 것 없었다. 갑자기 찾아온 것만으로도 아버지와 엄마는 충분히 불안한 기색이었다. 언젠가는 말하겠지만 당장은 아니었다.

"신랑 밥은 해놓고 온 거야?"

엄마가 허연 김이 나는 밥 한 그릇을 내려놨다. 나는 다시 숟가락을 들었다. 그리고 최대한 아무렇지 않게 말했다.

"출장 갔어."

"또? 언제?"

"한 달 전쯤."

"어디로, 오래 걸린대?"

"중국. 한 일 년? 이 년이 될 수도 있고."

"넌 안 따라다니냐? 출장이 길어지면 같이 가고 그러더라만."

"먼저 가서 적응 좀 하면 부른대."

"고생이 많겠다. 그래도 자주 다니던 사람이니까 잘 지내겠지. 다른 반찬도 좀 먹어. 장조림 어제 한 거야. 야, 야, 짜다. 얘 좀 보래요. 딴 반찬은 손도 안 대고 달래장만 퍼먹네. 그게 뭐 맛있다고."

엄마가 등을 쓸며 천천히 먹으라고 했다. 한 달 전에 갔으면 진작 올 것이지 왜 이제 왔느냐고, 그럼 혼자서 뭐하며 지냈느냐고. 여하튼 잘 왔다고, 한 며칠 푹 쉬다 가라고도 했다가, 젊은 게 왜 맥없이 그렇게 사느냐고, 일할 데라도 찾아보라느니, 엄마가 한참 떠들었다. 급기야 아버지가 한마디 했다.

"옆에서 그렇게 떠들면, 밥이 어디로 들어갈지 아나. 아 정신없게 왜 이리 나불대."

"좋아 그러지. 오랜만에 보잖어. 그런데."

엄마가 내 팔을 잡고 물었다.

"왜 연락도 안 하고 내려왔어?"

"그냥."

"네가 그럴 애가 아니잖어. 무슨 일이야. 무슨 일이길래 도망친 여편네처럼 야밤에 친정으로 와. 시댁에서 쫓겨나기라도 했어? 아님, 빚쟁이라도 와?"

"엄만."

도망친 것도 아니고, 쫓긴 것도 아닌데, 목구멍이 탁 막혔다. 더이상 밥이 먹히지 않았다. 장서방 바람났다고, 얼마 전에 그 남자에게 아이도 생겼을 거라고, 차마 말할 수 없었다.

"언니네는 잘 지낸대? 요즘 연락도 못했어."

"거기야 늘 똑같은 모양이더라. 지난 설에도 못 내려왔어. 네 형부 바쁘대. 요즘 세상에 바쁘면 좋지."

"애들도 많이 컸겠다."

"큰애가 이제 유치원 들어간댄다."

아버지가 헛기침을 했다. 엄마가 입을 꾹 다물었다. 아이 이야기만 나오면 지레 먼저 조심했다. 그게 불편하면서도 말릴 수도 없어 나는 무심히 수저를 내려놓았다. 설거지를 하겠다는 걸 엄마가 손사래를 치며 말렸다.

"왜 이래 얘가. 네 언니한테도 안 시켜. 피곤할 테니까 얼른 들어가 누워. 얘, 재웁시다."

"그려. 늦었다."

아저씨 계셔요? 문이 열리며 불쑥 정우가 들어섰다. 어? 나를 본 정우가 입을 벌린 채 멈칫했다.

"어쩐 일이여?"

"저기, 내일 우리 모종 좀……"

"전화했으면 됐지 뭘 또 와. 늙었다고 까먹을까봐 그려?"

"손에 그건 뭐냐?"

엄마가 나서며 물었다.

"떡이에요. 드시라고."

"웬 떡이여?"

정우가 나를 한 번 쳐다보더니, 조심스럽게 말을 이었다.

"내일이 애 백일이어서요, 지금 막 뽑아왔네요."

"벌써 그렇게 됐냐. 애 내복 하나도 안 주고 떡만 받아먹는다고 네 엄마 또 뭐라 하겠다. 내가 꼭 내복 사 보낸다고 전해."

"아녀요. 그러지 마셔요."

"그래, 알았어. 잘 먹으마."

주무세요, 정우가 나가자 엄마가 떡을 꺼냈다. 김 서린 비닐 안에 백설기 세 덩이가 들어 있었다.

"남 새끼는 참 잘도 자라. 애 낳았다고 한 게 엊그제 같은데, 벌써 백일이래. 드실 텐가?"

"됐어, 잠자리에 떡은."

"정우 저게 장가 안 가겠다고 제 엄마 속 무던히 썩이더니만, 혼사 치르고 일 년 만에 아들 턱 낳았으니, 정우 색시도 할 일 다 했지. 정우 색시가……"

엄마가 목소리를 죽이더니, 베트남 여자, 라며 눈을 찡긋했다. 대 끊기게 생겼다고 정우 어매가 얼마나 안달복달했는지 아냐? 엄마가 다시 목소리를 키웠다. 일 년 만에 손자 안겨주니까 외국 여자도 쓸 만하다고 하더라. 하여간 말 참 못되게 하지. 근데 그 색시는 왜 볼 수가 없는지 몰라. 얼마나 귀하길래 집에 꽁꽁 모셔두는지, 지난번 묘사 때도 지 허리 아프다고 끙끙거리면서도 며느리 한 번 안 부르더라니까. 아, 그래서 내가…… 엄마의 말이 길어질 것이 뻔했다. 나는 엄마의 말을 가로막았다. 엄마 나 눕고 싶어. 방으로 들어가려는데 아버지가 무심히 물었다.

"너 정우랑 동창 아니었냐?"

"중학교 때까지."

"근데 왜 인사도 안 하냐."

남사스럽게, 인사는. 엄마가 나 대신 대답하며 방문을 열었다. 퀴퀴한 냄새가 쏟아졌다. 아이구, 내 정신 좀 봐. 엄마가 앞서 들어가 여기저기 널린 채반을 걷기 시작했다. 말리던 감과 무, 삶은 나물들이었다. 그러니까 말이라도 하고 내려왔으면 치워놨을 거 아냐. 채반을 치우고, 소주 박스와 쌀자루를 구석으로 밀어두고, 걸레질을 두 번이나 하고 나서야 이부자리를 펴줬다. 결혼하기 전까지 내가 쓰던 방이었다. 이렇게 돌아올 줄 몰랐는데, 참 오랜 시간이 흐른 것 같았다.

문을 닫기 전, 엄마가 잠시 머뭇거렸다. 같이 잘래? 나는 고개를 저었다. 그랬다가는 오늘밤에 다 털어놔야 할지도 몰랐다. 언제까지 비밀로 할 수도 없는 일인데, 당장은 입이 안 떨어질 것 같았다.

몇시쯤 되었을까. 눈을 뜨자 천장 모서리가 보였다. 분홍색 꽃무늬가 노랗게 바래 있었다. 천장에 나무 그림자가 흔들렸다. 그림자가 벽으로 내려오지 않은 걸 보니 아직 정오가 지난 건 아니었다. 새벽녘, 아버지가 축사로 올라가는 소리를 들은 기억이 났다. 여섯시쯤이었을 테니 다섯 시간 정도 잔 모양이었다. 근래 가장 많이 잔 셈이었다.

남편이 떠난 이후로 잠을 통 못 잤다. 술을 마셔도, 며칠씩 지난 드라마를 보아도, 거리를 헤매고 다녀도, 처음 만난 사내들과 어울려 모텔을 들락거려도 마찬가지였다. 종국에는 잠이 부족해 정신이 피폐해진 것인지, 남편 때문에 그렇게 된 것인지조차 구분이 안 됐다.

남편은 다른 사람이 있다고 했다. 굳이 말하지 않아도 알고 있었다. 언제나 남편 주변에는 여자들이 있었으니까. 결혼하기 전에도, 결혼을 하고 나서도 남편은 변하지 않았다. 애초에 결혼생활에 의미를 둔 사람이 아니었다.

남편은 결혼 전부터 규모가 큰 술집을 구상하고 있었다. 모아둔 돈이 턱없이 부족해 어머니에게 손을 내밀어야 했다. 혼자 평생 물장사로 자식 키운 어머니의 조건은 아들이 가정을 꾸리는 것이었다. 남편은 나와 식을 치르고, 술집을 오픈했다. 건물의 지하 한 층을 통으로, 웨스턴 분위기로 꾸민 술집이었다. 일하는 사람만 열댓 명에, 테이블이 오십 개가 넘었다. 남편은 일을 핑계로 집에 안 들어오는 날이 많았다. 그나마 들어와도 집에서는 잠만 자다 나가는 남자였다. 나는 친정 식구들에게 남편이 그런 사람이라고 말하지 못했다. 출장이 잦은, 무역회사에 다니는 사람이라고 속일 수밖에 없었다.

"우리 거추장스럽게 살지 말자. 좋아죽어서 한 결혼도 아니고. 편하게 살자, 편하게."

남편은 명절 때마다 목돈을 쥐어주었고, 나는 그 돈을 들고 혼자 친정에 가곤 했다. 명절 때마다 해외 출장중인 사위를 아무도 의심하지 않았다. 남자는 세상 밖으로 나갈 줄 알아야 성공하는 거라며, 얼굴 한 번 안 비치는 사위에 대해 뭐라 하지도 않았다. 되레, 바깥일 하는 남편 마음 편히 해주라고, 스트레스 안 받게 안에서부터 조심하라는 말까지 들어야 했다. 언제나 마지막은 서울로 보내 가르친 보람이 있다는 말이었다. 혼자 지내는 내가 적적해도, 나만큼 살기가 어디 쉬운 일이냐며, 엄마는 건네는 돈봉투를 무람없이 받곤 했다.

그런 남편이 새삼스럽게 다른 사람이 있다고 말한 것이었다. 그래서?

"갈라서자고."

"그건 안 거추장스러워? 내가 언제 상관한 적 있었어? 살고 싶은 대로 살아."

"피곤해."

"이때껏처럼 숨기고 살아. 그럼 되잖아."

"애가 생겼어."

나는 남편을 쳐다봤다. 남편의 눈빛은 흔들리지 않았다.

"이유가 고작 그거니?"

그러나 내 목소리는 심하게 떨렸다. 남편이 한 말이 무슨 의미인지 그제야 정확히 깨달았다. 남편이 짐을 꾸리기 시작했다. 나는 남편의 짐을 빼앗았다.

"아무것도 가져가지 마! 그냥 꺼져버려!"

내 말이 끝나자마자 남편이 집을 나갔다. 그날 이후로 남편은 돌아오지 않았다.

처음에는 남편이 꾸리다 만 짐을 내동댕이쳤다. 남편의 옷이란 옷은 찢어발기고, 속옷은 가위로 자디잘게 오렸다. 남편의 신발을 칼로 난도질하고, 남편이 한 번이라도 입을 댔던 컵이나 그릇을 집어던져 깨부쉈다. 난장판이 된 집안을 물끄러미 바라보았다. 오 년이나 살았던 집인데 남편의 것은 그게 전부였다. 고작 그뿐이어서 비참했다.

욕실로 들어가 뜨거운 물로 씻었다. 수증기 가득한 욕실 거울을 손으로 닦아냈다. 고스란히 드러난 알몸이 보였다. 긴 머리칼, 작고 동그란 어깨, 움푹 들어간 쇄골. 가슴은 처지지 않았고, 허리는 잘록했다. 아이를 낳은 적이 없는 아랫배는 매끈했다. 거울 가까이 다가가 얼굴을 꼼꼼히 살폈다. 아무리 봐도 남편에게 버림받은 여자라는 표시는 없었다. 나는 아직 젊어 보였다. 옷을 차려입고, 정성 들여 화장을 한 뒤 집을 나섰다.

술집으로 내려가는 계단부터 쾅쾅 울렸다. 문을 열자마자 음악소리가 터지듯 달려들었다. 많은 사람들이 왁자하게 떠들고 있었다. 종업원이 몇 명이냐고 물었다. 나는 남편의 이름을 댔다. 옆에 있던 사내가 나를 위아래로 훑으며 다가왔다. 명찰에 실장이라고 써 있었다.

"무슨 일이시죠?"

"사장님은요?"

"지금 자리에 안 계세요. 누구시죠?"

아내, 가 아니라 아는 사람이라고 대답했다. 나는 출입구에서 가장 가까운 테이블에 앉았다. 실장이 나를 따라왔다. 다른 종업원 몇이 흘끔거렸지만 나는 아랑곳하지 않고 맥주를 시켰다.

혼자 앉아 있는 사람은 나밖에 없었다. 사람들은 모두 무리를 지어 떠들고 마시며 웃었다. 입을 다물고 있는 사람도 나 혼자였다. 맥주를 두어 번 더 시켰을 때, 한 남자가 다가왔다. 저기, 친구 안 오면 저희랑 같이 마실래요? 나는 남자들 테이블로 옮겨 앉았다. 그들과 일어설 때까지 남편은 나타나지 않았다. 그날 밤 나는 그들 중 한 명과 모텔로 들어섰다.

술집은 어디에나 있었다. 혼자 술을 마시다보면 남자들이 다가왔다. 나는 단 한 번도 거절하지 않고 그들과 합석했다. 학생들, 직장인들, 물론 유부남들도 있었다. 나도 다른 사람들처럼 떠들고 웃었다. 그들처럼 담배를 피우고, 그들처럼 술을 마셨다. 술기운으로 그들과 몸을 섞고 나면 정신이 또렷해졌다. 술냄새를 풍기며 잠든 남자를 보면서, 나도 좀 자고 싶다고 중얼거리곤 했다. 나도 너처럼 자고 싶다. 아무 일도 없었던 것처럼, 아무 일도 아닌 것처럼. 낯선 남자의 알몸을 보며 담배를 피우다보면 어느새 희뿌연 새벽이곤 했다.

모처럼의 단잠이었다. 아버지와 엄마가 두런거리는 소리를 들은 것도 같고, 마당에 묶어둔 개가 일없이 짖던 소리도 들은 것 같은데. 창가에 흔들리는 그림자를 보고 있자니 다시 졸렸다. 계십니까? 누가 문을 흔드는 모양이었다. 안 계세요? 남편이 온 걸까. 소리는 들리는데 눈이 떠지지 않았다. 엄마, 누가 왔나봐. 소리가 입 밖으로 나오지 않았다. 다시 고요해졌다. 꿈이었나. 꿈이면 좋겠다. 나는 다시 잠에 빠져들었다.

“얘가 어디 아픈가?”

엄마가 내 어깨를 흔들어 깨웠다. 방안이 어두웠다.

“뭔 잠을 그리 자. 오줌도 안 마려? 얼른 일어나, 밥 먹어.”

머리를 매만지며 마루로 나오니, 상 앞에는 아버지와 낯선 사내가 앉아 있었다. 사내가 멀뚱히 나를 쳐다봤다.

“올봄부터 우리집에서 일할 사람이야. 여긴 우리 딸. 들어.”

일꾼이 나를 향해 꾸벅 인사를 했다.

“아까 문 두들겼다는데, 못 들었어? 그러다 누가 업어가도 모르겠다."

"뭐해, 배 안 고파? 어서 먹어."

김치찌개와 고등어조림, 돼지고기 수육과 겉절이, 나물 두어 종류가 차려진 상이었다.

"엄마, 달래장은?"

"또 그것만 먹을까봐 일부러 안 놨다. 고기 삶았어. 이거 먹어."

엄마가 내 앞으로 고기 접시를 밀었다. 마침 고기를 집던 일꾼의 젓가락이 주춤하더니, 한 번에 고기 대여섯 점을 집어 자기 밥 위에 올려놓고 먹기 시작했다.

"오늘 처음 왔으니까 같은 상인데, 내일부터는 혼자 해 먹어. 우리 집사람이 쌀은 줄 거여. 이 일 처음 아니라니까, 알지?"

"네."

"고기반찬 할 때는 이렇게 같이도 먹고 그러자구."

입에 밥을 문 채 일꾼이 고개를 끄덕였다. 삼십대 중반쯤 되었을까. 고개를 수그리고 밥을 먹는 일꾼의 정수리가 새까맸다. 허름한 옷차림, 까맣게 탄 얼굴과 손, 덥수룩한 뒷머리, 하우스 작업을 하는 사내들의 차림이었다.

수저를 내려놓자 엄마가 믹스커피를 내왔다. 단 커피를 마시자 담배 생각이 났다.

"잘 먹었습니다."

일꾼이 커피를 들고 일어났다.

"여덟시부터 시작하자고. 쌀 받아가."

엄마가 내민 검은 비닐봉지를 받아든 일꾼이 집을 나섰다. 일꾼은 다른 한 손에 담배를 쥐고 있었다. 아버지가 수첩을 펴고 수화기를 들었다. 내일 오이 모종 심는다고, 일손 좀 빌리자는 전화였다. 엄마는 설거지를 시작했다. 나는 슬그머니 문을 열고 나섰다. 일꾼이 담배를 피우며 성큼성큼 큰 걸음을 떼었다. 마을은 산아래에 있고, 집에서 얼마 떨어지지 않은 곳부터 비닐하우스 군락이 시작됐다. 대대로 담배 농사를 짓던 곳이었다. 어느 해부턴가 비닐하우스를 세우고 철 아닌 오이와 상추, 토마토를 경작했다. 그것이 이 마을의 주 수입원이 되었다.

막 한 비닐하우스에 불이 켜졌다. 우리집 일꾼이 지낼 곳인 것 같았다. 끝이 안 보일 만큼 줄지어 선 비닐하우스들 사이로 듬성듬성 희미한 불빛이 보였다. 하우스 작업에 몇 달씩 고용된 인부들의 숙소일 터였다. 나는 하우스와 하우스 사이의 고랑을 따라 걸었다. 하우스 뒤라면 마을에서 보이지 않을 것이었다. 연거푸 두 개비를 피웠다. 담배연기가 눈에 들어갔는지 눈물이 났다. 어디선가 인기척이 들렸다. 주변을 둘러보았지만 비닐하우스뿐이었다. 여자 목소리인지, 고양이 울음소리인지, 가는 신음소리 같았는데…… 우루루룽, 보일러 돌아가는 소리가 들렸다. 나는 다시 고랑을 되돌아 걸어갔다.

마을로 들어가는 차인지, 등뒤에서 불빛이 비췄다. 차를 피해 옆으로 비켜섰다. 내 옆을 지나간 차가, 서서히 멈췄다. 운전석에는 정우가 앉아 있었다.

"오랜만이다. 혼자 왔어?"

"응."

"왜 같이 안 오고?"

"출장 갔어."

"그랬구나."

정우가 무슨 말인가 하려다 말았다. 간다. 정우가 차창을 올리고 출발했다. 마른 흙먼지가 일었다. 봄이라 하기엔 이른 3월 초순이었다. 찬 밤공기가 야멸차게 온몸으로 파고들었다. 오스스 소름이 돋았다. 붉은 후미등이 마을로 사라졌다.

엄마는 막 세수를 하고 나온 참이었고, 아버지는 아직도 전화를 붙들고 있었다.

"다들 바쁘다네. 노씨네만 된다 하고."

"그러게, 사람 사자니까."

"농협 빚이 얼만 줄 아는 사람이 그래? 한푼이라도 줄일 수 있으면 줄여야 할 거 아녀."

사람 구하는 게 늘 일이었다.

"넌 어딜 그렇게 싸돌아다녀."

"동넨데 뭐."

"그래도 해 떨어지면 나가지 마."

"그려. 엄마 말 들어."

"왜?"

엄마가 아버지를 한 번 쳐다보더니, 하여간 그렇다고 얼버무렸다. 방으로 들어가려는데 엄마가 나를 불렀다.

"또 자? 오랜만에 와서 왜 방에만 처박혀 있어. 이리 앉아봐."

"애 피곤한데, 좀 둬. 쉬라고 해."

어휴, 속 터져. 입을 열어야 뭔 말을 하지. 엄마의 혼잣말을 들으며 방문을 닫았다. 다시 이불 속으로 들어갔다. 주머니에 넣어둔 담뱃갑이 부스럭거렸다. 술 생각이 났다.

2

여덟 동의 비닐하우스 중에서 다섯 동은 토마토를 키웠다. 나머지 세 동은 오이 하우스였다. 구멍 뚫린 호스를 따라가며 그 구멍 자리에 모종을 심으면 되었다. 우리집 일꾼과 노씨네서 빌린 여자 일꾼, 이틀만 쓰겠다고 들인 사십대 남자 둘과 아버지와 내가 심기로 했다. 이 근방 사람들인지 남자 둘은 서로 안면이 있었다. 줄지어 동시에 심기 시작했는데 나 혼자 뒤처졌다. 금세 모두들 저만치 앞서갔다. 나는 손이 더뎠고, 흙을 덮어도 어딘지 모르게 야물지 못했다. 나는 있으나 마나였다. 아버지는 들어가서 엄마나 도우라 했지만, 나는 고집을 부리며 하우스에 남았다.

시작한 지 삼십 분도 되지 않아 땀이 뚝뚝 떨어졌다. 오금이 저리고, 어깨도 결렸다. 못 참겠다 싶어서 허리를 펴면 뒷골까지 쑤셨다. 여자도 힘에 부치는지, 나처럼 자주 허리를 폈다 구부리기를 반복했다. 얼굴이 작고 눈썹이 짙었다. 앙다문 입매 때문에 화난 사람처럼 보였다.

"밥들 먹어요!"

엄마가 하우스 입구 안쪽에 비닐을 깔고 사람들을 불렀다. 아침부터 시작한 일이었는데, 정오가 되도록 두 개 동도 다 심지 못했다. 빙

둘러 짜장면이, 그 가운데에는 탕수육 두 접시와 막걸리 서너 병이 놓였다. 양수기 앞에 줄을 서서 손을 씻었다. 입구에 가까이 있던 내가 먼저 손을 씻고 다른 사람들에게 물을 퍼주었다. 여자가 마지막으로 손을 씻었다. 필리핀이나 베트남, 태국…… 외모만으로는 어느 나라 여자인지 알 수가 없었다. 동네에 동남아 여자들은 심심치 않게 보였다. 여자가 작은 손을 꼼꼼히 닦았다. 잘하고 있지? 이쪽으로 다가오며 노씨가 소리쳤다. 여자가 노씨를 보더니 안쪽으로 자리를 옮겨 앉았다.

남자들은 막걸리부터 마셨다. 곱빼기였는지 짜장면은 먹어도 먹어도 줄지 않았다. 짜장면을 남긴 사람은 나밖에 없었다. 여자는 입을 오물거리면서 제 양을 다 먹고, 막걸리도 서너 잔 받아 다 마셨다. 체구에 비해서 많이 먹는다고 생각하는데, 노씨가 다시 여자에게 막걸리병을 내밀었다. 여자가 고개를 저었다. 그러자 노씨가 여자의 손을 덥석 잡아 잔을 쥐여주고, 또다시 막걸리를 따랐다. 여자의 얼굴이 검붉게 달아올랐다.

"그만 멕여. 취해서 어디 일이나 하겠어?"

아버지가 미간을 찌푸렸다.

"남의 나라서 고생하는데, 우리라도 정을 베풀어줘야지. 안 그래요, 형님?"

노씨가 괜히 히죽히죽 웃어댔다. 아버지가 대꾸 없이 일어나 밖으로 나갔다. 희미하게 담배 냄새가 맡아졌다.

"정? 따라 해봐. 정."

"정."

"그렇지. 이런 게 정이라는 거야."

노씨가 계속 잔을 채웠다. 여자가 체념한 듯이 그걸 또 받아 마셨다. 보다 못한 엄마가 몇 번 더 말렸는데도 아랑곳하지 않았다. 자기 집 인부니까 자기 마음대로 하겠다는 심사였다. 여자가 비칠거리며 하우스를 나갔다. 남자들이 모두 여자의 뒤를 쳐다봤다. 남자 중 하나가 물었다.

"어디 사람이랬지?"

"필리핀."

"여기로 시집을 왔나? 아님, 일하러 왔나."

"시집은 일 아닌가? 애도 있다더라고."

"근데 왜 저러고 살어?"

"팔려온 여자들 사정을 낸들 아나. 뭐 뻔하지 않겠어? 시집왔더니 사는 꼴 거지같고, 서방은 두들겨 패고."

"애는 누가 키워?"

"아, 별걱정을 다 하네. 불쌍해서 그래? 불쌍해할 거 없어. 저래야 먹는 놈들이 부담 없지."

남자들이 키득거렸다. 엄마가 고개를 내저었다.

"생각 있어? 내가 다리라도 놔줄까?"

"큰일날 소리! 요즘은 등쳐먹고 도망치는 년들도 많다며. 국적 바꾸고, 돈 탁탁 긁어서 감쪽같이 사라진다잖아."

"그런 여자처럼은 안 보이는데?"

"도망갈 년이 나 도망가요, 라고 얼굴에 써붙이고 다닌대? 하여간 난 동남아 년들 표정을 통 모르겠더라고."

"그럼 한국말은 좀 하겠네?"

"알아듣기는 하는 모양인데, 아직 서툴더라고."

노씨가 목소리를 죽였다.

"그런데 소리는 잘 내."

엄마가 벌떡 일어났다.

"아 참, 듣다 듣다! 다 먹었으면 일어나지!"

엄마가 노씨의 그릇부터 치우기 시작했다. 남자들이 우르르 일어나 밖으로 나갔다.

"사람 하나 더 사자니까, 꼭 이런 꼴을 보게 해."

"노씨 아저씨?"

"노씨 저거는 인간도 아니야. 꼭 저렇게 여자를 끌고 다니면서 지랄이다. 뭐 자랑이라고 동네방네 떠벌리고 다녀야 쓰겠냐고. 저 여편네도 문제고."

"자기네 일할 때 도움받으려는 거 아냐?"

"그걸 누가 몰라? 사내 꼭지 단 것들이 그 여편네를 가만 안 두려고 하니까 그렇지."

"근데 아줌마는?"

"딸네 가 있잖어. 손주 키워준다고. 마누라 없어 아주 노났지. 몹쓸 놈."

아버지와 일꾼이 들어섰다. 얘, 말자. 엄마와 내가 자리를 정리했다. 하우스 앞 길가에 그릇을 쌓아두고 돌아서자, 하우스들 사이의 고랑에 쪼그려앉아 있는 여자가 보였다. 여자의 머리 위로 하얀 연기가 곧게 퍼졌다. 여자가 일어나 이쪽으로 걸어왔다. 보니, 한쪽 다리를 절었다.

모종은 사흘에 걸쳐 다 심었다. 매일 밤 아버지는 계산기 앞에 앉아 있었다. 그만 좀 두들기라고, 그렇게 두들긴다고 수 있느냐고, 엄마도 매일 밤 아버지를 타박했다. 그게 둘의 일과인 모양이었다. 이제부터 제초제, 착색제 등의 농약을 뿌리고 순을 계속 따줘야 한다고 했다. 엄마가 차근차근 해야 할 일들을 열거했지만 나는 잘 모르는 일들이었다. 별일 없으면 달 반 뒤에 토마토를 딴다는 것만 알아들었다. 농사도 집안일처럼 하루라도 쉴 수 없는 일이었다. 농사짓는 부모 밑에서 자랐지만 밭일을 해본 적이 없었다. 공부할 애들이라며 시키지도 않았거니와, 나 역시도 그걸 빌미로 도울 생각을 해본 적도 없었다.

대학을 다니기 위해 집을 나선 게 십오 년 전이었다. 스무 살부터 서울에 먼저 가 있던 언니의 자취방에서 같이 지냈다. 집에서 다닐 수 있는 지방 국립대에 가라는 걸, 고집을 부리고 생난리를 쳐서 올라온 서울이었다. 도시생활은 오랜 꿈이었다. 모르는 곳이어서 그랬다. 가끔 들르는 언니에게서 풍기던 화장품 냄새, 언니가 입고 온, 텔레비전에서 봤음직한 유행하는 옷을 보며 키운 꿈이었다. 글씨가 빽빽한 대학 교재나, 두툼한 소설책을 읽는 언니를 보면 나도 언니처럼 우아한 여대생이 되고 싶었다.

학교에 가려면 한 시간에 한 대밖에 없는 버스를 타야 한다는 것이 싫었다. 모자를 쓰고 선크림을 발라도 언제나 새카만 얼굴이어서 창피했다. 주변의 남자애들은 모두 농고를 다녔고, 그들에게선 아버지 냄새가 나서 화가 났다. 흙냄새가 싫었다. 아버지와 엄마의 갈라진 손

끝에 박힌 찌든 흙때가 싫었다. 매일 죽어라 일하는데 집에는 언제나 돈이 없는 현실이, 줄지 않는 농협 빚이, 폭우나 폭설, 폭풍으로 쓰레기 더미가 된 밭에 주저앉아 허망한 숨을 뱉어내는 부모도 싫었다. 여기가 무조건 싫었다. 싫은 곳이니 떠나면 되는 줄 알았다. 도시도 다를 게 없다는 걸 그때는 몰랐다.

언니는 낮에는 유치원에서 일하고, 밤에는 노래방에 나갔다. 전문대 유아교육과를 나와 유치원 선생이 되었지만 언니의 벌이로 학자금 대출을 갚고 생활비를 감당하기엔 턱없이 부족했다. 도시의 방값, 도시의 밥값, 도시의 교통비와 통신비, 도시의 데이트 비용은 집에서 지낼 때는 상상도 못했던 돈이었다. 아침에는 밝은색의 원피스나 바지를 입었던 언니는 밤에는 짧은 치마로 갈아입었다. 집에 손을 안 벌리고 살려면 어쩔 수 없었다. 그런 언니를 꿈으로 삼았던 나였으니 내가 쓸 돈은 내가 벌어야 했다. 한 번도 쉰 적 없이 아르바이트를 했고, 장학금을 받기 위해 잠을 줄여 공부했다.

우리집 모종을 다 심은 후로는, 아버지가 일꾼을 데리고 이웃의 하우스로 작업을 하러 다녔다. 모종 철이었다. 그 많은 비닐하우스에서 모두 같은 작업을 한다는 뜻이었다. 어느 집이든 일손이 부족하면 누구든지 가서 도왔다. 품앗이였다. 남의 집 일을 시킨 날에는 아버지가 일꾼을 데리고 와서 밥을 먹였다.

"자기 혼자 착한 척이지. 누구 등골 휘는 줄도 모르고."

엄마는 그것이 불만이었다. 다른 집은 안 그런다는 것이었다. 시골 일이라는 게, 도시처럼 남과 나의 구분이 명확하지 않았다. 너희가 바쁘면 내가 돕고, 내 일손이 부족하면 너에게 얻어 쓰는 것이 당연했다. 하우스 주인들이 그러니 들인 인부들도 마땅히 따라 하면 될 일이었다. 그런데 아버지는 다른 집 일을 시켰다고 일꾼에게 미안해했다.

"부리려고 쓴 사람인데, 네 아버지만 왜 저러는지 모르겠다, 아주."

"아버지가 양심이 있네."

"양심 좋아하네. 야, 그래서 어떻게 먹고사니?"

"남의 집 일 하면, 인부들이 싫어해?"

"걔네들이 뭐라 할 게 뭐 있어. 시키면 하는 거지. 그러니 내 속이 안 터져?"

엄마가 상 위로 수저통을 던지듯 떨어뜨렸다. 있는 반찬에 수저만 더 놓으면 되잖아. 상에 수저를 놓으며 무심히 덧붙였다. 엄마가 정색을 하고 나를 쳐다봤다.

"밥 차리는 일이 어디 그렇디? 아무리 내 일 시키는 사람이지만 남은 남이다. 김치만 놓냐? 그래봐라, 반찬이 이게 뭐냐고 네 아버지가 싫은 소리부터 할 게 뻔한데. 넌 밥 안 해 먹고 살았어? 삼시 세끼 차리는 일이 어디 거저 되는 줄 알아?"

남편은 집에서 밥을 먹는 일이 드물었다. 그마저도 결혼 초의 일이었다. 정오 무렵에 집을 나가 다음날 첫차가 다닐 때에야 돌아왔다. 늦은 아침이라도 차릴라치면 가게에서 먹겠다고 했다. 어쩌다 자정 무렵에 들어와야 요깃거리를 찾았는데, 그래봤자 라면이나 토스트가 대부분이었다.

"엄마, 타는 냄새 같은데?"

오마나! 뚜껑을 닫아 굽던 임연수어 네 도막이 전부 새카맣게 탔다.

"아까워서 이거 어쩌냐."

엄마가 탄 부분을 젓가락으로 긁어내는 사이에 아버지와 일꾼이 들어왔다. 그 뒤로 정우가 주뼛거리며 들어섰다.

"밥 있지?"

"넌 어쩐 일이냐. 마누라가 밥 안 주디?"

"아뇨, 그게요……"

"애어매가 아프더라고. 얘 밥 먹이고, 죽 한 그릇 해서 보내."

저 오지랖 봐라. 내가 왜 그걸 끓여. 엄마가 목소리를 낮춰 중얼거렸다.

"아저씨가 하도 가자고 하셔서……"

"밥은 있어. 아니 근데 네 마누라는 얼마나 큰 병이길래 신랑 밥도 못해주냐?"

집에 가봤더니, 애어매 얼굴이 허옇게 떴더라고. 아버지가 대답했다. 젖도 못 물리고 열이 펄펄 나잖어. 그래서 내가 일단 얘만 데리고 왔네. 여기서 한술 뜨고 얼렁 가서 마누라 보라고.

"아니, 아픈 사람을 혼자 두고 오면 어떡해."

"것도 그렇네. 가서 색시 데리고 올텨?"

엄마가 혀를 찼다.

"얼렁 먹고 가. 근데 네 엄마는 잘난 며느리 병구완 안 하고 어딜 갔냐?"

"누나네요."

"그 귀한 사 대 독자 두고 발길이 떨어졌대냐? 아무튼, 잘됐다. 내 복이랑 죽이랑 퉁치는 거다."

엄마는 상을 내고 다시 불 앞에 섰다. 불릴 시간이 없어 쌀을 갈아

끓이기 시작했다.

"내가 할게. 엄마 먼저 먹어."

"정우 여편네 먹일 죽을 왜 네가 쒀!"

정우와 눈이 마주쳤다. 아버지가 헛기침을 했다. 나는 엄마를 억지로 상으로 밀어내고, 불 앞에 섰다. 죽이 부르르 끓어오르기 시작했다.

"아니 근데 노씨는 왜 저녁도 안 먹여 보내? 그 인간은 여자 보내면 자기까지 와서 점심이고 저녁이고 다 얻어 처먹잖아."

"제수씨 없잖어."

"짜장면 한 그릇 시켜주면 되지! 것도 아깝대? 인정머리하고는. 그 인간 하나가 아주 동네를 이상하게 만들어."

"노씨가 뭐."

"저번에 언제야, 이상한 사람들 불러들여서 마을 사람들한테 헛바람만 집어넣고. 펜션 좋아하네. 이 촌구석에 뭐 볼 거 있다고 그런 걸 지어. 그 소리에 혹했던 놈들도 다 똑같지."

"그런 적도 있었어요?"

정우가 물었다.

"재작년 가을이었나? 그래서 박씨네랑 윤씨네가 하우스 올리니 마니 했잖어. 넌 왜 모르냐? 너 여기 사람 아녀?"

"당신도 참. 그때 얘 색시 데리러 베트남 갔을 때잖아."

정우가 흘끔 나를 쳐다봤다. 뽀얀 죽이 점성이 생겨 냄비 끝에 눌어붙기 시작했다. 나는 나무 주걱으로 눌어붙은 걸 긁어냈다. 엄마가 계속 떠들었다.

"마누라도 없는데 여자를 끌어들이면 어쩌자는 거야."

"말조심혀. 끌어들이긴 누굴 끌어들여. 일하는 사람이잖어. 글구 어디 여자 쓰는 집이 그 집뿐이야?"

"행실 말이지, 행실!"

"그만혀라. 정우도 있고, 이 사람도 있는데."

"당신도 조심하라고."

"내가 뭐!"

아버지가 냅다 젓가락을 팽개쳤다. 정우가 먹던 걸 멈추고, 일꾼이 슬그머니 자리에서 일어났다.

"엉뚱한 짓 할까봐 그렇지. 그 여편네가 어디 예사 여자야? 밤마다 말야……"

"잘 알지도 못하면서 함부로 떠들지 말어."

"허! 뭐 아는 거라도 있나보네. 나도 좀 압시다."

"그만 좀 해라!"

"왜 소리를 쳐. 뭐 찔리는 거라도 있어? 모르는 척하는 거지, 동네 사람들도 알 거 다 안다고."

나는 죽 다 됐다면서 엄마를 불렀다. 안 그랬다가는 정말 싸우기라도 할 것 같았다. 아버지가 밖으로 나갔다. 엄마가 부엌으로 들어서며 괜히 정우에게 쏟아부었다.

"야, 너도 밥 같은 건 이제 네 손으로도 해 먹을 줄 알아야지! 귀하게 컸다고 언제까지 받기만 하냐. 아비가 됐으면 식구부터 챙기고. 어떻게 너 혼자 오냐. 너도 참 모질다."

말은 그렇게 하면서도 엄마는 죽과 함께 밥도 담아 내밀었다.

"오늘 일은 네 엄마한테 꼭 전해라. 난 내복값 했다."

정우가 겸연쩍게 웃었다. 엄마와 정우 엄마는 가장 가까우면서도 가장 먼 사이였다. 삼대독자인 정우라면 벌벌거리며 키운 정우 엄마는 아들 없는 엄마를 측은히 여겼다. 제삿밥 못 얻어먹어 어떡하느냐는 말을 무시로 떠들었다. 정우 엄마가 아들 타령을 할 때마다 엄마의 심사가 편할 리 없었다. 딸 둘만 낳아 대 끊은 며느리라고 할머니에게 들볶였던 시집살이를 떠올리며 엄마는 진저리를 쳤다. 그래도 엄마가 정우 엄마 앞에서 어깨를 펼 수 있었던 건 딸 둘을 서울로 보내 가르쳤기 때문이었다. 그 귀한 아들보다 서울 물 먹은 딸들이 더 나은 인생을 살 거라고 확신했다.

뒤돌아 나가는 정우의 목덜미에 눈길이 갔다. 가로로 길게 난 세 줄. 파인 상처에 새살이 돋아 아물었지만, 결국 선명한 흉터로 남은 자국이었다. 내가 만든 흉터였다.

마주앉은 남자애들 중에 정우가 있었다. 쪽팔려. 나를 본 정우의 혼잣말에 여자애들이 입을 삐죽댔다. 돈가스를 다 먹고, 바닥이 드러나도록 음료수까지 싹 마셨는데도 어디로 갈지 정하지 못했다. 여자애들은 노래방, 남자애들은 술을 마시자 했다. 걸리면 어떡하느냐는 말에 남자애들이 크게 웃었다. 따라오기만 해. 모두 같은 소리였다. 남자 넷, 여자 넷이 떼를 지어 거리로 나섰다. 이미 사귀던 주선자 둘은 아무렇지 않게 팔짱을 끼고 걸었다. 나와 정우를 제외한 둘 둘도 서로 시시덕거리면서 앞서 걸었다. 의도한 게 아닌데 정우와 내가 뒤로 떨어졌다. 내가 먼저 입을 열었다.

"비밀이다."

"너나."

언니가 물려준 모직치마가 자꾸 왼쪽으로 돌아갔다. 허리춤을 잡고 치마를 바로 돌렸다.

"옷이 그게 뭐냐."

"넌?"

아버지 바지를 입고 왔는지 양복바지가 발목에서 펄럭였다. 따라 나오는 게 아니었는데. 한 명이 펑크났다고 동동거리던 짝이 내게 우는소리를 했다. 내가 세 명 데리고 나간다고 했거든. 앉아만 있다 가. 아무 말도 안 해도 돼. 너처럼 말없는 애를 분위기 있다고 좋아하는 남자애들도 있거든. 아무튼, 나와라. 나 한 번만 봐줘, 응? 얼결에 나온 자리였다. 짝의 말처럼 앉아만 있으면 되는 줄 알았다. 상대가 정우네 학교 애들인 줄 몰랐다. 알았다면 나오지 않았을 것이다. 어차피 머릿수 맞추려고 나온 것이었으니 내 할 일은 다 했다고 생각했다.

"서울 간다면서 뭐하러 그런 데 나와 앉아 있냐."

"마지막으로 추억 하나 만들려고 했다."

"그래서 만들었냐?"

"너 때문에 망쳤다."

"넌 말투부터 바꿔. 서울 남자들이 너 같은 애 안 좋아한다더라."

"서울에 연애하러 가냐?"

"연애도 할 거 아냐."

"하겠지."

"좋겠다."

"너도 하든가."

"너 없어서 안 할 거다."

걸음을 멈췄다.

"뭘 봐. 가던 길 가."

나는 무리에서 떨어져 정류장으로 갔다. 정우가 옆에 섰다.

"왜 따라와."

"짝 안 맞잖아."

"그럼 너랑 나랑 이상한 사이 되잖아. 애들한테……"

"서울 간다며. 뭐가 무서워."

버스가 도착했고, 나란히 버스에 올랐다. 그날 밤, 버스에서 내려 마을로 걸어가는 길은 어둡고, 추웠다. 정우와 나는 비닐하우스로 숨어들었다. 삼 년 만이었다.

한마을에서 나고 자랐다. 초등학교와 중학교를 같이 다닌 정우였다. 중학교 삼학년 여름, 진학 상담을 마친 날이었다. 다른 날과 달리 정우가 입을 꾹 다물었다. 사방이 온통 어른 키만큼 자란 담배로 초록이었다. 바람이 불 때마다 담뱃잎들이 펄럭였다. 버스에서 내려 마을로 걸어가는데 정우가 한참 만에 입을 뗐다.

"난, 농고 간다."

"난 인문계. 대학 갈 거야."

"아, 씨, 알았다고! 몇 번을 말해!"

정우가 소리쳤다. 왜 그래? 정우가 나를 한참 쳐다봤다. 가슴이 뛰었다. 열여섯 살짜리 남자애의 눈빛을 받는 열여섯 여자애의 마음은 그런 것이었다. 정우가 다짜고짜 내 손을 잡아끌고 뛰어가는 걸 만류하지 못한 것도 그런 이유였을 것이다. 정우가 달려간 곳은 담배 건조실이었다. 텅 빈 건조실은 흙으로 지어 한여름인데도 서늘했다. 뛰어오느라 숨이 찼다. 정우가 나를 껴안았다. 나는 정우를 밀치지 않았다.

늘 담배 건조실에서 만났다. 하루의 일을 중얼거리다가 말이 끊기면, 기다렸다는 듯이 서로의 몸을 더듬었다. 생전 처음 느끼는 감각들, 내 몸이 이런 것을 느껴도 되는 것인지 의아하고 두려웠던 시간, 잘못을 저지르고 있다는 두려움이 가져다주는 희열은 중독성이 강했다. 열여섯 여름부터 다음해 봄, 고등학생이 되기 전까지 정우와 나는 계속, 몰래 만났다. 그러나 인문계로 진학한 뒤로는 만날 수 없었다. 나는 야간 자율학습을 시작했고, 아버지는 매일 밤 교문 앞에서 나를 기다렸다.

정우의 혀끝에서 희미하게 돈가스 소스 맛이 났다. 삼 년 만이었는데, 정우의 손은 더 우람해졌고, 내 가슴도 제법 더 커져 있었다. 흙내가 나던 건조실이 아니라, 어둑한 하우스에서 몸을 섞으면서, 우리는 이미 어른이 되었다는 것을 알아차렸다. 몸이 먼저 알아낸 자각이었다. 우루루룽, 보일러 돌아가는 소리가 났다. 정신이 들었다. 정우와 나는 서둘러 옷을 주워 입었다. 이게 마지막이야. 나는 한 달 뒤에 서울로 가니까. 이제는 남자 앞에서 흙먼지를 터는 일은 없을 거라고 생각했다.

정우 목덜미의 상처는 그날 생긴 것이었다. 정우가 기어이 내 끝에 다다르겠다는 듯이 파고들었을 때. 아픔이 더이상 고통스럽지 않았던 순간, 나는 나도 모르게 정우의 목덜미를 잡아챘던 것이다.

3

남편에게서는 연락이 없었다. 사랑 따위는 없었다 치자. 그렇다고 집을 나가면 그만인가. 그게 끝인가. 이게 전부인 걸까. 오 년간은 엄연한 부부였다. 평범하거나 정상적이지는 못했지만…… 정상적인 부부는 어떤 걸까. 다른 사람들은 모두 어떻게 사는 걸까. 그들은 이런 일을 겪을 때 어떻게 대처할까. 나는 도대체 알 수가 없었다. 결국 남편은 떠나고 나는 혼자 남았다. 그 사실을 부정하기 위해 밤거리를 헤맸다. 그러나 더한 무엇을 했다 한들, 결혼 전으로 돌아갈 수도 없고, 남편을 만나기 전으로 회복할 수도 없었다.

엄마를 따라 종종거리다보면, 하루가 금세 저물었다. 몸을 움직여 일을 한다는 건 생각보다 고됐다. 몸이 힘들수록, 끈질기게 달라붙어 괴롭히던 남편 생각은 희미해졌다. 서울에서는 도통 잠을 못 이뤘던 나는 이제 머리만 닿으면 아무데서나 꾸벅거리며 졸았다. 자도 자도 졸렸다. 마치 그간 못 잤던 것을 보상받겠다고 작정한 몸 같았다. 그도 아니면 남편을 완전히 잊고 싶다는 기억의 방어 작용인지도 몰랐다. 까무룩 잠이 들었다가 눈을 뜨면, 동네 개들도 낮잠을 자는지 아무 소리도 들리지 않았다. 세상에 나 혼자만 남겨진 기분이었다. 혼자라는 사실이 각성되면 술 생각이 나고 담배가 간절해졌다. 하우스 뒤로는 해가 져야 갈 수 있었다.

담배를 피우러 하우스 뒤로 다니다보니, 차마 보면 안 될 것들이 보였다. 일꾼의 숙소로 들어가는 여자라든지, 집에 들어가는 정우의 뒷모습이라든지, 아무렇지 않게 바지춤을 내리고 오줌을 누는 동네 남자들, 아버지를 멀찍이 따라가는 노씨네 여자라든지…… 아버지를 봤다는 걸 엄마에게는 말하지 않았다. 알고 싶지 않았기 때문에 밝혀내고 싶지도 않았다.

아침 준비를 하는지 엄마가 미역을 불리고 있었다. 좀 전에 들어온 아버지는 씻는 중이었다. 슬쩍 나가려는데 엄마가 한마디 했다.

"괜히 밤에 하우스 들락거리지 말어."

뜨끔했다. 마을이 옛날 같지 않다고 덧붙였다.

"일하러 들어온 뜨내기들 많아. 딴 나라 사람들도 많고. 쥐도 새도 모르게 무슨 일 생겨도 모른다니까. 그러니 조심해. 괜한 말 돌게 하지 말고."

그것도 무슨 말인지 알았다. 나는 고개를 끄덕였다.

"근데, 사위는 언제 돌아온다고? 너 계속 여기 있어도 되는 거야? 나야 안 심심하고 좋다만. 시댁에서 좋아하겠어?"

잊을 만하면 엄마가 남편 얘기를 꺼냈다. 엄마는 매번 같은 걸 묻고, 나는 매번 같은 대답을 했다. 통화는 하지? 다행히 엄마의 질문은 늘 거기까지였다. 나는 그렇다고 대답했다.

밤에 나가지 말라는 소리에 알겠다고 대답을 해놓고도 나는 하우스 뒤편으로 걸어갔다. 어느새 밤공기가 누그러져 있었다. 풀냄새도 어느새 더욱 짙어졌다. 담배를 다 피우고 나서 긴 고랑을 걸어가는데, 양수기 소리가 들렸다. 일꾼이 빨간 고무통에 물을 받아 씻고 있었다. 시골이라도 그렇지, 저렇게 아무렇지 않게 벗고 씻을 수 있나 싶다가, 고개를 저었다. 낮의 하우스 열기는 그악스러웠다. 순식간에 먼지와 땀으로 범벅이 되는, 나 같은 사람은 두어 시간도 버티지 못할 곳이었다. 그런 곳에서 매일 열 시간씩 일하는 사람이었다. 물소리가 그칠 때까지 고랑에 숨어 있기로 했다. 나는 그 자리에 쪼그려앉았다. 달빛이 밝아 내 그림자가 길게 드러났다.

내 그림자 위로 커다란 그림자가 덮쳤다. 놀라 뒤돌아보니, 정우였다. 아무 말도 하지 말라는 듯이 손가락을 입에 대고 고개를 저었다. 그러고는 내 손을 잡고 하우스 뒤편으로 갔다.

"뭐하고 있는 거야?"

"저 사람이 씻고 있잖아."

"같이 뭐하기로 했어?"

"말조심해."

"너나 조심해. 왜 밤마다 어슬렁거려. 나라도 기다렸어?"

"왜 이래."

그때까지 잡혀 있던 정우의 손을 뿌리쳤다. 정우가 다시 내 손을 움켜쥐었다.

"보고 싶었다."

잡힌 손을 빼내려 안간힘을 썼지만, 소용없었다. 조용히 해, 동네 사람들 다 들어. 나를 안듯이 팔로 감싸더니, 순식간에 다른 한 손으로 내 입을 막았다. 정우가 나를 끌고 하우스 안으로 들어갔다. 나는 거세게 고개를 흔들었다.

"이거 놔. 놓으라고."

"넌 내 생각 안 했어?"

정우가 막무가내로 입을 맞췄다. 옅은 술내가 맡아졌다.

"너 온 뒤로 내가 아무것도 못하겠어, 알아!"

정우의 손이 앞섶을 파고들었다.

"놓으시죠!"

일꾼이 정우를 잡아당겼다. 그 바람에 내가 흙바닥으로 넘어졌다.

"넌 뭐야!"

일꾼이 문을 열었다. 가세요. 나를 향한 말이었다. 나는 정우를 한 번 바라보고 하우스를 나섰다. 정우와 일꾼의 목소리가 들렸지만, 곧 잠잠해졌다.

정우댁을 만난 건 뜻밖에도 축사 앞에서였다. 산비탈을 깎아 만든 축사에는 소 네 마리가 콧김만 씩씩대고 있었다. 축사 입구의 사료 창고 앞에 앉아 담배를 꺼냈다. 햇빛이 발끝에 맴돌았다. 시골의 해는 도시의 해보다 무뎠지만 거칠었다. 그늘에 앉은 나는 햇빛 쪽으로 다리를 뻗었다. 슬리퍼와 바지 사이의 발목이 금세 따끔거렸다. 인기척이 들렸다. 나는 서둘러 담배를 바닥에 비벼 껐다.

젊은 여자가 유모차를 밀며 축사 쪽으로 올라오고 있었다. 나를 본 여자가 흠칫 놀랐다. 나는 엉거주춤 일어났다. 여자는 계속 올라올지, 다시 되돌아갈지 갈피를 못 잡는 것 같았다.

"누구세요? 무슨 일이세요?"

나는 여자 쪽으로 내려갔다. 유모차 안의 작은 아이가 꼬무락거렸다.

"아이가……"

"네?"

뭐라고 얼버무리기는 하는데 알아들을 수가 없었다. 여자가 유모차의 방향을 바꿨다. 눈이 가늘고 몸이 호리했다. 발음이 어색한 걸 보니 동남아 여자였다.

"정우넨가? 정우 와이프?"

"정우, 우리 신랑."

유모차의 아이가 칭얼댔다. 뭔가 불편한지 오만상을 썼다. 금방 울음을 터뜨릴 기세였다. 그마저도 귀여웠다. 나는 정우 동창, 아니 친구. 그리고 덧붙였다.

"애기, 예뻐요."

여자가 환하게 웃었다. 스무 살은 됐을까. 무척 어려 보였다.

"그런데 무슨 일? 우리 부모님은 지금 하우스에 있는데."

"그냥, 걸어. 민호, 소 좋아. 그래서 맨날 와. 미안해요."

"그럼 소 보여줘."

"고마워요."

여자가 다시 유모차 방향을 바꿨다. 집으로 내려가는데 여자가 불렀다.

"저기."

"왜?"

"그거……"

여자가 가리킨 건 내 손에 쥔 담배였다. 애 옆에서? 주춤하는 사이 여자가 고개를 꾸벅이며 다시 또 미안하다고 했다. 나는 여자에게 다가가 담배를 내밀었다. 나는 다 가지라고 했다.

"아니, 하나만. 주머니 안 돼. 어머니 혼나."

나는 한 개비를 빼서 건넸다.

"비밀로. 친구니까."

마치 여자와 내가 친구라는 말처럼 들렸다. 나는 고개를 크게 끄덕여줬다. 축사로 올라가는 여자의 뒷모습을 물끄러미 쳐다봤다. 아이 이름이 민호구나. 나는 조심스럽게 발음했다. 민호, 착한 이름이었다.

남편은 아이를 원하지 않았다. 결혼한 지 채 일 년도 안 되어 어머니가 불임 클리닉에 다니자 했다. 손주를 빨리 보고 싶다고 했다. 그것이 진짜 가족이 되는 일이라며, 잔정 없는 남편과 살아야 하는 나를 위해서라도 아이가 필요할 거라고 했다. 필요, 라는 단어가 이상하게 가슴에 맺혔다. 남편은 별다른 반응 없이 어머니의 의견을 따랐다. 어머니는 직접 남편에게 예약 날짜를 알렸고 남편은 어기지 않고 클리닉으로 찾아왔다. 어머니 뜻을 거슬러 괜한 일을 만들고 싶지 않다는 의미처럼 보였다. 그걸 아는지 모르는지 어머니만 애가 탔다. 서른 초입이면 늦은 나이도 아닌데 어머니만 조바심을 냈다.

그럴수록 나는 이유 없는 피로감에 시달렸다. 클리닉에 다녀오면 며칠씩 누워 있어야 했다. 건강한 편이었는데도 그랬다. 처음에는 커다랗고 복잡한 병원의 규모에 기가 눌려서 그런 줄 알았다. 때로는 아픈 사람들에게 기운을 몽땅 뺏긴 것 같기도 했다. 그러나 사실은 대기실에서 마주치는 다른 여자들 때문이었다.

그들은 모두 절박한 표정이었다. 아이만 생기면 모든 것이 해결될 것이라 믿는 사람들. 내가 가지지 못한, 그 부족한 조건만 채우면 행복해진다는 열망을 품은 여자들 사이에서, 나는 완벽히 다른 사람이었다. 그들은 이미 완벽한 삶, 완벽한 행복에 아이만 누락된 사람들이었던 것이다. 그 여자들의 표정을 닮고 싶었다.

불임 클리닉에 다니기 전까지만 해도 남편과의 사이가 그 정도는 아니었다. 가게를 차리기 위해 성급히 치른 결혼이었지만, 적어도 서로에게 예의는 갖췄다. 불규칙적이어도 종종 집에 들어왔고, 질 외 사정이기는 했어도 잠자리를 피하지도 않았다. 하루도 쉬지 않는 가게 때문에 늘 혼자 지내는 나를 염려하기도 했다. 남편과 틀어지기 시작한 건, 클리닉에 다니게 되면서였다.

나는 점점 예민해졌다. 남편에게 바라는 것이 생기기 시작했다. 대단한 것도 아니었다. 마트에서 같이 장 보는 일, 주말에는 극장에서 영화 보고, 함께 외식하기, 때로는 여행도 가고 싶었다. 여행이 힘들면 근교 드라이브라도 좋았다. 그게 뭐 별거라고. 그냥 다른 집 부부처럼 살아보고 싶었던 것이다. 그들의 평범한 일상을 나도 따라 해보고 싶었다.

"이렇게 살아야 한다는 거 몰랐어? 이제 와서 이러면 어떡해."

"아이가 생기면? 그때도 이렇게 나 혼자 지내?"

"그러니까 누가 아기 낳재?"

"내가 그랬어? 어머니가……"

이야기는 늘 그렇게 이어졌다. 어머니는 내 배란일에 맞춰 남편에게 전화를 걸었다. 남편에게는 귀가하면 전화하라 시키고, 나에게는 다음날이면 부부관계를 했는지 물었다. 별일 아니라고 생각하면 정말 별일 아닐지 몰랐다. 그런데 부부관계를 했다는 걸 보고할 때마다, 어쩐지 나와 남편 사이에 어머니가 들어앉아 있는 것 같았다.

배란일을 지켜 관계를 하다보면, 나는 난소를 가진 대기자였고, 남편은 정자 제공자일 뿐이었다. 배란과 섹스와 생리가 반복되었다. 일 년쯤 그 생활이 되풀이되자, 남편을 볼 수 있는 것도 한 달에 한 번, 배란일 때뿐이었다. 그마저도 몸을 섞지 않을 때가 더 많았다.

"내가 하자고 구걸이라도 해야 돼? 이럴 거면, 차라리 아이 안 갖겠다고 어머니한테 말해. 괜히 나만 힘들게 하지 말란 말이야!"

"다리만 잠깐 벌리는 네가 뭐가 힘들어?"

"무슨 말을 그렇게 해?"

"난 뭐 좋아서 이러는 줄 알아?"

"그럼 말아!"

남편이 눈을 부릅떴다.

"결혼하자고 했던 건 너야."

"가게 받으려고 그러자 했던 건 당신이었어."

"그래서 어쩌라고. 때려치울까?"

"차라리 그게 낫겠어! 이게 사는 거야?"

"힘들게 살고 싶지 않다며! 외로워도 좋으니 편하게 살고 싶다며! 이제 아쉬울 거 없다, 이거야?"

남편을 처음 만났던 건 술집에서였다. 부서 회식 자리였다. 술이라면 못 먹여 안달인 김과장 옆에 앉은 게 화근이었다. 더이상 못 마시겠다는데도 계속 잔에 술을 따랐다. 술집이 빙그르 돌았다. 더 마셨다가는 정신을 놓칠 것 같았다. 그만 가겠다고 일어서는데, 휘청 몸이 흔들렸다. 정신을 차렸을 때, 내 앞에 남편이 앉아 있었다.

"아가씨. 나 문 닫아야 하는데."

정신을 차리니 후미진 골목의 구석이었다. 나는 술집의 뒷문 옆, 가스통에 기대앉아 있었던 것이다. 남편은 제대로 걷지 못하는 나를 데리고 모텔로 갔다.

회식을 할 때마다 그 술집이었다. 원체 다른 사람의 말을 들을 줄 모르는 김과장의 고집 때문이었다. 술집 안을 돌아다니는 남편을 물끄러미 쳐다보면, 남편에게 나 같은 여자는 셀 수 없이 많겠구나 싶었다. 뭘 그렇게 넋을 놓고 봐? 술 받아, 술! 여자가 사회생활을 하면 술도 마실 줄 알아야지! 김과장에게 받은 술을 억지로 다 마시면, 같은 테이블의 남자 직원들이 박수를 쳐주었다.

졸업을 하고 들어간 회사는 무역상사였다. 나는 서류를 복사하고, 커피를 끓이고, 식당을 예약했다. 회식 자리에서 주는 족족 술을 받아 마시는 것도 내 일이었다. 남자 직원이 많은 회사였다. 그들은 나를 함부로 취급했고, 그것이 부당하다고 말할 데가 없었다.

"왜 그런 데서 일해."

"이제 곧 서른인데, 갈 데도 없어요."

"결혼해."

"그러자는 놈 하나 없어. 그쪽이 나 데리고 살래요?"

"그럴까?"

남편의 손이 내 등허리를 따라 내려왔다. 손가락이 내 아랫도리를 파고들었다. 나도 모르게 숨을 들이켰다.

"잘됐다. 나도 여자가 필요했는데."

남편의 손가락이 질 안으로 들어왔다. 손가락이 움직일 때마다 내 아랫도리가 움찍댔다. 나는 남편의 부푼 성기를 찾아 매만졌다.

"여자 많잖아요."

남편이 내 등에 올라탔다. 묵직한 남편의 체중이 실려 허리에 힘이 들어갔다. 남편의 다리로 내 다리를 벌렸다.

"많지. 그런데 내 이야기를 할 수 있는 여자는, 너밖에 없어."

같이 살까, 남편이 속삭이며 내 안으로 서서히 들어왔다. 부드럽고 깊은 삽입이었다. 나는 남편이 외로운 사람인 줄 알았다. 많은 사람을 상대하는 일이었으므로, 말하지 못하는 힘겨움이 있을 거라고, 그래서 함께 공유할 수 있는 사람이 그리웠다는 표현으로 받아들였다. 필요라는 단어가 정말 필요하다의 의미인 줄은 몰랐다.

축사에서 정우댁과 아이를 봤던 날 저녁, 정우가 집에 들렀다. 하우스에서 그 일이 있었던 이후로 처음이었다. 나는 뒤로 슬금 물러섰다. 집에는 나밖에 없었다.

"어머니는?"

"오늘 다들 형수 아저씨네서 저녁 먹는대. 왜?"

정우가 내민 건 홍삼 엑기스였다.

"엄마가 누나네 갔다 오면서 들고 왔어. 지난번, 죽, 고맙대. 많진 않아."

"우리 엄마는 안 받겠다고 할걸?"

"그러니 네가 받아둬. 지난번은……"

정우가 목덜미를 긁적였다. 상처에 손이 닿았는지 얼른 팔을 내리더니 내 시선을 피했다.

"술기운에 그만…… 그런데 너 보고 싶었던 건, 정말이야."

문을 열고 나가는 정우에게 말했다.

"언제 아기 보여줘. 와이프도."

정우가 멋쩍게 웃었다. 정우의 아이가 떠올랐다. 정우를 닮아 두 눈이 커다랬다. 아이도 자라면 정우처럼 저런 웃음을 짓겠지. 남편의 아이도…… 남편을 닮았겠지.

나도 아이가 간절했다. 내색은 못했지만 언제부턴가 어머니보다도 더 마음을 졸이며 아이를 바라기 시작했다. 점점 소원해지는 남편을 붙잡기 위해서라도 필요할 것 같았다. 아니, 남편은 그만이어도 좋았다. 아이는 내게 필요했다. 혼자가 아니라는 것을 깨닫기 위해 아이를 갖고 싶었다. 그러나 남편은 아이를 바라지 않았다. 그런 남편이 다른 여자와 아이가 생겼다고, 갈라서자고 한 것이다. 어디서부터 잘못된 것이었을까.

결혼 준비부터 매끄럽게 이뤄지는 게 없었다. 일단 집에는 회사에서 만난 사람이라고 속여야 했다. 남편이 술집을 한다고 하면 괜한 오해를 사게 될까 두려웠다. 보통 사람들과 달리 밤낮을 바꿔 사는 남편에 대해 이해시킬 자신도 없었다. 언니가 직장 없는 남자와 결혼하면서 사업한다고 속였던 것처럼, 나도 거짓말로 시작한 것이었다. 언니의 비밀은 나도 알았지만, 남편에 대해서는 언니에게도 말하지 않았다.

어머니에게 인사를 드리러 가서야, 어머니와 남편 사이의 약속을 알았다. 결혼이 담보가 된 가게 인수인계였다. 남편이 받은 술집은 어머니 명의의 건물이었다. 어머니는 나보다도 남편을 더 못 미더워하는 눈치였고, 그래서 식을 늦추고 싶어했다. 남편이 내 어깨를 감싸안으며, 빨리 같이 살고 싶다고, 어머니가 바라던 모습 아니냐며 너스레를 떨었다. 처음 보는 남편의 모습이 낯설었지만 나는 남편을 따라 말없이 웃기만 했다.

나 역시 이 남자와 정말 결혼을 해도 되는지 문득문득 의아해지곤 했다. 그러나 지긋지긋한 회사를 더 다니지 않아도 되고, 매달 방세와 생활비에 허덕이지 않고도 서울에 내 집을 마련할 수 있는 기회였다. 무엇보다도 나이에 맞게 결혼을 하고 가정을 꾸리는 것이 내 부모와 세상이 바라는 정상적인 과정이었다. 남편 주변에 여자들이 많더라도, 궤도에 안착하기 위해서는 감당할 수 있는 일이라 여겼다. 사실은 결혼을 하고 나면 바뀌겠거니 싶었다.

남편은 결혼식보다 술집 리모델링 공사에 더 공을 들였다. 신혼여행도 오픈 일정 때문에 훗날로 미뤘다. 식이라도 치른 것이 다행일 지경이었다. 어쩐지 내가 선택한 일인데도 무엇인가에 이끌려 후다닥 해치워지는 기분이었다.

남편의 기질 때문이었을까, 아니면 그걸 알면서도 서울의 아파트를 탐냈던 내 탓일까. 몰려가는 상황에 그저 넋 놓고 모르는 척했기 때문일까. 어디서부터 잘못된 것인지 도무지 가늠이 되지 않았다. 물론 그걸 알아낸다고 해서 이제는 달라질 것도 없었다.

정우댁은 매일 유모차를 끌고 축사로 올라왔다. 여기 말이 설어 떠듬떠듬 단어만 열거하는데도 무슨 말인지 대략 알 수 있었다. 표정과 손짓, 아이를 바라보는 눈빛으로, 말이 끼어들지 못하는 영역까지도 이해되었다. 정우댁은 심심하다고 했다. 시어머니와 정우는 하루종일 바쁜데 자기는 아이만 끼고 있다고 했다. 자기가 여기 사람이 아니어서 불안해한다는 것이었다. 자기는 도망치지 않을 거라고, 그런 여자들과는 다르다고 말했다.

만나는 횟수가 늘자 정우댁은 베트남 이야기도 꺼냈다. 부모와 언니, 남동생 둘이 있다고 했다. 정우가 결혼하면서 베트남으로 보내준 돈으로 동생들이 학교에 더 다니게 됐다는 것이었다. 그래서 도망가지 않을 거라고 했다. 그러나 돈 때문이 아니라 아이 때문이라고, 몇 번이나 강조했다. 사 대, 독, 자? 내가 고개를 끄덕이자, 민호가 그거입니다. 사, 대, 독, 자.

삼대독자가 뭐 대수냐? 정우 엄마에게 아들 타령을 들은 날이면 엄마는 정우네를 향해 혼자 소리를 쳤다. 비리비리한 아들 한 트럭 있으면 뭐하냐! 결국 땅이나 파먹고 사는 주제에! 엄마도 땅으로 벌어 자식 키웠으면서도 그렇게 말하곤 했다. 엄마는 딸 둘을 모두 서울로 대학을 보냈다는 것과, 결혼 후에도 서울에서 번듯하게 자리잡고 산다는 것을 가장 큰 자랑거리로 삼았다.

사실 엄마의 생각처럼 언니나 내 결혼생활이 평탄한 건 아니었다. 나야 말할 것도 없지만, 내리 사업을 말아먹는 형부 때문에 언니네도 언제 무너질지 모를 판이었다. 결혼한 지 두어 달 만에 돈 좀 있느냐는 전화를 걸어왔던 언니였다. 언니와 살던 옥탑방에 혼자 남겨져, 방값과 밥값을 대는 것으로 허덕인다는 사실을 누구보다도 잘 아는 언니였는데도 그랬다. 노래방에서 만난 남자와 결혼을 한다고 했을 때 말려야 했던 것인지도 모른다. 형부는 그런 남자 아니라고 할 때, 강하게 부정하는 언니의 말투가 확신이 아니라 불안을 감추기 위한 자기 최면이었다는 것을, 당시의 나로서는 알 수 없었다. 그뒤로 언니에게 전화가 걸려올 때마다 나는 어떻게든 돈을 융통해서 보냈다. 스무살부터 언니가 결혼하던 해까지, 꼬박 육 년 동안 내 밥을 차려준 건 언니였으니까. 그 시간에 대한 보답치고는 너무 볼품없는, 고작 이삼십만원씩이었지만, 나로서는 전부였고 최선이었다. 언니와 전화를 끊기 전에는 언제나 집에는 비밀이라는 사실을 서로에게 되뇌곤 했다.

정우댁은 소를 향해 유모차를 세워두고 그 뒤에 쪼그려앉아 담배를 피웠다. 꼭 한 개비만 피웠다. 제대로 피울 줄 몰라 눈알이 새빨개지도록 기침을 할 때가 더 많았다. 아이는 되새김질하는 소를 보며 눈을 반짝였다. 움직이는 것이라면 뭐든 좋아하는 것 같았다. 아이를 낳아보지 못한 나는, 그저 꼬물거리는 작은 것이 신기할 따름이었다.

"안아봐도 돼?"

"어머니, 다른 사람 안 된다. 나는 된다."

정우 엄마가 귀한 자식 손 탄다고 다른 사람한테 애 맡기지 말라고 한 모양이었다. 나는 알았다고 대답했지만, 정우댁의 눈을 지그시 바라봤다. 정우댁이 고개를 끄덕였다.

정우댁이 유모차의 비닐 덮개를 올리고 아이를 안아 들었다. 포동하게 살이 오른 아이가 나를 향해 두 팔을 바동거렸다. 나는 조심스럽게 아이를 받았다. 생각보다 묵직하고, 생각보다 보드라웠다. 어떻게 안아야 하는지 몰라 허둥대자 정우댁이 피식 웃었다. 이렇게, 이렇게. 아이의 두 겨드랑이에 손을 넣었다. 정우댁이 아이의 머리를 천천히 내 가슴에 닿게 기울였다. 내 손을 잡아 아이의 엉덩이에 대주고, 한 손은 등을 감싸도록 내 손을 이끌었다. 콩, 콩, 콩, 콩, 아이의 심장박동이 내 가슴에 느껴졌다. 콩, 콩, 콩, 콩, 규칙적으로 울리는 소리였다. 나도 모르게 웃음이 터졌다.

낯선 사람의 품인데도 아이는 환히 웃었다. 아이는 한시도 가만히 있지 않았다. 눈을 깜빡이고, 발가락을 꼬물거리고, 아무때나 방귀를 뀌었다. 침을 흘리고, 딸꾹질을 하고, 하품을 하고, 손가락을 제 입에 넣고, 넣은 손가락이 성에 안 차면 제 주먹을 통째로 입에 넣기도 했다. 마냥 신기하고 예뻤다. 내가 누군지도 모르면서 아이는 잘도 웃었다. 정우댁이 이제 가겠다고 할 때면 서운하기까지 했다.

그러니까 정우댁과 나는 일종의 거래를 하는 셈이었다. 내가 담배를 건네고, 정우댁은 나에게 아이를 안게 허락하는 꼴이었다. 조건은 비밀이라는 모종의 합의였다.

어머니의 전화를 받은 건 그 무렵이었다.

이렇게 된 이상 어쩌겠니.

서류 정리 하고 다들 제 살길 살자는 것이었다.

내가 왜요?

똑똑한 애가 왜 그래. 애 출생신고는 해야 할 거 아니니.

그게 나랑 무슨 상관이냐고요!

적어도 남편의 전화여야 했다. 나에게는 허락되지 않던 아이가 왜 다른 여자에게는 허용됐는지, 왜 나는 아니었는지, 대체 나는 당신에게 무엇이었는지 대답해줘야 했다. 무엇보다도 미안하다고 사과해야 했다. 어쩔 수 없었다, 는 말일지라도 내 눈을 보며, 제 입으로 직접 말해야 했다. 어머니의 전화로 남편과의 결혼생활을 종결지을 수는 없었다.

그 사람은 뭐하고 왜 어머니가 전화를 해요? 난 이렇게 못 끝내요.

나 너 안 미워했어. 우리 이러지 말자.

그 사람한테 직접 찾아오라고 하세요. 그럼 생각을 좀 해볼게요.

그게 이제 와 무슨 소용이 있니. 그러게 내가 뭐랬어. 아이부터 낳았으면……

내 탓이라는 말이에요?

더이상 말을 잇지 못한 어머니가 먼저 전화를 끊었다.

4

6월이 되자 전부 초록이었다. 아무데나 풀꽃이 무성했고, 이른 더위가 시작됐다. 오이 수확철이 되자 온 동네가 야단이었다. 수확을 하고, 상자에 담아, 트럭에 실려 보내는 일이 반복되었다. 일손이 부족해 나도 온종일 하우스에서 작업을 했다. 덜 여문 것과 너무 여문 것을 제외한, 모양이 고르고 미끈한 오이를 골라 따는 일이었다. 우리집뿐만이 아니라, 하우스를 가진 동네 사람들은 계속 같은 일과였다. 동네에서 일을 하지 않는 여자는 정우댁뿐이었다.

하우스에서 일을 하면서 간간이 노씨네 여자와 마주쳤다. 남자 무리들이 담배를 피우면, 여자는 도랑에 혼자 쪼그리고 앉아 담배를 피웠다. 여자를 볼 때마다, 심심하다고 말하던 정우댁이 떠올랐다. 수확철이 되면서 축사에 올라가질 못했다. 아이가 보고 싶었다. 그렇다고 무턱대고 정우네를 찾아갈 수도 없었다. 혹여 그랬다가는, 우리 엄마는 자식 없는 불쌍한 딸년을 둔 서글픈 인생이 될 것이었다. 정우 엄마라면 자식에 이어 손주까지 아들 가진 유세를 제대로 떨 것이 뻔했다. 안 그래도 엄마에게 쓸데없이 정우와 말 섞지 말라는 당부를 몇 번이나 들은 터였다.

점심과 참, 저녁을 먹으려고 둘러앉으면 누구든지 나누는 이야기는 별반 다르지 않았다. 출하 금액과 하우스 투자 비용, 내년 착수금, 농협 대출금 등에 관한 이야기였다. 한두 해의 문제도 아니었다. 얼추 빈 그릇이 나오기 시작하면 누구는 그때가 좋았다고 하고, 누구는 그래도 지금이 낫다고 했다. 누군가가 왜 나아지는 게 없느냐 하면, 막걸리나 마시라며 서로의 잔을 채웠다. 예전과 다른 게 있다면 이야기 끝에 항상 노씨네 여자 이야기를 한다는 것이었다.

노씨가 아예 집으로 들여놨다며? 그래? 저번에 보니까 하우스에서 곽씨랑 같이 나오던데? 곽씨? 얼마 전에 초상 치른 집? 그래, 그 곽씨. 난 홍가라고 들었는데? 홍가도 그랬대? 나야 들은 말이니까 잘은 모르지만, 아마 홍갈걸? 원래 홍가가 오입질이라면 지지 않는 인물이잖어. 저번에 어디냐 그 초원다방 아가씨랑도 왜. 초원다방은 뭔데? 거기 아가씨가 홍가 돈 홀랑 들고 튀었잖아. 그런데도 정신을 못 차리고 또 그러는 거야? 그게 어디 정신이랑 같이 움직이는 물건인가? 그건 그냥 기회만 오면 알아서 서는 거지. 그러니까 물건이라는 거잖어. 하, 부럽네. 부러우면 자네도 한번 찾아가보든지. 이 사람들이!

말뿐이 아니었다. 작업하는 남자들은 틈만 나면 여자의 엉덩이를 손가락질하며 쑤군덕거렸다. 남자들이 여자를 향해 흐흐거리는 웃음을 흘릴 때마다 엄마는 화난 사람처럼 씩씩댔다.

"차라리 도시로 가서 몸을 팔지. 왜 이 촌구석까지 기어들어와서 저러는가 모르겠다. 남자들만 뭐라 할 수도 없어. 저 여편네도 잘못이지. 남의 나라까지 와서 돈 벌 거면 제대로 벌든가, 작정을 하고 술집을 나가든가. 아니면 제 몸뚱이 간수를 잘해야지. 멀쩡한 동네 남자들 후리느라고 밤잠도 못 자고. 저 배싹 마른 거 봐라."

"근데, 왜 그만 안 둬? 왜 계속 여기서 일하는 거야?"

"순진한 소리 하고 있다. 그야 일이 끝나야 돈을 주니까 글치. 노씨가 돈을 줘야 나갈 거 아니냐. 중간에 나가면 그때까지 일해줘서 고맙소, 하고 품삯 쳐줄 거 같어? 어림없어. 시골 사람들이라고 만만한 줄 아냐?"

여자가 절룩거리며 하우스로 들어갔다. 아버지가 여자와 거리를 두고 걸었던 걸 엄마는 끝까지 몰라야 했다. 동네 사람들이 다 알아도 엄마만 모르면 되었다. 따지면 다들 비밀이라고 말하면서 그 비밀을 공유하는 셈이었다. 유효성이 지난 비밀을 굳이 비밀이라 칭하면서까지 비밀로 간직하고 싶어했다. 나는 엄마의 유난한 반응이 어쩐지 불안했다.

오이 수확이 끝나면 토마토 수확이 시작됐다. 상자에 차곡차곡 담긴 토마토를 트럭에 실려 보낼 때의 아버지 얼굴은 애처롭기까지 했다. 제철인 오이와 토마토는 시장에서는 헐값이었다. 토지 임대료에 종자값, 하우스 공사 비용만으로도 천 단위가 넘었다. 농약에, 비료값에, 인부들의 노임을 제외하면 하우스 주인들은 자기 노임조차 남질 않았다. 그렇게 출하된 오이는 천원에 두세 개, 토마토는 오천원에 한 봉지씩 팔릴 것이었다. 슈퍼에서 살 때는 그것도 비싸다고 생각했다.

어머니에게서는 때때로 전화가 걸려왔다. 고집을 부려봤자 나만 손해라고 했다가, 보자 보자 하니 어른 말을 귓등으로 듣는다며 성을 내기도 했다. 그런 통화를 하고 난 다음날이면 누그린 목소리로 제발 도장만 찍어달라고 애걸했다. 나는 어머니와는 얘기하지 않겠다고만 대답했다. 남편의 말마따나 나는 이제 아쉬울 게 없었다.

어머니와 통화를 마치면 온몸에 힘이 빠졌다. 낯선 남자들과 몸을 섞는 것보다 어머니와의 통화가 더 치욕스러웠다. 남편의 뻔뻔한 얼굴이 떠올랐고, 남편의 정자를 품지도 못하면서 몇 년이나 클리닉을 다녀야 했던 일이 새삼 허무했다. 무엇보다도 그간의 모든 것을 비밀로 유지하기 위해 아등바등했던 나 자신이 우스워서 참을 수가 없었다.

어머니의 전화를 받은 날이면 소주를 들고 하우스 뒤편으로 나갔다. 안주 없이 담배를 피우며 마시는 강소주는 쓰다못해 아팠다. 하지만 견디는 방법은 그것밖에 없었다. 그러다보니 일꾼에게 들키는 날도 있었다. 일꾼은 가끔 자기가 먹다 남은 과자 부스러기나 김치를 건넸다. 그러나 같이 술을 마시지는 않았다. 나도 권하지 않았고, 일꾼도 내게 말을 걸지 않았다. 다음날이면 내가 마신 자리는 말끔하게 치워져 있곤 했다.

해가 떨어져도 낮의 열기가 쉽게 가시지 않았다. 정우네가 마지막 출하를 마치고서 동네 사람들을 데리고 저녁을 먹는다 했다. 하우스를 가장 많이 가진 정우네가 일을 마쳤다는 것은 이 동네 수확이 다 끝나간다는 의미이기도 했다. 갈빗집을 잡았다고 했다.

"너도 가. 가서 목욕하고 한술 뜨고 오자."

나는 고개를 저었다. 엄마가 고개를 끄덕였다.

"그래, 그럼. 점심밥 남아 있어. 먹고 일찍 자. 으유, 얼굴 좀 봐. 곱던 얼굴이 새카맣게 됐네. 오이 마사지라도 해. 냉장고에 잔뜩 있어."

"얼른 안 오고 뭐혀?"

아버지가 엄마를 채근했다. 그래도 엄마는 벗어둔 작업복 한 뭉텅이를 집어들어 세탁기에 넣고 세탁 버튼까지 누른 다음에야 아버지를 따라나섰다.

"애한테 시키지, 뭘 그리 꾸물대."

"시키긴 뭘 시켜요, 내가 후딱 하면 되지. 갑시다, 가. 근데 난 돼지갈비는 별론데."

두런거리는 소리 끝에 정우의 목소리가 들렸다. 대문 앞에 정우 차가 세워져 있었다. 정우 옆에는 정우 엄마가, 뒷자리에는 일꾼과 아버지, 엄마가 올라탔다. 그래도 가장 가까이에 사는 이웃이었다. 정우 아버지가 돌아가신 이후로 아버지가 정우네를 살뜰히 챙긴 이유이기도 했다. 내 새끼랑 같이 학교 다닌 애들 집이여. 그것이 아버지의 이유였고, 엄마는 입을 삐죽거리기는 했지만 별다른 토를 달지는 않았다. 흙먼지가 일며 차가 출발했다. 정우댁은 또 혼자 집에 있는 모양이었다. 밥통에서 밥을 퍼 물에 말았다. 두어 술 뜨다가 수저를 내려놓았다. 담배와 라이터를 챙겨들고 집을 나섰다.

우리집에서 마을 쪽으로 꺾어들어가면 곧바로 정우네였다. 낮은 시멘트 담 너머로 안채가 보였다. 불이 모두 꺼져 있었다.

"있어?"

아무 소리도 들리지 않았다. 나는 한번 더 불렀다. 민호 엄마, 없어?

"있어."

불도 켜지 않은 채 모기장을 걷으며 정우댁이 나왔다.

"혼자 있을 것 같아서, 담배 가지고 왔는데."

"담배 이제 재미없어."

머쓱하게 웃자 정우댁이 물었다.

"밥 먹었어?"

"아니."

"같이 먹어."

정우댁이 모기장을 열어주었다.

"근데 왜 불을 다 껐어?"

"민호 자야 해."

신발을 벗고 들어서는데 아이가 방문을 밀치고 마루로 기어나왔다.

"어머, 기네? 많이 컸다!"

한 달여 만에 본 아이는 정말 훌쩍 커 있었다. 눈썹도 짙고 입매와 눈매가 더욱 또렷하게 여물어, 제법 사내아이처럼 보였다. 안아 드니 더 단단해진 것 같았다. 부엌에 들어간 정우댁이 한참 동안 덜그럭거렸다.

"뭘 차려. 그냥 있는 거 먹자. 내가 괜히 귀찮게 했나봐."

부엌에 차려진 상에는 국수 두 그릇과 밥 한 그릇, 김치찌개와 오이와 쌈장이 단정하게 올려져 있었다.

"어머니, 베트남 국수 시러해. 혼자니까 먹어."

국수 위에 송송 썰린 파와 덜 익힌 콩나물이 얹어져 있었다.

"수쭈 없어."

"수쭈? 아, 숙주나물."

콩나물 비린내가 훅 끼쳤다. 정우댁이 방에서 꺼내온 양념을 종지에 따랐다.

"어머니, 냄새 시러해."

젓가락으로 찍어 맛을 보니 나쁘지 않았다. 이걸 넣어 먹어? 응. 정우도 잘 먹지 못한다며, 조금만 넣으라 했다. 나는 정우댁이 넣는 만큼 넣었다. 향신료 때문인지 콩나물 비린 맛이 사라진 것 같았다.

아이가 밥상을 짚고 일어섰다. 아차 하는 순간 집어든 김치를 제 입에 넣었다. 국수를 입에 문 정우댁이 아이를 안고 일어섰다. 싱크대 앞에서 손을 씻기고 물을 먹였다. 바닥에 내려놓자 다시 또 상으로 덤벼들었다.

"먼저 먹어. 내가 안고 있을게."

"아니. 손님 먼저."

"그럼, 한 젓가락씩 먹자. 번갈아가면서."

안았는데도 아이가 몸부림을 쳤다. 밥 먹을 때마다 상으로 덤비는 바람에 자기가 항상 나중에 먹는다고 했다. 한 젓가락 먹은 정우댁이 팔을 벌렸다. 나는 아이를 건네지 않았다.

"먹고 싶어했던 거니까, 따뜻할 때 어서 먹어."

몇 번의 실랑이 끝에 정우댁부터 먹기로 했다. 아이가 자꾸 칭얼거리며 엄마에게 몸을 기울였다. 헤집고 싶은 밥상과 엄마가 눈앞에 있으니 아이로서는 당연한 반응일 터였다. 정우댁은 잠투정이라고 했다. 나는 아이를 안고 밥상이 안 보이는 마루로 나갔다. 아이가 이내 잠잠해졌다. 아이를 안은 채 집안을 둘러보았다. 여기저기 토마토가 담긴 바구니가 수북했다. 벽에는 아이의 사진이 덕지덕지 붙어 있었다. 부엌문 위에는 정우 아버지 사진도 걸려 있었다.

부부가 쓰는 방에는 이부자리가 펼쳐져 있고, 벽에는 턱시도와 웨딩드레스를 각각 차려입은 정우 내외의 커다란 결혼사진이 걸려 있었다. 활짝 웃는 정우와 달리 정우댁은 경직된 모습이었다. 선입관 때문인지 불편하고 불안해 보였다. 서랍장 위에는 액자에 넣지도 않은 낱장의 사진들이 세워져 있었다. 베트남에서 찍은 사진인 모양인데, 정우댁을 닮은 사람들이 둘을 빙 둘러 감싸고 있었다. 그 사진 속에서는 정우댁이 활짝 웃었다. 나 다 먹었어. 먹어.

나는 국물까지 다 먹었다. 입에 맞지 않았지만 그래야 할 것 같았다. 다 먹고서 김치찌개 국물을 몇 숟가락 떠먹으니 속이 개운해졌다. 내친김에 상도 치웠다. 두라고 말하는 정우댁에게 아이부터 재우라고 했다. 자려는 아이를 깨운 게 내심 미안했던 터였다. 설거지를 마쳤는데 아무 소리도 들리지 않았다.

조심스럽게 방안을 들여다보니, 정우댁과 아이가 배를 맞대고 모로 누워 있었다. 그새 잠이 든 모양이었다. 방문을 닫으려는데, 아이가 발딱 일어나 앉았다. 훤히 드러난 정우댁의 가슴에서 젖이 흘렀다. 아이의 입가에도 허옇게 젖 얼룩이 묻어 있었다. 아이가 히죽 웃더니 내 쪽으로 기어왔다. 정우댁은 곤히 잠들었는지 기척에도 일어나지 못했다. 나는 아이를 안고 마루 귀퉁이에 앉았다. 내 품에 안긴 아이가 내 가슴을 툭툭 건드렸다.

"난 젖 안 나와."

알아듣기라도 한 것처럼, 아이가 씩 웃었다. 몸 깊숙한 데가 지르르 떨렸다.

마루의 시계가 째깍째깍 소리를 냈다. 어느새 내 품의 아이가 고른 숨을 쉬며 잠이 들었다. 아이의 박동 소리를 듣다보니, 온몸이 노곤하게 늘어졌다.

"여기서 뭐하냐!"

득달같이 달려든 정우 엄마가 아이를 뺏어 들었다. 번쩍 눈을 뜬 아이가 자지러지게 울어댔다. 놀란 정우댁이 달려나왔다. 옷을 제대로 추스르지 못해 티셔츠가 펄럭이며 배꼽이 다 보였다.

"넌 뭐하는 년이여? 왜 야가 우리 독자를 안고 있는겨?"

정우댁이 무릎을 꿇었다. 잘못했습니다, 어머니. 잘못했습니다. 이게 그렇게 큰 잘못인 걸까. 전후 사정을 듣지도 않고 길길이 날뛰는 정우 엄마도 그러했지만, 무턱대고 무릎을 꿇는 정우댁의 모습도 난감하기는 마찬가지였다. 뒤따라 들어온 정우가 나에게 어떻게 된 사정인지 물었다. 정우 엄마가 숨을 가누며 내 얘기를 들었다. 간신히 울음을 멈춘 아이가 딸꾹질을 했다.

"알았으니까, 넌 가라. 애 못 낳는 네가 우리 독자 안고 있어서 내가 잠깐 회까닥했다."

"엄마!"

"알았어. 들어들 가!"

쾅, 아이를 안은 정우 엄마가 방으로 들어갔다.

"저기, 애기 엄마 좀 일으켜줘."

그때까지도 정우댁은 무릎을 꿇은 채 눈물을 흘리고 있었다. 나는 서둘러 정우네를 나섰다. 다시 정우 엄마의 목소리가 들렸다.

만날 지 친정으로 빼돌릴 궁리만 하더니 이제는 아예 아무나 집에 들여? 미친 거 아녀? 왜 저 집에 들락거려? 들락거리는 것도 부족해서 이제는 내 집으로도 끌고 와? 너 얼매나 더 맞아야 정신이 들래. 다른 인간도 아니고 애 못 나서 쫓겨난 년을 왜 내 집에 끌어들이냐고! 부정 타게! 야, 소금 뿌려! 난 쟤 얼굴만 봐도 재수가 없어! 너 소싯적에 저년이랑 놀아날 때부터 싫었어. 공부를 잘하면 얼마나 한다고, 저년 어매가 서울로 대학 가는 애 발목 잡지 말라고 했던 거, 너 기억 안 나? 그걸 알면서도 넌 뭐라고 그랬어? 귀찮으니까 엄마가 알아서 하라고? 미친놈아. 네 씨라는 걸 어떻게 알고? 네 새끼인 줄 어찌 아냐고. 그래도 저년 인생 생각해서 수술비 마련한 사람이 나여. 내 돈으로 처녀 행색 하고 시집간 년이여, 저년이. 그러고도 소박맞고 돌아와서 어떻게 내 집에 발을 들여. 좋아, 옛날 일은 옛날 일이라 쳐. 그랬다 치자고. 근데 이제는 나 안 참는다. 나 참을 이유 없다. 내 당장 쫓아가서 이것들을! 정우가 고함을 치며 자기 엄마를 말렸다. 정우댁의 울음소리는 더 커졌다.

정우 엄마가 데리고 갔던 병원은 읍내의 술집 골목 뒤에 자리해 있었다. 의사는 딸이라고 했다. 그럼 필요 없지. 다른 말 없이 정우 엄마가 수납구로 돈을 내밀었다. 그러고는 수술실 앞에 앉아 있던 나를 뒤돌아보더니 내 쪽으로 다가왔다.

"다 너 신세 망칠까봐 그래. 돈까지 대주는 남자애 어미가 어딨다니. 아무튼, 이건 너랑 나랑 둘만 아는 일이다. 정우한테도 비밀인 거여. 비밀이라고, 비밀. 알겠어? 대답해, 알겠다고."

네, 라고 대답했다. 스무 살 여름방학이었다. 어느새 배가 포실하게 부풀어올라 있었다. 내내 꽉 조이는 거들을 입어 사타구니와 허리춤의 땀띠가 덧나 진물이 흘렀다. 늙은 의사가 내 아랫도리를 제 맘대로 휘저었다. 힘들겠는데. 애가 너무 커버렸어. 나는 눈을 꾹 감고 말했다. 죽어도 좋으니까, 제발요.

정신이 들었지만 정우 엄마는 보이지 않았다. 나는 혼자 버스를 타고 집으로 돌아왔다. 담배밭을 갈아엎고 있었다. 수지가 안 맞아서 더 이상 못 짓겠다더니 정말 뒤집어엎기로 결정한 모양이었다. 멀쩡한 담배를 뽑아올리는 걸 동네 사람들 모두 침울한 얼굴로 지켜보고 있었다. 건조실 앞에 서 있던 정우가 휘적휘적 걸어가는 나를 멀뚱히 쳐다봤다.

하우스 뒤로 숨어들자마자 담배를 꺼내 물었다. 라이터를 켜는 손이 덜덜 떨렸다. 정우도 알고 있었구나. 그런데도 그런 얼굴로 나를 쳐다봤구나. 그래, 다들 알고 있었던 것이다. 언니도 정우와의 관계를 알고 있었다.

"이제 그런 놈 잊고 똑똑한 놈 만나라고 가르치래."

"누가?"

"누군 누구야, 엄마지. 엄마가 안다는 거 너한테는 절대 말하지 말라고도 했어."

놀란 내가 아무 말도 못하고 눈만 껌벅거렸다. 언니가 내 머리를 쓰다듬으며, 그냥 사소한 실수였다고 생각하라고 했다.

불임 클리닉에 처음 갔을 때, 사전 조사서에 나는 낙태 경험이 없다고 체크했다. 실수였으니까, 그것이 내 인생을 잡고 뒤흔들게 놔둘 수는 없었다. 비밀을 만들기란 하찮은 일이었지만, 그 비밀을 유지한다는 건 가혹한 시간을 버텨야 한다는 의미였다. 사소한 실수라고 믿은 것이 실수였다. 비밀은 어떻게든 드러나기 마련이었다. 세상에 드러나지 않는 비밀은 없다는 것을 나는 몰랐다. 나만 몰랐던 것이다.

밤하늘이 새카맸다. 발소리가 들렸다. 정우였다.

"그게, 사실은……"

"너. 나, 보고 싶었다고 했지?"

나는 정우를 올려다봤다. 그리고 손을 내밀었다. 정우가 뒤로 물러섰다.

"그날은 내가 취했던 거라니까……"

나를 좀 안아달라고, 나를 좀 일으켜달라고 몇 번이나 사정했는데도, 정우는 끝내 내 손을 잡지 않았다. 나는 고개를 떨궜다. 정우의 발소리가 멀어졌다.

왜 아무도 나를 가지려 하지 않을까. 왜 나에게만 아무것도 남은 게 없을까. 내 발치로 흙 묻은 장화가 다가왔다.

"괜찮으세요?"

고개를 들어 보니 일꾼이 서 있었다. 나는 하우스 고랑에 털썩 주저앉은 채였다. 일꾼이 내 앞으로 마주앉았다. 오래전의 남편처럼 내 눈을 쳐다보며 말했다.

"댁에 들어가셔야죠."

일어나는데, 나도 모르게 몸이 휘청였다. 나는 일꾼의 팔을 잡았다.

일꾼이 팔에 힘을 주어 내가 중심을 잡을 수 있게 도와주었다. 땀으로 미끈거리는 단단한 팔이었다. 나는 일꾼의 팔을 이끌어 하우스로 들어갔다.

5

눈을 뜬 건 병원에서였다. 엄마가 내 눈을 들여다보더니, 아이구, 숨을 뱉었다. 하루 사이에 엄마의 두 볼이 푹 꺼져 있었다.

"다들 나 죽으라고 이러는 거지, 응!"

머리가 흔들리고 속이 매슥거렸다. 지난밤이 떠올랐다. 하우스에서 나온 나는 비척거리는 걸음으로 집으로 돌아갔다. 아버지와 엄마는 내가 들어서는 것도 모르고 언성을 높여 싸우고 있었다. 무슨 일인지 궁금하지도 않았다. 차라리 잘되었다고 생각했다. 나는 방으로 들어가 소주를 마시기 시작했다. 얼마나 마셨는지 몰랐다.

"술을 처먹을 거면 곱게 처먹어, 이년아."

아침에 보니, 널브러진 내가 정신을 못 차렸다는 것이다. 눈이 휙 뒤집히고, 숨도 제대로 못 쉬었다는데, 나는 기억이 없었다. 의사가 놀란 일 있었느냐 묻더라. 어디서부터 말해야 할까.

"장서방한테 무슨 일 생겼어?"

"엄마, 사실은……"

"말해."

"우리, 갈라섰어."

"내 그런 줄 알았어."

엄마가 길게 한숨을 뱉었다.

"그럼 진작 말했어야지, 왜 혼자 곪아터지도록 입을 처닫고 살어, 이 미련한 것아!"

엄마가 자기 가슴을 텅텅 내리쳤다. 엄마의 눈가에 눈물이 고였다. 두 눈을 껌뻑이던 엄마가, 크게 숨을 들이켜고 말했다.

"왜 그런 거야. 이유가 뭐야. 너 애 못 낳는다고 딴 여자라도 데리고 들어왔어?"

나는 대답을 못했다.

"그렇다고 이년아, 정우네는 왜 가고, 하우스는 왜 들락거려. 맞바람이라도 피워야 속이 편할 거 같았어? 내, 너 아슬아슬하더라만. 기어이 일을 내는구나."

"엄마가 어떻게……"

"정우 어매가 진작 동네방네 떠들고 다녔어, 이년아. 것도 모르고, 이 빙충아! 그렇다고 동네서 그러면 나는 어찌 살아. 아이구, 이년아."

엄마가 차마 나는 못 때리고, 자기 가슴만 계속 쳐댔다.

"미안해."

"이게 미안하다고 될 일이야? 너나 노씨네 여자나 다를 게 뭐 있어, 응? 이럴 거면 집으로 왜 기어들어와. 차라리 아무도 모르는 데 가서……"

엄마가 더이상 말을 잇지 못했다.

"아버지도 아셔?"

"그럼 모를까봐?"

"뭐라셔……"

"저도 그런 년이랑 붙어먹고 다니는데, 지가 무슨 낯짝으로! 저랑 똑같은 딸년을 어떻게 흉을 봐."

엄마가 참던 눈물을 뚝 떨어뜨렸다. 엄마도 알고 있었구나. 내가 이 나이에…… 엄마가 말을 잇지 못하고 울었다. 눈물이 좀처럼 멎지 않았다. 나는 몸을 일으켜 앉았다. 그리고 엄마의 등을 쓸었다.

"누워. 넌 네 몸부터 추슬러. 세상에 너만 이혼하는 거 아냐. 천벌 받을 놈들."

엄마가 손등으로 눈물을 닦더니, 창밖을 오래 쳐다봤다. 남편이 갈라서자고 했을 때, 나도 저런 표정이었을까. 아무 말 안 하던 엄마가 시선을 거두고, 숨을 크게 들이쉬었다.

"너 내 말 잘 들어."

엄마가 내 두 눈을 똑바로 쳐다봤다.

"넌, 아무것도 모르는 거야. 끝까지 아무 말 하지 마. 이혼이고 나발이고, 아무 말도 하지 말어. 아버지 얘기도 그렇고. 그냥 모른 척해. 네 언니한테도 입다물고. 나도 그럴 거니까. 너도 그래야 돼. 알았어? 내가 누구 좋으라고."

엄마가 입술을 꾹 깨물었다.

"링게루 맞고 푹 자다 들어와. 그리고 들어올 때 꼭 혼자 오고."

정우네 부부도 병원에 있다는 것이었다.

"애 흘렸어. 젖 먹일 때는 애가 안 들어서는 법인데, 어째 들어서 가지고. 까딱하다가는 너 때문에 떨어졌다고 할 판이야. 그것도 몰랐다 해. 무조건 넌 다 모르는 거야. 알았어?"

나는 고개를 끄덕였다.

"가봐야겠다."

"어디?"

"술병 난 딸년 뭐 귀하다고 하루종일 붙어 있어? 난 내 할 일 해야 할 거 아냐. 네 아버지 지금 혼자 하우스에 있어."

조금 전 눈물을 흘렸다는 게 믿어지지 않을 만큼 큰 목소리였다. 엄마는 쿵쿵 발소리를 내며 병실을 나섰다. 투명한 링거액이 똑, 똑, 떨어졌다. 정우댁이 임신중인 걸 알았다면, 그 집에 안 갔을 텐데. 째깍째깍, 초침 소리가 점점 더 크게 들렸다. 내 품에서 자던 아이의 고른 숨소리가 떠올랐다.

노크 소리가 들리고 정우가 들어섰다.

"괜찮니?"

"엄마한테 얘기 들었어. 어쩌니."

"애야, 뭐, 또……"

"미안해. 어쩐지 나 때문인 것 같아서."

정우가 아니라고 대답하지 않았다. 정우가 미적거리며 자리를 뜨지 않았다.

"할말 있으면 해."

"서울에는 언제 올라가?"

아, 나는 서울로 가야 하는구나. 그래, 가야지. 가야겠다. 갈 수만 있다면 빨리 가야겠네. 그래야 모두들 조용해지겠지. 그래야 다들 평범하게, 정상적으로 살겠지. 그제야 정우의 뜻을 알아차렸다. 나는 곧, 이라고 대답했다.

"그럼, 잘 가라."

정우가 저도 모르게 목덜미를 긁으며 병실을 나갔다. 정우의 목덜미 상처는 자란 머리 때문에 보이지 않았다. 보였다 해도 달라질 건 없었다. 나는 팔목에 꽂힌 링거 바늘을 뺐다. 또록, 붉은 피가 솟았다.

병원을 나와 터미널까지 천천히 걸었다. 한여름인데 오한이 밀려왔다. 더위에 얼굴이 벌겋게 익은 사람들이 무심히 지나쳐 갔다. 모두 자기 갈 길을 갔다. 어디선가 에어컨 실외기 돌아가는 소리가 났다. 나고 자란 곳이었는데, 익숙한 것이 하나도 없었다. 표를 끊고 앉아 주변을 둘러보았다. 여전히 나는 어디에도 어울리지 않는 사람이었다. 서울행 버스가 도착했다. 정수리에 박힌 햇빛이 뜨거웠다.

복기

결국 정미의 가족들이 오열을 터뜨렸다. 윤철은 다가가지 못하고 철제 안내판 근처만 빙글빙글 돌았다. 안내판에는 이렇게 적혀 있었다.

본 시설물의 보호 및 안전 관리를 위해 다음 행위를 금합니다.

1. 물놀이 또는 얼음지치기를 하는 행위
2. 낚시 또는 어망, 유해물질 등으로 물고기를 잡는 행위
3. 토석 채취, 쓰레기 투기, 수질오염 행위
4. 기타 시설물 보호 및 안전 관리에 지장을 주는 행위

다음 행위를 한 사람은 농어촌정비법 제130조에 따라 처벌을 받게 됩니다.

1. 시설물을 훼손하여 본래의 목적 또는 사용에 지장을 준 사람
2. 임의로 수문을 조작하거나 용수를 끌어다 쓴 사람

3. 시설물이나 그 부지를 불법으로 점용하거나 사용한 사람

맨 하단에는 지사장, 경찰서장, 소방서장의 이름으로 세워진 안내판이라는 걸 명시하는 글귀가 적혀 있었다. 윤철은 정미가 어떤 항목에 어긋난 행위를 한 것인지 궁금했다. 수질오염 행위일까, 안전 관리에 지장을 준 것일까. 시설물을 훼손한 건 아니었다. 그러나 정미는 본래의 목적에 지장을 준 사람이기는 했다. 그러니 정미는 농어촌정비법 제130조에 따른 처벌을 받아야 마땅하다. 이 하천은 자살용으로 허가된 곳은 아니었다.

1

윤철은 자정이 훨씬 넘어 귀가했다. 팀 회식이었다. 나름 챙긴다고 챙긴 팀원이 일 년을 못 버티고 그만두겠다고 말한 날이기도 했다. 윤철의 대학 후배였던 탓에 서운함이 컸다. 그만두겠다는 결심을 자신에게 먼저 밝히지 않았다는 것도 못내 섭섭했다. 새끼, 내가 그렇게 신경썼는데…… 그것이 윤철이 정신을 차리자마자 중얼거린 말이었다.

그러고 나서도 윤철은 정미를 떠올리지 못했다. 두통이 심했고, 속이 울렁거렸다. 한바탕 게워내면 속이라도 편해질까 싶었지만 손끝 하나 움직일 수 없었다. 그랬다가는 머리가 터질 것 같았다. 숨을 내쉴 때마다 역한 냄새가 났다. 머리카락 끝까지 술에 전 기분이었다. 어금니에 시큼한 침이 고였다. 윤철은 후다닥 화장실로 달려가 변기

커버를 올리고 고개를 숙였다. 우웨엑— 구역질을 할 때마다 검붉은 것들이 쏟아졌다. 변기 레버를 내리고 입을 헹궜다. 이때쯤이면 정미가 욕실 문을 열어야 하는데, 아무 소리도 나지 않았다. 윤철은 지난밤의 기억을 더듬었다. 아무리 생각해도 어떻게 집에 왔는지 기억나지 않았다. 실내가 빙빙 돌았다. 다시 소파에 누워 리모컨을 손에 쥐고서야 정미의 인기척이 없다는 것을 알아차렸다. 정미야— 목소리를 내자 두통이 더 심해졌다. 정미야, 나 죽겠다, 나 좀 살려줘— 윤철의 목소리가 사라진 집안은 괴괴하기만 했다.

이상하다고 느낀 건 사진을 발견하고서였다. 그뿐만이 아니었다. 집안이 이렇게 말끔했던 적이 있었나 싶을 정도로 말끔하게 정리된 상태였다. 늘 널려 있던 빨래는 보이지 않고, 현관에 나뒹구는 신발 하나 없었다. 군데군데 수북이 쌓여 있던 책들은 모두 책장에 꽂혔고, 여기저기 아무렇게나 늘비했던 색종이들도 보이지 않았다. 쓰레기통도 깨끗이 비어 있었다. 심지어 음식물 쓰레기도, 재활용 쓰레기도 없었다. 싱크대는 바짝 말라 있었다. 마치 오래 비워둔 집처럼 보였다. 그러니 텅 빈 책상 위에 놓인 사진이 심상치 않게 보였던 것이다.

사진은 물가를 배경으로 한 철제 안내판이었다. 본 시설물의 보호 및 안전 관리를 위해 다음 행위를 금합니다, 로 시작하는 안내문을 열 번도 넘게 읽은 뒤에야 그곳이 어딘지 기억났다. 일주일 전, 정미와 함께 갔던 도시 외곽의 물가였다. 안내판은 오래된 수문 근처에 세워져 있었다. 안내판 앞에 한참 서 있던 정미가 핸드폰으로 사진을 찍었다. 뭘 그런 걸 찍나 싶었으나, 윤철은 굳이 이유를 묻지 않았던 것도 기억했다. 분명 거기였고, 그때 찍은 사진이었다.

윤철은 핸드폰을 들었다. 정미의 전화는 전원이 꺼져 있었다. 도대체 어디서 뭘 하기에 연락도 없는지, 전화는 왜 먹통인지, 보란듯이 놓고 간 사진은 또 뭔지. 숙취가 가시지 않은 윤철은 은근히 부아가 치밀었다. 술 먹은 다음날이면 얼마나 힘들어하는지 뻔히 알면서, 자기를 혼자 두고 집을 비웠다는 사실이 서운했다. 늦을 거라고 미리 전화까지 했건만, 괘씸하단 생각마저 들었다. 속이 타들어가는 듯 쓰렸다. 당장 뭐라도 먹어야 했다.

냉장고 문을 열자 콩나물국이 담긴 작은 유리 냄비가 보였다. 냄비째 들어 들이켰다. 콩나물국은 차고 비렸다. 속이 더 메슥거리는 것 같았다. 가스레인지 위에 냄비를 올려놓고 불을 켰다. 콩나물국이 데워지는 동안 윤철은 냉장고 안을 살폈다. 켜켜이 쌓인 플라스틱 통에는 각종 반찬들이 담겨 있었다. 김치와 장아찌 종류가 맨 위 칸, 멸치볶음, 연근조림, 오징어채무침과 장조림 등의 밑반찬이 그다음 칸, 가장 아래 칸에는 김치찌개, 된장찌개, 순두부찌개가 한 번 먹을 만큼씩 담겨 있었다. 원래 정미가 이렇게 음식을 해놓고 살았던가? 그럴 리가 없는데. 아니면 집을 비우려고 작정을 한 건가? 윤철은 가늠할 수 없었다. 아무려나 콩나물국 끓는 소리에 냉장고 문을 닫고 식탁 앞에 앉았다. 급하게 콩나물국을 떠 마시는 바람에 입천장을 데었지만 속은 그제야 좀 진정되는 것 같았다.

정미에게 전화를 한번 더 걸어봤지만 마찬가지였다. 거실에 그늘이 슬금슬금 들어왔다. 배가 차니 장이 부글거렸다. 술 마신 다음날은 여지없이 설사였다. 변기에 앉은 윤철은 눈을 감고 아랫배에 힘을 줬다.

지난밤의 행적이 언뜻언뜻 떠올랐다. 술집, 맥주를 쏟아 젖어버린 바지, 후배에게 서운하다고 내뱉던 장면, 계산대 앞, 노래방에서 탬버린을 흔들던 여자의 허리춤, 포장마차의 우동 그릇에서 피어오르던 연기…… 복통은 좀처럼 가라앉질 않았다. 저절로 신음소리가 나왔다. 냄새가 심한 묽은 변은 검은색에 가까웠다. 윤철은 오만상을 찌푸렸다. 얼핏 정미의 얼굴이 떠올랐다. 미간이 깊게 팬 표정이었다.

화가 났었나? 아니면 뭔가 심각한 상황이었나? 도통 기억이 나질 않았다. 술김에 못할 말이라도 지껄였나? 설마, 지난달에 미스 최와 잔 걸 들킨 건 아니겠지. 아무리 술에 취해 인사불성이었다 한들, 정미가 뭔가 알아채고 다그치지 않은 이상, 그 얘기를 먼저 꺼냈을 리 없었다. 그제야 덜컥 겁이 났다. 정미에게 꼬리가 잡힌 건가? 취기에 에라 모르겠다는 심정으로 다 불어버린 건 아닐까? 기억이 없으니 모든 가능성이 유효했다. 머리가 쿡쿡 쑤셨다. 더 자야 숙취가 사라질 텐데. 윤철은 소파에 널브러져 억지로라도 지난밤의 다른 기억을 찾으려 애썼다. 하지만 소용없었다. 윤철은 자기도 모르게 깊은 잠에 빠져버리고 말았다.

2

눈을 뜨자마자 머리맡을 더듬어 핸드폰을 찾았다. 부재중전화도 새로운 문자메시지도 없었다. 시간은 새벽 세시 이십삼분이었다. 윤철은 벌떡 일어나 집안을 둘러보았다. 정미는 없었다. 정미의 전화는 여전히 불통이었다. 새벽 세시 삼십분. 처제와 정미의 친구들이 떠올랐지만 그들에게 정미의 소재를 묻는 전화를 걸기에는 마땅한 시간이 아니었다. 날이 밝는 대로 전화를 넣어봐야겠다는 생각을 하고 다시 소파에 누웠다. 너무 고요했다. 정미가 있었다면, 그렇게 마시다가 무슨 일을 당해도 모를 거 아니냐고, 마시지 말라는 게 아니라 적당히 마시라는 잔소리를 한나절은 들었을 것이다.

앞 동에 불 켜진 창문이 몇 개 없었다. 윤철은 걱정이 되기 시작했다. 무슨 일이라도 생긴 건 아닌지, 어디서 헤매는 건 아닌지, 도대체 왜 이런 짓을 하는지, 왜 안 하던 행동을 하는지…… 그래봤자 윤철이 할 수 있는 일은 아무것도 없었다. 그저 짜증을 감내하며 기다리는 수밖에 없었다. 집안의 적막이 자꾸 거슬렸다.

윤철은 텔레비전을 켰다. 채널을 두 바퀴나 돌렸지만 볼만한 것이 없었다. 지난 개그 프로그램을 틀어놓은 채 윤철은 핸드폰을 들었다. 여기저기 포털사이트에 들어가 주요 뉴스를 살폈다. 트위터의 밀린 글들을 소급해서 읽고, 웹툰을 보고, 유머 사이트의 사진들까지 훑고 나자 어슴푸레 날이 밝았다. 또 배가 고팠다. 윤철은 정미가 해놓은 반찬들을 꺼내 밥을 먹었다. 오인용 전기밥통에는 잡곡밥이 가득 담겨 있었다.

날이 훤히 밝았지만 윤철은 어느 누구에게도 전화를 걸 수 없었다. 일요일 아침이었다. 휴일 아침부터 아내를 찾는 남자가 되기 싫었다. 정미가 밤새 들어오지 않았다는 것을 드러내고 싶지도 않았다. 윤철은 다시 텔레비전 앞에 앉았다. 적어도 점심때까지는 기다려야 할 것 같았다.

일요일 아침은 꼭 빵을 먹었다. 주중엔 밥을 차렸으니 일요일만큼은 자기도 게으르게 보내고 싶다는 정미의 말에 윤철은 기꺼이 동의했다. 윤철은 뭐든지 정미가 하자는 대로 했다. 무슨 일이든 만류하거나 거절하지 않았고, 정미가 꺼려하거나 싫어하는 것을 부탁하지도 않았다. 따지면 정미는 부지런하게 살림을 꾸리는 여자도 아니었다. 오히려 게으르고 매사 늘어지는 편에 가까웠다. 팬티나 양말은 빨래 건조대에서 걷어 입거나 신게 했고, 돌돌 말린 먼지 덩어리들이 바짓단에 엉겨붙을 때까지 청소를 하지 않았다. 개수대가 꽉 찰 때까지 그릇을 쌓아두고 몰아서 설거지를 하느라 주방에서는 늘 시큼한 냄새가 났다. 푸른곰팡이가 꽃처럼 핀 미역국을 보름이 넘도록 버리지 않는 일이나, 시커먼 물때가 덕지덕지 앉은 세면대에서 세수하는 일, 현관 장식장에 죽은 다육식물 화분을 일 년쯤 묵히는 일 정도는 보통이었다. 그런 정미가 철석같이 해내는 것은 오로지 아침밥을 차려주는 일이었다.

윤철은 텔레비전에 집중하지 못했다. 외박이라니. 아무리 생각해도 납득이 가지 않았다. 요 근래 정미를 서운하게 한 일이 없었다. 싸우기는커녕 사소한 갈등도 없었다. 설사 그렇다 쳐도 이렇게 연락 없이 집을 비울 정미가 아니었다. 정미가 혼자 집을 나설 때는 일주일에 두 번 수영장에 갈 때뿐이었다. 그 외에는 언제나 집에 있었다. 윤철은 설핏 떠오른, 지난밤의 정미 표정이 자꾸 생각났다.

미간을 잔뜩 찌푸린, 그 표정을 뭐라고 표현해야 하나…… 곰곰이 생각해도 마땅한 단어가 떠오르지 않았다. 두려움? 공포? 아니 화가 난 듯도 하고…… 분노? 역정? 앞뒤 정황을 모른 채 순간의 표정만으로 정미의 상태를 추측하기란 불가능했다. 그럴수록 그 찰나의 정미 표정만 명료하게 되살아났다.

그 표정에 자꾸 신경이 쓰이는 건, 정미의 그런 표정을 윤철은 처음 봤기 때문이었다. 잠자리에서 보이는 습관적인 찡그림과도 다르고, 책을 읽을 때 짓는 심각한 표정과도 달랐다. 심지어 정미가 병원생활을 하고, 재활치료를 받던 시절에도 보이지 않던 표정이었다. 오히려 사고 이후에는, 더욱이나 윤철 앞이라면, 함부로 인상을 쓰거나 얼굴을 찌푸린 적이 없었다. 새삼스러운 사실에 윤철은 다시 또 고개를 숙였다.

정미가 다리를 절게 된 건 사고였다. 비가 부슬부슬 내리던 11월, 그다음 해 봄으로 예식장 예약을 마치고 나온 길이었다. 거리로 나오자마자 윤철은 회사에서 걸려온 전화를 받았다. 정미는 친정엄마에게 전화를 걸어 예식장 예약을 했다고 전했다. 윤철과 정미는 따로 우산을 들고 각자 통화를 하며 걸었다. 길 건너 해장국집에서 점심을 먹을 참이었다. 정미가 다른 걸 먹자는 걸, 윤철이 전날 술을 마셨다면서 해장국을 먹어야 한다고 고집을 피운 뒤였다. 통화를 마친 윤철이 뒤따라오던 정미를 향해 몸을 돌렸다. 순간 정미가 윤철에게 달려들었고, 밀쳐진 윤철은 바닥에 나뒹굴었다. 골목에서 튀어나온 자동차는 속도를 줄이지 못하고 그대로 정미의 다리를 짓이기고 지나갔다.

윤철의 잘못이라면 잘못이었다. 해장국을 먹으러 가자고 한 건 윤철이었다. 정미가 아니었다면 윤철이 다리를 절게 되었을 것이다. 정미가 자발적으로 불운을 짊어진 것이었지만, 윤철은 정미를 향한 자책감에서 벗어날 수 없었다.

정미는 한쪽 다리를 절게 되었다. 뒤뚱거리기는 했지만 걷는 데 무리는 없었다. 다리를 절단하거나, 휠체어 신세를 지지 않은 것만으로도 천만다행이었다. 불편함이 없는 건 아니지만 일상생활을 하는 데 문제는 없었다. 대체 그 다리로 어딜 간 거야! 윤철은 소리를 지르며 벌떡 일어났다. 모두 자기 잘못 같은 기분에 휩싸이는 것도 지겨웠다.

다시 한번 정미의 전화가 불통이라는 것을 확인한 윤철은 처제에게 문자메시지를 보냈다. 심각해 보이면 안 되었다. 잘 지내지? 라고 쓰고 ^^를 덧붙였다. 혹시 언니랑 연락했어? 자고 났더니 언니가 없어. 그 문장 다음에는 ㅠㅠ를 입력했다. 윤철은 미간을 잔뜩 찌푸린 채 답장을 기다렸다. 곧바로 전화가 걸려왔다.

—싸웠어요?

—아니. 깨보니 없네. 핸드폰도 꺼져 있고.

—언제부터요?

윤철은 어제라고 대답해야 할지 오늘이라고 대답해야 할지 잠깐 망설였다. 어쩔 수 없이 어제라는 사실을 밝히지 못했다.

—그게…… 내가 술을 좀 마시고 왔거든. 일어나보니까 안 보여.

—혼자 마트 가진 않잖아요. 핸드폰 꺼져 있으면, 수영장 갔나? 아니, 주말엔 안 가잖아. 대체 술을 얼마나 마셨길래 언니가 언제 나간지도 몰라요? 나 엄마한테 이른다.

—에이, 왜 그래. 들어오겠지. 장모님한테는 말하지 말고.

네! 처제는 가볍게 대답하고 먼저 전화를 끊었다. 연락처를 알고 있는 정미 친구들은 모두 세 명이었다. 윤철은 그들에게 문자메시지를 보냈다. 최대한 별일 아닌 것처럼 보이고 싶었다. 처제에게 보낸 문장에서 언니라는 단어만 정미라고 바꾸었다. 두 명은 모른다고 했고, 미진에게서만 다른 답변이 돌아왔다.

—애 좀 타라고 대답 안 해야지.

윤철은 곧바로 미진에게 전화를 걸었다. 미진이 놀란 목소리로 말문을 열었다.

—사람 놀라게 무슨 전화까지 해.

—정미랑 같이 있어?

—아냐. 장난친 건데. 어, 분위기 아닌 거야? 정미 연락 안 돼?

—옆에 있으면 있다고 말해!

—정말 무슨 일 있어?

—정미 있어? 없어?

—없다니까.

아무래도 미심쩍었다.

—내가 가서 확인한다.

자기도 모르게 툭 튀어나온 말이었다.

—사람 말을 왜 못 믿어. 마음대로 해. 안 말려.

윤철은 당장 집을 나섰다. 미진의 원룸은 차로 이십 분이면 도착할 거리에 있었다. 미진이 거짓말을 했다고 여겨서가 아니었다. 정미와 함께 있다면 다행이고, 아니라면 도움을 받을 수 있을 것 같았다. 미진이라면 자신이 모르는, 혹은 자신이 간과했던 것들을 알 법도 했다. 아이들과 남편, 시댁 이야기만 하는 다른 두 명보다 훨씬 가까운 친구가 미진이었다. 가까운 데 살기도 하거니와 미진이 미혼이기 때문이었다. 그러나 사실은 미진이라면 속을 터놓고 말할 수 있을 것 같았다.

미진과 잤던 적이 있었다. 결혼 전이었고, 다른 감정이 있던 것도 아니었다. 술 때문이었고 실수였다. 그다음부터는 술 때문에 실수인 척하면서 몸을 섞었지만 그래봤자 대여섯 번이 전부였다. 당연히 정미는 모르는 사실이었다.

현관문을 연 미진은 반바지에 헐렁한 티셔츠 차림이었다. 헝클어진 머리에 눈을 동그랗게 뜬 미진은 정말 올 줄은 몰랐다는 표정이었다.

"들어가도 돼?"

"안 된다고 하면 안 들어올 거야? 들어와. 혼자 있어."

윤철이 원룸으로 성큼 들어섰다. 들락거리던 시절과 달라진 게 별로 없었다. 윤철은 익숙하게 식탁 의자에 앉았다. 욕실 문은 열려 있었다. 어디에서도 정미는 보이지 않았다. 미진은 커피를 내놓고 침대에 걸터앉았다.

"무슨 일이야, 대체."

윤철은 대략의 상황을 설명했다.

"그럼 외박한 거야?"

미진이 다리를 꼬며 몸을 앞으로 숙였다. 가슴골이 훤히 드러났다. 윤철은 시선을 거두고 커피잔을 매만졌다.

"마지막으로 연락한 게 언제야?"

"금요일 낮에. 별말 없었어."

"어디 간다는 말도 없었고?"

"전혀."

"다른 때랑 달랐던 것도 없고?"

"응."

윤철은 더이상 물어볼 것이 떠오르지 않았다. 오히려 미진이 윤철을 똑바로 쳐다보면서 묻기 시작했다.

"연락할 데는 다 해봤어? 수영장이나 공방은?"

윤철은 고개를 저었다. 정미가 공방에 다닌다는 것도 처음 알았다.

"지난달부터 한지 공예 배우는 거 몰랐어?"

윤철은 대답을 못했다. 미진이 갸웃하더니 툭 내뱉었다.

"혹시 어디서 주저앉은 거 아냐? 응급실 같은 데는 찾아봤어?"

윤철과 미진은 주변의 모든 병원 응급실로 전화를 걸어봤지만 어디에도 정미로 추정되는 환자는 없었다. 수영장과 공방도 마찬가지였다. 두 곳 다 마지막으로 들른 게 지난주였다는 것이었다.

"위치추적 등록은 안 해놨지? 하긴, 맨날 집에만 있는 애니까. 그럼 언제 나간 거야? 집에 왔을 때 정미가 있기는 했어?"

그날 밤의 정미 표정에 대해서 말할까 하다가, 말았다. 어떻게 설명해야 할지 엄두가 나지 않는데다, 만취 상태의 기억이었으니 설득력도 없을 터였다.

"사실은, 기억이 없어."

"그 버릇 어련하시겠어."

윤철은 입을 다물었다.

"싸우지도 않고, 서운하게 한 일도 없다. 술을 안 마시던 남자도 아니고…… 그런데 왜 나갔는지도 모르고, 어디에 갔는지도 모른다."

혼잣말을 하며 자기 입술을 매만지는 미진을 물끄러미 바라보던 윤철은 아래가 묵직해지는 걸 느꼈다. 윤철은 식은 커피를 한꺼번에 죽 들이켰다. 미진은 혼자 골몰했다. 반쯤 벌린 입술, 허연 허벅지,

훤히 보이는 가슴…… 침대 위…… 고무줄 반바지…… 윤철의 시선을 의식했는지 미진은 허리를 세워 자세를 고쳐 앉았다. 미진이 비죽 웃었다.

"오랜만에 이렇게 둘이 있으니, 좀 이상하네."

윤철이 자리에서 일어섰다. 미진은 앉은 채로 윤철을 올려다봤다. 미진의 검은자가 커다랬다.

"화장실 좀 쓸게."

윤철은 찬물로 세수를 하며 의식적으로 정미를 생각하려 했다. 소파 깊숙이 앉아 텔레비전을 보는 정미, 웅크리고 앉아 종이접기를 하는 정미, 돌멩이를 물끄러미 내려다보는 정미, 구부정한 자세로 구두를 신는 정미. 단발머리, 얄팍한 어깨, 기다란 등, 밋밋한 허리와 납작한 엉덩이…… 이상하게 모두 뒷모습만 떠올랐다. 경찰에 신고해야 하는 거 아니야? 문밖에서 미진이 소리쳤다.

"좀더 알아보고."

윤철은 바지 매무새를 살피고 욕실을 나섰다.

"가게?"

신발을 신는 윤철에게 미진이 다가왔다. 그사이 카디건을 걸치고 있었다.

"가야지. 여기 있다고 해서 뭐……"

"너무 걱정하진 마. 알다시피 걔가 사고칠 애는 아니잖아. 근데 오늘도 안 들어오면 처가에는 연락해야겠다. 거기도 안 갔으면 신고라도 해야지. 그냥 앉아만 있을 순 없잖아."

"그래야겠지."

"별일 없을 거야. 무슨 일 낼 애였으면 편지라도 남겼겠지. 그런 것도 없었지? 하긴 있었으면 왜 나갔는지는 알 거 아냐. 아무튼 나도 계속 연락해볼게."

윤철은 그제야 책상 위에 놓여 있던 사진이 떠올랐다. 거기로 찾아오란 뜻인가? 이제야 그 생각을 하다니, 한심했다. 한편으로는 허탈한 기분마저 들었다. 설마 미련하게 거기서 밤을 새운 건 아니겠지? 주변에 카페나 식당 같은 데도 없었는데…… 마음이 급해졌다. 윤철은 서둘러 출발했고, 불법 유턴을 한 뒤 외곽 도로로 빠졌다. 최대한 속력을 높여 물가로 향했다.

3

지난주 일요일이었다. 오전 내내 이불 속에서 뭉그적거리던 윤철 앞에서 정미가 계속 중얼거렸다. 나가자는 것이었다. 날씨가 이렇게 좋은데…… 정미는 같은 말을 반복했다.

"난 일주일에 하루만이라도 집에 있고 싶어. 그냥 쉬면 안 될까? 어제 마트 갔다 왔잖아."

"마트는 마트고. 나가자. 좀 있으면 단풍 다 떨어진단 말이야."

"아파트 단지 나무들도 단풍 잘 들었더라. 굳이……"

정미가 고개를 숙이더니 손에 쥐고 있던 색종이를 접기 시작했다. 하— 윤철은 한숨을 쉬고 이불을 걷어찼다. 일요일마다 나가자고 하는 것도 병이라고 생각했다. 봄이면 바람 냄새 맡으러 바다에 가야 하고, 여름에는 징그러운 초록색 보러 계곡으로, 가을이 되면 낙엽 밟는 소리를 듣기 위해 물가로 가야 한다는 것이었다. 겨울에는 실내 분수대가 있는 쇼핑몰로 아이스크림을 먹으러 가자는 이유를 댔는데, 어느 계절의 어떤 이유든 윤철에게는 모두 억지처럼 들렸다. 그래도 윤철은 묵묵히 정미를 따라나섰다.

결혼하고 첫해는 신혼이니 그러려니 했다. 하지만 매 계절, 매 주말마다 똑같은 이유를 대며 나가자고 보챌 때마다 윤철은 답답했다. 지겨웠고 때로는 부아도 치밀었다. 가끔은 처제나 미진과 다녀오라 해도 정미는 고개를 저었다.

"나랑 한 약속은?"

약속 이야기만 나오면 윤철은 아무 말도 할 수가 없었다. 사고가 나고, 수술 후 재활치료를 시작하면서 정미는 윤철에게 헤어지자고 했다. 윤철은 그럴 수 없다며 완고히 맞섰다. 그럼 결혼은 하지 말자고 정미가 물러섰다. 정미는 자기의 다리를 볼 때마다 자책감에 빠지는 사람과 함께 살 수 없다 했고, 윤철은 그 사고 때문에라도 결혼해야 한다고 생각했다. 사랑과 책임, 사랑과 죄책감이 제멋대로 뒤섞여 있을 때였다. 윤철은 죄책감과 책임감뿐이라도 상관없다고 생각했다. 정미는 자신의 장애를 감당하는 것만으로도 벅차다고 했다. 그러나 윤철은 정미의 장애가 사랑의 장애가 될 수는 없다고 대답했다.

"누구한테든 부담스러운 짐이 되는 게 싫다고!"

"너 혼자 마음 편하겠다고? 그래서 너 혼자 살겠다고? 좋아, 너 혼자 살아봐. 그럼 식구들이나 내가 참 마음 편하겠다!"

정미가 거친 숨을 쉬며 윤철을 노려보았다. 곧 두 눈에 물기가 맺혔다. 획, 몸을 돌려 가버리려던 정미가 몇 발짝 떼지도 못하고 털썩 주저앉았다. 마음처럼 다리가 움직이지 않은 것이었다. 다리가 머리를 따라주지 못했다. 신음소리를 삼키며 정미가 일어났다. 간신히 한 걸음, 한 걸음, 절룩이며 걸었다. 윤철이 정미 앞으로 다가섰다.

"생판 모르는 사람한테 손 내미는 것보다 차라리 내가 낫지 않아? 내 탓을 해. 나한테 책임지라고 요구하라고. 차라리 뻔뻔해지란 말이야!"

"평생 부담감에 짓눌려 살겠다고? 그래서 억지로 살게 되면? 그래서 내가 싫어지면!"

윤철은 정미를 지그시 바라봤다.

"부담이 아니라 책임이야. 내가 선택한 사람에 대한 의무라고. 넌 안 그럴 거 같아? 너도 나랑 살기 위해서 참고 감수해야 할 것들이 있을 거라고. 난 죽어도 아침에 밥 먹을 거야. 넌 평생 나한테 아침밥 차려줘야 해."

고작 이유를 댄 것이 아침밥이라니, 윤철은 얼굴이 달아오르는 것을 느꼈지만 이미 뱉어버린 말이었다. 윤철은 서둘러 말을 이었다.

"언제 어디서든 네 옆에 있을게. 널 절대 혼자 걷게 하지 않을게. 네가 지겹다고 할 때까지, 죽을 때까지, 네 옆에서 같이 걸을게."

윤철을 바라보던 정미의 눈빛이 수그러들었다. 정미가 말한 약속이 바로 그것이었다. 언제든지, 어디든지 같이 걷겠다. 수십 가지 구애의 문장 중에서 정미의 마음을 돌리게 한 말이었다는 것을 윤철도 알고 있었다. 그 약속을 기억하는 한, 윤철은 정미를 따라나서야 했다. 의미는 사라지고 의무만 남은 약속을 이행하기 위해 윤철은 일요일의 외출을 거절할 수가 없었던 것이다.

그렇게 나선 길이었다. 매주 주말마다 도시 외곽을 들쑤시고 다닌 게 삼 년째였다. 어디든 눈에 익었고, 어디든 별 감흥이 없었다.

"여기 왔던 덴데. 언제 왔었지?"

"작년에. 단풍 곱다고 또 오자고 했었잖아."

"그랬나?"

"응. 기억 안 나?"

"그런 것까지 어떻게 다 기억하며 사니."

윤철을 바라보던 정미가 슬그머니 앞서 걷기 시작했다. 윤철도 정미를 따라 발걸음을 옮겼다. 물가를 따라 심어진 나무들이 제각각의 바랜 색으로 곱게 저물고 있었다. 대칭으로 물에 비친 색까지 더해져 절경이기는 했다. 정미와 윤철의 거리는 금세 좁혀졌고, 곧이어 정미가 멈춰 서 숨을 가눴다. 그렇게 나가자던 정미였지만 막상 밖에 나오면 금세 지쳤고, 피로한 표정으로 입을 꾹 다물기 일쑤였다. 그나마도 자주 제자리에 멈춰 서 다리를 주물러야 했다. 그때마다 윤철은 참을성 있게 정미를 기다렸다. 윤철 역시 별말 없이 정미의 걸음 속도에 맞춰 걸었다. 그렇게 두어 시간 걷다 집으로 돌아오는 것이 일요일 외출의 전부였다.

일주일 전, 그날도 마찬가지였다. 다만 달랐던 것은 정미가 걷다 말고 안내판 앞에 오래 서 있었다는 것이다. 숨을 돌리기 위해서가 아니라, 안내문을 읽기 위해서였다. 마치 어려운 책이라도 읽는 사람마냥 심각하고 진지한 눈빛이었다. 그렇게 노래를 부르던 단풍이 아니라, 물가 구석, 후미진 곳에 세워진 철제 안내판이라니. 한참 그렇게 서 있던 정미는 핸드폰을 꺼내 안내판과 그 주변을 찍기 시작했다.

정미가 찍는 사진이 윤철은 이해되지 않았다. 빛이 잔뜩 들어간 희뿌연 하늘이라든지, 그저 검은색으로만 보이는 흙, 이동중인 차 안에서 찍어 흔들리는 녹색 커튼 같은 가로수, 너무 가까워 초점이 맞지 않아 그저 보라색이나 노란색, 붉은색으로만 존재하는 꽃들. 대체로 형태는 사라지고 색깔만 남은 것들이었다. 곳곳의 풍경과 그 풍경 속의 정미를 기록하듯 꼼꼼하게 찍은 건 오히려 윤철이었다.

이해되지 않는 것은 사진뿐만이 아니었다. 일 년 전쯤 시작한 정미의 종이접기도 윤철은 마뜩잖았다. 정미는 종이접기 교본을 펼쳐놓고 색지를 접고 접고 또 접었다. 쉴새없이 손을 움직이다보면 마음이 고요해진다고 했다. 대상을 조악하게 닮은 접힌 종이들이 벽과 방문 앞뒤, 냉장고를 뒤덮어가고 있었다. 입체거나 부피가 큰 것들은 거실 바닥에 줄지어 세워졌다. 안 그래도 치우지 않아 지저분하고 정신없는 집이었다. 온갖 색의, 온갖 크기의 종이 쪼가리들까지 거들게 된 것에 윤철은 좌절했다.

그런 것이라면 또 있었다. 정미가 주워오는 돌멩이들도 윤철은 아주 마음에 안 들었다. 일요일마다 꼭 하나씩 주워왔는데, 모양이 예쁘거나 색이 남다른 것도 아니었다. 아무데서나 볼 수 있는, 누구든 주울 수 있는, 어떤 특색도 없는 돌멩이들이었다. 매주 하나씩 늘어나 어느새 돌무덤처럼 수북해졌다. 정미는 시시때때로 돌무덤을 흩뜨리고 하나하나 정성 들여 닦곤 했다. 등을 구부리고 앉아 돌멩이를 닦는 정미를 볼 때마다 윤철은 갑갑했다.

집에서만 지내는 정미에게도 할 일이 필요할 것이었다. 윤철이 모르는 건 아니었다. 사고 이전의 정미는 활달하고 바지런했다. 새벽반 일본어회화 수업을 들은 후에 출근을 했고, 퇴근 후에는 헬스클럽에서 한 시간씩 운동을 했다. 일요일에는 등산을 갔고, 휴가 때마다 여행을 다녔다. 그러나 사고 이후, 정미는 많은 것을 포기하거나 잊어야 했다. 그런 정미를 윤철이 헤아리지 못한 건 아니었다. 하지만 장애를 핑계로 자기 자신을 폐쇄적인 인간으로 전락시키는 정미가 못마땅했다. 세상에는 그보다 더한 불편, 더한 장애를 가지고도 밝게 사는 사람들이 얼마든지 있었다. 팔다리가 없어도, 전신에 화상을 입고도, 손가락이 두 개뿐인데도 자기 꿈을 이뤄낸 사람들을 정미라고 모르진 않을 터였다. 겨우 한쪽 다리를 절룩거리는 사람이 되었다고, 온갖 불행을 다 짊어진 양 웅크리는 정미를 윤철은 납득할 수 없었다.

일주일에 두 번 재활운동을 위해 수영장에 갈 때 빼고는 혼자 외출하지 않는 것도 이해가 안 됐다. 꼭 윤철이 따라나서야만 했다. 아무도 정미가 절룩이는 걸 눈여겨보지 않았다. 그걸 정미만 인정하지 못했다. 마치 대인기피증에 걸린 건 아닌지 의심해주길 바라는 사람처럼, 아니면 그저 피해의식에 매몰되고 싶어하는 사람처럼 보일 뿐이었다. 때로는 말수가 줄어들고, 일요일 외출에 집착하고, 이상한 수집벽이 있는 자기를 동정해달라고 요구하는 것처럼 보이기도 했다.

가장 받아들이기 힘든 일은 정미가 구두를 사는 것이었다. 정미는 이제 구두를 신고 걸을 수 없었다. 정미에게 구두는 쓸모없고 필요 없는 물건이었다. 그런데도 정미는 구두를 계속 사들였다. 게다 모두 굽이 높은 것들이었다. 소파에 걸터앉은 정미가 양발을 조심스럽게 구두에 집어넣는다. 잠시 가만히 있다. 구두를 벗어 신발장에 고이 넣어 둔다. 그게 전부였다. 신고 다닐 수도 없는 신발을 계속 사 모으고, 쓰다듬는 걸 반복하는 이유를 윤철이라고 모르지 않았다. 사람은 자기 손에 없는 것만 간절히 원하기 마련이었다. 대리 만족이든, 결핍에 대한 보상이든, 여하튼 공허를 잊기 위한 몸부림일 뿐이었다. 그저 집에서 보내는 시간을 버티기 위한 자학처럼 여겨졌다.

그러나 윤철은 그런 자기 생각을 절대 표현하지 않았다. 윤철은 정미의 모든 것을 포용하는 사람이고 싶었다. 그것이 윤철이 꿈꿨던 이상적인 남편의 모습이기 때문이었다. 취향의 차이, 입장의 차이, 결국 타인이기 때문에 절대 합일될 수 없는 관계의 한계일 뿐이라고 여겼다.

일요일 오후였고, 도로가 막히기 시작했다. 단풍놀이 철이었다. 윤철과 정미도 막히는 차 안에 갇혀 있어야 정상이었다. 움직일 생각이 없는 앞차의 뒤꽁무니만 바라보던 윤철은, 그날, 정미에게 왜 안내판을 찍었느냐고 묻지 않은 걸 후회했다. 윤철은 마른세수를 하고 다시 핸들을 잡았다. 그제야 앞차 뒷좌석에 앉은 아이들의 작은 머리통이 계속 움직이는 게 보였다.

정미의 사고 이후 병원생활까지 포함한다면 연애 기간은 얼추 칠 년, 결혼한 지는 삼 년이 지났다. 그사이 윤철과 정미는 삼십대의 복판에 들어섰고, 또래들과 비슷한 인생의 수순을 밟고 있었다. 이십 평대의 아파트와 사 년 된 승용차, 서너 가지의 보험과 적금을 들었고, 상조에 가입해 양가 어른들을 위한 만약의 일에도 대비해두었다. 윤철은 평균적인 승진 속도로 팀장이 되었고, 일 년에 한 번쯤은 제주도나 동남아에서 휴가를 보낼 수도 있었다. 외출복 정도는 백화점에서 사 입었고, 명품 백 하나쯤은 정미도 가지고 있었다. 다른 부부들과 다른 점이라면 아이가 없다는 것 정도였다.

아이를 가지지 않기로 한 건 정미의 바람이었다. 다리 때문에 아이에게 전념하지 못할 것이라고 확신했다. 윤철도 동의했다. 상황에 치여 내린 결론이 아니라, 자발적으로 선택한 포기였다. 아이가 없는 결혼생활은 연애의 연장 같았지만, 그건 적당한 권태에 의연해졌다는 의미였다.

아이를 두지 않은 것이나 평생 정기검진을 받아야 되는 정미의 여생을 남다른 인생이라고 할 수도 없었다. 가족들이나 친구, 윤철은 정미가 절뚝거린 지 오 년밖에 되지 않았다는 것을 쉽게 잊었다. 원래부터 그랬던 것처럼 자연스러운 정미의 모습일 뿐이었다.

짙은 노을이 낮게 내려앉을 무렵에야 물가에 다다랐다. 사이드브레이크를 올리면서 윤철은 한숨을 내쉬었다. 하필 이런 상황에 지난 기억을 되짚다니. 굳이 정미와의 지난날을 끄집어낸 스스로가 당혹스러웠던 것이다.

4

해질녘이어서 물가에는 인적이 드물었다. 일주일 전보다 조금 더 을씨년스러웠고, 눅눅한 낙엽을 밟는 소리는 더 스산하게 들렸다. 윤철은 서둘러 안내판을 찾아 뛰기 시작했다. 저기 그 안내판이 보였다. 안내판에 가까워질수록 윤철의 걸음이 느려졌다. 안내판 아래, 운동화가 놓여 있었다. 오른쪽 바닥만 더 닳은, 정미의 운동화였다.

5

정미의 시신은 이틀 뒤에 발견되었다. 퉁퉁 불은 몰골은 처참했다. 정미가 왜 스스로 목숨을 버렸는지 아무도 몰랐다. 사람들은 윤철을 닦달했다. 남편이니 당연했다. 하지만 윤철도 정미가 왜 죽었는지, 그 이유를 모르기는 마찬가지였다.

자살하려는 사람들은 보통 유서를 남긴다는 것을, 미안하다는 말 한마디라도 남기는 게 통념이라는 것을 윤철도 알았다. 그러나 정미는 어떤 말도 남기지 않았다. 책상 위에 놔둔 사진 한 장이 정미의 마지막 전언이었다. 하지만 그 사진이 정미의 죽음에 대해 설명해주는 것은 아무것도 없었다. 죽은 자신을 수습해달라는, 어디서 죽었는지 알려주는 표지일 뿐이었다.

그 물가를 자살 장소로 선택한 이유도 알 수 없었다. 일반적으로는 자기가 사는 곳이나 특별한 의미가 부여된 공간에서 생을 마감할 터였다. 사람들은 윤철에게 그곳이 어떤 곳인지, 무슨 의미인지 자꾸 물었다. 하지만 윤철은 그저 일주일 전에 갔던 곳이라는 사실 외에는 설명할 것이 없었다. 그뿐만이 아니었다. 자살자는 죽기 전에 자신의 죽음을 암시한다면서, 근래 이상하게 여길 만한 일은 없었느냐고 물어댔다. 언질 같은 건 없었는지, 어떤 표시나 변화 같은 건 없었는지, 설사 있었는데 못 알아챈 건 아니냐며, 생각해보라고, 놓친 게 없는지 더 골몰하라고 다그치고 몰아세웠다. 복장이 터질 것 같은 사람은, 그래서 가장 암담한 사람은 윤철이었다.

장례식장의 분위기는 처참했다. 정미의 가족들은 내내 눈물바다였다. 어머니는 오열과 실신을 반복했고, 아버지는 남편에게조차 제 속을 보이지 못한 딸의 신산한 팔자에 대해서 한탄했다. 정미 쪽 사람들은 남편 때문에 다리를 절고, 모든 것을 포기하고 집에만 눌러앉았던 정미의 기구한 인생에 대해 안타까워했다. 심지어 윤철의 부모도 사돈 내외 앞에서 죄인처럼 고개를 조아렸다. 윤철이 정미의 자살에 대해서 아는 것이 없다는 이유로 마치 정미가 윤철 때문에 죽은 것처럼 여겨지는 분위기였다.

윤철은 배신을 당한 기분이었다. 정미에게 감쪽같이 속았다는 생각이 들었다. 어떻게 이럴 수 있나. 어떻게 하루아침에 사라질 수가 있는가. 어떻게 나에게! 윤철은 아무리 생각해도 이해할 수 없었다. 종이접기를 하고, 돌멩이를 줍고, 구두를 사들이던 것을 이해하지 못해서 당한 봉변 같았다. 정미의 자살을 자기 탓으로 몰아가는 것도 억울했다. 윤철은 최선을 다해왔다. 언제나 정미가 하자는 대로 했다. 한 번도 거르지 않고 매주 일요일마다 함께 나섰다. 정미의 어떤 행동에도 토를 달지 않았다. 하지만 정미가 죽고 나니 자신이 어떤 남편이었는지 증명할 방법이 없었다. 자기 때문에 장애를 얻은 여자를 그 지경이 되도록 방치한 건 윤철이라는 논리를 반박할 수 없었다. 그때마다 윤철은 입술을 깨물며 정미의 영정 사진만 노려보았다. 눈물은 나오지 않았다.

사람들 눈을 생각해서라도 눈물 좀 보이라고 알려준 건 윤철의 어머니였다. 안 그래도 조문객들이 자기를 주목하고 있다는 것을 모르지 않았다. 하지만 나오지 않는 눈물을 어떻게 쥐어짜야 하는지, 윤철은 어머니에게 묻고 싶었다. 차라리 통곡이라도 할 수 있다면, 그렇게 진 빠지도록 울고 나면 속이라도 시원할 것 같았다. 하지만 뜻대로 되지 않았다. 윤철은 내내 무표정한 얼굴로 장례를 치렀다. 악상이라며 이틀만 빈소를 차렸다.

6

장례식이 끝나고 집으로 돌아왔지만 윤철은 여전히 아무것도 믿어지지 않았다. 집안은 난장판이었다. 정미의 시신이 발견되기까지의 이틀 동안, 윤철은 정미의 흔적을 찾아내려 온 집안을 헤집었다. 안내판 아래 놓인 운동화만으로도 물가 수색이 시작되었지만 윤철은 아닐 것이라 믿고 싶었다. 무엇보다도 그렇게 허망하게 죽을 이유가 없기 때문이었다.

수색을 벌였던 이틀은 시신이 발견되기를 바라는 시간이었다. 그건 정미의 자살을 확실하게 받아들이라는, 그러니 다음 절차를 예상하고 준비하라고 주어진 시간 같았다. 그걸 부인하고 싶은 윤철은 정미의 실종에 관한 단서를 찾아야 했다. 무엇이라도 좋으니 정미에 관한 한 어떤 것이든 찾아내고 싶었다.

그러나 윤철이 추측할 만한 무엇도 발견하지 못했다. 오히려 말끔히 정리된 책상과 책장, 서랍 등을 확인할수록 더 불안해졌다. 일기나 메모 한 장 남아 있질 않았고, 정미 이름의 통장도 없었으며, 진료 흔적, 심지어 영수증 한 장조차 찾을 수 없었다. 노트북도 깨끗했다. 의도적으로 아무것도 남기지 않았다는 사실에 기가 찼다. 이렇게 철저히 감춘 이유가 무엇이었을까. 집안을 전부 뒤집어놓았는데도 아무것도 찾지 못했다. 어떤 것도 새롭게 깨달은 것이 없었다. 이제 남은 건 윤철이 미처 놓친 것이 무엇인지, 정미에 대해 소홀했던 것은 무엇인지 다시 한번 골몰하는 일이었다.

미스 최와 미진과의 일을 숨긴 것 외에는 정미에게 거짓말을 한 적이 없었다. 직장에 소홀한 적도 없었고, 정미에게 시댁 스트레스를 주지도 않았으며, 처가와의 관계도 무난했다. 정미와 싸운 적도 없었고, 갈등도 없었다. 같은 생각을 수백 번 반복했지만 소용없었다. 도대체 왜, 도대체 무엇이 정미를 그렇게 몰아갔을까. 윤철은 끝끝내 아무것도 떠올리지 못했다.

정미에게 다른 남자가 있을 리 만무했다. 부채나 우울증이 있었다면 윤철이 몰랐을 리 없었다. 차라리 그런 이유였다면 납득이라도 하겠는데, 자신에게조차 밝힐 수 없는 이유로 자살을 했다는 사실이 처참했다. 화가 났다. 죽기로 결심하고, 신변을 정리하고, 혼자 물가로 찾아가기까지 얼마나 외롭고 무서웠을까. 그런 것을 참아가면서도 자기에게는 입을 다물었다는 것이 윤철은 받아들여지지 않았다. 자신의 존재가 그 정도도 못 됐다는 것이 슬프고 끔찍했다.

윤철은 멍하게 앉아 거실 벽에 걸린 결혼사진을 쳐다봤다. 불과 삼 년 전에 찍은 사진이었다. 해맑게 웃는 정미와 멋쩍게 웃는 자신은 행복해 보였다. 윤철은 정미와 살면서 행복하지 않다고 생각해본 적은 없었다. 그런데 정미는 아닌 모양이었다. 정미가 죽은 건 정말 자기 때문이었던 걸까.

윤철은 검은 양복을 벗고 욕실로 들어갔다. 뜨거운 물로 오래 샤워하고 나와 냉장고 문을 열었다. 차곡차곡 쌓인 반찬통들을 보자, 그제야 정미의 죽음이 실감났다. 윤철은 냉장고 문을 연 채 우두커니 서 있었다. 삐빅거리는 버저 음을 듣고서야, 캔맥주를 꺼내 뚜껑을 땄다. 길게 한 모금을 마셨다. 목구멍이 타들어가는 듯이 쓰라렸다. 그 자리에서 한 캔을 다 마시고 다시 한 캔을 꺼내 거실로 나왔다. 바닥에 널브러진 세간들 사이로 색종이들과 돌멩이들이 보였다. 윤철은 발로 툭, 툭 밀쳐가며 앉을 자리를 마련했다. 소파에 기대앉아 리모컨을 들었다. 불을 끈 거실에 텔레비전 불빛만 일렁였다. 윤철은 습관적으로 채널을 돌렸고, 허기가 사라질 때까지 맥주를 마셨다.

7

다음날 윤철을 깨운 건 어머니였다. 식탁에는 전복죽과 백김치가 차려져 있었다. 윤철은 잠이 덜 깬 채 수저를 들었다. 전복죽은 구수하고 맛있었다. 윤철이 죽그릇을 다 비울 동안 어머니는 냉장고 안을 싹 비우고, 새로 해온 반찬과 김치들을 채워넣었다.

먹을 수 있는 것도 있을 텐데, 라고 말하려다 말았다. 이제 주방은 정미의 것이 아니었다. 수저를 내려놓자 어머니가 물을 건네며 물었다.

"회사는 언제부터 가니?"

"다음주부터."

"내가 자주 들를게."

"엄마 힘들어. 그러지 않으셔도 돼."

윤철을 물끄러미 바라보던 어머니의 눈에 그렁그렁한 눈물이 맺혔다.

"그렇게 우셨으면 됐어. 그만 울어요."

"네가 안돼서 그렇지."

울음기가 섞인 목소리로 어머니는 혼잣말처럼 중얼거렸다.

"내가 그렇게 애 가지라고 잔소리할 때는 들은 척도 안 하던 걔가 참 괘씸하고 노엽더니, 지금 생각하니, 고맙다. 애라도 있었으면, 그걸 어떻게 봤겠어……"

어머니가 아이를 바랐던 것도, 정미에게 아이 얘기를 했었다는 것도 윤철은 몰랐다. 만약 아이라도 있었다면…… 정말 아이라도 있었다면 정미는 그런 결심까지는 안 했을지도 모른다. 윤철은 이내 고개를 저었다. 다 부질없는 생각이었다. 어머니가 집안 정리까지 하겠다는 걸 겨우 말렸다. 억지로 떠다밀듯 어머니를 배웅하고 돌아와 현관문을 여니, 가관이었다. 집안 꼴이 그제야 눈에 들어온 것이었다.

윤철은 청소를 시작했다. 어지간한 건 다 버리기로 했다. 그게 가장 빨리 마칠 수 있는 방법이었다. 제일 먼저 보얀 먼지를 뒤집어쓴 색종이들과 돌멩이들을 주워 담았다. 시든 다육식물도 화분째 그냥 쓰레기봉지에 넣어 버렸다. 따로 보관할 것들은 별로 없었다. 발에 걸리적거리던 것들을 모조리 치우니 집이 훨씬 넓어 보였다. 청소기를 돌리고, 걸레질을 했다. 물티슈로 먼지 쌓인 구석구석을 닦아냈다. 신혼 시절처럼 말끔하고 깨끗해졌다.

윤철은 저녁 대신 맥주를 마셨다. 내친김에 정미의 물건들도 정리하기 시작했다. 옷과 속옷, 가방, 신던 신발은 재활용 수거함에 넣었다. 화장품들은 그냥 쓰레기봉지에 버렸다. 그중에서 가장 처리하기 곤혹스러운 건 구두였다. 240사이즈의 새 구두가 열두 켤레였다. 계절이 바뀔 때마다 사들인 모양이었다. 정미가 애지중지하던 구두여서가 아니라 새것이어서 버리기 아까웠다. 필요한 사람에게 주면 좋을 텐데. 한편으로는 죽은 사람의 물건을 거리낌없이 받을 만한 사람이 있을까 싶기도 했다. 그러려면 먼저 발 사이즈부터 물어봐야 할 테고…… 일련의 과정들이 귀찮고 번거로웠다. 윤철은 새 구두도 모두 재활용 수거함에 던져버렸다.

마지막 쓰레기봉지를 내다 버리면서 윤철은 정미를 기억할 수 있는 물건이 하나도 남지 않았다는 걸 떠올렸다. 뭐든 남겨뒀어야 했나 싶었지만, 이내 마음을 다잡았다. 자신이 찍어온 정미의 사진만으로도 그간의 시간을 증명하기엔 충분했다.

출근하기 전에 처리할 일들이 많았다. 윤철은 다음날부터 분주히 움직였다. 먼저 주민센터에 갔다. 사망신고부터 마쳐야 다른 일들을 순차적으로 처리할 수 있었다.

혼인신고를 하러 온 이후로 삼 년 만이었다. 평일 낮인데도 대기자가 열 명이 넘었다. 윤철은 번호표부터 뽑아놓고 사망신고서를 쓰기 시작했다. 사망자 성명 박정미, 한자 朴貞美, 성별 여, 주민번호

790316…… 정미의 주민번호 뒷자리가 떠오르지 않았다. 윤철은 사체검안서를 꺼내놓고, 그 서류에 적힌 대로 작성해나갔다. 등록기준지, 주소, 사망일시를 적고, 사망장소는 10번 기타에 체크를 했다. 신고자인 자신에 관한 정보도 기입한 후, 정미의 사망원인, 사망종류, 외인사 사항까지 적고, 정미의 국적과 최종 졸업학교, 사고 당시 직업, 혼인 상태까지 체크하는 것으로 서류 작성을 끝냈다. 생각보다 간단했다. 대기자 수는 아직도 여섯 명이나 남아 있었다. 담당 공무원들은 모두 느긋해 보였다. 윤철은 자판기에서 밀크커피를 한 잔 뽑아 마셨다. 문득, 결혼하면서 끊었던 담배 생각이 났다. 차례가 되었고, 신분증을 보이고, 사망신고서와 사체검안서를 접수하는 것으로 사망신고를 마쳤다. 보험에 관련된 일은 그다음으로 미루고, 집에 돌아오는 길에 대형 마트에 들렀다.

다른 때라면 전혀 눈여겨보지 않았을, 윤철처럼 혼자 다니는 남자들이 제법 눈에 띄었다. 늘 들렀던 주방용품이나 인테리어 부스는 그냥 지나쳤지만, 자동차 관련 코너에서는 오래 서성였다. 워셔액을 담고, 핸들 커버와 핸드폰 거치대를 한참 살펴봤다. 정미가 싫어해 둘 수 없었던 방향제도 두어 개 골랐다. 그리고 캔맥주 한 상자와 담배 한 보루를 카트에 담았다. 정미와 함께였다면 살 엄두를 못 냈을 조미오징어와 쥐포도 구입했다. 그리고 장난감 코너로 가 무선조종 자동차를 골라 계산을 마쳤다.

집에 오자마자 겉옷만 벗고 맥주부터 냉장고에 넣었다. 조미오징어를 그릇에 덜고, 냉장고에 남아 있던 차가운 맥주를 꺼내 거실 바닥에 앉았다. 윤철은 맥주를 마시면서 설명서를 꼼꼼히 읽은 후, 자동차와

조종기 안에 건전지를 넣었다. 우물거리던 오징어도 다 삼킨 뒤에야 조종 버튼을 눌렀다. 자동차가 넓은 거실을 종횡무진 달렸다. 윤철은 꽤 오랫동안 자동차를 가지고 시간을 보냈다.

8

빨래는 세탁소에 맡겼고, 식사는 어머니가 냉장고에 넣어둔 반찬으로 해결했다. 설거지는 빈 그릇이 나오는 대로 곧바로 해치웠고, 쓰레기는 출근길에 버리는 습관을 들였다. 퇴근 후에는 부직포 대걸레로 먼지를 닦아냈고, 일주일에 한 번쯤은 진공청소기를 돌렸다. 때때로 한 달에 두 번 정도는 락스를 뿌려 욕실 청소도 했다. 집안은 언제나 말끔했고 정리정돈이 잘된 상태를 유지했다. 너저분한 장식이나 여기저기 흩어져 있던 종이 쪼가리, 아무때나 발에 걸리던 돌멩이가 없는 것만으로도 집은 쾌적한 공간이었다. 치울 것을 생각해 어지르지 않으면 된다는 걸 윤철은 잘 지켜냈다.

딱 한 번 미진에게 찾아갔던 적이 있었다. 만취한 날이었다. 새벽에 눈을 떴을 때 미진과 한 침대에 누워 있었다. 윤철은 벌떡 몸을 일으켰다. 몸을 섞었는지 아닌지도 기억나지 않았다. 미진이 자는 척한다는 것을 알았지만 윤철은 미안하다는 메모를 남기고 조용히 원룸을 빠져나왔다. 그날로 전화기에 저장된 미진의 전화번호를 삭제했다.

그뒤로 윤철은 술자리에서 너무 취하지 않게 조심했고, 적당히 마시기 위해 스스로를 단속했다. 한동안 윤철을 의식해 대화 소재를 가리던 회사 사람들도 이제는 무람없이 아내나 아이들의 이야기를 꺼냈다. 윤철도 소리내서 크게 웃는 걸 꺼리지 않았다. 가끔은 여자를 사기도 했고, 가끔은 일부러 외로운 밤을 혼자 보내기도 했다. 그런 밤에는 그저 캔맥주를 마시며 무선조종 자동차를 가지고 시간을 보냈다. 다행히 사무치도록 외로운 적은 없었다.

수영장에서 전화가 걸려온 건 며칠 전이었다. 아파트 지하주차장에 차를 대고 막 내린 참이었다. 급작스러운 한기에 윤철은 부르르 몸을 떨었다. 요의가 느껴지더니 습하고 찬 공기에 마른기침까지 터졌다. 전화기 너머 여자가 한참 기다린 후에, 정미 이름을 댔다. 윤철은 자리에 우뚝 멈췄다. 여자는 윤철에게 박정미의 남편이 맞는지 확인했다.

—회원권 갱신 기간이어서 알아봤더니, 그사이 그런 일이 있으셨다고요. 상심이 크시겠습니다.

톤이 높고 사무적인 친절이 밴 말투였다. 윤철은 고맙다 인사한 후, 갱신을 하지 않을 거라고 먼저 대답했다. 아니, 아예 회원 등록을 해지해달라고 부탁했다. 윤철의 목소리가 지하주차장에 우렁우렁 울렸다.

—아, 그러시겠어요? 그럼 그렇게 처리하겠습니다. 그런데요, 로커를 비워주셔야 해서요. 일반 회원인 경우 등록 기간이 지나면 저희가 임의로 비울 수 있다는 조항이 있는데, 박정미님은 돌아가신 분이셔서, 그렇게 하면 안 될 것 같아서요.

친절과 배려인지, 망자의 물건이어서 손대기 싫다는 의미인지 모호했다. 윤철은 잠깐 망설였다. 수영복과 세면도구일 것이 뻔했다. 그걸 가지러 가는 게 귀찮은 게 아니라 정미의 물건을 마주하기가 싫었다.

—죄송합니다만, 수영장측에서 처리하면 안 될까요? 제가 따로 시간을 낼 형편이 안 되어서요.

네, 알겠습니다. 전화를 끊자 요의가 점점 심해졌다. 엘리베이터 앞에서 현관문까지의 시간이 길게 느껴졌다. 오줌보가 터질 것 같았다. 윤철은 집안에 들어서자마자 화장실로 달려갔다. 바지춤을 내리자마자 오줌 줄기가 쏟아졌다. 소변을 보는 동안, 윤철은 변기 커버가 처음부터 올라가 있었다는 걸 깨달았다. 정미의 첫번째 기일이 며칠 뒤였다. 내일은 퇴근하는 길에 세탁소에 들러야겠다고 생각했다. 일 년 전에 맡긴 검은 양복을 찾아야 했다.

아름다운 것들

아이의 이마는 땀으로 축축하게 젖어 있었다. 나는 꽉 쥐고 있던 베개를 내려놓고 아이의 이마를 쓸었다. 손바닥에 묻어난 땀이 반짝였다.

미미 레 도미솔 라 라솔 미레 도 도도 미솔미레, 솔 도 도 시시라 솔 미레도 도레 미파미 레도레도. 겨울이 되면서 작은애가 늘 흥얼거리던 계이름이었다. 크리스마스 다음날에 있을 재롱잔치에서 5세반 아이들이 합주할 곡이라 했다. 작은애는 실로폰 연주뿐만이 아니라 빠빠빠 춤도 춘다고 했다. 헬멧을 쓴 다섯 명의 여자애들이 텔레비전에 나올 때마다 작은애가 펄쩍펄쩍 뛰었다. 똑같이 따라 하려고 애쓰는 작은애의 동작들이 어설퍼서 귀여웠다. 춤을 다 추고 나면 헐떡이는 숨을 가누기도 전에 물었다. 엄마 올 거지? 꼭 올 거지? 큰애가 먼저 대꾸했다.

"엄마 일 간다고 몇 번을 말했냐? 내가 간다니까!"

작은애가 금세 울상을 지으며 내 팔에 매달렸다. 오빠 말고 엄마가 와. 엄마가 오는 거라고 했단 말이야. 큰애가 작은애의 머리통을 쿡 쥐어박았다.

"너 바보냐?"

나는 큰애에게 그러지 말라고 눈짓을 했다. 큰애가 홱 고개를 돌렸다.

"답답하니까 그렇지!"

저렇게 말할 때면 애아빠와 똑같았다. 그러지 말라고 해도 남편은 자꾸 자기 가슴을 펑펑 내리치곤 했다. 그 소리에 놀란 애들은 내 가까이로 다가왔다. 무릎 위로 올라앉은 작은애가 두 팔로 내 목을 꽉 둘렀다. 애들이 봐. 남편이 돌아앉으며 중얼거렸다. 답답해서 그래. 그냥 답답해서. 남편은 멀쩡히 있다가도 숨을 크게 내쉬며 가슴팍을 두들겼다. 밥을 잘 먹고 나서도, 잠을 잘 자고 나서도, 멍하게 텔레비전을 보다가도 문득문득 가슴팍을 두들겼다. 숨이 멎을 것처럼 가슴통이 먹먹해진다는 것이었다. 한 달에 한 번쯤 집에 오는 남편이 그렇게 가슴을 두드리면 나는 그저 아이들을 데리고 집밖으로 나섰다. 남편이 왜 그러는지 알기 때문이었다.

아이들과 놀이터에서 맥없이 빙글빙글 뛰고 난 다음에는 꼭 슈퍼에 들렀다. 아이스크림이나 사탕을 하나씩 물려주면 아이들은 왜 집을 나섰는지 까마득히 잊어버렸다. 서로 늦게 먹으려고 안간힘을 쓰는 아이들을 보며 웃기도 했다. 그래도 그때는 나 혼자가 아니었다. 수심 가득한 얼굴로 자기 가슴을 내리쳐대도 남편이 있었고, 나 대신 아이들을 살피고 끼니를 챙겨주는 시어머니도 있었다.

결국 작은애가 울음을 터뜨렸다. 거짓말이어도 재롱잔치에 가겠다고 말하지 못한 건 큰애 때문이었다. 큰애가 학습발표회를 했던 지난 가을, 나는 학교에 가지 못했다. 교대를 바꿔줄 사람을 찾지 못했기 때문이었다. 같이 일하는 사람들의 아이들 대부분이 큰애와 같은 학교에 다녔다. 아이를 보러 갈 수 있는 어머니라도 있는 내가 누군가에게는 부러운 존재가 될 터였다.

"할머니가 대신 가야 하는 거, 이해하지?"

큰애는 눈을 마주치지 않고 고개만 끄덕였다. 내가 물끄러미 바라본다는 걸 알아챘는지 간신히 괜찮다고 입을 열었다. 괜찮을 리가 없었다. 그래봤자 여덟 살이었다. 그럼 됐어. 나는 아이의 어깨를 툭툭 두들겨주었다. 나마저 흔들리면 안 되었다.

미미 레 도미솔 라 라솔…… 계이름이 계속 입안에 맴돌았다. 작은애가 수시로 불러대는 통에 식구들 모두의 입안에 맴돌게 된 노래였다. 나는 얼굴을 맞대고 잠들어 있는 두 아이 앞에 무릎을 꿇었다. 노래라니. 나는 그대로 고개를 바닥에 짓찧었다. 쿵쿵, 쿵쿵쿵…… 내가 지금 노래를 흥얼거리다니…… 쿵쿵, 쿵, 쿵, 내가 미치지 않고서야 어떻게…… 쿵, 쿵, 쿵. 큰애가 뒤척거렸다. 나는 우뚝 멈췄다. 아이가 깨면 안 되었다. 나는 가만히 숨을 고른 후에 고개를 들었다. 큰애가 이불을 발로 차며 자세를 바꿨다. 자는 모습까지 제 아빠를 닮았다. 나는 내려놓았던 베개를 다시 움켜쥐었다.

베개를 쥔 손에 힘을 주었다. 그리고 천천히 아이의 머리맡으로 다

가갔다.

할머니가 이상하다고 말한 건 큰애였다. 남편의 장례를 치른 지 한 달이 채 못 돼서였다. 야간조여서 집에 돌아온 건 아침 여덟시가 넘어서였고, 눈 좀 붙이고 일어나 밥술을 뜨려던 참이었다. 얼른 먹고 대출금 상환 연장을 알아보기 위해 은행에 가야 했다. 오후 여섯시 출근 시간을 맞추려면 네시 반 셔틀버스를 타야 한다. 남은 시간이 별로 없었다. 받아쓰기 숙제를 하던 큰애가 슬그머니 나한테 다가왔다.

"할머니가……"

응. 나는 수저를 내려놓고 큰애를 바라보며 목덜미를 긁었다. 이제는 안 가려운 곳이 없었다. 하도 긁어 허물이 벗겨지고 진물이 흐르는 팔과 다리는 쓰라리다못해 감각이 없을 지경이었다. 뒷덜미를 긁은 손톱에 피딱지와 살점들이 묻어나왔다. 말해. 할머니가 뭐? 힐끔 할머니를 쳐다본 큰애가 내 귀에 대고 속삭였다. 나한테 욕했어. 뭐? 큰애가 선뜻 입을 열지 못했다. 네가 할머니 화나게 했어? 큰애가 고개를 저었다. 네가 잘못 들은 건 아니고? 또 고개를 저었다. 뭐라고 했는데, 말해봐. 아이는 다시 내 귀에 대고 말했다.

"오라질 년."

큰애는 마치 제가 엄마한테 한 욕이라도 된 듯이 얼굴이 벌게졌다. 나는 어머니를 쳐다봤다. 어머니는 재방송하는 드라마를 보며 빨래를 개고 있었다. 거짓말하면 안 돼! 나는 눈에 힘을 주고 큰애를 나무랐다.

어머니가 무뚝뚝한 편이기는 했지만 아이들을 함부로 대하는 노인네는 아니었다. 되려 손주라면 끔찍이 위하는 사람이었다. 매 끼니마다 뜨신 밥을 해 먹이고, 애들 옷은 꼭 손빨래를 했으며, 콩나물값을 아껴 명절 때마다 양말 한 켤레라도 사 신기는 분이었다. 엄하게 하는 건 부모가 할 일이고 할미는 애들 편에 서는 거라며 언제나 아이들을 품어온 어머니였다. 아이들은 나보다도 할머니와 더 많은 시간을 보냈고, 할머니를 더 의지했고, 할머니 말이라면 뭐든 믿고 따랐다. 자식 먼저 앞세운 사람인데도 손주들 앞에서는 눈물을 훔치지 않았다. 어른들 눈물 보고 자라면 애들 얼굴이 어두워진다고, 애들만큼은 구김살 없이 키워야 한다고, 애들 때문에 살아야 한다고, 그러니 절대 허튼 생각 하지 말라고 나를 다독이던 어머니였다. 큰애가 아니라며 고개를 저었다. 그럼 네가 잘못 들은 거야. 할머니가 어디 그런 말을 하실 분이니? 어머니가 다시 텔레비전으로 시선을 돌리며 무심히 뱉었다.

"애비가 늦는다. 눈 와서 길 미끄러울 텐데."

큰애가 내 팔을 덥석 잡았다. 작은애가 내 무릎 위로 올라왔다. 어머니는 목이 늘어난 메리야스만 입고 있었다. 가만히 있어도 땀이 뚝뚝 떨어지는 삼복더위였다. 무릎에 땀이 고여 작은애가 바닥으로 주욱 미끄러졌다. 어머니는 아무렇지도 않게 말을 이었다.

"얘, 두부는 사왔냐? 아니다. 내가 갔다 오마."

자리에서 일어나 현관을 나서려는 어머니를 간신히 만류했다. 나는 셔틀버스 시간도 잊은 채 어머니의 팔을 꽉 잡고 놓지 않았다.

처음에는 띄엄띄엄 아들을 찾는 것이 전부였다. 그러다 이내 매일 아들 밥상을 따로 차렸고, 왜 안 오느냐고 현관 앞에서 동동거리며 기다렸다. 당신 아들 죽었다 하면, 그게 무슨 소리냐며 이상한 사람 쳐다보듯 나를 노려봤다. 어머니, 어머니이. 어머니의 어깨를 붙잡아 흔들면, 어머니는 마지못해 꾸무럭거리며 방으로 들어갔다. 그러고는 서랍 속의 옷을 하나씩 하나씩 꺼내 입기 시작했다.

"얘, 보일러 안 켰냐. 춥다. 나 추워."

내복을 꺼내 입고, 그 위에 티셔츠와 조끼와 스웨터를 입고, 겨울 잠바까지 껴입은 어머니의 이마에는 땀이 총총히 맺혔다. 그런데도 연신 춥다면서 서랍장에서 옷을 또 꺼냈다. 어머니, 왜 그러세요! 제발 이러지 좀 마세요! 잡아 뜯어내듯 껴입은 옷을 하나씩 벗기고 나면, 어머니도 나도 온몸이 땀으로 절었다. 마치 실컷 싸움박질한 어린애들처럼 널브러져 숨을 헐떡이다보면 두 아이들이 방 귀퉁이에 우두커니 서 있는 게 보였다. 훌쩍이는 작은애를 큰애가 품에 꼭 안고 있었다.

옷을 껴입는 건 차라리 나았다. 냉장고 문을 열어놓은 채 아무거나 집어먹거나 대뜸 아이들에게 욕설을 퍼붓기도 했고, 두부 사러 가야 한다며 번번이 집밖을 나서려 했다. 아침마다 출근 안 하고 뭐하냐며 닫힌 방문을 두들기고, 큰 소리로 아들 이름을 부를 때는 오싹하다못해 허탈했다. 허망한 얼굴로 어머니를 쳐다보고 있으면, 또 언제 그랬냐는 듯이 멀쩡한 표정으로 물었다.

"왜 그러고 있어? 너 야간조 아니니? 늦겠다. 어서 준비해라."

사람이 한순간에 저렇게 무너질 수 있다는 것이 도통 믿어지질 않았다. 그건 어머니도 마찬가지였다. 그러나 자기가 언제 그랬냐고 되묻지도 못했다. 자기 손으로 대여섯 장도 넘게 껴입은 윗옷을 벗으면서, 끌어안고 먹던 김치통을 내려놓으면서, 양손에 구두약을 묻혀가며 닦던 아들 구두를 떨구면서, 어머니는 긴 한숨만 내쉬었다. 그렇게 문득문득 정신이 돌아오면 어머니는 자기 가슴을 움켜쥐고 울먹였다.

"저 어린것들한테 이런 꼴을 보였으니 어쩌냐…… 내가 더 버텨야 하는데 나까지 이 지경이 되었으니…… 너는 또 어쩌냐……"

그러나 그것도 잠시, 조용하다 싶어 뒤돌아보면 어머니는 아이들이 먹다 남긴 과자 부스러기를 숨이 넘어가도록 주워먹거나, 왜 이리 안 오냐며 아들 밥상을 차리고 있었다.

그런 어머니와 아이들만 집에 둘 수 없었다. 아이들이 아직 어렸다. 여덟 살에게 다섯 살 동생과 정신이 들락거리는 할머니를 맡길 수 없었다. 그렇다고 내가 집에 있을 수도 없는 노릇이었다. 나 아니면 벌이가 없었다. 더이상 돈을 융통해올 곳도, 도움을 요청할 곳도 없었다.

결국 해직자 모임에 연락할 수밖에 없었다. 죽은 남편의 손에 쥐어진 메모지에는 모임의 연락처가 적혀 있었다. 뒷면에는 미안하다는 네 글자가 적혀 있었다. 나는 남편이 남긴 미안하다는 글씨를 백 번, 천 번, 아니 만 번도 더 읽었다. 꾹꾹 눌러쓴 남편의 필체였다. 미안하다. 그 말은 나도 할 수 있었다. 미안하다. 그 말은 누구나 할 수 있는 말이었다.

가만히 잠든 아이의 얼굴 위에 베개를 올려놓았다. 아이의 숨소리가 조금 더 크게 들렸다. 가만히 베개를 누르자, 아이가 컥- 하며 숨을 뱉었다. 그러고는 이내 몸을 돌려 누웠다. 나는 물러서지 않았다.

남편이 구속된 다음날 예정에 없던 작은애를 낳았다. 달을 채우지 못해 미숙아로 태어난 아이는 그뒤로 두 달간 인큐베이터에서 지내야 했다. 시력과 신장에 문제가 있을 것 같다고 했다. 평생 정기검진을 받으며 살아야 한다고도 했다. 의사의 말을 들으면서도 나는 진물이 난 양팔을 긁어대고 있었다. 혹시 회사를 다니면서 생긴 발진 때문에 아이가 이렇게 된 거냐고 물었지만, 의사는 이렇다 할 관심을 보이지 않았다. 다만 아이가 평생 정기검진을 받으며 살아야 한다고만 대꾸했다. 내 뱃속에서 나온 아이였는데 내가 해줄 수 있는 건 아무것도 없었다. 아이가 숨을 쉴 때마다 오르내리는 가슴팍을 내려다보며 나는 자주 울었다. 아이 때문인지, 남편 때문인지, 아니면 쌓여가는 병원비 때문인지 알 수 없었다.

팔십여 일간의 파업 끝에 남편은 구속되었다. 남편 때문에 파업을 한 것도 아니고, 남편 때문에 회사가 그 지경이 된 것도 아니었다. 그런데도 벌을 받은 건 남편이었다. 차라리 잡혀 들어가는 것으로 끝나는 일이었다면 남편은 죽지 않았을지도 모른다. 회사는 파업으로 인한 피해에 보상을 하라고 소송을 걸었다. 살고 있는 아파트 육십 채쯤 팔면 가능할 금액이었다. 차라리 웃음이 나왔다. 백만원이라면, 아니 천만원쯤 되면 실감이 났을지도 모른다. 살면서 만져본 적도, 본 적도 없는 액수였다. 차라리 웃었다. 그걸 갚으라고? 우리보고? 남편이 고개를 끄덕였다. 웃음은 이내 사라졌다. 농담이 아니었다. 백억에 가까운 돈을 파업 농성을 했던 육십 명의 노조원들이 감당해야 한다는 뜻이었다. 그 금액의 육십분의 일은 남편과 우리 식구가 짊어져야 한다는 뜻이기도 했다. 파업 농성장에 있던 노조원뿐만이 아니라 그들의 가족들에게까지 공평하게 주어진 벌이었다.

바닥은 아니라고 여기며 살아왔다. 보증금 이천오백만원에 월세 오십만원으로 시작한 지 십여 년 만에 공단 근처의 십팔 평 아파트를 장만했다. 은행 대출금을 줄여보겠다고 어머니 혼자 살던 시골집까지 처분했다. 버려진 탄광밖에는 없는 곳에 어머니 혼자 두는 게 영 마음에 걸렸다면서, 이제라도 모시고 살게 되어 마음이 편하다는 남편의 거짓말은 차라리 애처로웠다. 어머니 평생을 살았던 고향을 등지게 하고 얻어낸 돈까지 보태도 은행빚을 져야 했다. 그것도 모자라 어머니에게 애까지 봐달라 부탁해야 하는 일은 아들로서도, 며느리인 나로서도 면구스러운 일이었다. 오히려 어머니가 선선히 응해 더 그러했을 것이다.

"내가 아무것도 해준 게 없는데, 이렇게라도 너희들 살게 해줘야 하지 않겠냐. 수족 멀쩡해 손주 새끼 밥술이라도 해 먹일 수 있으니, 얼마나 다행이냐."

정말 다행이었다. 혼자 버는 것보다 둘이 벌 수 있었으니까. 덜 쓰고 안 쓰면, 은행빚을 기한보다 더 빨리 갚을 수도 있었다. 빚을 갚으면 저금을 할 수 있다. 그럼 돈을 모을 수 있다. 불가능한 일이 아니었다. 그래서 나는 파업 농성이 길어질수록 남편을 이해할 수 없었다. 남편의 생각에 동의하지 못했다. 부당하고 억울했지만, 남편이 벌지 않으면 당장 살 수가 없었다. 내 벌이론 생활비와 은행 이자까지 감당하지 못했다. 남편이 벌지 못하면 당장의 전기세를, 당장의 가스 요금을, 당장의 아파트 관리비를 낼 수 없었다. 반찬 세 개에서 두 개를 줄이는 일처럼 간단한 문제가 아니었다. 뱃속 아이가 육 개월에 들어섰을 때 시작한 파업이었다. 출산 전에는 해결될 거라고 철석같이 믿었다. 부른 배를 문지르면서, 아빠가 너 편하게 살게 하려고 고생하는 거래, 마음 편히 중얼거리던 나였다. 곧 끝날 테니까, 그때까지만 나 혼자서 벌면 된다고 생각했다. 나는 모자라도 한참 모자란 인간이었던 것이다.

파업이 길어질수록 회사는 완강해져갔다. 회사 근처에 대형 천막으로 세운 연대 본부가 만들어지고, 곳곳에 붉은 글씨들이 내걸렸다. 그럴수록 회사 건물을 둘러싼 경찰들의 수가 늘어났고, 텔레비전에서도 심심치 않게 농성 장면을 보여주었다. 공단 곳곳에 방송국과 신문사 차량들이 상주했다. 사람들은 공단과 동네에서 유인물을 나눠주고, 시시때때로 여기저기서 구호 외치는 소리가 들렸으며, 간혹 철탑 위에 올라가 고함을 지르는 이도 있었다. 노조 가족들 모임이 만들어졌고 나도 매일 밤 참석했다. 그러나 나는 아이를 핑계로 얼굴만 비치고 서둘러 일어나곤 했다. 나는 올바른 해결보다는 그저 이 상황이 빨리 끝나기만을 바랐다.

물론 남편의 안전을 걱정했다. 경찰과 대치하면서 부상자들이 나왔고, 노조원이 점거한 회사 건물은 고립되었다. 그렇게 돌아가는 사정에 화가 나고 납득이 되지 않았다. 그럴수록 남편이 더욱 이해되지 않았다. 아이들을 위해서라도 물러설 수 없다는 남편의 의지가 내게는 와닿지 않았던 것이다.

정말 식구들을 위한 일이었다면, 적어도 거기서 나와야 했다. 그리고 일을 해야 했다. 일을 해야 돈을 벌고, 돈을 벌어야 먹고살 수 있었다. 그냥 나가라는 것도 아니고, 퇴직금을 준다는데. 그 돈을 밑천 삼아 다른 일을 시작할 수도 있었다. 아니면 다른 회사에 다시 들어가면 되었다. 그것이 현명한 대처라고 생각했다. 아무리 억울하고 부당해도 어쩔 수 없는 게 있었다. 아무리 몸부림을 쳐도 바위에 계란 치는 것보다도 못한 일이란 게 있었다. 회사가 언제 약속을 지킨 적이 있었나. 회사가 언제 우리 편이었던 적이 있었나. 그걸 알면서도 저렇게 복직에 목매는 남편과 노조원들이 치졸하게 느껴졌다. 무서워서가 아니라 더러우니까 그만두고 등돌리라 하고 싶었다. 바짓자락 붙잡고 늘어져서 살려달라고 하는 것이 아니라, 됐다, 됐어! 하고 호기롭게 박차고 나오는 편이 더 나을 것 같았다. 가진 것 없으면 무릎 꿇어야 숨이라도 연명할 수 있는 법이었다. 언제 끝날지 모르는 기약 없는 파업으로 보내는 시간이 나는 아까웠다.

내 편이 아닌 것은 회사뿐만이 아니었다. 사표를 쓰면 손해배상 청구 대상에서 빼주겠다는 말에 돌아선 노조원이 있었다. 손배 금액 때문에, 생활을 위해 빚을 늘려야 했기 때문에, 못 견디고 사라진 아내 때문에, 그렇게 무너진 식구들을 다시 묶을 여력이 없기 때문에, 어디서든 일자리를 다시 구할 수 없었기 때문에, 분하고 분해서 스스로 목숨 끊은 이들도 있었다. 그들의 이야기가 결코 남의 일이 아니었다.

회사에서 쫓겨나면서 받은 퇴직금의 반 이상을 회사가 가압류로 묶었다. 나머지 금액은 퇴직금을 담보로 받은 대출금으로 사라졌다. 십여 년간 일하고 받은 퇴직금은 한푼도 남지 않은 셈이었다. 그뿐만이 아니었다. 아파트 또한 가압류된 상태였다. 경찰이 파업 당시의 진압 비용 일부를 노조원들에게 배상받겠다는 소송을 걸었기 때문이었다. 아파트라도 처분해 빚을 줄이고 싶어도 할 수가 없었다. 남아서는 살 수 없고, 살기 위해 떠날 수도 없는 노릇이었다. 우리집뿐만이 아니라 파업 농성을 했던 다른 노조원들 모두 비슷한 형편이 되었다. 바닥은 생각보다 가까이 있었다.

사람을 죽이고 받는 벌도 이보다는 낫지 않을까. 설사 남편이, 노조원들이 중죄를 지었다고 치자. 그럼 죄지은 사람만 벌받으면 되는 것 아닌가. 왜 그들의 아내와 아이들과 부모들까지 같은 벌을 받아야 하는 것인지 나는 알 수 없었다.

단번에 눌러야 했다. 아이의 몸통 위로 올라갔다. 금방 끝나게 해줄게. 오래 괴롭지 않게 해줄게. 이를 악물고 양어깨에 힘을 주었다. 힘껏 두 팔을 뻗어 베개를 눌렀다. 미미레도미솔라라솔…… 계이름을 끝까지 외울 때까지 아이의 몸에서 내려오지 않았다.

일 년 반 만에 집에 들어선 남편을 본 작은애가 자지러지게 울어댔다. 낯가림이 심하고 겁이 많은 아이였다. 작은애는 아무리 일러줘도 아빠가 아니라며 고개를 저었다. 그리고 팔을 뻗어 벽에 걸린 사진을 가리켰다. 결혼사진 속의 남편은 짧은 머리에 입을 벌려 크게 웃고 있었다. 태어나서 한 번도 본 적이 없었으니 사진 속의 얼굴과 다른 얼굴을 아빠라 받아들일 수 없었던 것이다. 그도 그럴 것이 남편은 마치 오래 앓아온 사람처럼 보였다. 길게 웃자란 머리칼에 살이 빠진 얼굴은 핏기 없이 허옇기만 했다. 머쓱하게 웃는 입가에 움푹 파인 주름 때문에 초로의 남자처럼 보이기도 했다. 나는 남편 앞으로 큰애를 세웠다. 큰애가 연습한 대로 다녀오셨어요, 라며 꾸벅 인사를 했다. 마침 두부를 사러 나갔던 어머니가 들어섰다. 현관문이 닫히며 찬바람이 들어찼다. 어머니의 어깨가 녹아내린 눈으로 흠뻑 젖어 있었다. 두부를 한입 크게 베어 문 남편의 얼굴에 허연 버짐이 피어 있었다. 두부를 다 먹고 나서야 남편이 말문을 뗐다.

"보일러 안 켰어? 춥다. 나 추워."

어머니가 얼른 자기가 입고 있던 스웨터를 벗어 남편의 어깨에 둘렀다.

"애, 뭐하냐. 어서 애비 밥 차리자."

팔을 긁던 나는 어머니의 말에 그제야 부엌으로 들어섰다. 주간조여서 내가 직접 저녁상을 차릴 수 있어 기뻤다. 서둘러 찌개를 끓이고, 고기를 볶고, 김장김치를 썰었다. 거실을 바라보니 어느새 울음을 멈춘 작은애가 남편 주변을 빙글빙글 맴돌고, 큰애는 남편의 무릎에 앉아 제 아빠의 턱을 만지작거리고 있었다. 어머니는 남편의 손을 잡은 채 두런두런 이야기를 나누고 있었다. 이제야 제대로 된 집 같았다.

각서만 쓰면 돼. 처음 일을 시작할 때는 없던 절차였다. 반년 만에, 작은애를 낳기 전까지 다니던 회사에서 다시 일을 할 수 있게 되었다. 텔레비전이나 휴대전화, 컴퓨터 모니터에 쓰이는 필름을 검사, 확인하는 일이었다. 열두 시간씩 근무하는 이교대였지만 공단 내에서는 보수가 꽤 좋은 회사에 속했다. 반장이 내민 종이를 천천히 읽어내려갔다. 노조에 가입하지 않겠다, 관련된 모임과의 교류도 하지 않겠다는 내용이었다. 나는 고개를 끄덕였다. 오른쪽 엄지손가락에 인주를 묻혀 내 이름 옆에 꾹 눌렀다.

어느새 파업에 참여했던 노조원의 가족들까지 공단에서는 껄끄러운 존재가 되어 있었던 것이다. 공단의 다른 회사에서 일하던 아내나 형제들은 파업 농성 노조원 가족이라는 이유로 쫓겨나지 않을까 전전긍긍했다. 실제로 말도 안 되는 이러저러한 이유로 그만두게 된 사람들도 있었기 때문이었다. 그러니 남편과 같은 해직 노조원, 파업 농성에 참여했던 노조원들은 아예 공단에 발조차 디딜 수 없었다. 나 역시 노조원의 아내라는 낙인이 찍힌 셈이었다. 그나마 경험자라며 각서라도 써서 일을 할 수 있게 해준 것만으로도 천만다행이었다.

속옷까지 다 벗고 흰색 방진복을 입었다. 옷을 벗고 갈아입느라 양팔이 다시 쓰리고 가려웠다. 여기서 일하는 사람들에게 그런 피부병은 흔했다. 그래서인지 남자들은 아이를 못 갖고, 여자들은 아픈 아이를 낳는다는 소문이 있었다. 하지만 누구 하나 대놓고 말하지는 않았다. 정말 아이가 없는 남자들이 많았고, 아픈 아이를 키우는 여자들도 흔했지만 그것이 이 회사에서 일했기 때문이라는 걸 입증할 방법이 없었다. 입증하고 싶은 사람도 없을 터였다. 제법 보수가 괜찮은, 식당 밥이 나쁘지 않은, 쉬는 시간이 주어지는, 따지면 황금 직장이기도 했으니까.

방진 신발, 모자, 마스크까지 착용하고 두 번의 에어샤워를 마친 뒤에 안으로 들어섰다. 롤에 감긴 필름의 염색 이상이나, 먼지, 기포, 스크래치나 쏠린 부분 등을 잡아내는 일을 하는 곳이었다. 티끌 하나 보이지 않는 공간에 여러 기계들과 칸칸을 막은 곳곳에 자리한 반짝이는 모니터가 익숙하게 펼쳐졌다. 나는 안면이 있는 여자들에게 인사를 건네고 자리에 앉았다. 원래 내 자리라는 느낌, 그런 안도감이 느껴졌다. 누군가 억지로 이 자리를 뺏는다면, 처음부터 이 자리는 내 자리가 아니었다고 밀쳐낸다면, 나도 남편처럼 깃발을 들고 외칠 수 있을까. 파단! 어디선가 큰 소리로 파단을 외쳤다. 그 소리에 기계가 일시에 멈췄다. 남자 직원들이 신속하게 투입되자 곧이어 고약한 화학약품 냄새가 맡아졌다. 정상 가동이 될 때까지 쉴 수 있다는 뜻이었다. 휴게실로 몰려나온 여자들은 아무렇게나 긴 의자에 누워 눈을 감았다. 나도 의자 귀퉁이에 엉덩이를 붙이고 눈을 감았다. 여기저기 버석버석거리며 방진복을 긁어대는 소리만 휴게실을 울렸다.

아무 소리도 들리지 않았다. 어떤 움직임도 없었다. 조심스럽게 베개를 들었다. 두 눈을 감은 아이는 그저 자는 것처럼 보였다. 아이의 두 손을 포개어 가지런히 가슴 위에 올렸다. 그리고 이불을 머리끝까지 올려 덮어주었다.

한동안은 어떻게든 살 수 있을 것 같았다. 감옥도 다녀오고, 해고도 당하고, 손해배상금도 물려 있는 게 남편 혼자는 아니었기 때문이었다. 그들 중 몇몇은 함께 치킨집도 내고, 맥줏집도 열었다. 몇몇은 대내외로 모금운동을 벌이기도 했다. 대부분은 다른 공단에 일자리를 구해 지방 곳곳으로 흩어졌다. 남편 역시 그들과 함께 다른 일자리를 찾아 떠났다 돌아오곤 했다. 숙식만 제공하는 곳이면 어디든 마다하지 않았다. 오래 일할 수 있는 곳 따위는 세상에 없었다. 그저 제때 임금이나 주는 곳이면 족했다.

그렇다고 형편이 나아지진 않았다. 남편이 파업 농성을 시작하고 내가 다시 일을 시작하기까지는 반년, 남편이 출소하고 다시 일을 시작하는 데는 일 년이 걸렸다. 둘이 삼교대 이교대로 일을 했지만 한 번 터진 구멍은 좀처럼 메워지지 않았다. 둘이 버는데도 큰애 유치원 비용은커녕 작은애 정기검진 비용을 대는 것조차 힘들었다. 의료보험 혜택을 받을 수도 없는 작은애의 병원비 때문에 자동차를 처분하고, 퇴직금을 담보로 대출을 더 받아야 했다. 부채는 순식간에 눈덩이처럼 불어났다. 그렇게 하지 않고서는 작은애를 살릴 방도가 없었다.

그래도 어떻게든 살자 했다. 세상에 우리집 같은 사정이 우리뿐만은 아니라는 것으로 위안을 삼기도 했다. 남편이 자꾸 살이 빠지고 병색이 짙은 얼굴이 되어도, 가슴을 내리치는 횟수가 늘어도 나는 많이 아프냐고 쉽게 물어볼 수가 없었다. 팔에만 돋았던 발진이 온몸으로 번져가고 급기야 옷 여기저기에 진물이 배어나와도 나 역시 누구에게 토로하지 않았다. 남편과 나는 서로에게 병원에 한번 가봐야 하는 거 아니냐는 염려의 말조차 입 밖으로 꺼내지 못했다. 아픈 건 아이 하나만으로도 족했고, 그것만으로도 충분히 고단했기 때문이었다.

그래서 남편의 자살이 용납되지 않았다. 남편의 이기심은 치졸했다. 어떻게 자기 혼자 살겠다고 자기만 죽을 수 있는가. 어떤 언질도 없이 그렇게 가버리다니. 독하고 모진 사람이었다.

한 달 만에 돌아온 남편이 피곤하다며, 눈 좀 붙일 수 있게 아이들을 데리고 잠깐만이라도 나갔다 오라고 했다. 야간조를 마치고 온 나 역시 피곤했다. 그래도 나는 아무 말 없이 아이들을 데리고 나갔다. 여름 휴가철이었고 일요일 아침이었다. 놀이터는 조용하다못해 쓸쓸했다. 나는 아이들끼리 놀게 하고 벤치에 앉았다. 꾸벅 졸다 깨면 아이들은 미끄럼틀에 올라가 있고, 꾸벅 다시 고개를 들면 시소를 타고 있었다. 열시쯤이었는데도 햇볕이 뜨거웠다. 더이상 못 앉아 있겠다 싶어 일어섰다. 아이들과 집을 비웠던 그 두어 시간 동안 남편은 스스로 자기 목을 맸던 것이다.

남편의 자살은 누구나 납득할 만한 정황이었다. 파업 농성에서 비롯된 여러 정신적인 충격, 감당할 수 없는 빚, 그로 인한 자괴감과 우울증, 만성 무기력증. 함께 파업 농성을 했던 노조원들과 그들의 가족들에게는 익숙한 자살 동기였다. 굳이 이유를 묻지 않아도 되는 죽음이었던 것이다.

그러나 그 이유 때문만은 아니었다는 걸, 현실을 회피하기 위한 자살이 아니었다는 걸, 나는 남편의 장례식장에서야 알게 되었다. 파업 농성과 복역, 지방을 전전하며 같이 일을 다녔던 철민씨를 통해서였다. 남편을 잘 따라 남편이 유일하게 집으로 데리고 왔던 동료이기도 해서 아이들이 허물없이 삼촌이라고 부르던 이였다. 철민씨가 나를 보자마자 내 앞에 푹 고꾸라졌다.

"형수님에게 말하지 말라 하셨는데, 그럼 정말 너무 허망하실 것 같아서……"

남편이 가슴을 두드리며 답답하다고 했던 건 정말 아파서였다는 것을, 오래 치료를 해야 하는 병이었다는 것을, 나는 그제야 알게 된 것이었다.

"형님이 이런 결심을 하게 될 줄 알았으면, 저라도 진작 말씀드렸어야 했는데…… 죄송해요, 형수님. 정말 죄송해요. 제가 형수님 볼 면목이…… 잘못했어요, 형수님. 정말 형님이 이렇게 가실 줄은 저도……"

철민씨는 소리내어 울기 시작했다. 자식을 먼저 보낸 어머니도 참았던, 넋이 나가 울어야 한다는 것조차 잊었던 나보다도 더 서럽게 우는 것이었다. 나는 철민씨를 일으켰다. 그게 어디 철민씨 잘못인가요. 병든 사람 잘못이지. 병들었어도 고칠 돈 없는 우리 사정이 잘못이지. 울지 마요. 그만 울어. 내가 읊조린 말인데도 마치 다른 사람이 나에게 건네는 말처럼 들렸다. 그래서 나는 남편을 이해하기로 했다. 미워하지 않기로 했다. 더이상 원망하지도 않았다. 차라리 고마웠다. 아프다고, 고쳐보겠다고, 정말 살겠다고 했다면 내가 살지 못했을 것이다. 그제야 나는 눈물이 났다. 남편의 결심이 갸륵해서 온 마음과 정성을 다해 제대로 울 수 있었다.

그래도 살아야 한다고 했다. 어머님이, 조문객들이, 이미 같은 일을 겪은 여인들이 나를 안아주고, 내 손을 잡아주며 똑같은 말을 되풀이했다. 아이들을 생각하라고 했다. 애들은 죄가 없지 않느냐고, 저것들 때문에라도 더 강해져야 한다고 했다. 모두 맞는 말이어서 나는 고개를 끄덕였다. 정말 정신을 바짝 차려야 했다. 이제 남은 사람은 나 혼자였던 것이다.

장례식을 마치고 내가 제일 먼저 한 일은 병원에 가는 것이었다. 남편이 짐을 하나 덜어주었다고 생각하니 나는 더 씩씩해져야 했다. 남편처럼 아프지 말아야 했다. 나만큼은 멀쩡해야 식구들을 건사할 수 있었다.

동네 병원에서는 시내에 있는 큰 병원으로 보냈고, 큰 병원에서는 더 큰 대학병원으로 가라며 소견서를 써주었다. 대학병원에서는 조직 검사를 하자고 했다. 일단 시키는 대로 했다. 연고로 끝날 일이 아닌 모양이었다. 언제나 설마 했던 일은 현실이 되고, 뜻하지 않은 방향으로 발전되기 일쑤였다. 의사는 다른 과 선생들도 만나야 할 것 같다고 했다.

"단순히 피부가 문제가 아니라, 내장 기능이나 면역체계 같은 것들도 좀 봐야겠는데…… 신경과에서도 봐야 할 것 같고."

의사가 혼잣말처럼 중얼거렸다. 나는 떨리는 목소리로 물었다. 무슨 병인가요?

"모르니까 검사를 해보자는 겁니다. 일단 입원을 하셔서……"

의사는 컴퓨터 모니터만 쳐다보면서 혼자 떠들었다. 입원 날짜, 검사 일정 등을 체크하고 간호사를 불러 차트를 넘겼다. 간호사가 따라 나오라는 몸짓을 보였다. 나는 다시 의사에게 물었다. 전염되는 건 아니겠죠? 제가 애들 엄마라서.

"애들도 이래요? 아니면 없다고 봐야 하겠지만. 근데 그거야 두고 봐야 할 문제고. 검사를 해보고, 그때 다시 얘기합시다."

나는 다시 물었다. 저 같은 증상을 가진 사람들이 또 있나요?

"많지는 않지만 있는 편이죠."

그런데도 무슨 병인지 모른다고요? 의사가 노골적으로 인상을 찌푸리며 안경을 벗었다. 간호사가 서둘러 내 팔을 잡아끌었다. 제가 안내해드릴게요. 이리 나오세요. 간호사는 메모지에 내가 해야 할 일들을 순서대로 적어주었다. 우선 접수창구에 가셔서 입원 수속을 밟으시면, 그쪽에서 다시 말씀드릴 거예요. 왜 입원을 하는데요? 검사하셔야 하니까요. 지금 여러 과 선생님들이 함께 보셔야 해서 외래 진료로 검사받기는 힘들어요. 선생님들 스케줄도 각각 다르고. 그러니 일단은 일층 접수과로 가셔서……

간호사는 친절하고 상냥했다. 그래서 나는 그냥 고개를 끄덕여줬다. 그러고 곧바로 병원을 나섰다. 가려우니까 긁고, 긁으니까 진물이 멈출 새가 없고, 그러니 온몸이 쑤시고 아픈 거지. 내가 언제 병원에 다녔다고. 이런 걸로 병원에 간 내 잘못이었다. 병원 근처에는 대형 약국들이 줄지어 서 있었다. 나는 그중에서 간판이 가장 큰 약국으로 들어갔다. 상처가 났는데 잘 안 아물어서요. 약사가 서너 개의 연고를 꺼내왔다. 그중의 하나는 집에 있는 연고였다. 나는 남은 두 개를 사 들고 집으로 돌아왔다. 별거 아니라고 혼자 중얼거릴수록 가슴이 답답해졌다.

이불 위로 드러난 아이의 머리, 어깨와 팔, 손, 가슴과 배, 다리, 무릎, 발을 천천히 매만졌다. 얄팍한 살 속에 자리한 가느다란 뼈들이 금방이라도 부스러질 것 같았다.

반에서 키가 제일 작은 작은애는 맨 앞에서 실로폰을 연주했다. 엄마를 찾느라 눈동자가 분주했다. 큰애가 팔을 번쩍 들어 흔들었다. 그제야 작은애의 표정이 해사해졌다. 나도 손을 흔들어주었다. 미미 레 도미솔 라 라솔 미레 도 도도 미솔미레…… 작은애는 무사히 연주를 마쳤다. 나는 손바닥이 빨개지도록 박수를 쳤다. 6세, 7세반 아이들의 발표를 마치고 다시 5세반 아이들이 쪼르르 무대 위로 나왔다. 반짝이는 빨간색 원피스를 입은 여자아이들이 앙증맞은 자세를 취하자

곧 빠빠빠 노래가 시작됐다. 아이들은 음악에 맞춰 열심히 춤을 췄다. 여기저기서 웃음소리와 박수소리가 들렸다. 큰애도 웃기다면서 깔깔댔다. 줄을 맞춰가며, 옆 친구의 동작도 봐가며 춤을 추는 작은애가 너무 예뻐서, 너무 좋아서, 가슴이 먹먹해졌다. 눈물이 날 것처럼 코끝이 알싸해졌다. 내 눈에는 작은애밖에 보이지 않았다. 내 귀에는 제 동생이 제일 잘한다면서 크게 떠드는 큰애의 목소리밖에 들리지 않았다.

재롱잔치가 끝나고 작은애가 활짝 웃으며 내게 달려왔다. 엄마 나 봤어? 그럼, 봤지. 네가 제일 잘하던데! 작은애는 뿌듯함과 자부심이 가득찬 표정으로 씩 웃었다. 이내 아이들은 종알거리며 앞서 걸어갔다. 우리 저녁 먹고 들어갈까? 두 아이들이 되돌아 내게 뛰어오며 좋다고 소리를 질렀다.

크리스마스가 지났는데도 거리는 크리스마스 장식 불빛으로 현란했다. 겨울바람이 매섭게 차가웠다. 짜장면 두 그릇과 탕수육을 시켰다. 돈가스, 스파게티, 피자, 짜장면 중에서 아이들이 고른 메뉴였다. 단무지를 내려놓는 종업원에게 군만두도 달라 했다.

"우리가 다 먹을 수 있어?"

큰애가 놀란 눈으로 물었다. 못 먹으면 남기면 되지.

"그럼 안 돼!"

작은애가 앙칼지게 말했다. 안 돼? 응! 왜 안 돼? 쓰레기 많이 나오면 필리핀에 태풍 생겨. 큰애가 어이없다는 표정을 지었다. 쓰레기가 많아지면 환경오염이 생기고 그것이 기상이변을 일으킨다고 배운 모양이었다.

"남은 거 싸가. 집에 가지고 가, 내일 먹자. 응?"

그래, 그럼. 그제야 작은애가 안심이 된다는 표정을 지었다. 주문한 음식이 테이블에 가득 차려졌다. 나는 아이들 앞으로 짜장면 한 그릇씩 놔주었다. 다 먹지 못하겠지만 작은애에게도 제 몫의 한 그릇을 놔주고 싶었다. 큰애는 짜장면 한 그릇을 거뜬히 다 비웠다. 새끼들 먹는 것만 보면 안 먹어도 배부르다는 말이 왜 생겼는지 알 것 같았다. 남은 탕수육과 군만두는 포장해달라 했다. 그걸 굳이 자기가 들고 가겠다는 작은애 손에 쥐여주고서야 중국집을 나섰다. 혹독하게 차가운 겨울 밤공기가 온몸에 파고들었다. 서둘러 택시를 잡아탔다. 작은애가 물었다.

"엄마, 오늘은 특별한 날이지?"

버스가 아니라 택시를 탔고, 외식을 했고, 오빠 그릇에서 덜어 먹은 게 아니라 저 혼자 한 그릇을 차지했고, 재롱잔치를 했고…… 이유는 많았다. 그럼. 특별한 날이지.

"맨날 재롱잔치 하면 좋겠다."

큰애가 창밖을 보며 툭 뱉었다. 그 말이 괜히 가슴에 박혔다. 멀리 공단의 환한 불빛이 보였다. 큰애가 물었다.

"근데 엄마 오늘 회사 정말 안 가?"

그렇다고 대답을 했는데도 뭐가 석연치 않은지, 큰애가 자꾸 되물었다. 나는 큰애의 머리를 한번 쓰다듬고 멀리 공단을 바라봤다. 단 한 번도 꺼진 적이 없는 공단의 환한 불빛이 이상하게 서늘하고 무섭게 보였다.

집에 들어서자 퀴퀴한 냄새가 진동했다. 아이들이 코를 쥐고 방으로 뛰어들어갔다. 어머니가 똥을 지린 모양이었다. 근래 들어서는 식구들 얼굴조차 알아보지 못했다. 들락거리던 정신은 이제 영영 돌아오지 않을 모양이었다. 방문 밖에 걸쇠를 달았다. 외출할 때는 어머니를 방에 두고 바깥에서 잠그고 나가야 했다. 방문을 여니 똥냄새가 훅 쏟아졌다.

불 꺼진 방 한 귀퉁이에 시체처럼 웅크린 어머니가 잠들어 있었다. 몇 겹을 껴입었는지 사람 형체가 아니었다. 군데군데 오물 묻은 기저귀가 나뒹굴고 있었다. 불을 켜자 어머니가 끔뻑 눈을 떴다.

"애비 춥댄다. 보일러 좀 틀어줘. 참, 두부 사왔니? 아니다, 내가 사와야지."

끙 소리를 내며 일어선 어머니가 휘청거리며 다시 주저앉았다. 나는 어머니가 껴입은 옷을 하나하나 다 벗긴 다음 욕실로 데리고 들어가 샤워기를 틀었다. 걸신들린 사람처럼 주워먹는데도 어머니는 자꾸 살이 내렸다. 나는 비누질을 하며 중얼거렸다. 고생만 했으니 빨리 좋은 세상 가셔도 되는데. 근데 어머니 오래 사실 거 같아 걱정이네.

"나보고 지금 죽으란 말이지? 오라질 년……"

어머니가 나를 노려봤다. 눈감아요. 비누칠할 테니. 나는 어머니 얼굴을 비누로 문질렀다. 어머니가 두 눈을 꾹 감았다.

어머니라도 멀쩡했으면 이렇게 멀리까지 오지 않았을 것이다. 어머니 탓이라는 건 아니다. 어머니라고 바라서 그 지경이 된 건 아니니까. 내 몸이 멀쩡했어도 여기까지 올 생각을 못했을 것이다. 이러면 안 된다는 걸 안다. 머리로는 알고도 남았다. 하지만 마음이, 가슴이,

그보다도 현실을 감당할 수 없었다.

어머니가 그렇게 된 이후로 아이들 거처가 문제가 되었다. 큰애는 방과후 돌봄 교실도 있고, 작은애는 유치원 종일반에 넣으면 될지 몰랐다. 그러려면 지금 회사를 그만두고, 낮에만 일하는 곳을 구해야 했다. 그러나 보수가 좋은 편인 지금 회사의 월급으로도 허덕이는 생활이었다. 여기서 벌이를 더 줄일 수는 없었다. 당장 다음달에는 작은애 정기검진이 있었다.

각서를 썼지만 어쩔 수 없이 해직자 모임에 연락을 했다. 그들과 교류가 없었지만 뻔뻔하게 남편의 이름을 대고 알 만한 사람을 수소문했다. 전화를 건네받는 사람들에게 내 사정을 밝히고, 어떻게든 방법을 찾아달라고 부탁했다. 그러나 나 같은 처지의 사람이 나뿐만은 아닌 모양이었다. 그 나이 정도면 저희들끼리 있을 수 있지 않느냐 되물었고, 영 힘들면 위탁가정이나 위탁기관을 안내해주겠다 했다. 나는 조용히 전화를 끊었다. 내가 바란 건 그런 게 아니었다. 내 애들은 다른 사람 손에 크게 두고, 나는 다 갚지도 못할 빚을 메우기 위해 돈을 벌며 살아야 한다는 뜻이었다. 내가 왜 그렇게 살아야 하나. 우리가 왜 그렇게 살아야 하나.

아이들을 위해서라도, 라고 말했던 남편의 말이 자꾸 떠올랐다. 남편의 말이 맞는지도 모른다. 하지만 남편이 미처 깨닫지 못한 게 하나 있었다. 사는 것이 전부는 아니었다. 사는 것이 사는 것의 전부가 되는 게 옳은 것인지, 나는 확신할 수 없었다.

아이가 부스스 일어났다. 쉬 마려. 눈도 제대로 못 뜨고 화장실로

걸어가더니 이내 또르르르 오줌발 소리가 들렸다. 미미레도미솔라라 솔…… 아이의 목소리가 가느다랗게 이어졌다.

어머니를 씻기고 깨끗한 옷으로 갈아입힌 다음 이불에 눕혔다. 불을 끄고 나와 방문을 닫고 걸쇠를 걸었다. 그리고 큰애와 작은애를 차례대로 씻겼다. 깨끗이 빨아두었던 내복을 입히고 이부자리를 펴주었다. 옷가지들을 다 빨아놓고 집안을 정리한 다음, 아이들 사이에 누웠다.

이불 속에서 뒤척이던 아이들이 흥얼거렸다. 미미레도미솔라라 솔…… 이제 이 노래 안 불러도 되네? 나는 끄덕였다. 작은애가 내 품으로 파고들었다.

"엄마랑 같이 자니까 좋다."

"근데 엄마 정말 안 가도 돼?"

나는 큰애의 손을 찾아 꼭 잡았다. 괜찮아. 다 괜찮아.

"엄마, 잠이 안 와."

작은애가 품안에서 꼬무락거렸다. 노래 불러줄까? 응. 그새 잠이 들었는지 큰애는 대답이 없었다. 나는 낮은 목소리로 천천히 노래를 불렀다.

꽃잎 끝에 달려 있는 작은 이슬방울들, 빗줄기 이들을 찾아와서 어디로 데려갈까. …… 엄마 잃고 다리도 없는 가엾은 작은 새는 바람이 거세게 불어오면 어디로 가야 하나. …… 모두가 사라진 숲에는 나무들만 남아 있네, 때가 되면 이들도 사라져 고요함이 남겠네.*

아이들의 가슴을 토닥거리며 노래를 다 부르니, 두 아이의 새근거리는 숨소리만 들렸다. 나는 천천히 몸을 일으켰다. 문득 남편이 꾹꾹 눌러쓴 미안하다는 글씨가 떠올랐다.

눈감아. 자장가 불러줄게. 아이는 시키는 대로 눈을 감았다. 아이의 얼굴에 베개를 덮었다. 베개 밑에서 왜 그러느냐고 묻는 아이의 목소리가 떨렸다. 노래 다 부를 때까지만 가만히 있으면 돼. 말을 끝내자마자 베개를 쥔 손에 힘을 주었다. 무엇이 이 숲속에서 아들을 데려갈까. 아이는 더이상 움직이지 않았다.

나는 반듯하게 누워 있는 아이들 옆에서 날이 밝아올 때까지 두 눈을 뜨고 앉아 있었다. 이제 내 차례였다.

* 양희은, 〈아름다운 것들〉.

** 내용 중 해직 노조원들의 실상과 에피소드는 『시사IN』 331호 커버 스토리 「정말, 이러면 안 되는 것 아닙니까?」를 참고, 부분 차용했습니다.

빈집

*

새 아파트에서 마지막으로 주문한 물건은 와인잔이었다. 상자를 열자 두 개의 와인잔이 얌전하게 누워 있었다. 조심스럽게 잔을 꺼냈다. 빈 잔인데도 손잡이 부분이 가늘고 길어서 위태롭게 느껴졌다. 손잡이 부분을 스템이라 했지. 수정은 재빠르게 인터넷으로 배운 단어들을 중얼거렸다.

"립, 볼, 스템, 베이스……"

와인잔에 주둥이, 몸통, 손잡이, 바닥이라고 표현하는 건 역시 어울리지 않았다. 수정은 들고 있던 와인잔의 상태를 훑었다. 별 이상은 없어 보였다. 작은 상자가 총 네 개. 모두 여덟 개의 와인잔을 하나씩 꺼내볼 참이었다. 잔을 위에서 내려다보며 빙그르 돌렸다. 아슬아슬한 움직임이 묘하게 경쾌했다. 불안한 가벼움도 좋았다. 마지막으로 꺼낸 잔의 주둥이에 금이 간 걸 보기 전까지는 그랬다.

수정은 실금을 발견하자마자 보면 안 될 걸 발견한 사람처럼 바로 원래 자리에 넣었다. 서둘러 상자 뚜껑을 닫았다. 어쩐지 누가 보고 있는 것 같았다. 아니 이미 다 봤다며 혀를 날름거린 것 같았다.

이삿날에는 눈이 왔다. 이삿날에 눈이나 비가 오면 잘산다고들 했다. 궂은 날씨에 고생하니 잘살 것이라는 덕담을 얹는 모양이지만 수정은 그 말을 정말 믿고 싶었다. 분양받은 아파트는 8월부터 입주가 시작됐으나 수정은 12월 중순으로 이사 날짜를 잡았다. 살던 집의 전세 기한에 맞춘 일정이었다.

전날까지도 푸근하던 날씨가 이사 당일이 되자 기온이 뚝 떨어지고 눈까지 내리기 시작했다. 처음으로 하는 포장이사였다. 이번 이사만큼은 사모님 소리를 들으며 손 하나 까딱하지 않기로 작정을 했다. 날씨 때문에 수정이 힘들 건 없었다. 오히려 궂은 날씨는 수정에게 환한 미래에 대한 보증 같았다.

날씨 때문에 고된 건 이삿짐센터 사람들이었다. 남자 세 명과 여자 한 명으로 이뤄진 팀이었다. 약속시간보다 삼십 분이나 이른 일곱시 반에 들이닥친 그들은 기계적으로 짐을 싸고, 트럭에 싣고, 새 아파트에 부렸다. 점심도 알아서 먹었고, 쓸데없는 소리 한 번 내뱉지 않았으며, 쓰레기까지 자기네들이 알아서 말끔하게 처리했다.

새 아파트에 짐을 풀고 온 집안의 물걸레질까지 마친 시간은 오후 네시 오십분이었다. 예상보다도 한 시간이나 앞당겨 끝낸 셈이었다. 잔금을 받아들고 나가는 그들이 목소리를 높여 소리쳤다. 새집에서 잘사세요! 좋은 일 많이 생기세요! 새해 복 많이 받으세요! 그제야 수정은 올 한 해가 일주일밖에 남지 않았다는 걸 깨달았다.

현관문을 닫자 수정은 비로소 혼자가 되었다. 마침 남편에게서 전화가 걸려왔다. 다섯시인 모양이었다. 수정의 남편은 언제나 다섯시에 전화를 걸어 저녁을 어떻게 할 것인지 알렸다. 밖에서 먹을지, 집에서 먹을지 알려주는 것은 수정에게 중요한 사항이었다. 남편이 밖에서 먹고 오는 날이면 수정은 저녁을 먹지 않았다. 남들처럼 운동을 다닐 형편이 안 되니 그렇게라도 해야 몸매를 관리할 수 있다고 믿었다. 서른이 넘어가면서 자꾸 살이 붙었다. 간헐적인 금식이라도 해야 마음이 놓였다. 남편은 끝나는 대로 오겠다고 했다.

"저녁은?"

"먹고 갈까?"

"그래주면 내가 편하고."

남편은 선선히 그러겠다고 했다. 어수선한 집에서 저녁을 차리긴 싫었다. 그보다도 수정은 새 아파트의 사용법을 잘 몰랐다. 입주신고를 할 때 설명을 들었지만 방방마다 달린 온갖 버튼, 리모컨, 거실과 주방에 부착된 모니터만으로도 수정은 불편하다못해 무섭기까지 했다. 심지어 보일러를 어떻게 틀어야 하는지조차 몰라 집안은 바깥과 다를 바 없는 냉골이었다. 전화를 끊기 전에 남편이 한번 더 강조했다.

"혼자 이사하느라 고생했는데, 저녁까지 혼자 먹으라는 뜻 아니야. 당신 힘드니까 저녁 차릴 수고라도 덜라는 의미라고. 알지?"

남편 특유의 친절한 설명이 이어졌으나 수정은 다른 데 정신이 팔려 있었다. 통화를 하며 무심히 열어본 신발장 때문이었다. 많지 않은 신발이었으나, 그마저도 기준이나 규칙 없이 짝만 맞춰 대강 욱여넣은 걸 보니 아주 심란했다. 수정은 전화를 끊자마자 신발을 모조리 꺼내, 남편과 자신의 것으로 나눈 뒤, 종류와 계절과 색깔별로 분류해 넣었다.

어느새 어슴푸레한 어둠이 내려앉고 있었다. 수정은 천천히 집안을 둘러보았다. 아직 빈 공간이 많았다. 당장 내일부터는 새 가구들이 배송될 예정이었다. 그전에 이삿짐센터 사람들이 붙박이장과 수납장에 마음대로 집어넣은 짐부터 정리를 해야 했다. 그들이 무턱대고 아무렇게나 넣은 건 아니었다. 그들은 이삿짐 상자를 풀 때마다 어디에 넣으면 되느냐고 일일이 수정에게 물었다. 그때마다 수정은 일단 적당한 곳에 넣으라고만 대답했다. 어차피 모두 자신의 손을 거쳐야 할 것들이었다. 살림살이를 통째로 옮기는 마당에 그릇 하나하나, 옷가지 하나하나를 지정하며 어디에 넣어라 마라 할 수는 없었다. 모든 물건들을 다 꺼내 재배치, 재정리해야 한다는 뜻이었다. 그래서 수정은 기뻤다. 이제부턴 정말 자신만 할 수 있는 일이었던 것이다.

수정은 일단 사진부터 찍기 시작했다. 결혼 칠 년 만의 자기집이었다. 기념할 만한 날이었다. 이십오층의 십팔층, 확장형 새 아파트였다. 지하철역까지 가려면 버스로 사십 분은 더 가야 했지만, 은행대출을 끼고 산 집이었지만, 주변엔 온통 아파트 신축 공사장뿐이지만, 그래도 이제껏 살았던 곳과는 차원이 달랐다. 새 아파트 명의는 수정이었다. 남편과 합의된 사항이었고, 얼마간은 상징적인 의미일지라도 수정은 명의자가 자신이라는 것을 제법 뜻깊게 여겼다. 수정은 현관부터 거실, 방 세 개, 화장실 두 개, 주방과 수납공간, 대피공간, 실외기실과 세탁실까지 어느 한구석도 빼놓지 않고 사진을 찍었다.

*

올 초, 입주 날짜가 정해지면서부터 수정은 인테리어 잡지와 관련 블로그를 무수히 뒤적였다. 남편은 새 아파트만으로도 충분한 것 아니냐고 되물었다가 수정에게 뭘 몰라도 한참 모르는 사람 취급을 받았다. 수정이 원한 건 그냥 새 아파트가 아니라 완벽한 새 아파트, 완벽한 새집이었다. 잡지나 블로그에서 본 것처럼 완전무결한 상태, 더 이상 손댈 곳이 없는 상태, 완전히 끝맺음을 마친 집을 바랐다. 남편은 여전히 잘 모르겠다는 표정이었다. 수정은 남편을 향해 눈을 동그랗게 뜨고 한 글자씩 또박또박 발음했다. 인, 테, 리, 어!

새 아파트가 완공이 되고, 입주가 시작되면서부터 수정은 매일 왕복 두 시간을 할애해 새 아파트로 퇴근을 했다. 텅 빈 집에서 매캐한 시멘트 냄새를 맡는 것이 좋아서였다. 붙박이장과 수납장을 손으로 쓸어 보얀 나무 먼지가 이는 것을 보는 것도 좋았다. 넉 달 뒤의 이사가 너무 길게만 느껴졌다. 곧 세간을 풀고, 새살림을 들이는 상상만으로도 신이 났다.

이 년마다 어떻게 될지 모르는 전세살이였다. 살림은 최대한 간소한 게 좋았다. 소파도, 책상도, 수납장도 들이지 않고 살아왔다. 집주인에게 괜한 소리 듣는 일조차 만들지 말자며 벽에 시계나 결혼사진 하나 걸어본 적 없었다. 이제는 무엇이든 마음껏 해도 누가 뭐라 하지 않을 곳이었다. 수정은 만끽하고 싶었다. 스스로의 만족은 물론이고, 누구에게 보여도 흠잡힐 데 없는 집으로 꾸미고 싶었다. 인테리어 잡지에 소개되는 집들처럼 만들고 싶었다.

사실 잡지에 나오는 집들은 현실적으로 보이지 않는 경우가 대부분이었다. 거실은 늘어져서 텔레비전을 볼 만한 곳처럼 보이지 않았다. 어떤 사진이든 밥을 해 먹을 만한 주방처럼, 뒤엉켜 잠을 자는 침실처럼, 심지어 용변을 보는 화장실처럼 보이지 않았다. 아이들 방은 더욱 현실감이 없어 보였다. 마치 전시장의 예술품처럼 경이롭게 느껴졌다. 아름다워 보였다. 그래서 그런 집을 가지고 싶었다.

그러나 잡지 속의 집들처럼 멋있게 꾸밀 수는 없다는 것도 잘 알았다. 수정은 전문가들의 솜씨를 따라 할 재주도 감각도 없었으며, 업체에 맡길 여윳돈도 없었다. 그럼 방법은 한 가지뿐이었다.

수정은 잡지에서 마음에 드는 사진을 골라, 그 사진대로 꾸미기로 했다. 인터넷을 뒤지거나, 발품을 팔면 어떻게든 똑같이 만들어낼 수 있을 것이라 생각했다. 그런데 그것도 쉬운 일은 아니었다. 좋은 것과 싫은 것의 구분이 명백하지 않았기 때문이었다. 막상 하나만 고르려고 보니 내추럴한 분위기도 좋았고, 모던한 분위기도 괜찮았다. 프로방스풍도 나쁘지 않았고, 스칸디나비아풍도 싫지 않았다. 유니크한 것도 마음에 들고, 심플한 것이어도 무방했다. 수정에게는 취향이랄 것이 없었던 것이다. 사진의 선택에서부터 난관이었다. 그래도 어떻게든 골라야 했다. 무수한 잡지에서 고르고 골라 네 장의 사진을 오려

냈다. 각각 거실과 침실, 서재, 주방을 찍은 사진이었다.

새 아파트는 직사각형으로 설계된데다 베이를 늘려 체감 공간이 넓어진 베란다 확장형이었다. 새 아파트치고도 구조가 잘 빠져 특별히 손댈 부분은 없었다. 현관 입구에는 격자형 중문을, 침실 입구에는 철제 프레임 가벽을 놓았다. 새 아파트였으므로 기존의 자재를 최대한 살려야 한다는 글을 기억했다. 그러므로 인테리어 포인트는 컬러나 소품에 두어야 한다. 오랫동안 질리지 않으려면 블랙-화이트가 무난하겠지만, 식상한 조합이라고 했다. 아무리 사진대로 꾸민다 해도 누군가에게 설명을 하게 될지도 몰랐다. 수정은 자기 생각처럼 보이기 위해서는 잡지에서 읽은 내용들을 확실히 외워둬야 했다.

"중문은 짙은 네이비, 밋밋한 원목 침실 도어는 같은 네이비지만 매트한 인테리어 필름을 입혀 특색을 주었고, 주방과 거실 중간에 놓인 식탁은 우드 소재의 노란색 의자로 밝은 기운을 더했다. 눈여겨봐야 할 곳은 천장 조명 박스. 크기가 다른 세 개의 조명 박스를 만들어 평면적인 아파트 구조를 입체적으로 극대화시켜 넓어 보이는 시각적 효과도 얻었다. 소파는 침실 도어와 컬러를 매치시킨 블루, 같은 톤의 거실과 주방의 대형 액자는 스웨덴 직수입품으로……"*

수정은 잡지에 실린 글을 소리내어 읽다가 집안을 천천히 둘러보았다. 묘사된 아파트 실내와 수정의 새 아파트 풍경은 거의 일치했다. 네이비색 중문, 중문보다 더 어둡고 거칠게 칠한 방문과 샛노란 식탁 의자 세 개, 길이가 제각각 다르게 매달린 주방 조명, 푸른색 소파와 청회색 기하학무늬 액자, 깔개와 쿠션들까지. 그러나 스웨덴에서 직수입한 액자가 아니었다. 천장 조명 박스를 새로 만들지도 않았다. 방문은 필름을 입힌 게 아니라 시트지로 붙인 것이었다. 수정의 새 아파트는 잡지 사진과 최대한 닮은 것일 뿐이었다. 그래도 수정은 자기집이 잡지에 소개된 것처럼 만족스러웠다. 틈이 날 때마다 인터넷 쇼핑몰을 뒤지고, 남대문과 고속버스 터미널을 무수히 돌아다니며 발품을 판 보람이 있었다.

예정대로 이사를 마친 다음날부터 새 가구가 들어왔다. 그와 동시에 살림살이들을 재정리해나갔다. 천천히, 차례차례, 사진 속과 똑같은 집으로 만들어갔다. 다만 방 하나만 엄두를 내지 못하고 있었다. 아이 방이었다. 준비해놓은 사진조차 없었다.

아이를 바라고는 있었지만, 들어설 수 있을지 모르는 일이었다. 오랜 피임과 서른여섯이라는 나이 때문에 자신이 없었다. 불임과 난임이 흔한 세상이었다. 맞닥뜨리게 될 모든 결과에 대해 방어책을 마련해둬야 했다. 그보다도, 아이 방으로 꾸몄다가 그동안 이렇게 아이를 바랐던 것이냐는 동정을 받을까봐, 주변 사람들에게 불쌍한 여자로 취급받을까봐 싫었다. 아이 방이란 아이를 가지고 난 뒤 꾸며도 늦지 않을 것이었다. 십 개월이면 방 하나를 꾸미는 데 차고도 넘칠 시간이었다. 그러나 그 방이 텅 비어 있다는 사실이 수정은 불편하고 성가셨다. 빈방 때문에 새 아파트가 완전히 완벽해지지 못했다. 아이든, 빈방이든 수정의 가슴 한복판을 묵직하게 짓누르는 짐인 것만은 확실했다. 남편은 아무렇지 않은 것 같은데 자기 혼자만 시달리는 것 같아 억울하기도 했다.

다들 그렇듯 수정도 알뜰하게 살았다. 유행하는 옷이나 신발 같은 건 쳐다보지도 않았다. 움직이면 다 돈이니, 남들 모두 다니는 피서 한 번 제대로 갔다 온 적이 없었다. 맞벌이였어도 외식이나 배달 음식을 극도로 자제했다. 더울 때는 덥게 살고, 추울 땐 춥게 살았다. 텔레비전을 볼 때는 거실 전등을 켜지 않았고, 변기 물도 아끼기 위해 남편과 앞뒤로 화장실을 사용했다. 아마 결혼하고 제일 많이 한 말이 물 내리지 마, 였을 것이다. 방금 전에 눈 남편의 오줌 거품을 볼 때마다 수정은 내 집에서는 이렇게 살지 않겠다고 되뇌곤 했다.

무엇보다도 아이를 가지지 않았다. 아끼고 산다는 사람들도 아이는 낳았다. 아이 없이 살겠다고 작정한 사람들은 경제적인 이유 때문만은 아닌 듯했다. 수정은 온전히 경제적인 이유 때문에 아이를 미뤘다. 준비가 안 된 상황에서는 모두가 불행할 것 같았다. 무엇보다도 아이를 키우면서 이 년마다 사는 곳을 옮겨다니고 싶지 않았다. 그러다보니 서른여섯 살이 되었을 뿐이었다.

이사를 하고 바뀐 점 중의 하나는 피임을 안 한다는 것이었다. 아이는 내 집에서 낳고 키우자고 말해왔기 때문에 그랬을까. 특별히 아이에 대한 의사를 밝히지 않던 남편이었는데, 이사 이후 첫 잠자리에서부터 남편은 콘돔을 사용하지 않았다. 남편의 숨찬 호흡을 온몸으로 받았지만 수정은 아랫도리에 느껴지는 이물감이 불편했다. 남편의 정액이 자신의 몸안에 있다는 생생한 느낌이 이상할 뿐이었다. 게다가 반나절 이후 누르스름하게 뭉쳐진 정액 덩어리가 쑤욱 쏟아질 때는 뭐라 설명할 수 없는 이상한 기분에 휩싸였다.

질 내 사정 말고도 이사 후의 변화는 몇 가지 더 있었다. 수정과 남편이 각자의 화장실을 사용한다거나 욕조 목욕을 마음껏 하게 된

점, 냉장고에 맥주를 재어놓고, 기웃거리기만 했던 옷가게에서 직접 옷을 사는 일도 잦아졌다는 것. 무엇보다도 수정이 일을 그만둔 것이었다.

십사 년간의 회사생활이었다. 그것도 한 회사에서만 일한 시절이었다. 사람들이 그런 좋은 직장을 왜 그만두느냐고 물으면 아이를 가지려 한다고 대답했지만, 실상은 지겨워서였다. 아이를 키우려면 돈을 더 벌어야 한다는 걸 수정이라고 모르지 않았다. 아이뿐만이 아니라 새 아파트 대출금만 해도 남편에게만 부담을 지게 해서는 안 되는 일이었다. 이유를 막론하고 돈이야 벌수록, 많을수록 좋은 일이 아닌가. 하지만 정말, 그만, 다니고 싶었다. 십사 년 동안 같은 회사를 다니다니, 너나 되니까 그랬다는 수군거리는 소리에서 벗어난 것 같아 수정은 오히려 아주 홀가분했다.

*

계획에 없던 와인잔을 구입하게 된 건 집들이 때문이었다. 수정의 키만한 해피트리와 녹보수 화분을 사들인 것도, 스냅사진을 꽂을 액자를 산 것도, 커피 캡슐 머신이나 핸드메이드 티 매트를 구입한 것도 모두 집들이 때문이었다.

남편은 요즘엔 집들이 같은 거 안 한다고 딱 잘라 말했다. 혹여 누가 뭐라 하면 밖에서 밥이나 한 번 사는 걸로 끝내겠다고 했다. 그건 수정이 바라던 게 아니었다. 수정은 자랑하고 싶었다. 인정받고 싶고, 칭찬받고 싶었다. 뻐기고 싶었던 것이다. 그러려면 집들이를 해야 했다. 물론 속마음을 입 밖으로 꺼내지는 않았다. 남편은 자기의 말에 수긍하지 않는 수정에게 기어이 한마디를 더 했다. 하고 싶으면 당신이나 하든가.

수정은 십사 년간 다닌 회사 사람들을 떠올렸다. 이소장님과 박부장님, 김과장과 김대리. 그 사무실에서 수정만 직책이 없었다. 소장님과 부장님은 수정아라고 불렀고, 김과장과 김대리는 수정씨라고 불렀다. 그들에게 새집을 보여줄 이유는 없었다. 자랑이나 있는 척도 관계가 지속될 사람들에게나 해야 가치가 있었다.

요즘 누가 집들이를 하느냐고 했던 남편이 먼저 자기 식구들을 불렀다. 집들이는 아니고, 이사했다고 인사나 드리자는 것이었다.

"그게 집들이지."

"아니라니까 자꾸 그러네. 식사 대접 안 하고 바깥에서 먹는데, 그게 왜 집들이야."

집들이든 아니든, 처음으로 새 아파트를 공개하는 자리였다. 수정은 몹시 흥분됐다. 해가 바뀌고 두번째 주말이었다. 시부모와 시동생, 손위 시누이와 아이들이 한꺼번에 들이닥쳤다. 시누이 남편은 야간조여서 못 온다고 했다. 남편 쪽 식구들이 모두 모인 건 지난해 여름, 시아버지가 퇴원하던 날 이후로 근 반년 만이었다. 시아버지는 시어머니의 부축을 받으며 천천히 걸어들어왔다. 삼 년이 지났는데도 왼쪽이 무너진 모습은 영 익숙해지지 않았다. 새치기하듯 뛰어들어온 시누이의 아이들이 아무데나 겉옷을 벗어던지고 조심성 없이 뛰어다녔다. 시아버지를 소파에 앉히자마자 시어머니와 시누이가 집 구경을 시작했다. 둘은 집안 구석, 구석구석까지 살폈다. 손잡이란 손잡이는 죄다 열어보았다. 한편 수정과 동갑인 시동생은 집안의 모든 스위치는 다 눌러보고 다닐 기세였다. 그 나이가 되도록 변변한 직업 없이 부모에게 얹혀사는데도 남편 쪽 식구들은 누구 하나 시동생에게 뭐라 하지 않는 눈치였다.

가만히 있는 사람은 거동이 힘든 시아버지뿐이었다. 수정은 시아버지에게 미지근한 보리차를 건넸다. 유리컵을 받아든 오른손이 미세하게 떨렸다. 왼팔과 왼손은 뒤틀려 뒤쪽으로 돌아가 있었다. 왼쪽 다리를 절었고, 왼쪽 얼굴이 일그러져 굳어버렸다. 원래 풍채가 좋고 미남형이었는데 이제 그 기풍은 어디에도 보이지 않았다. 수정을 살뜰히 챙기던 시어른이었지만 지금은 병든 군식구일 뿐이었다. 시아버지가 천천히 팔을 들어올렸다. 아무래도 흘릴 것 같았다. 다른 식구들은 여기저기서 떠들어대느라 보이지 않았다. 보리차를 흘리면 소파가 젖고, 그럼 얼룩이 생길 텐데. 패브릭 소파는 얼룩에 취약하다. 가죽으로 할 걸 그랬지. 그러나 가죽 소파는 거실 분위기를 무겁게 할 수도 있다고 적혀 있지 않았나. 수정은 급히 수건을 꺼내왔다. 시아버지의 무릎에 수건을 깔자마자 채 목으로 넘기지 못한 보리차가 주르르 흘렀다. 수정은 안도의 숨을 뱉었다.

그런 일이 있었는지도 모르는 식구들은 재잘거리며 거실로 돌아왔다. 수정이 커피와 쿠키, 과일을 내갔다. 수정이 기대하던 품평회 시간이 된 것이다. 집 넓다, 좋다, 새 아파트라 잘 만들어졌다, 이런 데 살아서 좋겠다. 듣고 싶었던 이야기를 들으면 마냥 기쁠 것 같았는데 어쩐지 집중이 잘 안 되었다. 수정은 건성으로 고개를 끄덕였다. 아이들은 과자 부스러기를 흘리며 돌아다녔고, 창가에 앉은 시동생은 커튼 솔기에서 비어져나온 실밥을 잡아 뜯었다. 시누이는 다 마신 커피잔을 홀딱 뒤집어 상표를 확인했고, 시어머니는 시아버지에게 딸기를 먹이다가 기어이 소파에 붉은 얼룩을 만들었다. 그래도 괜찮았다. 정작 수정을 힘들게 하는 건 따로 있었다. 아까부터 식탁 의자에 걸려있는 시누이의 카디건이 영 마음에 안 들었던 것이다. 남편이 수정의 옆구리를 쿡 찔렀다.

"누나가 묻잖아."

"사람 안 쓰고 올케가 다 꾸몄어?"

아, 네. 수정은 짧게 대답했다. 벗어놓은 겉옷들을 한데 모아 빈방에 갖다놨는데 언제 또 저기에 걸어놨는지 모를 일이었다. 샛노란 원목 의자는 새 아파트의 포인트였다. 생기를 부여하는 이미지였다. 그걸 저 우중충한 쥐색 카디건으로 덮어버리다니. 수정은 어떻게든 카디건을 치우고 싶었다. 시누이가 뭔가 더 물어보기 전에 수정은 벌떡 일어나 주방으로 걸어갔다. 카디건을 낚아채듯 집어들었다.

"형님이 좋아하는 샤브샤브집으로 저녁 예약해뒀어요."

불쑥, 수정은 카디건을 시누이에게 내밀었다. 이제 그만 일어나라는 뜻처럼 보였을 터였다. 모두 머쓱해졌지만 수정은 개의치 않고 다과상을 치웠다. 의자 세 개가 샛노란 어깨를 드러낸 것을 보니 수정은 다시 기분이 좋아졌다. 그때였다. 카디건에 팔을 끼우던 시누이가 물었다.

"근데 집에 사진이 없다?"

남편이 수정을 쳐다봤다.

"너희들 사진 말이야. 아무리 애가 없어도 그렇지, 어떻게 집에 부부 사진 하나가 없니? 요즘은 복도에 사진을 죽 붙여놓기도 하던데, 그런 건 안 따라 했네?"

수정의 얼굴이 달아올랐다. 기어이 아이 이야기를 꺼낸 시누이나, 과장되게 자기 딸의 팔을 꼬집는 시어머니는 안중에 없었다. 새 아파트에 대한 지적을 받았기 때문이었다. 새 아파트를 꾸민 자신에 대한 비난처럼 들렸던 것이다. 시누이의 말마따나 결혼식 사진은 고사하고 연애 시절의 스냅사진 하나 꺼내놓은 게 없었다. 왜 그걸 놓쳤을까. 어째서 그런 걸 생각하지 못했을까. 수정은 자신이 한심했다. 한심하다못해 창피했다.

어느새 다들 나갈 차비를 마쳤다. 시어머니가 마지막으로 시아버지의 겉옷을 입히며 중얼거렸다.

"난 칠십 평생 내 이름으로 된 거 하나 없는데, 요즘 것들은 겁도 없이 지 이름으로 턱, 턱. 나야 다 살았으니 됐지만, 당신 아들은 좀 불쌍하네."

수정은 멈칫했다. 결혼할 때 가지고 온 비상금과 칠 년간의 월급을 몽땅 넣은 적금, 친정에서 도움받은 것까지 보태 잔금을 치른 새 아파트였다. 새 아파트로 옮기는 데 한푼이라도 도와주고 그런 소릴 했다면 모를까, 공동 명의로 하지 않은 걸 지탄받을 수 있지만 남편 명의가 아닌 것에 대해서는 수정도 꽤나 할말이 있었다. 하지만 수정은 못 들은 척했다. 새 아파트의 첫 집들이였다. 수정은 좋은날로 마무리하고 싶었다.

그다음 집들이는 수정의 식구들 차례였다. 그전에 시누이의 지적을 보완하기 위해 다양한 크기의 흰색 액자를 구입했다. 아주 오랜만에 앨범도 뒤적였다. 연애 시절과 신혼여행에서 찍은 사진들을 추려 책상이나 장식장 위에 자연스럽게 올려두었다. 함께 찍은 사진뿐만 아니라 각자의 독사진도 골랐다. 사진을 바라보던 수정은 옅은 미소를 지었다. 사진 속의 수정은 머리가 길었고, 입술이 붉었으며, 화려한 색감의 옷을 즐겨 입었다. 무엇보다도 표정이 아주 다양했다. 지금의 수정과는 다른 사람 같았다. 원룸에서, 다가구주택에서, 복도식 아파트에서 살던 그때가, 전셋집이었던 그때가 지금보다 더 예뻐 보이는 이유를 수정은 알 수 없었다.

집에 들어선 수정의 식구들도 마찬가지였다. 엉덩이를 붙이기도 전에 집부터 둘러보았다. 집 구조가 잘빠졌다고, 수납공간이 많아서 좋겠다고, 전망도 좋다면서 새 아파트의 진가를 알아봐주었다. 이제 주인집 눈치 안 봐서 좋겠네? 엄마의 말에 수정은 고개를 끄덕였다. 아버지는 남편을 향해 자네가 고생이 많았다는 말을 몇 번이고 반복했다. 동생만이 아무 말 없이 뒤따라 다니며 연신 핸드폰을 뒤적거렸다. 이따금씩, 언니가 직접 고른 거야? 어디서 샀어? 라고 묻곤 했다.

집 구경을 마친 모두가 거실에 모여 앉았다. 수정의 부모는 다 못 본 것이 있다는 듯 연신 두리번거렸고, 동생은 괜히 히죽댔다. 남편의 표정도 밝았다. 수정이 상상하고 바라던 장면이었다. 수정은 빨리 커피 물을 올리고, 동생이 들고 온 케이크 상자를 열었다. 조각낸 치즈케이크를 접시에 옮겨 담는 수정 옆으로 어느새 동생이 다가왔다. 동생이 픽 웃으며 핸드폰을 내밀었다. 화면에는 수정이 오려두고 따라 했던 인테리어 잡지 사진이 띄워져 있었다. 수정의 새 아파트가 화면 속으로 들어간 것 같았다.

"어쩐지, 언니 취향 같아 보이진 않았지. 똑같이 하는 게 더 어려웠겠다. 아무튼 고생했네."

수정은 퉁명스럽게 물었다.

"논문은 다 끝냈어?"

"원래 논문은 오래 쓰는 거야."

"그 핑계로 놀지 말고."

"왜 이래. 내가 과외를 몇 개나 하는데. 여기서 노는 사람은 언니밖에 없어."

그때 수정의 엄마가 불쑥 끼어들었다.

"일 안 하는 여자 표 내지 말고 관리 좀 해. 왜 이렇게 살이 올랐어?"

"내가 뭘 얼마나 쉬었다고 그래."

"사위 얼굴은 꺼칠한데 넌 투실하게 살 오른 거 보니 내가 민망해서 그렇지. 그러게 왜 일을 그만둬가지고."

"내가 몇 번을 더 말해야 알아들으실 건데?"

"벌 수 있을 때 벌어야지, 없는 애 핑계까지 대면서 늘어지니까 하는 소리 아냐. 애 들어서고 그만둬도 되는 걸 벌써부터 유난스럽게……"

동생이 엄마를 잡아끌다시피 거실로 데리고 나갔다. 요즘 엄마들은 무조건 자기 딸만 위해서 문제라던데 왜 엄마는 자기보다 남편 쪽으로 기울어 있는지 수정은 도대체 알 수가 없었다. 친정엄마라면 하던 일도 그만두라고 해야 하지 않나. 친정에 손을 벌린 수정이 참아야 했다. 아니, 다른 날도 아니고 새 아파트를 보이는 날이니까 참아야 했다. 거실에서 엄마의 한숨소리가 들려왔다. 수정은 커피잔에 뜨거운 물을 따르던 참이었다.

"당신 왜 그래."

아버지의 목소리가 낮게 깔렸다. 엄마가 기다렸다는 듯이 쏟아냈다.

"집만 예쁘면 뭐해. 이 집 삭막한 거 봐. 저 나이 되도록 애가 없으니까 쓸데없는 데 공을 들이잖아. 그렇다고 뭘 키우는 성격도 못 되지. 어떻게 집에 풀 한 쪽이 없냐고. 그런 게 애는 무슨……"

아버지가 엄마의 무릎을 손으로 꾸욱 눌렀다. 동생은 얼른 수정을 향해 시선을 돌렸고, 남편은 슬쩍 일어나 서재로 들어갔다. 사람들은 수정이 봐주었으면 하는 것만 보는 건 아니었다. 그 너머의 것이나, 그 이면까지도 마음대로 보고 싶어했다. 그래도 수정은 찻상을 내갔다. 다들 아무 말 없이 커피를 마시고 케이크를 우물거렸다.

"그만 일어납시다. 너무 오래 있었어."

아버지가 엄마를 재촉했다.

"왜 벌써 가세요. 저녁 같이 드시고 가시죠."

동생은 과외가 있고, 아버지와 엄마는 꼭 가야 할 친척 결혼식이 있다고 했다. 이미 처가 식구들의 일정을 다 알고 있던 남편이었지만 인사만큼은 깍듯했다. 하지만 수정은 빈말이라도 더 있다 가라는 말 한마디 꺼내지 않았다.

식구들을 배웅하고 집으로 올라오는 엘리베이터 안에서 수정은 남편에게 물었다.

"우리도 동물 한번 키워볼까?"

남편은 대답 없이 수정을 한참 쳐다보기만 했다.

친정 식구들이 다녀간 그날부터 수정은 애완동물에 관해 알아보기 시작했다. 대세는 고양이였다. 한번 고양이 쪽으로 시선이 쏠리자, 고양이를 안 키우는 사람이 없어 보였다. 고양이를 좋아하는 사람들은 모두 평화주의자처럼 보였다. 길고양이를 위해 일부러 사료를 사서 길에 놔두는 사람들이라니. 게다 그들은 하나같이 다 멋지게 살았다. 그들의 IT 기종, 그들이 먹는 스파게티, 그들이 마시는 커피와 맥주, 그들이 듣는 음악들은 모두 수정이 접해보지 못한 것들이었다. 고양이를 비롯한 반려동물을 소중히 생각하는 사람들은 모든 생명을 존중하고, 자연과 세계를 사랑하는 사람들로 묘사되었다. 그런 점에서 수정도 고양이를 키우는 사람이 되고 싶었다. 하지만 수정에게는 불가능한 일이었다. 당연히 새 아파트가 더 중요했다. 새 아파트의 모든 새것—바닥과 벽지, 가구 등에 고양이 발톱 자국을 남기고 싶지 않았다. 고양이가 아무리 트렌드라 해도 용납이 되지 않는 일이었다.

결국 수정은 고양이 대신 화분을 샀다. 엄마 말처럼 나무 화분 두 개를 두었다고 새 아파트가 더이상 삭막하지 않게 보이는지는 자신할 수 없었다. 하지만 실내에서 초록색을 보고 있으니 착한 사람이 된 기분이 들기는 했다.

액자와 화분을 구비했지만, 수정의 친구들을 부른 집들이에서는 커피 캡슐 머신이 없느냐는 말을 들었다. 남편 직장 동료들 집들이 때는 여직원이 와인을 선물하는 바람에 와인잔이 필요해졌다.

무언가 계속 사들이는데도 무언가 계속 부족했다. 뭔가 계속 채우는데도 없는 것은 계속 존재했다. 완벽에 도달하는 것은 불가능한 일처럼 여겨졌다. 새 아파트를 누군가에게 계속 자랑하고 싶은 마음은 여전했지만 그랬다가는 수정이 미처 채워놓지 못한 것을 또 발견하게 될 것 같았다. 결핍을 확인하는 건 괴로운 일이었다. 이제는 더이상 아무도 초대하지 않기로 결심했다.

*

집들이가 끝나자 수정의 하루는 더욱 단조로워졌다. 남편이 출근하고 나면 곧바로 청소를 시작했다. 삼십사 평 새 아파트의 바닥과 수정의 손이 닿을 수 있는 모든 곳을 전부 물걸레질을 하고 나면 온몸이 땀으로 흥건했다. 무릎과 허리도 시큰거렸다. 샤워를 한 후에는 빨래를 돌렸다. 머리를 말리고, 옅은 화장을 한 다음, 가벼운 외출복 차림으로 거실로 나갔다. 매일 반복되는 수정의 오전 일과였다.

소파에 앉아 둘러본 새 아파트는, 흡사 인테리어 잡지에서 막 오려낸 사진처럼 말끔하고 정갈해 보였다. 수정은 그 순간 행복이라는 단어를 떠올렸다. 행복해서가 아니라, 행복하다는 감정을 느낀다면 바로 이 순간에 느껴야 할 것 같았기 때문이었다. 햇볕이 꽉 찬 실내는 따뜻했다. 집안은 깨끗했다. 그런데도 뭔가 허전했다. 무엇이 더 필요한 걸까. 수정은 라디오를 틀었다. 마침 부드러운 올드 팝송이 흘러나왔다. 노래가 끝날까봐 급하게 믹스커피를 탔다. 햇빛, 정갈한 실내,

적당한 음악과 커피. 이 정도면 완벽한 그림이 아닐까? 다른 여자들도 이런 순간이면 행복하다고 느끼지 않을까? 수정은 슬며시 눈을 감았다.

잔잔히 흐르던 노래가 끝나고, 광고가 이어졌다. 몇 모금 마시지도 않았는데 커피잔은 진작 비었다. 대리운전, 보험, 대부업체, 기저귀 광고가 집안을 울렸다. 수정은 눈을 뜨고 허리를 세워 앉았다.

와인잔은 금이 갔고, 액자는 칠이 벗겨졌으며, 캡슐 커피 머신은 뭐가 잘못인지 처음부터 작동되지 않았다. 화분의 이파리는 예상했던 것보다 너무 무성해 거실 창을 다 가릴 지경이었다. 더 큰 문제는 누런 잎이 생기더니 급속도로 번지고 있다는 것이었다. 새로 들이는 물건마다 하자가 있는 셈이었다. 수정은 물건이 문제가 아니라 잘못된 물건을 주문한 자기가 잘못이라는 생각이 들기 시작했다. 자기 자신이 문제라는 생각이 들자, 급기야는 새 아파트의 소파에 앉아 있을 자격도 없는 것 같았다. 새 아파트에 자신이 어울리지 않는 것은 아닌가, 자기 때문에 새 아파트의 완벽성이 떨어지는 건 아닌가 하는 의심. 그러자 소파에 앉아 있기가 몹시 불편해지기 시작했다. 완벽했던 새 아파트에 하자가 생긴 것 같았다. 자기 스스로가 하자인 것 같은 기분이 들었던 것이다.

수정은 아무것도 없는 텅 빈 방문을 열어봤다. 아이가 생겨야 완벽한 가정이 될까. 하지만 아이가 생기면 지금의 새 아파트는 사라질 것이 뻔했다. 알록달록한 원색의 플라스틱이나 실리콘 재질의 장난감들이 넘쳐날 것이다. 스위트 홈이 되기 위해 스위트 하우스는 포기해야 할지도 몰랐다. 어떻게 꾸민 새 아파트인데. 아이 때문에 애써 꾸린

새 아파트를 포기하고 싶지 않았다. 수정은 방문을 닫았다. 지금 당장은 아니다. 조금만 더 새 아파트를 누리자. 이왕 늦은 아이, 조금만 더 늦춰도 된다고 스스로를 설득했다.

막상 방문을 닫고 거실로 나오니, 어디가 자신의 자리인지 알 수 없었다. 소파에 늘어져 앉아 있는 것은 새 아파트에 걸맞지 않은 그림 같았다. 수정은 자신이 가장 잘 어울리는 자리가 어디인가 고민했다. 남편 없이 혼자 침실에 있는 것도 이상했다. 서재는 온통 남편의 물건들뿐이었다. 식사시간이 아닌데도 주방에 서성이는 건 어쩐지 작위적이었다. 결국 다시 텅 빈 방으로 들어섰다. 방 한 귀퉁이, 벽에 기대앉아 다리를 쭉 뻗었다. 마음이 편해지고 나른한 졸음이 몰려왔다.

그날부터였을 것이다. 수정은 완벽하게 꾸며진 새 아파트에 방해가 되는 것들에 자꾸 화가 나기 시작했다. 잡지에 실린 사진대로 꾸몄고, 그걸 본 사람들이 부족하다고 지적한 것까지 보완한 집이었다. 자기 스스로조차 새 아파트에 어울리지 않는다 느껴지면 빈방으로 숨어들었다. 완전한 공간에 자기가 흠집이 되는 것 같아 참을 수가 없었던 것이다. 그러자 새 아파트의 완벽한 모습에 방해가 되는 건 주로 남편이 되었다.

남편은 꼭 소파 스툴의 위치를 바꿔놓았다. 발을 올려놓고 텔레비전을 보기 위해서였다. 처음에는 편한 자세로 텔레비전을 보는 남편 자체도 실내 풍경과 조화를 이룬 잘 그려진 그림 같았다. 하지만 옮긴 스툴은 제자리로 돌아간 적이 없었다. 소파와 직각으로 놓여야 가장 안정감 있게 보이는 스툴이었다. 매번 다시 제자리에 돌려놓는 건 수정의 몫이었고, 남편은 한 번도 그래야 한다는 걸 인식하지 못하는 듯했다. 남편은 말해주지 않는 건 먼저 알아채지 못하는 사람이었다. 이해력이 좋고, 친절하며, 착했지만, 요령이 부족했다. 수정은 눈치가 둔한 남편에게 자꾸 짜증이 났다. 더군다나 새 아파트의 분위기에 전혀 어울리지 않게 사각팬티만 입고 앉아 있을 때는 정말 처참한 기분까지 들었다. 수정이 뭐라도 입고 있으라 하면 남편의 대답은 간명했다.

"누구 올 사람 있어? 내 집인데 뭐 어때. 좀 편하게 있자."

남편 말이 틀린 건 아니었다.

"그나저나 당신은 왜 맨날 밖에 나갈 옷을 입고 있어? 보는 사람 답답하게."

수정은 그저 입을 꾹 다물었다. 어디서부터 설명해야 할지 모를 때는 그 수밖에 없었다.

그날도 남편은 또 사각팬티만 입은 채였다. 스툴을 옮겨 다리를 죽 뻗고 앉아 텔레비전을 보고 있었다. 뉴스는 청문회 소식이었다. 새삼스러울 것도 없는 장면인데도 남편은 욕을 하며 신경질을 냈다. 제 화를 못 참은 남편이 결국 채널을 돌려버렸다. 수정은 미간을 찌푸리며 소파 끄트머리로 옮겨 앉았다. 그깟 정치 뉴스에 몰입해 계속 욕을 해대는 남편이 천박해 보였다.

은은한 간접조명, 테이블 위에 쿠키와 홍차를 차려놓았던 수정은 남편을 물끄러미 쳐다봤다. 그런 것에 관심도 없는 남편은 한 손에 리모컨을 쥐고 채널을 돌리며, 한 손으로는 팬티 속으로 손을 집어넣어 아랫도리를 긁기 시작했다. 수정은 환경이 달라지면 사람도 달라져야 한다고 믿었다. 그런데 남편은 전셋집에 살던 모습과 지겹도록 한결 같았다. 말해봤자 또 내 집에선 내 맘대로, 를 운운할 것이 뻔했다. 이렇게 소용없는 사람이었다니. 수정은 벌떡 일어나 침실로 들어갔다. 수정의 뒷모습을 바라보던 남편이 슬그머니 일어나더니, 수정을 따라 침실로 들어갔다.

수정은 변기에 앉아 시간이 흐르길 기다렸다. 이렇게 앉아 있으면 남편의 정액이 빨리 흘러내려갈 것만 같았다. 욕실 너머로 남편의 코 고는 소리가 들렸다. 우아할 수 없다면 차라리 나쁜 사람이었으면 나았을 텐데. 수정은 아이를 미루자고 남편을 설득할 근거가 없었다. 수정이 받아들이는 새 아파트에 관한 정서를 남편에게 설명할 방법을 도저히 찾지 못했기 때문이었다. 수정은 그냥 묵묵히 남편의 정액을 받아들였다.

거실로 나가니 소파 스툴은 삐딱하게 놓여 있고, 그 위에는 텔레비전 리모컨이 뒤집어진 채 놓여 있었다. 또 참아야 하나. 수정은 스툴을 원래 자리에 두고, 리모컨을 집어들었다. 불을 끄고 거실 창문 앞으로 다가갔다. 신도시는 멀리 외곽 도로의 불빛 외에는 온통 어둠뿐이었고, 십팔층 아래의 아파트 단지 안에서만 하얀 불빛이 희미하게 흔들렸다. 수정은 창문을 열었다. 훅, 바람이 불어왔다. 수정은 창밖으로 힘껏 리모컨을 집어던졌다. 바람 때문인지 아주 시원했다.

며칠 뒤, 남편이 만취해 귀가했던 날도 그랬다. 회사와 거리가 먼 새 아파트였으므로 늘 저녁을 먹고 들어왔고, 그러다보니 술자리도 잦아졌다. 술을 마셔도 적당히 마시기로 했던 수정과의 약속을 또 어긴 날이었다. 옷도 못 벗고 침대 위로 널브러진 남편에게서 누린 곱창구이 냄새가 진동을 했다. 잠든 남편의 옷을 벗기고 나니 진이 다 빠졌다. 곱창 누린내는 침실은 물론이고 거실, 심지어 자신의 몸에서도 맡아졌다. 수정은 탈취제를 뿌리기 시작했다. 처음에는 남편의 옷과 신발, 침실의 커튼 정도에만 조심스럽게 뿌렸다. 냄새가 가시지 않았다. 수정은 남편이 움직였던 동선을 따라 현관과 화장실과 거실에도 뿌렸다. 그런데도 냄새는 여전했다. 수정은 온 집안에 마구잡이로 뿌렸다. 자기 몸에도 뿌려댔다. 도저히 참아지질 않았다. 급기야는 입을 벌리고 자는 남편의 입안에까지 실컷 뿌렸다. 그제야 겨우 냄새가 가신 것 같았다. 얼마나 취했는지 남편은 꿈쩍도 하지 않았다.

최악은 오디오 시스템을 설치하겠다고 앤티크풍의 스피커를 들여온 날이었다. 수정과 상의도 없었다. 거실 인테리어와 전혀 어울리지도 않았다. 수정은 기함을 했다. 이미 외형적으로 완성된 새 아파트의 거실이었다. 남편의 스피커는 수정이 완성해놓은 그림에 불필요한 덧칠을 해 망쳐놓은 꼴이었다. 수정은 더이상 참을 수 없었다.

사람들은 모두 수정에게 강요했다. 아이를 빨리 가질 필요는 없으니 같이 벌어라, 그래도 남자의 사회생활을 더 우선에 둬라, 내 집이 생기고 나서 마음대로 해도 늦지 않다, 그러니 참아라. 참으라고 해서 잘 참았다. 그러다 살 때라고 해서 빚을 내서 집도 샀다. 내 집을 샀으니 내 마음대로 하겠다는데, 이제 와서 그럴 수도 없는 것이었다.

텔레비전 옆으로 툭 불거진, 생뚱맞은 분위기의 스피커를 보면서 수정은 남편의 무신경함에 분노가 일었다. 자신에게 상의하지 않았다는 사실보다, 이렇게 감각이 없다는 사실에 더 치가 떨렸다. 새 아파트의 거실 분위기를 한 번만 생각했다면 이런 색깔과 이런 디자인을 고르지는 않았을 것이다. 얘기 좀 해. 수정의 목소리가 떨렸다. 남편의 설명은 간단했다. 오래전부터 가지고 싶었던 꿈이라고 했다. 남편은 당당했다.

"당신이 갖고 싶었던 것을 당신 혼자 사들인 거랑 똑같은 거야. 그런 의미에선 이건 공평한 소비였다고 받아들여줬으면 좋겠는데."

가구와 인테리어 소품이 수정의 개인 물품일 수 없었다. 그런데도 남편은 수정이 사들인 수정의 물건들로 생각한다는 것이었다. 그러나 공평이라는 단어 때문에 수정은 남편의 말에 반박하지도 못했다. 그렇다고 화가 참아지는 것도 아니었다. 그날 밤 수정은 남편의 노트북에 오렌지주스를 부어버렸다. 그런 짓이라도 하지 않으면 바깥으로 뛰쳐나가 엉뚱한 사람들에게 해코지라도 하게 될 것만 같았다.

거실에 앤티크 스피커가 설치된 이후, 수정은 집에 있을 때면 대부분의 시간을 빈방에서 보냈다. 이제 새 아파트의 주방도, 침실도, 거실도 온전히 수정의 공간이 아닌 듯했다. 수정의 손길에 따라 색감이 바뀌고, 느낌이 달라지고, 의미가 달라지던 공간이, 이제는 세팅이 완료된 전시장처럼 누구의 손길도 필요치 않은 곳이 되어버린 지 오래였다. 게다 오디오가 풀세트로 설치된 거실은 이미 남편이 장악한 공간이었다.

*

남편이 출근하자마자 수정은 오디오 전원부터 껐다. 왕왕거리던 음악소리가 사라지자 그제야 살 것 같았다. 창문을 열어 환기를 시작했다. 외곽 도로를 따라 파헤쳐진 아파트 신축 공사장에 부연 흙먼지가 피어오르고 있었다. 이제는 익숙한 잿빛 풍경이었다. 아침은 남편이 바라던 대로 토스트와 수제 요거트, 커피로 간단히 해결했다. 설거짓거리가 많지는 않았다.

얼마 전, 남편은 로봇청소기를 사주었다. 고가의 오디오 시스템을 들인 것이 미안하다며, 수정을 위한 무언가를 선물하고 싶어했다. 집안일을 좀 덜고, 자기 시간을 가지라는 의미로 골랐다고 했다. 하지만 수정은 전혀 기쁘지 않았다.

수정은 늘 쓰던 유선 청소기를 꺼냈다. 우웨엥— 시끄러운 소리와 함께 온 집안 바닥의 먼지를 신나게 빨아들이는 청소기를 보자 수정은 괜히 들떴다. 매일 조금씩 따뜻해지는 봄기운 때문인지도 몰랐다. 청소기를 다 돌린 후에는 부직포 걸레질을 하고, 그다음은 물걸레질을 했다. 마지막으로 창틀과 문틀, 현관을 닦았다. 전신운동을 한 것처럼 온몸이 땀으로 젖었다. 수정의 가장 큰 즐거움은 새 아파트를 그대로 유지하는 데 있었다. 청소마저 직접 하지 않았다면, 수정은 새 아파트에서 자기의 존재 가치를 잃어버렸을 것이었다.

샤워를 한 다음 머리를 잘 말리고, 가볍게 화장을 했다. 면 원피스에 카디건을 입고, 양말을 신은 다음, 거실로 나섰다. 시간은 아주 오래전부터 그대로 멈춘 것 같았다. 수정은 집안을 한 바퀴 둘러본 다음, 소파를 쓰다듬었다. 그러고는 새 아파트에 방해가 되지 않도록 조심스럽게 빈방으로 들어갔다.

* 「우리집은 33평입니다」(『리빙센스』 2015년 1월호)를 참고, 부분 차용했습니다.

해설 | 김신식(감정사회학도, 독립연구자)

착잡한 자들의 몸짓

0. Prelude

그들은 그렇게 몇 년을 함께 살았을 거야
작가는 아기를 보았지
시몽이라 부르다
가끔은 시몬느라 불렀대
또 한 명은 춤을 췄다네
연인은 없지만
소녀의 꿈처럼 살았네
아기는 두 어머니와 자랐는데
그것을 무엇보다 좋아했네
가짜 엄마 노트북에 치는 대로
현실이 되었네
—샹탈 아케르망, 〈이사 소동〉 중에서

1. 밥심: 맛이 사라진 세계에 남은 악다구니

첫 소설집 『아무도 말하지 않는 것들』에서 김이설은 소설을 모두 식탁 앞에서 썼다고 밝혔다. 작품들을 쓰던 당시 그녀의 노트북에는 아이들이 쫑알거리다가 튄 밥풀, 작가 본인이 흘린 김칫국물이 묻어 있었다고 한다.(‘작가의 말’, 『아무도 말하지 않는 것들』, 문학과지성사, 2010) 십칠 년째 자취를 하고 있는 나로선 김이설의 소설을 읽는 게 꽤 곤욕스럽다. 그녀의 작품엔 쌀밥, 김치찌개, 된장찌개, 순두부찌개, 장조림, 생선구이, 마른 김과 달래장까지, 동네에 백반집 하나 없느냐며 투덜거리는 이의 침샘을 자극하는 집밥 메뉴가 자주 나오기 때문이다.

그런데 말이다. 소설 속 음식들이 맛깔나 보이진 않는다. 김이설의 사람들이 요리 프로그램에 나온다면 악성 댓글에 시달릴지 모른다. 그들은 맛있게 먹지 않는다. 아니, 그들은 그럴 수 없다. ‘밥심’은 맛을 가려가며 먹는 자들의 여유로운 마음이 아니다. 밥심은 “사는 것이 전부는 아니었다. 사는 것이 사는 것의 전부가 되는 게 옳은 것인지, 나는 확신할 수 없었다”(「아름다운 것들」, 294쪽)는 애잔함을 품고 하루를 버티는 자들의 근성이다. 소설 속 인물들에게 밥심이란, 맛이 사라진 세계에 남은 악다구니다. 고로 김이설의 사람들에게 식감이란 표현은 사치일 뿐이다. 김이설은 육질이란 표현을 스테이크를 썰며 입안으로 흡족히 느껴보는 고깃살과 혀, 어금니 사이의 풍미가 아니라 손톱에 기름과 때가 잔뜩 낀 자가 출렁출렁한 배때기를 긁었을 때 느끼는 인간의 질감으로 위치시킨다.

김이설의 사람들에게 밥심은 한번 당해본 자들의 회한이기도 하다. 그래서인지 소설 속 인물들은 대체로 착잡한 기운을 지녔다. 당신이 지금 손에 쥐고 있는 소설집 속 인물들도 별반 다르지 않을 것이다. 누군가에게 크게 데어 감정에 흉이 진 그들에겐 타인을 들뜨게 하거나 타인의 마음을 다잡아줄 여유가 없다. 어수선한 마음속을 토로할 길이 없는 착잡한 자들은 "다른 사람이 슬픔을 대신 덜어줄 순 없다. 대신 앓을 수 없고, 대신 살아줄 수도 없듯이"(「폭염」, 89쪽)란 의지를 전하는 데 능하다.

'모방'은 닮음을 애씀으로써 어느 정도 형편이 나아질 수 있다는 기대를 자발적으로 키우는 행위다. 이에 반해 '전염'은 수동적인 모방이다. 누군가가 나를 침범하고, 언젠가부터 나는 그를 닮아갈 수밖에 없게 된다. 사람과 사람 사이의 전염에는, 내가 누군가와 닮아갈수록 비루해지리라는 가능성이 도사리고 있다. 전염은 너무 늦게 때론 너무 이르게 내가 흉측해지리라는 음산한 미래를 전달한다.

김이설의 인물들은 자신이 누군가를 전염시키고 있다는 것을 모른다. 대신 전염을 이로운 교육이라고 미화한다. 자식은 커서 부모가 되고 부모가 된 자식은 자신의 아들딸에게 착잡함을 고스란히 전염시킨다. 이 과정에서 위악과 열악의 구취도 옮긴다. 「미끼」엔 "질긴 놈이 살게 돼 있다"(14쪽)는 말을 입에 달고 사는 아버지와 절름발이 아들이 등장한다. 아버지는 아들의 다리를 절게 만들면서까지 자신의 강인함을 내세우려 한다. 「미끼」의 아버지는 한때 인생의 승리감을 맛본 자로서 전성기와 퇴락기의 극심한 간극을 억지로 메우려고 발버둥치는 게 아니다. 승리감 자체를 한 번도 체감하지 못한 그의 몸부림과

조언은 열패감과 친숙했던 자가 주워들은 듯이 읊조리는 삶의 어떤 유형일 뿐이다. 전염을 교육으로 자부하는 아버지는 조언을 잠언이라고 착각한다. 하나 피붙이는 아버지의 착각을 간파한다. 아버지는 이겨본 경험이 없다는 것을. 자신이 살고 있는 이 낚시촌은 승리의 경험은커녕 연약한 여성들에게 폭력을 자랑하는 습한 곳임을. 아들은 그릇된 전염을 폭로하는 방법을 깨닫는다. 즉 전염된 자가 전염시키는 자를 과장되게 모방하면 된다는 것을. 「미끼」의 끝자락. 아버지에게 시달리던 아들이 한 말을 다시 들어보자. "사람들이 나더러 다 아버지 닮았대요."(45쪽) 그 말을 들은 아버지는 뒷걸음질친다. 아들은 아버지를 따라가 짓이길 정도로 팬다. 아버지가 주입한 승리감은 고작해야 '승리 나부랭이'일 뿐이라는 현실을 머금은 채.

2. 밥값: 타인을 수준으로 생각하는 자의 설교

전염을 교육이라 착각하는 자는 때론 자신이 바라보는 자연을 적확한 삶의 교재로 착시錯視한다. 「미끼」의 아버지가 물고기의 세계에서 터득한 강한 자의 생리를 아들에게 주입하려 했다면, 「한파 특보」의 아버지는 다큐멘터리 채널에 나온 황제펭귄의 일상에 감정을 이입한다. "저게 부모다."(141쪽) 아버지는 영하 오십 도 이하의 혹한 속에서도 알을 품고 새끼를 지키려는 황제펭귄의 행동에 탄복한다. 이내 강의가 시작된다. 자신이 얼마나 가족을 위해 몸 바쳐왔는가라는 주제로. 아버지를 살아가게 하는 마음은 바로 이 '보상감報償感'이다. 아버지의 보상감은 밥상에 투영되어 있다. 아버지는 늘 밥상 앞에서 신경질을 낸다. 그에게 밥은 '먹다'라는 동사에 머무르는 음식이 아니다. 그는 '먹여 살리다', 더 나아가 '먹여 살려왔다'에 집착하는 사람이다. 그는 반복한다. 어린 시절 자신의 어머니가 건네준 고봉밥 이야기를. 그에게 고봉밥은 어머니의 사랑이 아니다. 꼴을 베어야 먹을 수 있었다는 등가等價의 의미다. 누구 못지않게 자신도 해왔다고 생각하는 사람은 초조해질수록 자신의 행동을 '베풂'으로 인식하려 한다. 보상을 바라는 아버지의 말은 점점 생색이 될 수밖에 없다. 그래서 아버지는 아내와 자식을 '먹여 살려온' 사람이자, 그들과 '살아주고' 있는 사람으로 자신을 기념한다. 아버지가 보기에 자신 외에 밥값을 하는 자는 아무도 없다. 강추위 속에서도 알을 품으며 자식을 지키려는 황제펭귄의 모습은 '수컷'이므로, 그는 가족의 삶에서 여성의 의미를 배제한다. 그런 그는 수컷 황제펭귄만을 '부모'라 인식해버린다.

밥값을 삶의 기준으로 책정하는 자는 타인을 '수준'으로 사고한다. 밥심이 삶을 '어쩔 수 없음'의 모드로 받아들이는 자들이 마음속으로 되뇌는 피로한 괴성怪聲이라면, 밥값에는 왜 그 정도밖에 살지 못하느냐는 질책이 묻어 있다. 아버지에게 밥값은 타인의 삶을 측정하는 기제다. 그는 딸의 연인이었던 규원이 시위를 하는 장면을 보면서, 그를 조목조목 힐난한다. 통일을 연구하는 대학원생이었던 규원은 아버지에겐 고작해야 '밥통을 넘겨보는 것들' 중 한 사람일 뿐이다. 가족들도 아버지의 '수준론'을 피할 수 없다. 아내는 가족을 위해 "언제 잘한 적 있어?"라는 남편의 폭언에 이미 단련되어 있다는 듯 "다 내 잘못이에요."(154쪽)라는 말로 상황을 무마하려 애쓴다.

기대한 만큼의 몫을 되돌려 받지 못했다고 실망하는 아버지에게 남은 유일한 위안은 허기다. 아버지의 밥심은 가족을 위해 이때까지 버텨온 삶의 동력이 아니라, 겪어온 사연을 가족 중 누구도 제대로 들어주지 않는다는 데서 온 자기 위무로 바뀐다. 작품의 끝자락. 밥상은 은유적인 맥락에서 자기가 가족을 이끌어왔다는 '주인의식'을 확증하고자 하는 아버지와 이를 거부하는 자식이 벌이는 설전의 공간으로 탈바꿈한다. 아버지가 부여잡고 있는 인정의 장소는 텔레비전 프로그램과 밥상뿐이라는 게 자명해 보이는 가운데, 그의 식사는 사회를 향해 더욱더 문을 닫는 의식으로 전락한다.

3. 밥때: 어긋난 타이밍이라는 부채감

'밥심' '밥값'에 비하면 '밥때'는 매우 사소하게 들릴 수 있다. 하나 김이설의 사람들에게 밥때는 어긋난 타이밍이라는 부채감으로 정의될 수 있는 무거운 마음이다. 「폭염」에서 주인공은 새벽부터 트럭을 모는 남편을 깨우려 애쓴다. 여느 때와 달리 남편은 이불 속에서 뭉그적거리고, 그녀는 일을 나가야 할 때임을 주지시키고자 아침상을 차려 그가 일어나길 재촉한다. 이후 그때의 재촉은 그날 사고사를 당한 남편을 향한 자책으로 굳어 오랫동안 그녀에게 남게 된다. "그날, 하루쯤 쉬라고 말했다면 남편은 죽지 않았을까."(86쪽)

「복기」는, 실제 밥때와 연관된 어떤 자책감이 두드러지게 나타나는 작품이다. 일단 「복기」에서 주인공을 짓누르는 무거운 질문을 꺼내보자. '왜 이 지경이 되었을까?' 아내 정미가 갑작스레 자살했지만 윤철은 그 이유를 알 수 없다. 윤철은 한때의 기분을, 그때의 낌새를 되짚어본다.

영문을 모르는 사람은 불편한 일이 생길 때 자신이 늘 동여매온 미안함을 가장 먼저 단서로 찾기 마련이다. 윤철은 정미와 식장 예약을 마치고 '점심을 먹을 참'이었다. 정미는 다른 음식을 먹자고 했지만, 윤철은 전날 술을 마셨다며 해장국을 먹자고 고집을 피운다. 이때 골목에서 갑작스레 튀어나온 자동차가 정미의 다리를 짓이기고 지나간다. 밥때에 벌어진 사고로 윤철과 정미는 사랑하는 사이에서 미안함과 자책감으로 줄다리기를 벌이는 사이가 된다. 결혼을 주저하는 정미 앞에서 윤철은 "넌 평생 나한테 아침밥 차려줘야 해"(252쪽)라고 말한다. 자신의 잘못된 선택으로 정미가 이 지경이 되었지만, 그렇기에 결혼만큼은 더욱더 무를 수 없는 선택항이 되어버린 윤철에게 '아침밥'은 정미가 각인해놓은 약속이 된다. 윤철은 정미가 사라진 뒤, 그녀와의 결혼생활을 떠올리면서 정미가 살림을 잘하는 것은 아니었지만, 아침밥은 꼬박 챙겨주었음을 기억한다. 하나 윤철은 결혼을 하자고 밀어붙이던 당시, 더불어 나온 약속 하나를 까마득히 잊고 있었다. "언제든지, 어디든지 같이 걷겠다"(같은 쪽)는. 결혼 후 일요일마다 도시 외곽으로 나가자고 하던 정미를 윤철은 좀처럼 이해할 수 없었다. 서로가 주고받은 약속이 균등하게 교환되지 못할 때, 사람은 '실망의 침묵' 단계에 접어든다. 약속이 지켜지리라 믿어온 사람은 약속을 건넨 사람과 늘 공유해왔던 사연을 자신 안에 가두고 자발적인 고행에 들어간다. 정미는 윤철과 외출하면서 대화 대신 핸드폰으로 물가와 후미진 곳에 세워진 철제 안내판을 비롯해 검은색으로만 보이는 흙, 빛이 잔뜩 들어간 희뿌연 하늘 등을 찍는다. 정미가 찍은 사진은 남편이라도 쉽게 주석을 달 수 없는 그런 풍경들의 조합이다. 자살하기 전 정미가 책상 위에 놓고 간 사진 한 장 역시 그녀의 사정과 사연을 드러내지 않는다. 평소 '불편함을 감수하고서라도' 삶에서 갈등을 일으키진 않겠다는 자세로 살아온 윤철은 '극심한 불편함'이라는 난관에 부딪힌다. 정미를 사랑해서가 아니라, 그녀와의 관계가 부부로서 안전했다고 자평하고 싶어하는 그는, 그래서 그녀의 사진이 해석되지도 번역되지도 않는 것이 답답하다.

「복기」가 더 냉랭하게 느껴지는 건 한 개인의 자책감이 어떻게 오용되고 있는지 보여주기 때문이다. 윤철에게 아침밥이라는 밥때는 자신으로 인해 한 사람의 인생이 불행해졌다는 자책을 씻기 위해 꺼내든 관계의 도구다. 즉 그에게 아침상은 정미와의 사랑을 직접적으로 체험하는 자리가 아니라, 자신을 평생 따라다닐 불편한 마음을 누그러뜨려줄, 관계에 포함된 어떤 상像일 뿐이다. 그래서 정미의 자살 이후 그가 가장 의아해하며 의문을 표한 지점은 왜 아내가 다른 살림은 제때 못하면서도 아침밥만은 꼬박 챙겨줬을까라는 자기 주도적인 시점에만 머물러 있다. 정작 꺼내야 할 문제는 많은데, 윤철에겐 해결의 의사가 없어 보인다. 이때 자책감은 정미와의 관계를 극복해보려는 열성의 동력이 아니라, 한 개인의 뇌리에 깃든 기억들이 어느 정도 유리하게 청소되었음을 보여주는 기제다. 이 정도의 관계, 이 정도의 거리감, 이 정도의 결혼생활, 이 정도의 추억이라는 보호막을 깨뜨리지 말아달라는.

4. 연루: 사회적 삶의 상처들이 교환되는 자리

윤철은 「복기」에만 존재하는 인물이 아니다. 김이설의 작품에는 '윤철들'이 있다. 「부고」의 상준, 「비밀들」의 장서방과 정우, 「빈집」에 나오는 수정의 남편까지. 김이설은 '연루'되기 싫어하는 남자들을 조망한다. 그리고 연루의 중심에는 아이가 있다.

김이설의 남자들은 아이를 부산물로 여긴다. 아이는 생명과 사물의 위치 가운데서 짐이자 덤으로 인식된다. 김이설은 부산물로 치부되는 아이를 비롯해 가족을 둘러싼 사회적 무게를 감당한다는 것의 괴로움에 대해 따가운 질문을 던진다. 「빈집」은 서로가 사회적 무게를 짊어지게 될 때 생기는 어느 부부의 균열을 다룬다. 균열은 어떻게 나타나는가. 우리가 사회를 살아가는 이상, 사랑이란 막연한 그래서 더욱 매료되기도 하는 이 감정을 그대로 놓아둘 순 없다. 아니, 사회가 그렇게 하도록 내버려두지 않는다. 사회는 개인에게 사랑을 규격으로, 모델로 소비하길 요구한다. 그리하여 사랑은 다른 친척, 이웃 부부보다 물질적으로 더 잘살아야 한다는 '결혼관계'가 된다. 또한 사랑은 행복의 척도에 맞추려면 아들딸 하나는 있어야 하기에 섹스를 하는 '부부관계'가 된다. 사랑이 사회적 관계로 전환될 때, 균열을 가장 부추기는 것은 아이러니하게도 '공평'이다. 공평을 통해 우리는 각자의 몫과 영역이 보존되리라 기대하지만, 「빈집」의 부부는 그러한 기대가 허상일 뿐이라고 말한다. 어렵사리 구한 새집의 인테리어를 마친 수정은 새집다운 삶을 살고자 노력하지만, 남편은 따라주지 않는다. 취향을 둘러싼 예민한 신경전이 벌어지고, 남편은 수정과 상의하지 않은 채 앤티크풍의 스피커를 들인다. 그러곤 말한다.

"당신이 갖고 싶었던 것을 당신 혼자 사들인 거랑 똑같은 거야. 그런 의미에선 이건 공평한 소비였다고 받아들여줬으면 좋겠는데." (323쪽)

여기서 공평은 서로 부대껴가며 각자의 취향을 이해하는 길목에서 나온 결과물이 아니다. 사랑이 사회관계로 변해버린 상황에서, 김이설의 사람들은 서로의 행동을 '전략'으로 인식한다. 그런 가운데 공평이란 감정은 상대를 향한 관심을 '침범'의 의도로 읽게끔 유도한다. 내가 공들여 차지한 만큼의 물질과 그것에 수반되는 감정을 기웃거렸을 때, 부부와 자식, 남편과 아내, 사랑했던 남녀는 외려 머나먼 타인보다 냉혹하게 자신의 '몫'과 울타리를 따진다.

하나 공평은 늘 공정하게 이뤄지진 않는다. 관계는 딱 잘라 50대 50일 수 없다. 비대칭적인 구도 속에서 누군가는 자신의 행동을 침범이라고 생각하지 않는다. 김이설의 작품에서 '정액'은 연루되지 않고 싶어하는 남자들의 부산물이다. 김이설의 남자들은 더욱 말끔한 관계를 위해, 자신의 영역에 침범하지 말라는 금기를 표출하고자 정액을 배출한다. 그 이후는 오롯이 그녀들의 몫으로 남긴 채. 상대적으로 관계에 취약한 상태로 노출될 수밖에 없는 김이설의 여성들은 비에서도 정액 냄새를 떠올리는 민감함으로 살아간다.

김이설은 이러한 민감함을 개인의 특이한 기질과 성격으로 다루진 않는다. 김이설은 이번 소설집에서 연루란 관계항을 끈질기게 고찰한다. 김이설의 사람들은 살과 타액을 섞으며 홀로됨에 몸부림친다. 그러곤 다가오는 행복에 희망을 건다. 하나 찾아올 행복에 대해 여러 번 상처라는 답장을 받아온 사람은 그리 호락호락하지 않다. 가령 사랑이란 관계가 곧 설계임을 숙지한 작품 속 인물들은 나와 타인을 '형편'으로 소비하는 데 능숙하다. 「부고」나 「폭염」 「비밀들」에서처럼 살과 타액의 교환이 형편의 교환으로 한 단계 나아가는 순간, 우리는 누군가와 함께한다는 것이 '이 정도밖에 못 살았다'는 미안함과 '그런 것 따지는 사람 아니다'라는 의연함을 주고받는 과정임을 안다. 표면적으론 훈훈한 성품의 교환이지만, 이면에는 '사회적 삶의 상처'들이 교환된다. 김이설은 이 상처를 전략으로 읽어내고 계발해내는 사람들, 그러한 그들을 어설프게나마 따라 하는 사람들, 이 잔혹한 현실이 자신도 모르게 이뤄져버린 데 대해 멍한 사람들의 구도를 정밀하게 소묘해낸다.

5. 의례: 조용하지만 둔중한 시위의 시작

에세이스트 시모주 아키코는 다음과 같이 말한다. "사람들은 보통 가족간에는 사건이 일어날 리 없다고 믿는다."(시모주 아키코, 『가족이라는 병』, 김난주 옮김, 살림, 2015, 22쪽) 그런 점에서 김이설은 끊임없이 '가족의 사건화'를 추구한다. 김이설은 이를 통해 아버지의 지

나친 폭압, 어머니의 과한 위축, 자식들의 기울어진 비관보다 더 근본적인 문제가 있음을 지적한다. 가족이라는 용병. 김이설의 가족家族은 '각족各族'에 가깝다. 각족의 시대에 핏줄은 혈연관계가 아니라 계약관계다. 유별나지도 그리 멀리 있지도 않은 바로 우리네 모습이다. 핏줄이기에 가족의 구성원은 보호받을 수 있지만, 핏줄이기에 쉬이 버림받을 수도 있다. 핏줄이라는 계약관계 속에서 김이설의 가족들은 각자의 품은 수가 뒤틀리면 가슴속에 농축시킨 '염오감厭惡感'을 끄집어낸다. 염오감에 휩싸였던 자가 돌파구로 찾는 것은 결국 누구나 하는 행위의 순번, 즉 '의례'다.

> 식사를 준비한다—손님을 맞는다—섹스를 한다—손님을 보낸다—침대를 정리한다—목욕을 한다—욕실 청소를 한다—식사를 준비한다—아들을 맞는다—밥을 먹는다—편지를 읽어준다—잡지를 읽는다—뜨개질을 한다—외출을 한다—돌아와 소파를 침대로 변환시킨다—아들과 대화하고 불을 끈다—침실로 가 잠이 든다—일어난다—아들의 구두를 닦는다—식사 준비를 한다—아들을 보낸다—손님을 맞는다—섹스를 한다—손님을 보낸다—침대를 정리한다—목욕을 한다—욕실 청소를 한다……
>
> —샹탈 아케르망, 〈잔느 딜망〉을 보며 적어두었던 메모 중에서

나는 김이설의 작품들에서 다시 한번 의례에 주목한다. 어떤 의지를 약동시키기 위한 동작으로. 지난 소설집에 수록된 「환상통」의 끝자락. 주인공은 어머니를 병으로 잃고 남편과도 헤어진 상황에서 혼

자 냉장고를 청소한다.(「환상통」,『아무도 말하지 않는 것들』) 늘상 해오던 것이지만, 손짓엔 필요한 망각과 다짐을 담는다. 그러곤 밥을 안친다. 김이설의 사람들은 어김없이 자식의 결혼 걱정을 들어줄 것이며, 형편을 지나치게 따지는 사람들을 쏘아붙이고 이내 자신의 처지를 원망할 것이다(「폭염」). 자신과의 결혼이 실상 사랑보다 새 가게 차림에 더 치중되어 있었던 남편의 실체를 알게 된 딸을 위해, 엄마는 기꺼이 수육을 삶고 피곤을 풀라며 뜨신 밥을 내올 것이다. 그러곤 딸의 또다른 비밀을 이웃이 모르도록 전전긍긍할 것이다(「비밀들」).

의례는 우리가 매번 해오던 행위로 인식된다. 그래서 의례는 곧 순응과 안정으로 직결되곤 한다. 하나 변모를 위한 재료는 결국 우리가 해오던 몸짓에서 출발한다. 비참한 자들에게 '절규의 품질'을 요구하고, '불행의 규격'을 점검하는 사회다. 그런 사회를 향해 김이설의 사람들은 내가 당신을 닮았다는 것이 더이상 행복이 아니라, 불운이자 저주임을 사회에 통보한다. 그 저주를 되갚는 방법은 의례를 더욱 과하게 따르고 따라 하는 것이다. 김이설의 작품에서 의례는 개인과 가정의 안녕을 도모하는 몸짓으로 국한되지 않는다. 특히 사회적 불행과 가장 친밀한 이들에게서 받은 상처로 겹겹이 착잡해진 여성들은 해오던 몸짓의 지도를 고스란히 따라가며 의미의 전복을 조용히 기다린다.

「빈집」의 마지막 장면. 수정은 남편이 사준 로봇청소기 대신 늘 쓰던 유선 청소기를 꺼낸다. 청소기를 돌리고 걸레질을 한다. 창틀과 문틀, 현관을 닦는다. 샤워를 하고 옷을 입으며 양말을 신는다. 거실을 둘러보고 소파를 쓰다듬은 뒤, 아직 꾸미지 않은 빈방으로 들어간다. 조용하지만 둔중한 시위의 시작이다. 부디 봄이 오기를, 소설처럼.

6. Encore

그들은 그렇게 몇 년을 함께 살았을 거야
작가는 아기를 보았지
시몽이라 부르다
가끔은 시몬느라 불렀대
또 한 명은 춤을 췄다네
연인은 없지만
소녀의 꿈처럼 살았네
아기는 두 어머니와 자랐는데
그것을 무엇보다 좋아했네
가짜 엄마 노트북에 치는 대로
현실이 되었네
—샹탈 아케르망, 〈이사 소동〉 중에서

작가의 말

여덟 편의 단편과 한 편의 중편을 묶어 두번째 소설집을 엮는다. 등단한 지 십 년째 되는 해에 묶는 책이어서 각별하지만 마음은 더욱 무겁다.

십 년 동안 나는 삼십대에서 사십대가 되었다. 살림집을 다른 도시로 옮겼으며, 투실하게 살이 올랐고, 두 아이들은 소녀가 되었다. 약력에 적을 내용이 조금 늘기도 했다.

물론 변하지 않은 것도 있다. 소설 속의 현실과 소설 밖의 현실이 그대로 머물러 있다는 사실. 진짜 세상에는 소설보다 선한 사람과 더 아픈 사람과 더 나쁜 사람들도 훨씬 많지만, 이 세계는 소설 속보다도 더 어처구니없는 일들이 매일 벌어진다는 것. 말도 안 되는, 이치에 맞지 않는 일들이 아무렇지 않게 벌어지고 있다는 것. 그러니 내가 쓰는 소설이 이런 세상에 아무런 쓸모가 없다는 사실도 변하지 않은 것 중에 하나. 그런 세상에 아무짝에도 쓸모없는 소설가로 살아온 것도 십 년이 되었다는 뜻이다.

그럼에도 불구하고 십 년이라는 시간을 기념할 수 있다면, 내가 만든 소설 속 인물들을 모두 한자리로 불러들이고 싶다. 그러곤 그들에게 내가 막 끓여온 미역국을 대접하는 것이다. 뜨거운 국물로도 마음이 녹지 않는다면, 그래서 조금 더 바짝 붙어앉아 화톳불이라도 피운다면, 기꺼이 내 소설이 박힌 책들을 찢어 불쏘시개로 쓰겠다. 내 소설을 태워 잠시나마 그들의 몸을 덥힐 수만 있다면, 내 무용한 소설이 가장 유용한 순간이 될 것이다.

아홉 편의 소설을 자기 몸처럼 아끼고 걱정해주었던 손정혜와 윤희주에게 가장 먼저 감사를 전한다. 십 년 뒤에도, 이십 년 뒤에도 내가 세상에 내어놓을 그 어떤 책의 말미에는 항상 이들의 이름이 들어갈 것이라 확신한다.

이제는 저희들이 먼저 마감 날짜를 확인하고 소설 쓰기를 닦달하는 두 딸과 이따금 나만큼이나 내 소설에 몰입해주는 남편에게도 감사를. 이들의 희생이 없었으면 여기 수록된 소설들은 태어나지 못했다.

거친 소설을 살뜰하게 살펴준 김내리씨, 부족한 소설을 친절하게 안내해주신 김신식 선생님, 문학동네에서 책을 내놓을 수 있게 도와준 오랜 인연에게도 큰 감사를 전한다.

불쏘시개로도 쓰일 수 없는 소설의 운명이란 비루하지만, 돌이켜보면 어느 하나 헐겁게 쓴 것도 없다. 첫 소설집이 그러했듯, 두번째 소설집에 실린 소설들도 모두 식탁에서 썼다. 식탁에서 글을 쓴다는 의미를 이해하는 당신에게 축복을. 그러나 거기에서 한 발자국도 벗어나지 못했다는 자책도 당신에게만은 실토하겠다.

이미 아무짝에도 쓸모없는 소설을 쓰는 사람이지만, 앞으로도 계속 세상에 무용한 소설을 내놓겠다는 약속을 한다. 그것만이 나의 유용을 증명하는 일일 것이다.

2016년 4월
김이설

| 수록 작품 발표 지면 |

미끼……『자음과모음』 2011년 겨울호

부고……『창작과비평』 2011년 여름호

폭염……『문학사상』 2012년 7월

흉몽……『실천문학』 2012년 가을호

한파 특보……『문학과사회』 2013년 봄호

비밀들……『세계의문학』 2013년 봄호

복기……『현대문학』 2013년 5월

아름다운 것들……『한국문학』 2014년 여름호

빈집……『문학사상』 2015년 3월

문학동네 소설
오늘처럼 고요히

1판 1쇄 2016년 4월 4일
1판 3쇄 2019년 6월 10일

지은이 김이설
펴낸이 염현숙
책임편집 김내리 | 편집 정은진 이성근 황예인
디자인 김선미 최미영 | 마케팅 정민호 박보람 나해진 최원석 우상욱
홍보 김희숙 김상만 이천희
제작 강신은 김동욱 임현식 | 제작처 영신사

펴낸곳 (주)문학동네
출판등록 1993년 10월 22일 제406-2003-000045호
주소 10881 경기도 파주시 회동길 210
전자우편 editor@munhak.com | 대표전화 031) 955-8888 | 팩스 031) 955-8855
문의전화 031) 955-3576(마케팅) 031) 955-8864(편집)
문학동네카페 http://cafe.naver.com/mhdn | 트위터 @munhakdongne

ISBN 978-89-546-4005-3 03810

* 이 도서의 국립중앙도서관 출판예정도서목록(CIP)은 서지정보유통지원시스템 홈페이지(http://seoji.nl.go.kr)와 국가자료공동목록시스템(http://www.nl.go.kr/kolisnet)에서 이용하실 수 있습니다.(CIP 제어번호: 2016007051)

www.munhak.com